Laura Bondi

Nightmare

INCUBO A DUBAI

2

Copertina:
da un'idea di
Antonella Cedro,
realizzazione a cura di
Alessandro Bianchini

www.laurabondi.blogspot.it

PREMESSA

Quella che vi accingete a leggere è una storia realmente accaduta. L'uomo che l'ha vissuta ha voluto renderla pubblica, soprattutto per convincere se stesso di essere ancora vivo. Tutti i fatti sono riportati in maniera fedele, così come il diretto protagonista me li ha narrati e descritti nei suoi appunti. Mi sono permessa di romanzare alcuni dettagli solo a fini narrativi.

I misteri che hanno circondato la vicenda, le anomalie, la terribile realtà che il protagonista ha vissuto vi faranno riflettere sulle infinite sfaccettature della vita, su come possa essere stravolta un'intera esistenza in pochi istanti, senza che nessuno sia in grado di intervenire, come in un vero e proprio incubo.

I nomi di TUTTI i personaggi sono stati modificati, per rispetto della privacy di ciascuno di loro, *in primis* del protagonista, e per la particolarità della storia. Così, anche il nome dell'*HOTEL*, da cui inizia la vicenda, è di pura invenzione.

Gli altri luoghi citati corrispondono invece al vero.

1. IL VOLO

L'airbus della *Emirates Airlines* iniziò a correre sulla pista prima di staccarsi da terra e salire in quota, oltre le nubi bianche nel cielo azzurro di aprile.

Angelo amava quell'istante. Mentre tutti stavano in silenzio, trattenendo il respiro, intenti a pregare affinché il pilota e l'aereo facessero il loro dovere, lui sentiva correre un brivido di piacere lungo la schiena. La percezione del vuoto innescava una scarica di adrenalina, ed alzarsi in volo era la massima espressione della libertà, della capacità dell'uomo di dominare gli elementi. Si dimenticava dei problemi che aveva lasciato a terra, per gettarsi nell'ignoto, finalmente padrone di se stesso.

Questo era l'ennesimo viaggio di lavoro, destinazione Dubai. Ormai erano anni che girava il mondo con quelle valigette di campionari colmi di oreficeria. Non c'erano segreti per lui: ovunque andasse, conosceva usi e costumi, *hotel*, locali, ristoranti, uffici... L'esperienza gli permetteva di valutare a colpo d'occhio persone e situazioni, così che sapeva sempre come comportarsi.

Certo, era una vita dura, sempre in viaggio da un posto all'altro, con il peso e la responsabilità di beni preziosi da vendere per conto delle varie aziende orafe di Arezzo e Vicenza. Ma c'erano anche tanti aspetti positivi. Oltre all'ottima remunerazione, c'erano voli e spese pagate, alberghi di lusso, ristoranti di classe, vita da signori... E poi le donne. Ah, le donne! Erano forse il motivo principale, insieme ai soldi, per continuare a fare quel lavoro. Non importava se a casa c'era Grace, la compagna che aveva sostituito Nicole, la prima moglie. Non importava neanche di Carolina e Katia - le figlie avute da Nicole – né di Anne, Elizabeth e Matthew – i figli avuti da Grace - perché ormai erano tutti adulti e sapevano badare a se stessi. Quando non era ad Arezzo, lui diventava un altro, con un'altra vita, ed un'altra personalità.

A casa lasciava la sicurezza della famiglia.

Altrove, c'era solo svago.

Come quella *hostess* dai capelli scuri e gli occhi azzurri dello stesso colore del cielo. Aveva già fatto avanti e indietro nel corridoio diverse volte, sfiorandolo appena, con la scusa di dover calmare un bambino che urlava per qualche capriccio. L'aveva vista, mentre gli lanciava occhiate maliarde di sfuggita.

"Mi scusi?!" esordì alla fine con voce suadente, alzando la testa per squadrarla, con un sorriso accattivante.

«Che bel culo!» pensò, intanto che le chiedeva qualcosa da bere. La divisa color sabbia del deserto ne esaltava le curve, rendendola ancora più seducente. Si mosse con aria felina e sorrise compiaciuta. Non aspettava altro.

Angelo aveva ereditato il fascino tipicamente latino da suo padre, Aldo Poggi, un austero tenente dell'Aeronautica Militare, originario di Arezzo. Sua madre, Corinne, l'aveva conosciuto a Londra, dove si era trasferita dalla provincia della Borgogna. Il loro era stato un amore folle, destinato a fallire presto per le inevitabili lontananze, e perché la passione, da sola, non era bastata a tenere insieme due persone di opposto carattere. Tanto era inflessibile e rude lui, quanto dolce ed appassionata lei. Dopo la nascita di Angelo, le loro strade si erano separate senza traumi. Erano rimasti amici, si vedevano di tanto in tanto, ma Aldo era troppo orgoglioso ed ambizioso per accettare di essere vinto dall'amore per una donna o per un figlio.

E così Angelo crebbe con la mamma a Londra, fino a dieci anni. Vedeva di rado il papà, ma lo considerava un eroe: siccome era un pilota di aerei militari e aveva una carica importante, era convinto che non potesse stare lì con lui solo perché aveva il compito di salvare il mondo dai cattivi. Per questo non ebbe mai dubbi su quale sarebbe stato il suo futuro: niente e nessuno riuscì a smuoverlo dal fermo proposito di diventare un pilota. A diciotto anni si trasferì in Italia e, su consiglio del padre, si iscrisse all'Accademia di Pozzuoli per intraprendere la carriera di pilota militare.

Con il passare del tempo si accorse che in realtà quello non era il suo sogno, perché non era come aveva sempre pensato: non si diventava eroi semplicemente conquistando un brevetto o pilotando un aereo. Scoprì amaramente che suo padre non l'aveva mai amato abbastanza da rinunciare per lui alla voglia di volare, al continuo desiderio di muoversi, di viaggiare, di cambiare orizzonti, di realizzare le sue ambizioni. Cominciò ad odiarlo per il suo egoismo, per tutto l'affetto che gli aveva fatto mancare, e per le illusioni che gli aveva permesso di coltivare. Abbandonò la carriera militare e vagabondò per qualche tempo in giro per il mondo, improvvisando e vivendo alla giornata.

Finché il destino lo riportò ad Arezzo, in occasione della morte del nonno. A lui era rimasto fortemente legato, perché era l'unico, insieme a sua madre, che gli era stato sempre vicino.

Fu ad Arezzo che incontrò per la prima volta Gaetano, un imprenditore orafo che possedeva un appezzamento di terreno accanto a quello di suo nonno. Gaetano aveva un'azienda solida ed era riuscito ad entrare nel grande circuito internazionale del commercio di oro e preziosi. Fu molto colpito dalla personalità di Angelo, e decise di offrirgli un impiego da libero professionista, come procacciatore di affari.

Angelo rimase spiazzato. Stava attraversando un periodo buio, la sua vita era a pezzi, e a venticinque anni ancora non sapeva cosa volesse fare da grande. I suoi punti di riferimento erano crollati. Abbandonato il mito di suo padre, non se la sentiva di ritornare dalla madre. Infatti, dovette ammettere con se stesso, seppur contro la sua volontà, di aver ereditato tutti i difetti del genitore: la tranquillità, la stabilità, la confortante consapevolezza delle abitudini quotidiane di sua madre non facevano per lui.

Quello che Gaetano gli stava offrendo era un nuovo inizio, una nuova possibilità, anche se non aveva la minima idea di cosa dovesse fare. Per cercare di dare una svolta alla sua vita, decise di provare, ed accettò. All'inizio, fu affiancato da Dante, un esperto del settore, che, col tempo, gli insegnò i trucchi ed i segreti del mestiere. Imparò a viaggiare con un carico di preziosi, conobbe le persone di riferimento negli aeroporti e nei centri di vendita, costruì la sua trama di connessioni e di informazioni. Attingeva dalle precedenti esperienze di pilota per muoversi agilmente in viaggio, in albergo e anche con i clienti. Alto, moro, con profondi occhi neri, l'aspetto ben curato, un sorriso aperto, lo sguardo acuto, piacevole ed amabile conversatore, sapeva conquistare la fiducia dei clienti e di chiunque avesse a che fare con lui.

E alla fine ci prese gusto. In fondo, era quello che voleva: viaggiare ed essere sempre in giro per il mondo, prendere aerei e qualsiasi altro mezzo di trasporto, frequentare *hotel* di pregio, conoscere persone ricche ed eccentriche, che lo rendevano partecipe dei loro eccessi e delle loro stravaganze. Ma, soprattutto, guadagnare un sacco di soldi e avere tutto a disposizione, donne comprese.

Anzi, riprese anche a frequentare l'ambiente aeronautico, dal quale non si era mai allontanato del tutto. La passione per il volo, l'amicizia, il senso della disciplina, ma anche della solidarietà e dello spirito di gruppo servivano ad alleggerire il peso della sua solitudine, a colmare un vuoto di affetti altrimenti insopportabile.

Ora, mentre l'aereo scivolava tra le nuvole, raddrizzò la schiena indolenzita, chiudendo gli occhi per allontanare un pensiero che ogni tanto lo infastidiva come una mosca: era davvero obbligato a fare quel lavoro, o, come sosteneva sua moglie, era solo un pretesto per continuare a girovagare libero per il mondo? Certo, erano tanti anni ormai che sgobbava, e in tempi di crisi bisogna tenere stretto ciò che si aveva la fortuna di avere. Tuttavia, gli era capitato spesso di ricevere offerte per dirigere uffici, gestire il commercio dalle sedi aziendali, insomma, un lavoro dietro la scrivania, vicino a casa, senza doversi spostare di continuo. Ma non aveva neanche contemplato l'ipotesi di prendere in seria considerazione certe proposte, perché non erano adatte a lui, non sarebbe mai stato in grado di assolvere a questi compiti, e, soprattutto, si sarebbe sentito in gabbia, un uccello senza ali, senza libertà. Quella era la sua vocazione. Quello il suo destino.

Si riscosse al tocco gentile della *hostess*, che gli chiese premurosamente se avesse bisogno di qualcosa da bere. Si sistemò le cuffie e selezionò un film d'azione dal *monitor* che aveva davanti. Fu solo quando ebbe finito il *drink*, che si accorse di un biglietto ripiegato sul vassoio. Lo aprì e c'era scritto un numero di telefono con un nome: Alyssa. Sorrise incrociando lo sguardo felino della donna.

Si abbandonò sullo schienale, tentando di seguire la trama del film e ignorando quella dei suoi pensieri, finché, stremato da quella lotta interna, fu vinto dal sonno.

Fu svegliato dalla voce calma e decisa del comandante, che, dall'altoparlante, annunciava l'imminente atterraggio all'Aeroporto Internazionale di Dubai.

Si stropicciò gli occhi e cercò di mettere a fuoco la città, che emergeva dall'oscurità in uno scintillio sfavillante di luci e colori. Lussureggiante come una capitale orientale, esagerata e trasgressiva come una metropoli americana, ricca di forme architettoniche alla maniera europea, Dubai esercitava un fascino particolare su di lui. Anche perché lì c'erano i clienti più facoltosi, gli amici di sempre, i locali più alla moda... Insomma, lì si sentiva a casa.

Svegliò Emilio, uno dei collaboratori che lo accompagnavano abitualmente nei viaggi, ancora addormentato nel sedile accanto al suo.

"Dai, si comincia!" lo esortò con una pacca sulle spalle.

Una nuova settimana da trascorrere in quel lembo di terra strappata al deserto e al mare li stava aspettando. Insieme all'eccitazione c'era una strana elettricità nell'atmosfera. L'aria calda della primavera mescolava profumi antichi ed essenze all'ultima moda. Nonostante i trentuno gradi e la brezza torrida, quasi soffocante, Angelo avvertì un brivido lungo la schiena. Entrò nell'immenso aeroporto fresco ed affollato, splendente di luci, pieno di vita in fermento, cancellando ogni altro pensiero e concentrandosi solo sul lavoro.

2. LA TELEFONATA

Il telefono continuava a squillare nella tasca della giacca abbandonata su una sedia vuota, ma, al culmine del brindisi, nessuno poteva sentirlo.

Angelo aveva portato la famiglia al ristorante in occasione della festa del primo maggio, in uno di quei rari momenti in cui erano tutti a casa, nessuno escluso, persino suo padre. Anne era approdata ad Arezzo per una breve vacanza, prima di laurearsi a Roma. Matthew stava passando per l'Italia, in attesa di ripartire per la Cina con la compagnia aerea per la quale faceva il pilota. Elizabeth, invece, era appena ritornata con il padre da Hong Kong, da quando aveva deciso di diventare 'socia' negli affari di Angelo. Lui, all'inizio diffidente, dinanzi alla determinazione della figlia, non aveva potuto fare nulla per impedirglielo. Temeva per lei, per i pericoli ai quali poteva andare esposta, per la vita frenetica che avrebbe dovuto condurre, eppure non era riuscito a smuoverla dal suo proposito. Alla fine, insieme a Grace, avevano dovuto riconoscere che era una questione di genetica, e non c'era nulla da fare.

Fu proprio sua moglie Grace ad accorgersi per prima del telefono che squillava ininterrottamente. Angelo riuscì a tirare fuori il *BlackBerry*, incastrato dentro la tasca della giacca, riconobbe sul *display* il prefisso di Dubai, ed alzò gli occhi al cielo, pensando che si trattasse di qualche cliente in vena di proteste per un disguido.

"Buongiorno, signor Poggi. Sono Josef Azir, *manager* dell'*Hotel Desert Storm*. Spero di non disturbarla..." esordì un uomo nel tipico inglese con accento arabo.

"Buongiorno, signor Azir. Sono ad una festa privata, ma dica pure..." rispose Angelo, sorpreso.

L'*Hotel Desert Storm* era uno degli alberghi in cui alloggiava abitualmente quando andava a Dubai. Non capiva perché lo cercassero: forse aveva vinto qualche soggiorno premio, oppure aveva dimenticato qualcosa nella *suite* prima di partire...

"Signor Poggi, sono spiacente di informarla che, a quanto risulta dai dati in nostro possesso, una settimana fa, esattamente il ventisei aprile, lei ha saldato il conto del nostro *hotel* con cinque banconote da duecento euro ciascuna, risultate tutte false ai nostri controlli."

Silenzio.

Angelo era stato a Dubai con il collega Emilio, e da lì aveva raggiunto Elizabeth ad Hong Kong, rientrando in Italia con lei il giorno prima.

Il *manager* attendeva una risposta, ma l'incredulità aveva preso il sopravvento. Lì per lì pensò ad uno scherzo di qualche amico o collega.

"Signore? E' sempre lì? Mi sente?" insisté la voce impaziente dell'uomo.

Angelo, stordito dalla notizia, si sforzò di essere lucido:

"A me non risulta, comunque chiederò al collega che era con me all'atto del pagamento. E' lui che mi ha dato i soldi. Ma, scusi, di che taglio erano le banconote?"

"Cinque banconote da duecento euro, signore!" ripeté l'altro in tono asciutto.

A quel punto Angelo rivide chiaramente la scena nella sua mente e fu certo di non aver mai avuto fra le mani banconote da duecento euro. Si sentì sollevato e aggiunse in tono deciso:

"Guardi, sono certissimo che si tratta di un errore, perché io non avevo banconote da duecento euro, ma di taglio più piccolo. C'era solo un biglietto da cinquecento..."

Azir lo interruppe con determinata ostinazione:

"Signore, nessun errore, glielo posso assicurare. Altrimenti non ci saremmo mai permessi di disturbarla."

La rabbia per quell'insistenza inopportuna, accentuata dal tono cantilenante, disturbò l'indole già alterata di Angelo, che alzò la voce:

"Perché mi chiamate adesso, dopo una settimana, e non mi avete avvisato subito? Perfino in un Paese come l'Italia c'è il controllo delle banconote false alle casse di tutti i supermercati! In un *hotel* di prestigio come il vostro ve ne accorgete DOPO UNA SETTIMANA? E come potete essere certi che erano MIEI i soldi falsi? C'era forse scritto il MIO NOME sopra? Che prove avete per accusarmi? Chissà quanti clienti saranno passati, prima e dopo di me, e voi che fate? Ne prendete uno a caso e scegliete l'italiano stronzo di turno?"

Aveva il fiatone per l'enfasi dello sfogo, e si lasciò sfuggire una risata sarcastica.

Dopo un lungo istante di silenzio, la voce bassa e atona non gli lasciò scampo:

"Capisco il suo disappunto, signore, ma la situazione è molto delicata e, fossi in lei, cercherei di moderare i toni. L'*hotel* ha un servizio di tutto rispetto, la serietà è il nostro principio, e dovrebbe ringraziarci, se ci preoccupiamo di avvisarla prima, invece di sporgere direttamente denuncia."

Angelo ricadde a sedere sulla sedia. Si accorse subito che era come cercare di abbattere un muro di gomma, e capì che doveva restare lucido e calmo.

Si ricompose, abbassò la voce e riprese:

"Mi scusi, ma davvero non capisco questa situazione. Io sono certo della mia onestà, sono anni che faccio questo lavoro e Dubai è come una casa per me. Sono un procacciatore di affari nel settore dell'oreficeria e della gioielleria, viaggio per dogane ogni giorno. Pensa che, se fossi un trafficante, sarei stato così abile da riuscire a farla franca fino ad ora?"

"Non saprei, signore. Però, so con certezza che è lei ad aver firmato all'atto del pagamento, e che i soldi da lei consegnati sono falsi," replicò meccanicamente Azir.

Angelo fece un grosso respiro, per cercare di ragionare in fretta.

Era inutile discutere al telefono con quella specie di disco rotto che ripeteva come un automa la stessa frase, per cercare di intimorirlo e convincerlo che era nel torto. Stava solo tentando di innervosirlo, per farlo cedere, per fargli confessare qualcosa che non aveva fatto. Di certo, qualche dipendente dell'*hotel* era nei guai per aver incassato soldi falsi da gente insospettabile senza aver controllato a dovere. Per salvarsi, avevano scelto di incastrare lui, uno a caso, o forse no, chissà...

Decise che guadagnare tempo al momento era l'unica soluzione.

"Senta, io devo chiedere al mio collega, perché era lui che mi aveva dato i soldi. Almeno questo me lo deve concedere. Appena mi sono informato, la richiamo..." propose, sforzandosi di essere calmo ed accomodante.

"La chiamerò io domani, a questa stessa ora, se per lei va bene," rispose l'altro, imperturbabile.

Angelo ringraziò e salutò cortesemente, come se si fosse trattato di una normale telefonata di lavoro.

Rimase immobile per diversi istanti, fissando incredulo il *BlackBerry* che teneva stretto nella mano destra.

Alzò lentamente la testa e si ricordò solo ora di essere al ristorante a festeggiare con la sua famiglia. Ebbe la sensazione di aver avuto un incubo. Forse, sotto l'effetto del vino, si era leggermente addormentato...

Controllò l'ultima chiamata ricevuta sulla tastiera, e si rese conto che era tutto vero, che non aveva lavorato con la fantasia.

D'istinto, chiamò subito Emilio. Il telefono squillava, ma l'amico non rispondeva. D'altronde, era un giorno di festa, non poteva pretendere che fossero tutti reperibili. Era anche vero, però, che non poteva sopportare quel macigno sullo stomaco, quella spada di Damocle che incombeva ingiustamente sulla sua testa. Aveva bisogno di un appoggio, di una conferma, perché doveva chiarire la questione, alla svelta, anche se il tono di Azir non lasciava presagire nulla di buono.

"Angelo, ma insomma, avevi promesso che almeno per oggi avresti lasciato da parte il lavoro. E' mai possibile che non si riesca a stare tutti insieme, almeno una volta all'anno?"

La voce alterata di Grace lo irritò più di quanto avrebbe creduto. In fondo aveva ragione, ma che colpa ne aveva lui, se lo avevano cercato, mettendolo per di più in una situazione tanto angosciante?

Cercò di non essere aggressivo, per evitare una scenata che in quel momento non avrebbe sopportato. Si sottrasse al suo sguardo, si strinse nelle spalle, sforzandosi di assumere un'aria indifferente, ripose lentamente il telefono nella giacca, provando a mascherare il leggero tremore della mano che tradiva la sua agitazione.

"Uno scocciatore, che ci vuoi fare? Mica lo sanno, i clienti, che per oggi mi sono preso una pausa!" aggiunse in tono neutro.

Colse di sfuggita lo sguardo pieno di rimprovero della moglie, e finse di ignorarlo.

"Tanto lo so chi è che ti cerca!" sibilò Grace a denti stretti con aria accusatoria.

Eh, no! Non era proprio il momento adatto per una delle solite scenate di gelosia della moglie. Non poteva permettersi di intavolare un'altra discussione, specie con quello che adesso gli passava per la testa.

A questo punto si sentì obbligato a guardarla dritta in faccia, pronunciando le uniche parole che riuscì a sillabare:

"Mi hanno chiamato per un pagamento da Dubai. Dicono che ho dato loro soldi falsi."

Sentire se stesso che proferiva a voce alta una verità che non avrebbe mai voluto neanche contemplare gli mise addosso uno strano terrore.

16

Grace lo osservò attentamente e fu certa che non mentiva. Un impeto di affetto le scaldò il cuore, come sollevato per lo scampato pericolo. Non c'era un'altra donna nella mente di suo marito, ma solo un problema di lavoro.

Si avvicinò e lo cinse in un abbraccio.

"Si sistemerà ogni cosa, come sempre. Ti conoscono tutti, hai tanti amici e ciascuno di loro può garantire la tua onestà. Vedrai che domani sarà già chiarito l'equivoco," gli sussurrò all'orecchio con dolcezza.

Angelo si sentì confortato da quelle parole e da quel gesto. Si convinse che la sua innocenza sarebbe stata facilmente provata e che l'indomani Azir si sarebbe scusato per averlo accusato ingiustamente.

Più tardi Emilio lo richiamò. Era appena arrivato a Bali con la nuova compagna, di venti anni più giovane di lui, e se la stava spassando.

"Ehilà, vecchio trombone, come te la passi? Che fate in Italia, oggi che è festa?"

La voce allegra e spensierata del collega lo mise di buonumore.

"Oggi giornata dedicata alla famiglia. Ormai l'avevo promesso..." scherzò Angelo.

"Uh, che palle! Ma quanto sei retrogrado, con questa storia della famiglia! Ancora ti piace mantenere l'immagine da bravo uomo di casa? E chi ci crede? Ah ah ah!"

Emilio ci andava sempre giù pesante, ma erano amici da tanto tempo, ormai.

Angelo rise e alzò gli occhi al cielo.

"E tu quando ti accorgerai di avere più di cinquant'anni?"

Dopo una breve pausa, sospirò e sussurrò tutto d'un fiato:

"Senti, Emilio, mi hanno chiamato dall'*Hotel Desert Storm* di Dubai. Dicono che ho saldato il conto con banconote false."

"CHE COSA???? Lo dicono loro, è la loro parola contro la tua. Come fanno a provarlo? E poi mica possono venirti a cercare dopo una settimana! Ma che cazzo dicono?"

Emilio, come era nella sua indole, prese subito fuoco.

Angelo chiuse gli occhi e vi passò una mano sopra, come per scacciare quel pensiero, poi incalzò:

"Lo so, ma quelli insistono. Ed io devo essere sicuro. Cioè, io sono sicuro, ma tu devi confermare. Di che taglio erano le banconote che mi hai dato per pagare?"

Emilio sbuffò e poi rispose deciso:

"Senti, sono sicuro che erano banconote piccole, ce n'era solo una da cinquecento, le altre erano da cinquanta e da dieci. Ti ricordi che ci siamo messi a ridere perché per pagare millecentocinquantacinque euro avevamo impiegato un sacco di tempo, contando una montagna di monete e banconote di piccolo taglio? Tu hai detto che ci avrebbero scambiati per dei barboni che avevano raccolto gli spiccioli delle elemosine per strada! Ed io ho aggiunto che sembravamo Totò e Peppino! Ah, ah!"

Risero a quel ricordo, e Angelo lo aggiunse mentalmente come ulteriore prova della verità.

Poi Emilio riprese:

"Ma perché ti preoccupi? Io neanche gli risponderei. Una volta che te ne sei andato, che loro hanno accettato il pagamento e ti hanno dato la ricevuta, sono cazzi loro! Qualche pivello si è fatto rifilare questi soldi fasulli e l'*hotel* gli ha chiesto di provvedere, altrimenti lo licenziano e gli fanno pagare i danni con gli interessi. E loro hanno scelto il primo cliente che all'apparenza è più facile da intimorire e cercano di incastrarlo. Magari ci hanno provato con altri, ma nessuno si è lasciato fregare. Non lo fare neanche te, dammi retta!"

Emilio era sicuro del fatto suo. Però, Azir al telefono era stato inflessibile. E se davvero lo avessero

18

denunciato? Non avrebbe potuto più andare a Dubai, e sarebbe diventato un sorvegliato speciale nelle dogane di tutto il mondo. Praticamente, avrebbero rovinato la sua reputazione e la sua carriera.

"Se hanno deciso di incastrarmi, andranno fino in fondo, Emilio. E' questo che mi spaventa,"confessò Angelo con un filo di voce.

"Amico, vai tranquillo. Quando ti richiama il pinguino, fatti sentire sicuro di te, e, se insiste, minaccia di sputtanare lui e tutto l'*hotel*. Comunque, tienimi informato, *ok*?"

Emilio era riuscito a rassicurarlo un po'. Con i suoi modi spicci, la sua esuberanza, la sua voglia di vivere sempre sopra le righe, era capace di mantenere il controllo anche nelle situazioni più improbabili, e, grazie alla sua baldanza, condita con una notevole dose di faccia tosta, se la cavava ogni volta alla grande.

Eppure Angelo non riusciva a rimanere tranquillo. Un'ombra nera e minacciosa oscurava la luce della speranza impedendole di prendere il sopravvento. Se da un lato Emilio era sicuro di sé e non si era preoccupato neanche un po', dall'altro il tono di voce di Azir, gelido, imperturbabile, e altrettanto sicuro, incombeva su di lui e sulla sua onestà. Come si può sentirsi colpevoli, quando non si è commesso nulla, quando la coscienza è a posto, quando la propria integrità è davanti agli occhi del mondo intero? Come si può accusare qualcuno senza averne le prove, semplicemente usando le parole come armi di distruzione della psiche, per far cadere la vittima prescelta?

Si convinse davvero che la parola di Azir aveva lo stesso valore della sua, e quindi doveva far valere le proprie ragioni: ne andava della sua integrità e del suo futuro.

Trascorse la notte a fare mente locale, provando e riprovando le battute per rispondere ad Azir il giorno seguente, impostando la voce, e focalizzando definitivamente nella mente il taglio delle banconote usate per il pagamento, così come aveva confermato Emilio: una da cinquecento, tredici da cinquanta e una da dieci, per un totale di millecentosessanta euro. Il conto era di millecentocinquantacinque euro e avevano ricevuto cinque euro di resto in monete locali. Punto.

Erano le cinque quando finalmente fu vinto dal sonno.

Dopo un tempo che gli parve breve fu svegliato dal suono insistente del telefono, ed impiegò un lungo istante per rendersi conto dove si trovava, oltre che per rammentarsi della questione di Dubai.

Si alzò di scatto e cercò il *BlackBerry* sul comodino. In realtà era l'*iPhone* di Grace a squillare ininterrottamente.

"Scusami, amore, ho lasciato qui il telefono, e ti ha svegliato. Non credevo che mi chiamasse Tracy a quest'ora!"

Sua moglie era davvero dispiaciuta, e cercò di farsi perdonare con una buona dose di coccole. *dose of hugs*

Certo, però, erano solo le nove: quattro ore scarse di sonno - dopo una notte che sarebbe stata una passeggiata perfino per l'Innominato di manzoniana memoria - erano troppo poche per poter affrontare un'altra giornata di battaglia.

Si alzò di malavoglia, si versò il caffè e prese uno dei *muffin* speciali che Grace preparava di solito quando era di buonumore.

Guardò l'orologio e si accorse con disappunto che erano solo le nove e venti. Lo stomaco si contrasse per l'ansia, e si chiese come avrebbe sopportato l'attesa di quella telefonata.

Il tempo si dilatava a dismisura, e sembrava non passare mai.

Decise di uscire a comprare il giornale, offrendosi perfino di portare fuori Gastone, il cane *labrador* di Grace.

20

Ma tutto lo disturbava. Il traffico era assordante, le persone parlavano a voce troppo alta, l'aria era pesante e densa di *smog*... Perfino la città di Arezzo gli sembrava ostile ed estranea, circondata com'era da uno strano alone di nebbia grigiastra che conferiva al paesaggio un'aria gotica e minacciosa. Per di più, Gastone attaccò briga con un *cocker*, attirandosi le ira della padrona, che, ovviamente, se la prese con lui, minacciando perfino di denunciarlo. Fu probabilmente il tono calmo ma gelido di Angelo, insieme al il suo sguardo truce, che fecero allontanare la donna senza aggiungere altro.

La giornata non era cominciata per niente bene.

Rientrò in casa alla svelta, e fu accolto dal profumo di ragù e di pollo arrosto. Per fortuna, almeno Grace lo assecondava, per una volta, senza assillarlo con altre paturnie e assurde scenate di gelosia.

In casa i ragazzi erano intenti ciascuno alle proprie occupazioni, e fu piacevole mettersi a tavola tutti insieme, in allegria. Matt iniziò a discutere con il padre a proposito di una partita di calcio, Anne con la mamma ed Elizabeth si scambiarono gli ultimi pettegolezzi su questo o quell'attore, ed il clima era insolitamente tranquillo e rilassato.

Il suono vibrante del *BlackBerry* ridusse tutti al silenzio. I ragazzi si guardarono tra loro, e poi osservarono Angelo di sfuggita.

Con il cuore in tumulto, si alzò, si diresse in fretta nel grande salone, e, senza guardare il numero, seppe già chi era l'interlocutore.

"Buongiorno, signor Poggi, posso disturbarla? Sono il signor Azir, dell'*Hotel Desert Storm* di Dubai, si ricorda?" proruppe la solita voce cantilenante.

«Se mi ricordo, figlio di puttana? Mi hai fatto passare una nottata d'inferno, bastardo,» avrebbe voluto urlare.

"Buongiorno, signor Azir. Aspettavo la sua chiamata," rispose invece in tono cerimonioso.

21

"Abbiamo deciso di venirle incontro, signor Poggi. Poiché lei è nostro cliente da molto tempo, le vogliamo dare una possibilità, per risolvere questa incresciosa faccenda."

Silenzio.

Angelo si sentì preso in una morsa tra la speranza - Azir gli avrebbe assicurato che con il disbrigo di qualche formalità si sarebbe chiarito l'equivoco - e la paura - Azir avrebbe reso la questione ancora più difficile.

"Dica pure," rispose in un soffio.

Con la solita voce gelida Azir proseguì:

"Abbiamo i dati della sua carta di credito *Diners Club*. Se lei ci autorizza, provvederemo immediatamente a saldare il conto di millecentocinquantacinque euro e la questione sarà definitivamente chiusa. Non sporgeremo denuncia e sarà come se non fosse successo niente."

Angelo non si sarebbe mai aspettato una proposta del genere. Perché doveva pagare, quando aveva già pagato? E perché questo compromesso, sulla parola, per telefono? Come poteva essere sicuro che non lo avrebbero denunciato lo stesso? Inoltre, pagare di nuovo avrebbe significato ammettere la colpa. Ma siccome la colpa non c'era, non c'era neanche motivo di accettare. Ancora una volta si convinse che non potevano nulla contro di lui: era la sua parola contro la loro.

Soppesò le parole da pronunciare, per evitare di dare adito ad ulteriori equivoci, poi dichiarò con il tono più tranquillo che riuscì ad imporsi:

"No, signor Azir, la mia risposta è no, perché io ho già saldato il conto del vostro *hotel* e le assicuro che le banconote non erano false. Chi me le ha date, le aveva appena prese in banca, quindi non possono esserci dubbi."

Stava bluffando, cercando di intimorire il nemico, se mai poteva riuscirci.

Prima che l'altro potesse ribattere, aggiunse nello stesso tono pacato:

"Comunque, consulterò oggi stesso il mio avvocato, e poi le farò sapere."

«E adesso, stronzo, vediamo che cosa rispondi,» pensò Angelo con soddisfazione.

Dopo qualche istante di silenzio, la voce atona e monocorde di Azir non tradì nessuna sorpresa, nessuna emozione.

"Come preferisce, signor Poggi. Ha ventiquattro ore per decidere. Trascorse le ventiquattro ore, l'*hotel* dovrà prendere provvedimenti nei suoi confronti."

«Figlio di puttana, ma chi sei? Chi ti credi di essere? Non hai uno straccio di prova e fai l'arrogante con me! Sei solo uno stupido dipendente leccapiedi, che ha paura di perdere il posto perché avete fatto una cazzata, e te la prendi con chi non ha mezzi per difendersi, vero? Magari devi coprire qualcuno, qualche pezzo grosso...» rimuginava intanto Angelo, gonfio d'ira.

Azir non aveva dato segni di cedimento, non aveva concesso nessuno spiraglio, nessuna parola che potesse alludere ad una diversa interpretazione, nessun accenno al fatto che avrebbe potuto trattarsi di un errore, un equivoco, uno scambio di persona. Si era mostrato sicuro, misurato ed irremovibile.

Non potevano accusare un cliente di aver pagato con banconote false senza avere le prove, a distanza di una settimana. A meno che non ci fossero state le telecamere dell'*hotel* a testimoniarlo... Se fosse stato davvero così, quella poteva essere la sua unica speranza di salvezza.

Adesso poi si aggiungeva una proposta a dir poco indecente. Volevano che pagasse il silenzio, per nascondere qualcosa che non aveva neanche commesso? Doveva saldare nuovamente un conto che aveva già provveduto a saldare in moneta sonante, magari solo perché un inserviente si era fatto fregare da chissà chi e cercava un capro espiatorio per salvarsi la pelle ed il posto? Ma perché proprio lui? Arrivò addirittura a pensare che ci fosse una specie di complotto nei suoi confronti, anche se non riusciva a capire da parte di chi e perché. Rimuginò sui rapporti con i clienti, con i colleghi, con le conoscenze che aveva, ma non riuscì a trovare un nesso, un filo logico che potesse ricondurre ad una possibile vendetta. Non aveva litigato con nessuno, non aveva questioni in sospeso, nessuna minaccia fatta né ricevuta.

Stanco di arrovellarsi e di avere un peso sulla coscienza per qualcosa che non aveva commesso, chiamò subito il suo avvocato, Mario Grossi, uno dei più abili e potenti di Arezzo.

L'avvocato lo accolse nel suo ufficio verso le sette di sera, in via del tutto straordinaria, vista l'urgenza del caso. Angelo provò una sorta di inquieto timore quando varcò la soglia della grande stanza del legale. Le luci soffuse, i mobili antichi, la libreria e la scrivania ingombre di tomi e scartoffie, le suppellettili pregiate, i quadri dai toni sfumati, le piante rigide, come sull'attenti, la tappezzeria e le tende dai tessuti preziosi, rendevano l'aria opprimente. Per un istante, Angelo desiderò scappare, e, dentro di sé, avvertì come una fitta, un triste presentimento che quella storia non si sarebbe risolta con l'aiuto di tutta la cultura legale, che vantava antiche origini e prestigio.

Da uno spiraglio attraverso le pesanti tende damascate, osservò la città, coperta dalla stessa cappa grigiastra della mattina, che adesso si tingeva di striature giallognole nel riflesso delle luci dei lampioni.

"Angelo, carissimo, scusa se ti ho fatto aspettare, ma sai, qui c'è sempre un sacco da fare!" esordì l'avvocato - un uomo di media statura, calvo, dai modi affabili - entrando nella stanza con una pila di scartoffie in mano, che gettò con un tonfo sulla scrivania, sbuffando.

Angelo sorrise:

"Scusami tu, Mario, se ti ho dato così poco preavviso, ma preferisco chiarire questa storia!"

Si strinsero la mano.

L'avvocato ed Angelo si erano conosciuti diversi anni prima ad un raduno di appassionati del volo e del paracadutismo. Si erano frequentati, avevano partecipato a ritrovi, cene, ed avevano scoperto di avere anche altre passioni in comune, come il cibo e le donne. La loro era diventata un'amicizia molto profonda, e avevano condiviso molte delle esperienze della loro vita.

Anche ora, si scambiarono le notizie di rito, e poi passarono alla questione di Dubai.

Angelo spiegò nei dettagli tutto quello che era successo, dal viaggio, fino alle telefonate di Azir, alle accuse, alla proposta che gli era stata fatta poche ore prima.

L'avvocato consultò un grosso tomo, cercò qualcosa su *Internet*, e poi si rivolse ad Angelo con franchezza:

"Siamo di fronte ad un Paese regolato da leggi particolari, che non conosciamo. Bisogna essere cauti e stare attenti a quello che facciamo. L'unica cosa che ti posso dire è che pagare adesso con la carta di credito può essere considerata un'ammissione implicita di colpa. In questo caso, loro potrebbero denunciarti e addurre come prova tangibile della tua colpevolezza proprio il fatto che tu hai accettato questo compromesso. Prova che adesso non hanno, perché è già trascorsa una settimana, e perché vale la tua parola contro la loro. Salvo che non ci siano registrazioni audio o video."

Angelo scosse la testa, in segno di diniego: magari ci fossero state, le telecamere o qualche *chip* nascosto, così sarebbe stato facile dimostrare la propria innocenza! Continuava ad osservare l'uomo di legge, sperando di essere rassicurato che non c'era pericolo, che non potevano nulla contro di lui, perché erano accuse infondate... L'avvocato intuì il suo stato d'animo, ma non poteva illuderlo.

"So che tu vuoi certezze, vuoi che ti dica che non possono denunciarti perché non hanno le prove. In realtà, non sono in grado di garantirtelo. Posso solo essere sicuro della tua onestà, che non metterei mai in discussione. Ma, come ti ho spiegato, non sappiamo che leggi regolano gli Emirati Arabi Uniti, e non possiamo fare errori. Lì non è come in Italia. Per molto meno si finisce in prigione a vita!"

Angelo annuì, le mascelle contratte, il cuore in tumulto.

Quello che era apparso uno scherzo di cattivo gusto, un banale equivoco, uno stupido errore, si stava trasformando in un terribile labirinto, in cui ci si muoveva alla cieca, e, soprattutto, in cui qualcun altro si divertiva a cambiare i percorsi, a confonderlo, per impedirgli di trovare una via d'uscita.

Intrappolato, ecco come si sentiva.

Se fosse stato a Dubai in vacanza e non avesse più dovuto farci ritorno, se ne sarebbe altamente fregato. Cosa potevano fargli in Italia? Qui non vanno in galera neanche le persone che hanno rubato milioni di euro, figuriamoci se i giudici avrebbero potuto condannare chi era stato accusato di aver pagato un conto con cinque misere banconote da duecento euro false! Non ci sarebbe stato nulla da temere.

Il problema era grave perché Dubai era una delle méte di riferimento per il suo lavoro. Il *Gold Souk*, il quartiere della gioielleria e dell'oreficeria, era il mercato principale a livello mondiale, e almeno una volta al mese Angelo si fermava in città. Come avrebbe potuto svolgere il suo lavoro, adesso, se c'era quella questione in sospeso? Come si sarebbero comportate le Autorità quando fosse ritornato a Dubai? Che rischi avrebbe corso?

Uscì dallo studio dell'avvocato in una fresca sera di maggio. L'aria era profumata di fiori, di erba, di caffè e di voglia di vivere.

Si accese una sigaretta, guardò all'orizzonte e scorse un fioco raggio di sole che usciva dal grigiore delle nuvole in un tramonto che prometteva per l'indomani una bella giornata di sole.

Si incamminò a piedi verso il centro, poi chiamò Grace:

"Dai, amore, preparati. Ti passo a prendere fra dieci minuti: andiamo a cena nel tuo ristorante preferito, stasera. Offro io!"

3. PARTENZA RIMANDATA

Era già stato a Calcutta, poi di nuovo ad Hong Kong, e adesso, prima di fare una puntata a Santo Domingo, si rese conto che non era più ritornato a Dubai da due mesi.

Era giugno, e, nonostante la bella stagione stentasse a decollare in Italia, Angelo aveva avuto la fortuna di spostarsi in posti caldi.

Non era tornato a Dubai, perché un altro collega era andato al posto suo. Infatti, un impegno a Monaco di Baviera lo aveva trattenuto più del previsto. In realtà, non avrebbe mai ammesso di essersi inventato una buona scusa per rimandare la partenza per Dubai, sperando che con il trascorrere dei giorni la faccenda venisse dimenticata, o archiviata, o cancellata del tutto. Se di errore si trattava, come era certo, non potevano far passare tanto tempo per risolvere la questione, quindi avrebbero dovuto cercare un'alternativa, un altro capro espiatorio.

Nel dubbio, chiese a sua figlia Elizabeth di fare tappa a Dubai, dato che doveva recarsi nella vicina Abu Dhabi, per consegnare dei documenti a dei clienti.

Elizabeth, con la determinazione che aveva ereditato dal padre, si recò all'*Hotel Desert Storm* e chiese di parlare con il signor Azir.

L'uomo, un siriano magro ed allampanato, l'aria elegante e lo sguardo gelido, la accolse con i soliti modi cordiali ma freddi.

"Sono Elizabeth Poggi, la figlia di Angelo Poggi. Si ricorda?" esordì, non appena si ritrovò nell'angusto ufficio dalle pareti scure, esageratamente profumato di incenso.

L'uomo fece una smorfia che voleva essere un sorriso, ma non disse nulla, e si limitò ad osservarla senza battere ciglio, in attesa.

Elizabeth deglutì, profondamente a disagio.

Il silenzio pesava come un macigno.

"Senta, per quella storia delle banconote, spero che nel frattempo abbiate trovato il colpevole, vero?" chiese con un sorriso nervoso.

Azir, impassibile, rispose quasi senza muovere le labbra:

"Signorina Poggi, so che per lei può essere spiacevole, ma le banconote false le ha date suo padre, e le posso assicurare che non ci sono dubbi."

«Ancoraaaa!» avrebbe voluto urlargli in faccia Elizabeth. *She held herself in check*

Invece si tenne a freno, per il bene di suo padre, cercando di stare calma, anche se, con la voce tremante per l'emozione e la rabbia, provò ad insistere:

"Signor Azir, mio padre svolge un lavoro delicato, e lo fa da più di vent'anni ormai. Lei pensa davvero che si sarebbe guadagnato la fiducia di banchieri, commercianti, imprenditori, grossisti, magnati della finanza, e gente di alto livello, se fosse un trafficante di banconote fasulle? E poi, lui, con la sua reputazione, avrebbe bisogno di abbassarsi a tanto, mettendo a rischio la sua posizione, e compromettendo il lavoro e la stima guadagnati fino ad ora con i sacrifici? Lei può credere che io sia di parte e voglia difendere il signor Poggi perché è mio padre. Ma le assicuro che non è così. E' un professionista serio, e non farebbe mai qualcosa di così stupido! Per questo vi prego di fare accertamenti, di controllare, di verificare, perché sicuramente si tratta di uno sbaglio da parte vostra. Può accadere a tutti, basta assumersi le proprie responsabilità e andare fino in fondo, per appurare la verità."

Elizabeth si era tanto infervorata da essere rimasta senza fiato.

Azir non si era mosso, la sua espressione era rimasta impassibile ed impenetrabile.

"Signorina Poggi, le assicuro che non ci sono errori. Non avremmo mai disturbato suo padre, senza avere la certezza di come si sono svolti veramente i fatti. Siccome lo stimiamo come cliente, abbiamo deciso di non denunciarlo, dandogli la possibilità di saldare il conto con la carta di credito, così l'*hotel* farà finta che non sia successo nulla. Lei comprende che abbiamo riservato a suo padre un trattamento di favore, vista la delicatezza e la gravità della situazione."

Elizabeth sentì la rabbia montare al punto da non poterla controllare. Eppure, fece un ultimo sforzo, anche se sentiva le guance in fiamme:

"Avete delle telecamere che possono aver filmato l'evento? Ogni *hotel* che si rispetti ha un servizio di videosorveglianza per i normali controlli..."

"Certamente, ma occorre una richiesta verbalizzata da un legale o da un funzionario di polizia, in cui vengano addotte le motivazioni per tale controllo. Lei mi capisce, oltre tutto è anche una questione di *privacy* della clientela," rispose Azir senza scomporsi.

Ci fu un attimo di silenzio. Possibile che quell'uomo riuscisse ad essere così rigido ed equilibrato? Possibile che fosse così perfetto, che le sue parole fossero sempre ben ponderate? Eppure, anche lui era un essere umano!

Elizabeth si alzò e lo guardò freddamente negli occhi gelidi.

"Quindi, la sua posizione non cambia?" chiese con aria di sfida.

L'altro si alzò a sua volta, senza staccare lo sguardo dal suo, a sottolineare la fermezza del suo atteggiamento.

"Signorina Poggi, non è la MIA posizione, ma quella dell'*hotel* che mi trovo a rappresentare. Il mio compito è quello di far rispettare l'ordine vigente, per il buon nome dell'*hotel* stesso e per il suo corretto funzionamento," rispose con il solito tono cantilenante.

Elizabeth ebbe l'impulso di prenderlo a schiaffi, scuoterlo, sbatterlo per terra, almeno per vedere se riusciva a far trapelare qualche emozione.

Invece, si mantenne ancora calma, e provò ad essere gentile. In fondo era una bella ragazza...

"Signor Azir, è proprio sicuro che non ci sia nulla da fare?" chiese con voce implorante.

L'uomo restò un attimo in silenzio, ma neanche stavolta la sua espressione cambiò.

"La direzione dell'*hotel* sta cercando di aiutare suo padre, signorina Poggi. Deve solo autorizzare il pagamento con la carta di credito e sarà tutto finito," ripeté per l'ennesima volta.

Elizabeth sentì che stava per esplodere, e, per evitare di aggravare ulteriormente la situazione, si congedò in fretta dall'*hotel* e uscì fuori nel sole cocente di mezzogiorno.

Dopo aver chiamato suo padre per raccontargli del colloquio con Azir, Elizabeth si recò da Sahid, un ricco grossista iracheno di gioielli, amico di Angelo.

Sahid era al corrente della situazione, e si era offerto di accompagnare Elizabeth alla polizia, dove aveva certe conoscenze, per tastare il terreno con le forze dell'ordine.

Furono ricevuti dall'ispettore Barihin, un caro amico di Sahid.

L'atmosfera rilassata e la familiarità tra i due uomini lasciavano ben sperare. Dopo essersi fatto spiegare l'accaduto nei dettagli - anche se Elizabeth, per non rischiare eventuali complicazioni, aveva accuratamente evitato di menzionare il compromesso che la direzione dell'*hotel* aveva proposto a suo padre – l'ispettore tranquillizzò la ragazza. Le assicurò infatti che se, come pareva dal suo racconto, si trattava di un equivoco, sarebbe stato presto chiarito. Le consigliò pertanto di sollecitare suo padre a partire immediatamente per Dubai, così da poter spiegare tutto alla polizia.

Elizabeth, finalmente rincuorata, ed entusiasta per aver trovato una possibile soluzione, chiamò immediatamente Angelo, per comunicargli la novità. Questi, all'inizio si lasciò trascinare dall'eccitazione di Elizabeth. Subito dopo, un dubbio si insinuò nuovamente nei suoi pensieri: la situazione era apparsa strana fin da subito, e questa improvvisa disponibilità da parte delle forze dell'ordine, in un Paese come gli Emirati Arabi Uniti, oltre alla sollecitudine con cui avevano dato credito alle parole di sua figlia – se pure supportate dalla presenza di un magnate come Sahid – gli facevano pensare piuttosto ad una trappola per incastrarlo. Una volta arrivato a Dubai, come poteva essere certo di essere creduto?

Tenne per sé tutti i dubbi, finché il trenta giugno decise di partire e farla finita con questa storia una volta per tutte. Nonostante in molti, tra cui l'avvocato Grossi ed il Consolato Italiano, avessero cercato di dissuaderlo, venne nuovamente rassicurato da Sahid circa le intenzioni della polizia, e questo servì momentaneamente a dargli coraggio.

All'aeroporto di Fiumicino, dopo aver sbrigato le pratiche di rito, mentre era in attesa del volo, ebbe l'impulso di chiamare Azir, tanto per tastare il terreno, per sapere come avrebbe reagito se l'avesse reso partecipe della sua decisione e l'avesse informato del suo arrivo.

"Salve, signor Azir, sono Poggi, dall'Italia..." lo salutò con forzato entusiasmo.

"Salve, signor Poggi. Come sta?" chiese l'altro con la solita voce impassibile.

"Sto venendo da lei, per chiarire l'equivoco," dichiarò con enfasi.

"Spiacente, signor Poggi, ma io non mi occupo più della sua questione. La pratica è passata alla polizia, e dovrà rendere conto solo a loro, da ora in poi," replicò l'uomo, con quello che ad Angelo parve compiacimento.

"La polizia? Perché, avete sporto denuncia?" chiese Angelo senza fiato.

"Signor Poggi, le ripeto che non mi occupo più della sua vicenda. Mi dispiace."

«Ti dispiace un cazzo!» avrebbe voluto urlare Angelo.

"*Ok*, grazie, signor Azir," rispose, prima di riattaccare.

Fu preso dal panico: la pratica era nelle mani della polizia. Perché? E adesso, cosa doveva fare? Mancavano venti minuti all'imbarco, non c'era molto tempo per pensare.

D'istinto chiamò Megan, la sua amica di Parigi. Era un avvocato americano di origine greca, e si conoscevano ormai da parecchi anni. Non c'era stata una vera storia, tra loro, ma avevano condiviso un periodo, una fase comune di vita, quando Megan faceva ancora la modella per mantenersi gli studi. Si erano conosciuti ad Hong Kong, ed in seguito si erano ritrovati spesso, qua e là per il mondo. Megan non pretendeva nulla da lui, così come lui non pretendeva nulla da lei, e nel tempo erano diventati molto amici: si raccontavano le reciproche gioie o frustrazioni, si scambiavano pareri e consigli, parlavano di lavoro, delle loro relazioni strampalate, dei figli, dei viaggi... Si ritrovavano più volte all'anno, quando ne avevano l'occasione, e condividevano il piacere di una cena in compagnia, per tenersi aggiornati sulle ultime notizie davanti ad un bicchiere di vino italiano.

Megan anche stavolta era al corrente della sua vicenda. Si erano incontrati qualche settimana prima a Parigi, e Angelo le aveva raccontato tutto. Sul momento, gli aveva consigliato di aspettare per vedere come si evolvevano i fatti, anche se la successiva chiacchierata di Elizabeth con l'ispettore di polizia pareva un incoraggiamento a presentarsi in commissariato per chiarire la questione.

Megan era impegnata in un processo particolarmente difficile, ma trovava comunque il tempo per dedicarsi ad Angelo.

Si preoccupò molto, quando al telefono lo sentì così agitato.

"Che succede? Dove sei?" chiese con premura.

"Mi sono deciso e sono in aeroporto, qui a Roma. Sto per andare a Dubai, per spiegare tutto a quell'ispettore, l'amico del mio cliente. Ma ho telefonato ora al *manager* dell'*hotel* e mi ha detto che la pratica è passata nelle mani della polizia. Cosa può essere successo?" domandò Angelo con la voce strozzata dall'ansia.

"Non mi piace. Perché nessuno ti ha informato? Perché non ti è arrivata una notifica della denuncia, se di denuncia si tratta? E poi, perché la polizia non ti ha contattato, visto che conoscono già la tua storia, la tua versione dei fatti? Perché non hanno detto niente a tua figlia? No, non sappiamo perché la pratica è in mano alla polizia. Potrebbe essere soltanto un pretesto per sbatterti dentro appena metti piede a Dubai. Devi essere certo che non subirai azioni legali, se parti. Altrimenti, molla tutto, finché sei in tempo, e tornatene a casa."

Megan era sicura di sé.

E in quei terribili momenti di sospensione, Angelo preferì seguire il suo consiglio, come amica e come consulente. Decise di prendere tempo, ma in cuor suo non sapeva se era peggio rimandare una spiegazione, che avrebbe potuto chiarire la vicenda e chiuderla, oppure partire e rischiare chissà quali pene previste per un simile presunto reato, anche se non esistevano le prove.

Ringraziò Megan con sincera gratitudine e le promise una cena *extra*, per ripagarla dell'aiuto.

Megan rise.

"Mi piace che tu sia in debito con me. Spero di esserti ancora utile!" aggiunse in tono malizioso.

Angelo riuscì a sentirsi sollevato per un attimo. Tirò su la maniglia del *trolley*, ignorando la voce gentile che annunciava l'imbarco del suo volo. Si diresse con passo deciso verso la zona riservata ai voli continentali, scrutò il tabellone delle partenze, e sussurrò al telefono:

"Che ne dici se tra qualche ora ci vediamo? Mi vieni a prendere all'aeroporto?"

A Megan sfuggì un'esclamazione di stupore e di gioia:

"*Wow*, ma tu sei pazzo! Oh, Angelo, certo che ti vengo a prendere, e poi andiamo in un nuovo locale, che hanno appena inaugurato. Ovviamente, offri tu!"

Angelo si sentì scaldare il sangue nelle vene.

"Offro io. Servizio completo!" rispose con aria sorniona.

4. UNA DECISIONE DIFFICILE

Erano passati diversi mesi, ma Angelo non aveva avuto più notizie. Cercava di convincersi che, se la polizia di Dubai avesse ricevuto una denuncia, di certo qualcuno lo avrebbe informato.

In quel periodo, in cui il lavoro stava diminuendo a vista d'occhio, la sua attività come procacciatore di affari era diventata più frenetica. In ogni viaggio, oltre alla tensione nei rapporti con i clienti, si aggiungeva l'ansia di cercare notizie e contatti con avvocati, intermediari, amici, conoscenti, il Consolato Italiano a Dubai e perfino la direzione italiana della catena di alberghi di cui faceva parte *l'Hotel Desert Storm*, ma senza nessun risultato.

Questo silenzio, il fatto di non sapere più nulla, e, soprattutto, di avere una questione irrisolta in sospeso, lo rendeva nervoso ed irrequieto. Era come se avesse un lavoro da sbrigare, ma gli fosse impedito di portarlo a termine.

Il disagio influiva sul rapporto con i figli, e, soprattutto, con sua moglie, che si dimostrò incapace di sottrarsi ai capricci del suo egoistico bisogno di averlo tutto per sé, invece di stargli accanto con tutta la comprensione di cui Angelo aveva bisogno in quel momento.

Una vacanza organizzata dai ragazzi nei primi giorni di settembre servì a ristabilire un poco di quell'armonia andata perduta, e a ridare una relativa tranquillità alla famiglia.

Intanto Angelo, imperterrito, non smetteva di informarsi, chiedere, consultarsi. Perfino Emilio, nonostante non lo ritenesse necessario - perché continuava ad insistere che senza prove nessuno poteva accusare nessuno - si impegnò per cercare di chiudere la vicenda.

Finché, dopo una serie di fitte telefonate con l'ispettore Barihin, aiutato anche dall'amico Sahid, Angelo si convinse a partire per Dubai. L'ispettore ed un commissario, insieme ad altri poliziotti di specifica competenza, con cui aveva parlato, gli avevano assicurato la loro piena disponibilità. Avevano dichiarato di credere alla sua buona fede e alla sua innocenza, così lo avevano esortato a presentarsi in commissariato da loro a Dubai, garantendogli appoggio ed aiuto.

Anche perché Angelo doveva tornare comunque a Dubai. Non era più stato là da quel fatidico aprile, proprio per paura di ripercussioni. Aveva delegato i colleghi o sua figlia, adducendo ogni volta delle scuse. Ma ora, con la crisi sempre più accentuata, occorreva farsi vedere dai clienti, essere presenti, e mantenere i rapporti, non solo per telefono o per interposta persona. C'era anche il rischio che qualcun altro gli soffiasse il posto. La faccenda era seria: c'era di mezzo il suo lavoro, la sua carriera, la sua vita.

Il dieci novembre, Angelo si decise e partì alla volta di Dubai, forte dell'affetto di amici e familiari, ma soprattutto sicuro del sostegno delle forze dell'ordine locali.

In aeroporto chiamò nuovamente Sahid, il cliente amico dell'ispettore Barihin, e questi lo incoraggiò per l'ennesima volta.

"Sono tutti ben disposti nei tuoi confronti. Cosa ti possono fare? Non ci sono prove! Quelli dell'*hotel* stanno solo bluffando per intimorirti. Ma tu vai tranquillo. Barihin è mio amico, non ci saranno problemi, vedrai!"

Angelo si sentiva abbastanza sereno quando affidò la valigetta del campionario a Diego, il funzionario della Dogana dell'Aeroporto di Fiumicino.

In questo mestiere si diventa amici per abitudine, per la frequenza con cui ci si incontra e ci si trova a condividere qualche istante della propria vita, mentre si è in attesa di assolvere a qualche compito. Scambiare due chiacchiere, esprimere un pensiero, uno stato d'animo, chiedere come va, immaginando la vita, la casa e la famiglia di una persona che si incontra abitualmente, diventano un modo per sentirsi parte di un mondo che si muove continuamente, insieme a noi, ma che cerchiamo di non lasciarci sfuggire, o da cui tentiamo di non farci risucchiare.

"Finalmente si riparte per il sole, eh? A novembre una puntatina al mare ci sta bene. Beato te!" esclamò Diego, mentre batteva pigramente le dita sui tasti del *computer*.

"Già, speriamo bene, stavolta..." replicò Angelo, che non riuscì a nascondere la propria inquietudine.

Diego alzò la testa con aria interrogativa.

"Ancora con quella storia? Ma non era già chiusa?" gli chiese l'altro.

Qualche tempo prima, Angelo si era consultato anche con lui e con un suo superiore, per avere più fonti di informazione possibile. Ma, a questo punto, si interrogava se tutte le sue ricerche, tutte le sue domande, non servissero ad altro che a cercare di tranquillizzare il suo animo, che però non trovava quiete in nessuna delle risposte che finora erano state date.

Scosse la testa, con aria desolata.

"Dai, ma cosa vuoi che succeda?" ribatté Diego. Lo osservò un istante, mentre aspettava che la stampante facesse il suo dovere. Poi parlò piano, come a se stesso:

"Lo sapevi che mia figlia è in coma? Uno stronzo la settimana scorsa l'ha investita sulle strisce pedonali, quando usciva da scuola. Ha solo tredici anni, la mia bambina! E quello neanche si è fermato a soccorrerla! Ti rendi conto? E' devastante! Ti senti impotente, finito. Ma quando pensi che hai raggiunto il fondo, ti accorgi che c'è qualcosa di peggio di una disgrazia del genere, ed è il fatto che chi l'ha provocata se ne freghi altamente, e continui a vivere, a mangiare, a dormire, come se niente fosse!"

Si fermò un attimo per riprendere fiato. Poi si riscosse, sorrise tristemente e aggiunse:

"Mi fai un favore, visto che vai a Dubai? Alla mia piccola piace tanto quel gruppo, come si chiamano, i *Coldpay... Coldplay,* insomma quelli..."

"Sì, i *Coldplay,* li conosco, piacciono anche a me," aggiunse Angelo.

"Mi hanno detto che è uscito il nuovo disco, ma qui non si trova, neanche al *Duty Free* dell'aeroporto. Se lo trovi, dopo ti restituisco i soldi. Sembra che la musica preferita aiuti a far risvegliare e induca a reagire... Magari si riprende prima, la mia creatura..." aggiunse Diego, porgendogli tutti gli incartamenti con aria assente, il pensiero altrove.

"Stai tranquillo, te lo porterò di certo," gli assicurò Angelo battendogli una mano sulla spalla.

Per la prima volta, in tanti anni che lo conosceva, vide la paura negli occhi di quell'uomo grande e grosso, che gli era sempre apparso sicuro di sé e più saldo di una roccia.

"Andrà tutto bene, vedrai," aggiunse in un sussurro.

L'altro abbozzò un sorriso, pensando si trattasse della solita frase di circostanza, per sollevare il morale. Invece, quando lo guardò negli occhi, trovò la paura, di una specie diversa dalla sua, ma altrettanto grande. Allora, si rese conto che le sue parole erano sincere. Infatti, erano attaccate all'unica speranza rimasta per non cedere alla disperazione, per trovare la forza di lottare, e perché il suo precario equilibrio non avrebbe sopportato di scoprire altri segni di debolezza nelle persone più forti.

Un segnale premonitore, forse era solo questo, pensò Angelo. Forse Qualcuno da Lassù voleva proteggerlo, impedendogli di partire. Oppure, al contrario, voleva esortarlo ad affrontare i suoi problemi, perché ce n'erano di peggiori, al confronto.

Chissà che cosa avrebbe pagato per conoscere il futuro, per sapere cosa sarebbe successo! Non sopportava di restare così, sospeso...

Non convinto, ma anzi appesantito da una nuova inquietudine, si avviò verso la sala d'attesa, e chiamò l'ispettore Barihin. Nel frattempo, Elizabeth l'aveva raggiunto e si era sistemata nel posto accanto al suo.

"Salve ispettore! Sono Poggi, e sto per imbarcarmi per Dubai. Sto venendo da lei!" esordì Angelo con forzato entusiasmo.

"Ah, bene," rispose l'altro laconico.

Angelo sentì una fitta allo stomaco.

"Qualcosa non va?" chiese in preda all'ansia.

"No, l'aspettiamo, signor Poggi," replicò poco convinto l'ispettore.

"Che ne dice di aspettarmi agli *Arrivi* dell'aeroporto verso l'una? Per ora non vengono segnalati ritardi, e l'aereo dovrebbe essere puntuale. Mi sentirei più tranquillo se lei fosse lì, così potremmo sbrigare subito la faccenda..."

Silenzio.

"*Ok*, signor Poggi, vedrò di esserci."

"Non la sento molto convinto. Mi dica la verità, per favore: ci sono problemi?"

Di nuovo un istante di silenzio.

"Non credo, signor Poggi. Perché dovrebbero essercene? Stia tranquillo, non si preoccupi."

Adesso l'ispettore pareva essersi sciolto, ma Angelo aveva avuto paura dei suoi silenzi, delle sue pause, di quelli che erano sembrati dei veri e propri tentennamenti. Si convinse che forse era solo indaffarato e la sua questione era certamente secondaria rispetto ad altre. Magari era stata solo una sua sensazione.

«*I don't think*», '*non credo*': queste erano state le testuali parole di risposta alla domanda se ci fossero problemi. E questo servì in parte a rassicurarlo, anche se non del tutto.

Elizabeth era certa che l'ispettore avrebbe aiutato suo padre. Aveva parlato con lui, ne aveva studiato le espressioni ed il modo di fare. Barihin si era dichiarato convinto della sua sincerità e aveva avallato l'ipotesi dell'equivoco, garantendo una pronta risoluzione. Inoltre, era amico di Sahid, un pezzo grosso della finanza locale, un uomo molto influente anche nelle alte sfere della politica. Non c'era motivo di avere paura.

Appena in volo, Angelo osservò la città di Roma dall'alto, splendida, velata da una coltre di fitta pioggia che non ne appannava comunque la bellezza, anzi, la rendeva più suggestiva. Per un breve istante, si chiese se l'avrebbe mai rivista, e si stupì di questo pensiero, perché non ne aveva mai avuti di simili, neanche durante le spericolate acrobazie con gli aerei militari, e nemmeno nei lanci temerari con il paracadute.

Non era da lui.

Sorrise amaramente, e si sentì improvvisamente vecchio e stanco. Forse Grace aveva ragione: avrebbe dovuto farsi assegnare un posto dietro la scrivania, perché non aveva più la tempra del viaggiatore.

Un profumo intenso di rose e mughetto rapì i suoi sensi, distogliendolo da queste tristi riflessioni. Un viso dolce, dalla pelle liscia ed ambrata, si avvicinò al suo, per chiedergli gentilmente se aveva bisogno di qualcosa. Il suo corpo reagì insieme alla sua mente. Fu come risvegliarsi dal torpore, ed ogni pensiero negativo svanì all'istante.

Amy - questo era il nome della *hostess*, secondo quanto riportava la targhetta sulla divisa - sorrise. Angelo si ricordò di sua figlia, accanto a lui, e cercò una via di fuga.

"No, grazie. Posso alzarmi per andare in bagno?" chiese fingendo disinteresse.

"Ancora qualche minuto. Il comandante comunicherà quando potranno essere sciolte le cinture di sicurezza," rispose la *hostess* con voce vellutata.

Gli sguardi sfuggenti ma penetranti avevano già detto mille parole.

"Saprò aspettare," aggiunse Angelo con un sorriso d'intesa.

5. L'ARRIVO

L'aereo atterrò in perfetto orario, come sempre.

Dopo tanti mesi di assenza, Angelo trovò Dubai ugualmente splendida e lussuriosa, nel suo sfavillio di luci. Ne aveva sentito la mancanza, ce l'aveva nel cuore, ormai, anche se in quel momento ne aveva timore.

Appena entrato nell'Aeroporto Internazionale, infatti, nonostante il fresco, il via vai di persone, lo scintillio dorato delle illuminazioni e della maestosa struttura architettonica, provò nuovamente quel fastidioso senso di inquietudine, e, per scrollarselo di dosso, decise di telefonare di nuovo all'ispettore Barihin. Voleva la conferma della sua presenza al *terminal* degli arrivi, come d'accordo. Tuttavia, dopo una serie ininterrotta di squilli, l'ispettore non rispose.

La leggera inquietudine si andava trasformando in panico.

"Elizabeth, c'è qualcosa che non va. Perché Barihin non risponde?" chiese alla figlia, come se si aspettasse una rassicurazione alquanto improbabile.

"E dai, papà, non essere paranoico! Se ti ha detto che ci sarà, ci sarà. Magari non risponde perché, con tutto questo chiasso, non sente squillare il telefono!" rispose Elizabeth, mentre digitava freneticamente sui tasti dell'*iPhone*.

Quando si diressero verso lo sportello per il controllo dei passaporti, Angelo affidò la valigetta con il campionario alla figlia, prima di sottoporsi alla verifica, perché si era accorto di movimenti sospetti e di strani sguardi d'intesa tra i funzionari. O almeno, così gli era sembrato.

Porse loro il documento con mano tremante, e, d'istinto, si trovò a sbirciare il video dell'addetto al controllo. Sentì un vuoto allo stomaco quando si accorse che sul *monitor* il suo nome ed i suoi dati erano evidenziati da una striscia rossa.

"Che succede?" chiese, fingendo disinvoltura.

L'uomo si alzò, senza dire nulla, schiacciò un pulsante, e subito dopo arrivarono due poliziotti che gli si misero ai lati, in silenzio.

"Che cosa ho fatto per essere fermato?" chiese ancora Angelo con voce malferma.

"Dobbiamo controllare i suoi documenti, ci segua per favore," gli intimò con aria severa uno dei due energumeni.

Una lieve spinta da entrambi i lati lo costrinse a camminare nella direzione che gli era stata indicata.

"Elizabeth, tu vai avanti, intanto, poi ti raggiungo," riuscì a dire all'indirizzo della figlia, cercando di mostrarsi tranquillo.

Ma non ebbe il tempo di sentire la sua risposta, perché si ritrovò chiuso in una cella della polizia aeroportuale, senza ulteriori spiegazioni.

La stanza dalle pareti bianche era illuminata da fiochi neon, c'era una panca attaccata ad ogni parete, un paio di telecamere negli angoli in alto, e nient'altro.

Appena la pesante porta blindata si richiuse alle sue spalle, Angelo si voltò verso la parete, vi appoggiò le mani, ed ebbe voglia di urlare. La rabbia e la disperazione, i dubbi e le mancate conferme, l'impossibilità di dimostrare la propria innocenza e lo stato di sospensione in cui era stato lasciato, senza motivazioni valide, avevano covato per mesi nella sua mente e nel suo cuore, e adesso volevano trovare uno sfogo. A maggior ragione ora, che tutti i suoi peggiori incubi erano diventati realtà.

"*Salam!*" salutò una voce allegra.

Si voltò appena, e vide un ragazzo apparentemente ben vestito, dall'aspetto curato, la faccia pulita, che gli sorrideva dall'altra parte della stanza.

"Ciao," rispose Angelo con voce atona.

"Sei italiano?" chiese l'altro.

Angelo annuì.

"Bella, Italia! Io da Tunisia sono stato qualche tempo a lavoro lì. Imparato poco italiano!" aggiunse con entusiasmo.

"Sì, sì, bravo, parli bene l'italiano," tagliò corto Angelo.

Non aveva voglia di fare conversazione. Non aveva neanche la forza per respirare, si sentiva mancare l'aria.

"Stupidi, polizia! Dicono che no pago conto auto, invece io ancora uso auto, no finito!" continuò l'altro arrabbiato.

Visto che non poteva fare nulla lì dentro, doveva ascoltare per forza quello che il ragazzo aveva da dire, senza arrabbiarsi, perché non poteva prendersela con un altro disgraziato come lui. Così, decise di assecondare il tunisino, almeno per conoscere quali erano i reati per cui si finiva lì dentro e come si poteva uscirne, ammesso che fosse possibile.

"Di chi è l'auto?" chiese con aria interessata.

"No mia, è di noleggio. Io presa e no finito usare, per questo no pagato. Loro dice che io scappa, ma no vero..."

"Vuol dire che ti sei dimenticato di dirlo al noleggiatore, o non hai messo la data giusta sul modulo," spiegò Angelo con l'aria di chi la sa lunga.

"No, io detto, e loro dire che pensa loro a scrivere. Poi, invece, fottuto."

"E la macchina dov'è ora?"

"Non so, ha preso mio fratello, torna domani..."

Angelo era sempre più convinto che quel tipo volesse fare il furbo, ma poi, ripensando alla sua situazione personale, cominciò a credere che forse potesse anche essere sincero. Anche lui non aveva fatto nulla, non c'erano prove, eppure veniva trattato come un delinquente, senza neanche avere la possibilità di difendersi.

"E tu, perché qui dentro?" chiese il tunisino.

"E' una storia lunga, amico. E ti assicuro che non ho fatto nulla," rispose Angelo con aria afflitta.

"Racconta, tanto tempo c'è," lo incitò l'altro con un sorriso d'incoraggiamento, stringendosi nelle spalle con aria rassegnata.

Angelo iniziò a narrare la sua vicenda, ma, più andava avanti, più appariva assurda ed assolutamente irrazionale perfino a lui. Niente prove, solo la parola del *manager* dell'*hotel* contro la sua. In Italia non sarebbe successo nulla, come al solito. Ma a Dubai?

"Tuo è grosso problema, amico," sentenziò il tunisino, alla fine del resoconto di Angelo. "Qualcuno vuole incastrare te, e tu no ha prove. Qui conta parola di arabo, no parola di occidentale. Legge araba no perdona."

Questo per Angelo fu un colpo troppo grosso da ammortizzare. Fare ipotesi ed avere paura era un conto; sentirsi dire la verità in faccia era un altro, e non era certo piacevole, anche se la fonte non dimostrava di essere poi così autorevole.

Stava per chiedere al tunisino cosa avrebbe dovuto fare, secondo lui – in quell'attimo pensò a quanto era caduto in basso, per arrivare a chiedere consigli ad un truffatore da tre soldi! – quando, attraverso le pareti della cella, sentì da lontano la voce di Elizabeth, che lo chiamava disperata.

Doveva tranquillizzarla, perché questo era il suo dovere di padre, che veniva prima di tutto il resto.

"Sto bene, non ti preoccupare, vai in *hotel*, ed aspettami là. Hai capito?" provò ad urlare con tutto il fiato che aveva in gola.

Rimase appoggiato alla porta, trattenendo il fiato. Sentì come un'eco lontana, e poi più nulla.

Erano le quattro di mattina quando la porta si aprì di nuovo, risvegliandolo dal torpore, in cui era caduto, esausto, dopo che il tunisino si era disteso per terra e aveva cominciato a russare sonoramente.

"Signor Poggi, si alzi e venga con noi," gli intimò un ufficiale piccolo e smilzo, con un paio di baffoni che sembravano sovrastare la sua esile figura. Teneva la mano sulla fondina della pistola, come se temesse una reazione da parte del prigioniero. E questo gesto fece arrabbiare Angelo ancora di più.

«Per chi mi hanno preso, per *Jack lo Squartatore*? O tengono in considerazione il solito luogo comune che marchia tutti gli italiani come dei mafiosi?» pensò tra sé, stringendo i denti.

"Dove mi portate?" chiese, cercando di mantenersi calmo.

"Non siamo tenuti ad informarla. Saprà tutto quando saremo a destinazione. Si sbrighi!" rispose l'ometto insulso, con l'aria strafottente tipica di chi si sente al sicuro perché indossa un'uniforme.

«Sei solo uno stronzetto leccapiedi che non farà mai carriera con quella faccia e quei baffi ridicoli!» pensò Angelo mentre fissava i suoi occhi in quelli del nemico.

Un secondo poliziotto, alto e robusto, che era rimasto fuori dalla porta, lo afferrò per un braccio, l'ufficiale smilzo gli strinse l'altro, e insieme lo trascinarono via attraversando l'aeroporto.

La vergogna e la rabbia si impossessarono di lui. Non riusciva a capire se stesse vivendo la realtà o un incubo. Per fortuna, in quel momento non c'era tanta folla, ma ogni singolo sguardo era rivolto verso di lui, dai passeggeri, alle *hostess*, al personale di terra, agli addetti alle pulizie. Lui, un uomo in carriera, con conoscenze in tutto il mondo, noto per la sua integrità, per il senso della disciplina, lui che aveva frequentato l'ambiente di ferro dell'Aeronautica Militare, adesso stava pregando perché nessuno lo vedesse, almeno tra quelli che lo conoscevano. Ringraziò il Cielo per non essere stato ammanettato. Forse non usavano le manette; forse non lo ritenevano un tipo pericoloso; forse volevano evitare gesti plateali, visto che si trovavano in un luogo pubblico... Mentre varcavano le

47

porte dell'uscita, chiuse gli occhi, sperando di potersi risvegliare da quel brutto sogno. Ma non fu così. Purtroppo era tutto vero e stava accadendo proprio a lui!

Dal fresco dell'aeroporto si ritrovò all'aria aperta per qualche istante. L'afa e la calura dei trenta gradi – segnalati sui pannelli pubblicitari dai colori sgargianti che illuminavano la notte - lo stordirono, come se qualcuno lo avesse picchiato. Subito dopo, fu costretto a salire su un cellulare blindato della polizia, di nuovo al fresco, seduto in mezzo al tipo robusto e allo smilzo, mentre altri due poliziotti si trovavano davanti, al posto di guida. Nessuno di loro lo degnò di uno sguardo, ed iniziarono a parlare in arabo, a bassa voce, ignorandolo completamente.

Forse trascorse un quarto d'ora, o forse un'ora - Angelo non era più in grado di percepire la realtà e lo scorrere del tempo – quando il cellulare si fermò e lo fecero scendere, sempre spingendolo con determinazione. Quando, a fatica, riuscì a decifrare i cartelli dei corridoi lunghi e poco illuminati, e a rendersi conto del tipo di edificio, capì che erano arrivati al carcere della polizia in Naif Road.

Dopo aver camminato per diversi minuti, venne fatto accomodare in un ufficio, dove un impiegato grasso e annoiato lo invitò a rilasciare le sue dichiarazioni.

"Di che cosa sono accusato? Perché vengo trattato in questo modo?" chiese Angelo con calma.

"Lei è stato denunciato per aver spacciato banconote false ad un noto *hotel* di Dubai."

"Avete le prove?"

"Signore, c'è una denuncia nei suoi confronti. Lei ha il diritto di rilasciare una dichiarazione."

"Non è una risposta. Voglio un avvocato. E' un mio diritto, fa parte dei diritti di ogni persona del mondo! Se controllate, scommetto che..."

"Al momento lei deve solo rilasciare una dichiarazione," lo interruppe l'altro, ripetendo le stesse parole come un disco rotto.

Inutile. Ancora una volta si trovava davanti ad un muro di gomma.

Ed era altrettanto inutile insistere, perché temeva che la situazione potesse anche peggiorare.

Allora cambiò tattica, cercando di attirare l'attenzione dei poliziotti, seduti dietro le numerose scrivanie presenti in quella stanza e nelle altre adiacenti.

"Sono venuto appositamente per dimostrare la mia innocenza e la mia assoluta estraneità ai fatti di cui vengo accusato. Se fossi davvero disonesto, se avessi spacciato banconote false, voi credete che io mi sarei fatto convincere a ritornare, per entrare nella gabbia dei leoni di mia spontanea volontà? Sarei stato così stupido?"

Tutti lo stavano osservando con curiosità. Alcuni si erano fermati ad ascoltare nei corridoi. Angelo si infervorò e proseguì con fiducia.

"Chiedete di me a tutti i più grandi uomini d'affari del *Gold Souk*... Chiedete al signor Sahid: lui è amico dell'ispettore Barihin. E' stato l'ispettore in persona a consigliarmi di venire, ha parlato a quattr'occhi con mia figlia, e ha creduto alla mia innocenza. Mi ha assicurato che non ci sarebbero stati problemi! Gli ho telefonato prima di salire sull'aereo e mi ha promesso il suo appoggio! Dov'è l'ispettore?"

Nel silenzio rimbombava l'eco delle sue parole. Nessuno rispose, ed il poliziotto che stava raccogliendo la sua dichiarazione continuò a battere le dita sulla tastiera del *computer* con aria svogliata.

"Dov'è l'ispettore Barihin?" insisté Angelo.

Quell'ostentata indifferenza lo rendeva ancora più nervoso. Si convinse che era solo una tattica per farlo cedere, per incastrarlo. Gli avevano già teso la trappola convincendolo a partire. Adesso, per chiudere la

49

pratica, dovevano indurlo a fare qualche passo falso, in modo tale che creasse da solo le prove della sua colpevolezza.

Il poliziotto, senza alzare lo sguardo dal *monitor*, impegnato con qualche errore di battitura, che lo rendeva ancora più indolente, indicò con una mano la stanza accanto. Angelo si alzò e fece per andare, ma l'agente che era rimasto sulla porta lo trattenne, invitandolo a tornare al proprio posto.

Non poté fare a meno di notare gli sguardi d'intesa tra i poliziotti, e le risatine soffocate.

"Che c'è da ridere?" chiese Angelo, rosso per la rabbia, la frustrazione, ed il senso di impotenza. Non poteva sopportare che si aggiungesse anche lo scherno.

"Che cazzo avete da ridere? Cosa c'è di divertente, eh? Cosa sapete voi, che io non posso sapere? Che mi hanno fottuto, e che sono stato uno stronzo a farmi convincere a venire qui per finire in galera, magari al posto di qualcun altro?"

"Stia calmo, altrimenti le accuse a suo carico potrebbero aumentare!" sibilò con una smorfia sarcastica il poliziotto che lo stava trattenendo.

"Perché non posso parlare con l'ispettore? Lui mi conosce, voglio vederlo!" insisté Angelo, e, con una spinta, si divincolò dalla stretta e riuscì ad affacciarsi nell'ufficio accanto, mentre il poliziotto cercava di fermarlo.

Angelo mise la testa dentro la porta, su cui campeggiava la targa con il nome di Barihin. Questi alzò per un istante lo sguardo, per poi abbassarlo subito e fingere di non vederlo.

"Ispettore, sono Poggi, Angelo Poggi! Abbiamo parlato per telefono, si ricorda?" provò a chiedere con gentilezza, salutandolo con un cenno della mano.

Ma quello non si mosse, e, anzi, fece chiudere la porta da un sottoposto.

Angelo si ritrovò sulla soglia dell'ufficio di Barihin, con la targa davanti agli occhi. Il poliziotto, stringendogli il braccio, lo invitò, senza tanti complimenti, a tornare al suo posto per firmare la deposizione. E in quel momento capì che non c'era via di fuga.

Appena si fu di nuovo seduto, ormai rassegnato, arrivò un altro poliziotto che lo invitò a seguirlo dal suo capo. Mentre usciva, notò che tutti lo stavano osservando, non sapeva se con compassione o con divertimento. Probabilmente, credevano che fosse pazzo.

Attraversarono parecchi corridoi, finché arrivarono in un ufficio stretto ed ingombro di scartoffie, occupato da un uomo piccolo e grasso, completamente calvo, che lo osservò di traverso senza neanche salutarlo. Costui si mise a cercare qualcosa nella montagna di carta che quasi lo nascondeva alla vista, e riuscì incredibilmente a trovare la pratica che lo riguardava. La osservò mugugnando, poi gettò un'altra occhiataccia ad Angelo, che se ne stava in piedi davanti a lui, in silenzio, trattenendo il fiato, come un condannato a morte in attesa dell'esecuzione.

Dopo un tempo indefinito, dette delle indicazioni in arabo al poliziotto, e poi li congedò con un cenno del capo.

"Dove andiamo?" chiese Angelo all'agente che lo precedeva, mentre salivano su un ascensore completamente metallico ed iniziavano una discesa che sembrava non dovesse mai finire.

"In carcere," rispose quello con un sorriso.

Angelo non aggiunse altro, non ne aveva più la forza. Tutti sapevano chi era, che cosa gli era successo, e ridevano di lui, dei suoi miserabili tentativi di difendersi e di provare la propria innocenza, perché sapevano che era già condannato e che nulla poteva essere fatto per cambiare la situazione.

Mentre continuavano a scendere sempre più giù, verso l'inferno, pensò che non sarebbe mai uscito vivo da lì. Forse, l'unica persona in grado di aiutarlo era Elizabeth. Lei di certo gli avrebbe trovato un avvocato, almeno quello, per quanto poteva valere. Avrebbe tentato di tirarlo fuori, di questo era sicuro, anche se non riusciva ad immaginare come, visto il muro di indifferenza e di ostruzionismo eretto da quelle stesse Autorità che avrebbero dovuto, se non proteggerlo, almeno tutelarlo e garantirgli i suoi diritti di essere umano.

Quando finalmente scesero dall'ascensore, si ritrovarono nell'ufficio accettazione del carcere. Qui il poliziotto consegnò la pratica ricevuta poco prima agli impiegati e se ne andò senza voltarsi, come pareva essere un'abitudine consolidata.

Un poliziotto perquisì Angelo, e poi lo invitò a consegnargli tutti i suoi effetti personali, dal *Rolex*, al portafogli, dal *BlackBerry* agli occhiali da sole *Ray-Ban*, le sigarette, l'accendino d'oro con le iniziali, fino alla catenina d'oro con un ciondolo a forma di angelo che sua madre gli aveva regalato quando aveva compiuto diciotto anni. Tutta la sua vita venne presa in una manciata e gettata in un sacco di plastica trasparente, che fu chiuso con del nastro adesivo, e su cui venne scritto il suo nome con un pennarello nero.

Adesso era davvero finita.

Dopo aver camminato per un breve tratto di corridoio, la chiave dell'agente sferragliò nella serratura di una porta blindata, e poi in un'altra, finché Angelo si ritrovò in un cortile semicircolare, con quattro grandi archi chiusi con grosse sbarre. Quando, dopo qualche istante, si fu abituato alla semioscurità, si rese conto che le sbarre erano i cancelli delle celle. Fu fatto entrare nella prima, e, appena fu dentro, sentì il tonfo sordo delle sbarre che si richiudevano alle sue spalle.

Rimase immobile, cercando di mettere a fuoco e di studiare la situazione. Fu colpito alle narici da un odore acre ed insopportabile di urina, sudore, escrementi, umori... Non appena gli occhi si furono abituati all'oscurità, si rese conto che nell'enorme stanzone senza finestre c'erano almeno trenta o quaranta uomini: chi dormiva disteso per terra, tanti si erano ammucchiati nei pochi letti disponibili, altri sedevano su delle panche attaccate al muro, ciondolando nel sonno. Si sentiva parlare a bassa voce, ma prevaleva il russare, alternato a rutti vigorosi e peti.

Angelo si voltò verso il corridoio: l'orologio segnava le cinque del mattino.

«*Ok*,» cercò di farsi coraggio, «è quasi giorno, devo resistere poche ore e poi Elizabeth mi tirerà fuori da qui, ne sono sicuro.»

Brividi gelati gli attraversarono la schiena.

Si tolse la giacca, per evitare di dare nell'occhio con i suoi vestiti occidentali. Sapeva, per sentito dire, che cosa succedeva in prigione. E, nel suo caso, forse poteva essere anche peggio.

Decise di mettersi in un angolo, proprio accanto all'inferriata, perché credeva di essere più al sicuro vicino all'uscita – nel caso in cui avesse dovuto chiedere aiuto, ammesso che qualcuno lo potesse sentire – e per evitare di addentrarsi in quel covo di belve feroci: non voleva certo farsi notare. All'improvviso, senza neanche aver sentito il fruscio dei suoi passi, si ritrovò davanti una specie di gorilla, con tanto di copricapo, barba e baffi. Era vestito di un azzurro sgargiante, che si rifrangeva nelle luci fioche. Con la faccia a due millimetri dalla sua, cominciò a sibilargli qualcosa in arabo con aria minacciosa, le pupille nerissime iniettate di sangue, l'alito pesante, il dito puntato contro il suo petto.

Angelo si schiacciò contro il muro, cercando di non farsi prendere dal panico.

53

"Calmati, calmati, per favore, non voglio darti fastidio, te lo giuro! Non voglio nulla! PER FAVORE!" gridò Angelo in inglese, fissandolo negli occhi, per fargli capire che era sincero e che non cercava in nessun modo di attaccare briga.

Ma quello non accennava a smettere, e, anzi, stringeva sempre più la presa su di lui, finché, quando gli serrò le mani intorno al collo, Angelo cercò di divincolarsi ed iniziò ad urlare.

Chiuse gli occhi, mentre si sentiva mancare il respiro, e sperava che le guardie intervenissero alla svelta. Magari lo avevano mandato là dentro proprio per farlo ammazzare, così che si sarebbero potuti sbarazzare di lui senza sporcarsi le mani, imputando la sua morte ad un terribile, fatale incidente.

Forse era davvero la fine, ma comunque non era disposto a mollare. L'istinto di sopravvivenza prevalse sulla paura, e trovò la forza di reagire. Sferrò un calcio nella parte centrale delle gambe del nemico, come aveva imparato nelle lezioni di autodifesa – che aveva dovuto sostenere per via del suo lavoro - e l'uomo allentò finalmente la presa, imprecando quando cadde per terra, quasi senza fiato per il dolore.

Un ragazzone di colore, alto, altrettanto robusto, insieme ad altri due o tre uomini, lo aiutarono a rialzarsi e lo trascinarono via, mentre quello, indomito, continuava ad inveire.

Angelo si accasciò nell'angolo, mentre sentiva i passi, le voci, i movimenti di chi si era svegliato a causa del trambusto.

«Non ce la faccio, non ce la faccio... Signore, so che forse non me lo merito, perché non ho mai fatto molto per Te, ma ti prego, aiutami!» supplicava Angelo in cuor suo, impaurito, tremante e disperato.

Senza che se lo aspettasse, l'omaccione, sfuggito al controllo degli altri, fu di nuovo davanti a lui, ancora più infuriato di prima. Lo prese di peso, e lo fece sbattere violentemente contro il muro.

"Fermi tutti!" fu l'urlo che provenne dal cortile.

Tre poliziotti aprirono la serratura ed entrarono, affibbiando diverse manganellate al tizio vestito di azzurro e minacciandolo in arabo. Altri due erano rimasti fuori dall'inferriata, ed uno di loro si avvicinò ad Angelo, senza dirgli nulla, per vedere se era ancora intero.

Furono attimi concitati, ma, in breve, venne ristabilita la calma. Il fanatico, dopo l'intervento delle guardie, si mise seduto per terra, in un angolo buio, a borbottare, senza però avere il coraggio di muoversi.

Appena l'inferriata si chiuse di nuovo con un chiassoso sferragliare di chiavi ed un tonfo sordo, che rieccheggiò nei corridoi, Angelo si lasciò cadere a terra, stremato.

Si accorse solo ad un certo punto del tocco di una mano che gli scuoteva leggermente la spalla.

"*Hey*, amico, vuoi da bere?" gli chiese qualcuno con voce cortese.

La mano si tese verso la sua per aiutarlo a rialzarsi.

La prese, si tirò su, e si ritrovò davanti il ragazzo di colore che l'aveva appena salvato da una brutta fine. Prese il bicchiere di carta con l'acqua che gli porgeva e lo osservò con curiosità.

"Mi chiamo Rahim, benvenuto a Dubai, europeo!" gli disse sorridendo.

"Io sono Angelo. E grazie per avermi strappato dalle grinfie di quell'energumeno!" rispose, facendo un debole cenno del capo in direzione del tizio vestito di azzurro.

Rahim seguì il suo sguardo, e poi si strinse nelle spalle.

"Oh, Jusuf è un bravo ragazzo, solo che è un integralista islamico e ce l'ha con gli stranieri. Specialmente gli europei e gli americani, per lui, sono infetti, contagiosi, portatori di gravi malattie, di guerre e pestilenze, insomma, l'unico male del mondo. E per questo si mette sempre nei guai. Ha solo una mentalità ristretta, altrimenti non sarebbe cattivo!"spiegò Rahim con un'aria pacata e rilassata, come se stessero facendo una normale conversazione in un bar o in qualche locale di svago.

Bevve un sorso d'acqua dal suo bicchiere, poi proseguì:

"Anche gli altri la pensano così, ma sono ignoranti, non capiscono niente, si fanno trascinare dai grandi capoccioni, che sono uguali a quelli occidentali. I potenti, di qualunque razza, religione, ideale, credo, usano il popolo per aumentare il loro potere personale, non per fare gli interessi dei poveri. E si approfittano dell'ignoranza, della miseria per convincerli a lottare per loro, promettendo che così tutti ne trarranno beneficio. Ma non è così."

Angelo fu sorpreso di trovare una mente così aperta e lungimirante in un posto come quello.

"Posso chiederti per quale motivo sei qui, Rahim?" gli chiese, temendo di indovinare già la risposta.

"Ho cercato di aprire gli occhi alla gente, amico, e lo sai bene anche tu che è proibito. I poveri ti prendono di mira perché credono che tu li voglia portare fuori strada, dopo che i potenti hanno lavato loro il cervello con falsi ideali e falsi traguardi. I potenti, invece, ti odiano perché non puoi andare in giro a smascherare i loro imbrogli!"

Rahim sorrise, e poi continuò:

"La giustizia, amico mio, non esiste sulla Terra. Speriamo almeno che ce ne sia un po' quando avremo tirato le cuoia, ovunque siamo destinati ad andare..."

Angelo non poteva essere più d'accordo, dato che era finito in prigione per colpa di una vicenda tanto assurda da sembrare incredibile perfino a lui.

"E tu, a chi hai pestato i piedi? A qualche rivenditore di abiti firmati?" chiese Rahim guardandolo da capo a piedi con un sorriso malizioso.

Angelo scosse la testa e sospirò:

"Non ci crederesti... Non ci credo neanche io!"

In breve raccontò la sua storia, mentre Rahim lo ascoltava attentamente. Versò un altro bicchiere d'acqua per sé e uno per il compagno da una bottiglia di plastica appoggiata per terra, sulla quale era scritto il suo nome in arabo.

Quando Angelo ebbe finito di parlare, ci fu un attimo di silenzio. Poi Rahim commentò perplesso:

"Di certo sei stato incastrato, amico, ma non perché hai dato soldi falsi, ma perché hai fatto qualche sgarbo a qualche pezzo grosso, e magari neanche te ne sei accorto. Oppure, veramente quel tuo collega, quello che ti aveva dato i soldi per pagare il conto dell'*hotel*, ti ha fottuto. Non c'è altra spiegazione. Con la faccia che ti ritrovi è impossibile che tu sia un trafficante di banconote false, ed io me ne intendo. Sì, è vero che per poter passare inosservate vengono scelte persone dall'aria perbene, spesso sempliciotte, ma tu sei un'altra cosa. Non saresti mai credibile!"

Angelo sorrise. Si sentì rincuorato dal fatto di non essere considerato attendibile come delinquente. Ma, allo stesso tempo, si mise a riflettere su ciò che aveva appena detto Rahim, su un dubbio che si era già affacciato più volte alla sua mente: aveva fatto qualche torto a qualcuno? Frugò nei ricordi che, in quel momento, riemergevano confusi. Chi poteva essere stato tanto offeso o danneggiato da lui, da cercare vendetta? Cominciò a passare freneticamente in rassegna le persone, i clienti, le conoscenze, gli episodi, i luoghi... Era un lavoro difficile, estremamente difficile, se non impossibile, da portare a termine, ma volle provare lo stesso. D'altronde, non aveva altro da fare, chiuso là dentro. Così, dopo una chiacchierata amichevole con Rahim, che l'aveva fatto sentire meno solo e disperato, Angelo si distese per terra, con la giacca ripiegata sotto la testa, e mise in moto la ragione insieme alla memoria, vagliando ogni ipotesi, ogni caso, ogni evento. La tesi di un complotto era stata il suo primo pensiero, il suo primo dubbio, la sua prima ed unica pista. Valeva la pena seguirla.

be worth of

6. NAIF ROAD

Non sapeva quanto tempo fosse passato, ma si rese conto, dalla luce che proveniva dalle grandi finestre con le sbarre, poste in alto, sulle pareti dei cortili, che doveva essere giorno inoltrato. Aprì gli occhi a fatica, e, per un istante, non riuscì a ricordare dove si trovava. Poi, un dolore lancinante alla schiena ed un odore terribile di umori e di chiuso lo riportò brutalmente alla realtà. Voci sguaiate, urla al suo indirizzo, probabilmente anche bestemmie e maledizioni, lo investirono insieme al fetore insopportabile, al rimbombo sordo delle grida, al dolore fisico, per aver dormito sul pavimento, alla disperazione che gli stava distruggendo mente e corpo.

Si alzò e si mise a sedere, lentamente, per permettere alle articolazioni di riprendersi. In quell'istante si accorse di qualcosa di scuro, con le zampe, che fuggiva via, attraversando le sbarre. Riconobbe la sagoma di un grosso topo, e provò un'improvvisa voglia di vomitare. Fece appena in tempo a piegarsi in una specie di latrina lì accanto. Pensò di dover rimettere anche l'anima, fra le urla di ribrezzo, di rimprovero e di incitamento che sentiva arrivare al suo indirizzo.

Rahim si accostò a lui con la sua rude gentilezza, gli porse di nuovo l'acqua, e si sedette lì accanto, in silenzio.

"Cazzo, non mangio da ieri sera, sull'aereo, e mi sembra di aver ingoiato un bue intero!" riuscì a dire Angelo, con un filo di voce.

"Tranquillo, almeno si mangia bene qua dentro, anche se non è certo all'altezza dei locali che frequenti tu. Ti sei perso la colazione, mentre dormivi, e non era niente male. Comunque, vedrai che ti riprendi dopo un piatto di roba buona!" aggiunse Rahim, con aria rassicurante.

Infatti, dopo poco, un cigolio di ruote malferme insieme al tintinnio di pentole e posate annunciò l'arrivo del carrello del pranzo. L'orologio in fondo alla parete segnava le dodici e trentacinque. Erano passate poco più di sette ore, da quando era lì, e già gli pareva una vita!

Gli inservienti gli porsero una ciotola di plastica con una specie di zuppa dal colore improbabile, insieme al *kebab*.

Angelo mangiò nel solito angolo, da solo, mentre da lontano sentiva ancora i borbottii minacciosi di Jusuf e di qualche altro compare, rivolti al suo indirizzo.

Lo stomaco dovette compiere uno sforzo enorme per aprirsi e far passare il sostentamento indispensabile alla sopravvivenza. E la sopravvivenza era attaccata alla speranza di essere portato via da lì prima possibile. Il solo pensiero di trascorrere un'altra notte in quella gabbia puzzolente e piena di belve feroci lo faceva star male. Di certo non avrebbe retto lo *stress* fisico e, soprattutto, psicologico, quindi, o avrebbe rischiato di morire da un momento all'altro, o, nel caso in cui il suo corpo avesse resistito, sarebbe di certo impazzito.

Si accorse di avere la gola serrata da un nodo, un groppo che gli impediva quasi di respirare. Doveva sfogarsi, ma siccome non riusciva a piangere, iniziò a dare pugni e calci alla parete, digrignando i denti, incurante di tutto e di tutti. Cosa gli importava di quello che pensavano quei delinquenti che erano lì con lui? Che lo ammazzassero pure di botte, almeno sarebbero stati tutti contenti, compresi quelli dell'*Hotel Desert Storm*, insieme ad altri eventuali nemici e detrattori!

Quando ne ebbe abbastanza, sfinito, cercò di ricomporsi e di risistemarsi alla meglio. Si accorse però che la camicia era sporca e spiegazzata, con delle vistose macchie di sudore sotto le ascelle e di vomito sul davanti, i pantaloni di lino avevano dei fori vicino

60

alle ginocchia, e la giacca era ridotta ad uno straccio. Si sentiva sporco e maleodorante, come se gli umori della stanza gli si fossero appiccicati addosso.

«Dio, non so se ci sei, e se hai altro da fare, ma, per quanto male io possa aver fatto, non credo di meritare tutto questo...» pregò, mentre pensava alla morte di Cristo, a come funziona la giustizia (o ingiustizia) terrena. Si rammentò anche della promessa della religione cattolica di una vita eterna, dopo la morte, di cui, però, non si hanno testimonianze certe o prove concrete. Doveva avere fede in Dio e fiducia in quelli che gli volevano bene, anche se era difficile contemplare la possibilità di fare affidamento su qualcuno, in quel buco orribile ai piedi dei maestosi palazzi e dei grattacieli di lusso di Dubai.

Stremato, stanco come se avesse fatto il giro del mondo in quelle poche, lunghissime ore, si lasciò andare su una panca vuota, e si addormentò.

Fu svegliato da una mano che gli scuoteva il braccio in modo brusco:

"Signor Poggi, si alzi e venga con noi."

Un poliziotto giovanissimo, probabilmente di origine indiana, con dei baffetti perfettamente curati, trascinò fuori Angelo, mentre, poco oltre la soglia della cella, un collega, un energumeno di quasi due metri, teneva a bada gli altri carcerati fissandoli con lo sguardo truce, le braccia conserte, le gambe allargate, il manganello e la pistola in bella vista sui fianchi.

"Sporco europeo terrorista!" urlò qualcuno in un inglese stentato.

Altre grida si alzarono dal fondo della cella, e a quelle si aggiunsero risate sprezzanti, sputi, e altri insulti in arabo, con qualche strascico in inglese:

"Hai visto come lavorano bene le ambasciate europee?"

"Non importa se sono dei bastardi delinquenti, loro escono più puliti di prima!"

"Figlio di puttana, Allah ti punirà per i tuoi peccati!"

61

"Crepa, europeo di merda! A voi tutto è permesso, in casa nostra!"

"Ci volete sottomettere, fottuti europei, e accusate noi, di essere criminali!"

La parola "Europa" era quella che riusciva a comprendere, il resto poteva intuirlo facilmente dalle espressioni piene di odio.

Le urla e le voci si spensero all'improvviso, non appena fu chiusa la pesante porta di ferro che collegava il cortile agli uffici.

Angelo si ritrovò di nuovo nel mondo civile, e, a dispetto dello squallore dell'edificio, gli parve di essere su un'isola dei Caraibi.

Mentre camminava nei corridoi stretti, bui e tortuosi, insieme all'eco dei passi, gli pareva di sentire ancora il clamore delle urla, di vedere le facce dei carcerati, con gli occhi feroci e la bava alla bocca, pieni di avversione nei suoi confronti. Ad una svolta, notò che una delle guardie si era scostata da lui con un'espressione di ribrezzo. Si accorse che stava seminando una scia di cattivo odore, retaggio della permanenza in cella. Fu come incassare l'ennesimo pugno allo stomaco. Aveva davvero toccato il fondo.

Arrivarono nell'ufficio di un altro responsabile, presumibilmente quello addetto al rilascio, che non lo degnò di uno sguardo. Si limitò a borbottare qualche parola incomprensibile, e a restituirgli i suoi effetti personali. Angelo raccolse meccanicamente dal tavolo logoro il sacchetto con gli oggetti, e quasi stentò a riconoscerli. Accese il *BlackBerry*, accarezzò la pelle liscia del portafogli, si rimise la collana... Li annusò, per una sorta di istinto primordiale, e si stupì di come fosse buono il loro aroma, che sapeva di fresco, di pulito, di casa...

Mise tutto in tasca alla svelta, come se temesse un improvviso ripensamento da parte dell'uomo dai capelli leggermente imbiancati e dall'aria seccata. All'improvviso, però, si accorse che mancava qualcosa:

62

"Scusi, signore. Ma dov'è il mio passaporto?" chiese esitante, per paura di inimicarsi un'altra persona con qualche domanda sconveniente. Non sapeva più cosa doveva dire e cosa doveva fare, era terrorizzato, temeva di sbagliare, perché ignorava quale fosse la sua posizione dal punto di vista delle Autorità locali. Una parola sbagliata avrebbe potuto peggiorare la situazione, ammesso che potesse essere peggio di così.

"Questo è il suo passaporto!" rispose l'uomo, porgendogli un documento scritto completamente in arabo.

Angelo osservò prima il documento, e poi il responsabile. Ma quello non alzò nemmeno lo sguardo. I poliziotti lo invitarono ad uscire, e non ebbe il tempo di aggiungere altro.

Mentre attraversavano un dedalo infinito di corridoi, telefonò ad Elisabeth. La voce si ruppe per l'emozione.

"Mi stanno lasciando andare. Vienimi a prendere, ti prego!"

I poliziotti si fermarono davanti ad una porta e gli indicarono la direzione in cui proseguire, prima di sparire nuovamente nei meandri oscuri dell'edificio. Angelo aprì la porta e si ritrovò in un ampio salone pieno di luce. Si fece schermo con il foglio che teneva stretto in mano, cercando di abituare gli occhi a tutto quel riverbero.

Si sedette su una panchina fissata in un angolo, mentre aspettava, per un tempo indefinito, con la mente vuota ed il fisico provato dalla nottata appena trascorsa, cercando lentamente di provare a sentirsi di nuovo un essere umano, nonostante i vestiti, il tanfo, l'aspetto orribile. Gli pareva che tutti quelli che passavano lo guardassero con ripugnanza.

"Papà, finalmente!" lo chiamò Elizabeth, con la voce strozzata dalla gioia e dall'angoscia.

Corse verso di lui e lo strinse in un abbraccio, che Angelo ricambiò, rifugiandosi nella stretta della figlia. Sentì salire le lacrime agli occhi, ma il pianto fu bloccato da un nodo di emozioni che gli serrarono la gola. Il fatto di essere travolto da questo vortice di sensazioni lo indusse a chiedersi, per la prima volta, se fino ad allora la sua vita fosse stata davvero soddisfacente, oppure se si fosse limitato a fare da spettatore, senza averla mai vissuta veramente.

In un silenzio colmo di mille parole, si affrettarono ad uscire dall'edificio, mentre Angelo si appoggiava al braccio della figlia per sorreggersi. Si sentiva debole e fragile, come non gli era mai successo. La notte in quel posto orribile l'aveva segnato per sempre.

Infilò il *Rolex* di nuovo al polso, e vide che erano le quattro del pomeriggio, l'ora in cui finalmente era tornato a vivere.

Presero un taxi per andare all'*hotel* dove alloggiava Elizabeth. Qui Angelo riscoprì il piacere dell'acqua corrente, di un bagno con asciugamani morbidi e profumati, di una doccia e di abiti puliti.

Dopo le delucidazioni, i resoconti, le domande e le risposte da entrambe le parti, Elizabeth spiegò al padre che Pamir, un potente grossista di gioielli e ottimo cliente, quando era venuto a conoscenza della situazione, aveva fissato per loro un appuntamento presso il suo studio legale di fiducia. Visto che non conoscevano nessun altro, Angelo decise di fidarsi, e poco dopo le cinque arrivarono allo studio Ahmim & Associated, situato nel centro di Dubai, al ventesimo piano di un imponente grattacielo.

Lo studio era immenso, e dalle ampie vetrate di godeva un panorama mozzafiato. Le segretarie sembravano modelle, e da ogni particolare trasudava efficienza, ordine, meticolosità. Nessun foglio fuori posto, ma tutti rigorosamente ordinati in cartelle colorate ed etichettate. Nessun rumore scomposto, a parte il ronzio quasi incessante dei telefoni e le voci basse, dai toni pacati. Il fitto stuolo di impiegati e consulenti era altrettanto elegante. Nell'aria si respiravano essenze esotiche, trascinate da ventate di aria condizionata.

Cercando di non farsi notare, Angelo si annusò una manica della giacca *beige* che aveva appena indossato. Ancora si sentiva addosso il terribile fetore della prigione, e temeva di fare brutta figura presentandosi così all'avvocato.

Una signorina dalla carnagione olivastra, con un caschetto di capelli scuri e gli occhi verdi si fece loro incontro con un sorriso che scoprì dei denti bianchissimi.

"Buonasera, cosa posso fare per voi?" chiese con voce vellutata.

"Sono la signorina Poggi, e questo è mio padre, Angelo. Il signor Pamir ci ha fissato un appuntamento con l'avvocato Aziz Kaleb," rispose Elizabeth in maniera altrettanto gentile.

La signorina digitò velocemente sulla tastiera del *computer*, poi si alzò, sorrise, e li pregò di seguirla.

Scortati dal profumo floreale e dalla camminata ancheggiante della donna, attraversarono diversi uffici e vari corridoi, finché arrivarono ad una delle numerose porte di legno massiccio scuro, ognuna delle quali riportava una targa di ottone con il nome dell'avvocato che occupava la stanza.

Lo studio in cui furono introdotti non era troppo grande, ma la vista spettacolare della città dalle vetrate trasparenti lo faceva sembrare più ampio e luminoso.

Aziz Kaleb era un siriano non tanto alto, con la faccia tonda e magra, gli occhi piccoli e neri, un ciuffo di capelli altrettanto neri sulla fronte, l'aria indaffarata. Non ci si sarebbe aspettati, in quell'ambiente dove tutto trasudava lusso, eleganza ed efficienza, di incontrare uno degli avvocati senza giacca, senza camicia, con una semplice polo a strisce, e degli insoliti *jeans* americani. A guardarlo bene, non sembrava neanche un avvocato, dall'aspetto e dall'espressione non troppo seria del viso. La scrivania, a differenza delle altre che avevano visto finora, era ingombra di scartoffie, delle pratiche erano per metà aperte, alcune addirittura erano impilate in precario equilibrio sul pavimento. Perfino il *computer* era in bilico, incastrato fra un portapenne ed una quantità enorme di fogli colorati.

«Di certo, mi avranno dato l'avvocato di scorta, non quello più bravo. Però lo studio è uno dei più quotati, mica si faranno sputtanare assumendo degli idioti?!» rifletté Angelo tra sé.

Ormai aveva cominciato a ragionare sempre in modo negativo, a vedere complotti ovunque, a non sperare più in una via d'uscita. Si sentiva in trappola, senza possibilità di salvezza.

L'avvocato si alzò, si fece loro incontro con un sorriso tirato, tese la mano prima ad Elizabeth, e poi ad Angelo:

"Piacere, sono l'avvocato Kaleb. Prego, accomodatevi. Il signor Pamir mi ha spiegato in breve la situazione. Vuole essere così gentile da illustrarmi i dettagli, signor Poggi?" chiese con fare sbrigativo.

Ad Angelo piacque il suo modo di andare subito al sodo, senza tanti convenevoli, e scacciò dalla mente la prima impressione che si era fatta dell'avvocato. Si sedette e si sentì stranamente a suo agio mentre raccontava per l'ennesima volta la sua assurda storia. A furia di ripeterla, non gli sembrava neanche più vera, visto che si arricchiva continuamente di particolari al limite dell'incredibile.

L'avvocato ascoltava attentamente, e intanto prendeva appunti su un taccuino. Alla fine del resoconto, Angelo gli porse il documento che gli era stato rilasciato dalla polizia qualche ora prima, quando era uscito di prigione.

Kaleb prese il foglio e poi osservò Angelo con un'espressione indecifrabile. Iniziò a leggere, mentre traduceva:

"*Al signor Poggi Angelo viene trattenuto il passaporto perché ha commesso un crimine ai sensi della legge degli Emirati Arabi Uniti*, etc. etc. Poi ci sono alcuni numeri che rimandano alla tipologia del reato..."

Fece una pausa e aggiunse subito:

"Appena arrivato a Dubai, lei è stato trattenuto in prigione per permettere alle Autorità di verificare la sua identità, in seguito alla denuncia da parte della dirigenza dell'*Hotel Desert Storm*. Da ora in poi, dovranno esaminare i capi d'accusa e cercare le prove a suo carico."

"Ma come possono sbattere una persona in galera solo per fare dei controlli, anche se c'è stata una denuncia? E' legale?" chiese Angelo, irritato.

"Certamente! E' previsto dalla legge. D'altronde, l'imputazione è molto grave, signor Poggi..."

Angelo stava trattenendo il fiato.

L'avvocato proseguì:

"Le è stato ritirato il passaporto dalle Autorità perché il tipo di reato attribuito, lo spaccio di banconote false, prevede una condanna, per cui lei non può assolutamente allontanarsi da Dubai, fino a quando la pena non sarà stabilita."

"Mi scusi, ma per questo tipo di reato, che tipo di pena è prevista?" domandò Angelo con un filo di voce.

Kaleb storse il naso, inarcò il sopracciglio, poi fissò gli occhi piccoli e neri nei suoi:

"A Dubai, per questo tipo di reato, è previsto il carcere a vita. Anche se la pena viene un poco, per così dire, 'ammorbidita', quando si tratta di europei ed italiani. Di solito, in questi casi viene fatto uno sconto." reduction

Angelo sentì la terra sprofondare sotto i piedi.

Fu Elizabeth a riprendersi per prima e a chiedere:

"Quanto può essere 'ammorbidita' la pena?"

L'avvocato fece un gesto vago con la mano, e rispose:

"Mah, in genere la detenzione si riduce a sei o sette anni, e poi c'è l'espulsione definitiva ed irrevocabile da Dubai."

Come nel più terribile degli incubi, Angelo si rivide di nuovo nell'orrenda cella buia e maleodorante, in mezzo a quei brutti ceffi che avevano cercato di linciarlo vivo. Sarebbe stato tagliato fuori dalla sua vita passata e presente, dalla famiglia, dagli amici, dal lavoro, dalle passioni, dagli aerei, dalla società. Sarebbe rimasto per sette lunghi anni nei sotterranei di Dubai, così il mondo si sarebbe dimenticato di lui, sarebbe andato avanti senza di lui. E, quando – e se – sarebbe uscito, avrebbe trovato tutto cambiato, così lui non sarebbe potuto essere più lo stesso. Un reietto della società, un relitto umano, un cadavere ambulante, a cui sarebbe stato impedito per sempre di tornare a Dubai: questo sarebbe diventato per colpa di uno stupido equivoco, o di un complotto ben congegnato. In entrambi i casi, sarebbe stata la fine.

Elizabeth continuò a parlare con l'avvocato di dettagli, a fare domande, ipotesi, supposizioni. Angelo non ascoltava più, perché si vedeva irrimediabilmente intrappolato in un meccanismo che lo avrebbe stritolato. Nessuno gli avrebbe creduto, nessuno lo avrebbe aiutato.

Dopo aver fissato un altro appuntamento, salutò meccanicamente Kaleb e, mentre si stava facendo sera, uscì nell'aria calda della città, che pareva fregarsene dei suoi problemi, tutta intenta a scintillare, piena di fermento, e a mostrare la sua grandiosa potenza al mondo.

"Dai, papà, domani andiamo al Consolato, come ci ha consigliato l'avvocato. Avevi già parlato con il Console, no?" chiese Elizabeth, scuotendolo dalla disperazione in cui era piombato.

"Sì, a luglio ci siamo sentiti varie volte. Mi conosce e conosce la mia situazione..."

"Va bene. Adesso lo chiamiamo e organizziamo un incontro per domani, *ok*?" aggiunse Elizabeth, piena di rinnovato entusiasmo.

Dinanzi a questa prospettiva, Angelo sentì riaccendersi nel cuore una fioca luce di speranza. Forse non tutto era perduto, e forse esisteva una giustizia per gli innocenti. Almeno una possibilità. E non doveva essere lasciato nulla d'intentato.

Stremato da quarantotto ore di eventi a dir poco terribili, si rifugiò negli agi della sua stanza d'albergo, distese le membra indolenzite sul letto morbido e profumato, mangiò della frutta, bevve un po' di tè aromatizzato, infine si addormentò sulle note di una ballata araba.

7. IL CONSOLATO

L'undici novembre, il giorno dopo, Angelo si svegliò presto, abbastanza riposato, e con il cuore leggero. Ma, non appena aprì gli occhi, si rese conto di essere a Dubai, e si rammentò la sequenza dei fatti accaduti, non poté trattenersi dall'avvertire un forte senso di panico e di angoscia.

Si alzò di malavoglia, nonostante lo splendido panorama che si godeva dalle vetrate della camera. Volle fare un'altra doccia, perché ancora si sentiva addosso il tanfo e lo sporco del giorno prima. Poi si sistemò la barba incolta – quella che tanto piaceva alle donne! – e si guardò nello specchio. Due profonde occhiaie, alcune rughe scavate sulla fronte, i capelli in apparenza più bianchi, lo sguardo spento, lo rendevano irriconoscibile. Lui, che per quanto riguardava l'aspetto era sempre apparso più giovane di quanto non lo fosse in realtà, lui che si era sempre sentito vitale nello spirito, adesso era ridotto all'ombra di se stesso. Pensò di essere diventato come *Dorian Gray*, il celebre personaggio del romanzo di Oscar Wilde, che faceva invecchiare il ritratto al posto suo, ma alla fine era proprio lui a subire le conseguenze della sua vita dissoluta. Sarebbe stato questo anche il suo destino? In fondo, sì, amava le donne, la bella vita, i locali, il lusso, i viaggi, ma non aveva mai fatto del male a nessuno, non aveva mai commesso nessun crimine. O meglio, non si era mai accorto di averne commesso uno, finché non era stato denunciato.

Si vestì in maniera sobria, secondo il suo stile, con un paio di *jeans*, una camicia scura, e la giacca di lino chiara, abbinandola con i suoi mocassini *Tod's* preferiti.

Fece colazione insieme ad Elizabeth, parlarono dei clienti e Angelo le dette alcune istruzioni su certe faccende che lui non era in grado di sbrigare personalmente. Si riservò per il pomeriggio le questioni che richiedevano obbligatoriamente la sua presenza: dopo quasi sette mesi di assenza, alcuni grossisti avevano necessità di discutere direttamente con lui.

Per la mattina, invece, la sua mèta era il Consolato Italiano a Dubai. Non poteva rimandare. C'era in ballo tutta la sua vita.

Prese un taxi e, stranamente, il piccolo indiano che sedeva alla guida non protestò, come succedeva di solito. Spesso infatti i taxisti si rifiutano di trasportare passeggeri quando le tratte sono troppo brevi o trafficate, e di conseguenza il loro guadagno si riduce. Se non si può disporre di laute mance per convincerli, occorre chiamare un poliziotto o una guardia. Stavolta, invece, non ci furono proteste. Angelo lo interpretò come un segnale di buon auspicio: almeno la giornata cominciava senza intoppi.

Il grattacielo del *World Trade Center* di Dubai, situato lungo una delle arterie principali della città, ospita al diciassettesimo piano il Consolato Italiano.

Angelo scese dal taxi, in cui l'aria condizionata era posizionata su venti gradi, e si ritrovò nei trentotto gradi del piazzale antistante il grattacielo. Il sole bruciante dall'alto e la calura che emanava dall'asfalto lo strinsero in una morsa che gli ricordò in qualche modo l'atmosfera asfittica della prigione. Questo bastò a renderlo nervoso ed inquieto.

Nell'immenso atrio d'entrata l'aria fresca e profumata di essenze lo aiutò a scacciare i pensieri torbidi che gli offuscavano la mente. Si infilò in uno dei numerosi ascensori, andandosi ad incastrare tra una prosperosa signora con un vistoso *chador*, ed un uomo altrettanto robusto, vestito secondo la moda occidentale, con una pregiata valigetta in pelle stretta nella mano sinistra.

Arrivare al diciassettesimo piano fu questione di un batter di ciglia. Angelo scese a fatica, riluttante, e si ritrovò davanti alla porta con la targa del Consolato.

71

Una volta entrato, superati i controlli di rito, si presentò ad una delle ragazze addette alla segreteria e chiese di parlare con il Console, Carlo Baldi, perché aveva un appuntamento con lui.

Fu introdotto in un ufficio piuttosto spartano, con una scrivania, quattro sedie, una libreria, due piante e poco altro. Non c'era neanche una finestra, né uno spiraglio di luce: la stanza era illuminata solo da faretti sistemati ai quattro angoli del soffitto.

Dopo qualche minuto di snervante attesa, la porta si aprì ed entrò un tipo di media statura, sulla cinquantina, dall'aspetto curato, occhi azzurri, capelli sale e pepe, abbronzato, ben vestito, con una voce profonda e cordiale. Trasudava efficienza e sicurezza da ogni poro.

"Buongiorno, signor Poggi! Piacere di conoscerla di persona!" esordì con voce melliflua e con un sorriso, tendendogli la mano.

"Buongiorno a lei, Console," rispose Angelo, alzandosi in piedi per salutarlo.

La stretta era leggera, la mano morbida e perfettamente curata.

«Speriamo che questo non sia il classico italiano, che bada solo all'apparenza! Ha delle mani che sembrano quelle di una donna, tanto sono lisce...» pensò involontariamente Angelo.

Dopo uno scambio di cordiali formalità e delle solite frasi di rito - "Le posso offrire qualcosa?", "Ha già fatto colazione?" - arrivò la domanda cruciale:

"Ma lei cosa ci fa qui a Dubai?" chiese il Console, incrociando le mani sul ventre, i gomiti appoggiati sui braccioli della poltrona, le gambe accavallate, l'aria di chi sembra ricordare solo in quel momento il motivo dell'incontro.

Angelo sorrise, un po' per la tensione, un po' perché quel tipo non gli sembrava per niente affidabile. Troppo bello e troppo distante.

"Per lavoro, Console, ma probabilmente non sarei dovuto venire..." rispose lasciando la frase in sospeso, in attesa di un accenno di interesse da parte del suo interlocutore.

In effetti, il Console spostò le mani incrociate sulla scrivania e avvicinò il viso ad Angelo, prima di insistere:

"Non dica *probabilmente*. Non avrebbe dovuto farlo, signor Poggi! Ma si rende conto che non sappiamo neanche come intendono procedere contro di lei?! Non conosciamo l'evolversi dei fatti! Come possiamo garantirle il nostro aiuto?"

«Brutto bastardo,» pensò Angelo con rabbia, «tu pensi solo alla tua bella poltrona, e hai paura che uno stronzo come me te la faccia saltare da sotto quel culo pieno di massaggi che ti ritrovi!"»

"Signor Baldi, mi creda, non sono stato tanto stupido da non essermi informato prima di partire. Il fatto è che la polizia mi aveva assicurato pieno appoggio, e invece, appena sono sbarcato, mi hanno sbattuto in prigione, trattandomi come il più feroce degli assassini..."

"CHE COSA? CHI le aveva garantito l'appoggio della polizia? E con quale motivazione l'hanno sbattuta in galera?" chiese quasi urlando il Console, perdendo all'improvviso la sua aria di funzionario efficiente, per assumere l'aspetto di un uomo in difficoltà.

Angelo raccontò le telefonate con l'ispettore Barihin, fino all'arrivo a Dubai e alla notte trascorsa in cella. Mentre ascoltava, l'altro diventava sempre più pallido, e si asciugava il sudore con un fazzoletto di carta che aveva preso con rabbia dalla scrivania.

"Lei non doveva venire, ne avevamo già parlato l'estate scorsa. Non doveva cercare di contattare la polizia: lei doveva aspettare il nostro intervento. E noi non siamo intervenuti perché non ci è stato possibile. Per questo motivo doveva restarsene a casa, eravamo stati chiari!" ringhiò il Console, con l'aria assorta di chi cerca disperatamente una soluzione immediata ad un problema più che urgente.

Angelo non rispose. A cose fatte, sapeva anche da solo che non sarebbe dovuto venire. Ma quante volte aveva sollecitato l'intervento del Consolato senza successo? Se non erano in grado i diplomatici di risolvere una questione del genere, chi poteva farlo? La verità era che avevano tergiversato, dimostrandosi affidabili tanto quanto lo era stato l'ispettore Barihin.

Il Console fece in fretta un paio di telefonate, chiamò un altro funzionario, e poi, con lo sguardo feroce di una belva minacciata da un predatore, si rivolse ad Angelo con calma forzata.

"Adesso proveremo a parlare con i dirigenti dell'*Hotel Desert Storm* per sentire cosa hanno da dire, per sapere se possiamo trovare un accordo. Poi vedremo di contattare il signor Falhed: oltre che uno dei più importanti uomini d'affari di Dubai, è anche un membro del governo. Lei sa chi è, non è vero?"

"Certo! Lavoro da sempre con le sue aziende, e ci conosciamo personalmente," rispose Angelo.

Non aveva contemplato la possibilità di rivolgersi a Falhed. O meglio, ci aveva pensato qualche tempo prima, ma non era mai riuscito a contattarlo, ogni volta che ci aveva provato. E questo, alla lunga, gli aveva fatto sorgere il dubbio che, da grande uomo d'affari e da bravo politico, non volesse sporcarsi le mani con una faccenda del genere. «*Gli amici sono tutti fidati, finché non chiedi loro nulla in cambio e ti limiti a dare senza riserve. Non appena chiedi qualcosa per necessità, gli amici smettono all'istante di essere tali, si dimenticano del passato, ti voltano le spalle e diventano dei perfetti estranei.*» Era stato suo padre ad insegnargli questa massima, e si era rivelata ogni volta pura verità. Per questo non credeva affatto all'appoggio di Falhed, nemmeno adesso, a maggior ragione perché era anche – e soprattutto – un politico molto influente.

Mentre il Console cercava disperatamente di scovare una soluzione adeguata, affinché non saltassero fuori sbavature ed errori da imputare alla sua persona e al suo operato, Angelo si chiedeva perché doveva rimanere ancora in quell'ufficio a perdere tempo prezioso e a sprecare energie.

Gli fu assicurato pieno appoggio, per l'ennesima volta, ed il Console gli garantì che, grazie alle sue conoscenze e alla sua influenza, avrebbe trovato una soluzione al problema, *"nonostante il gesto avventato di tornare a Dubai"*, come tenne a ribadire, imputando a lui tutta la responsabilità. Ad Angelo spettavano le colpe, a lui i meriti. Nel panegirico di se stesso, nella sua baldanza e sicurezza, Angelo percepì soltanto chiacchiere vuote, parole che volevano dare l'apparenza di un'efficienza che in realtà non c'era, né c'era mai stata, altrimenti dopo sette mesi non si sarebbe ritrovato in quella condizione. Sentiva solo il ronzio prodotto dalle parole, ma ormai per lui non avevano più significato.

Si congedò di lì a poco dal Console, che gli parve alquanto sollevato di toglierselo di torno.

«I soliti politicanti,» pensò Angelo amaramente. «In ogni parte del mondo, di qualunque parte, sono tutti tesi al proprio interesse personale, alla carriera, al potere. Non sono certo gli affari della gente comune ad interessarli, anzi, se mai questi sono dei noiosi ostacoli nel loro cammino verso la gloria.»

Si infilò nell'ascensore, occupato solo da una distinta signora, probabilmente americana, che evitò di guardarlo direttamente, anche se si impegnò molto per osservarlo di sottecchi. Era alta, bionda, non troppo bella, ma con degli splendidi occhi verdi e la bocca carnosa. Dopo qualche istante, lo sguardo diventò sfacciato e provocante. Angelo non poté resistere all'impulso, dimenticandosi per un attimo dove si trovava e perché. Con la sua esperienza in materia, trovò subito un pretesto per avvicinare quella donna dal profumo intrigante. Bastò veramente poco.

"Mi scusi, devo essermi sbagliato. Mi hanno detto che qui c'erano gli uffici della *Deutsche Bank*..." chiese con aria smarrita.

L'altra sbatté le ciglia in maniera civettuola, e rispose con un sorriso:

"Mi dispiace, non lo so. Sono arrivata ieri a Dubai e ho appena accompagnato mio fratello per degli affari urgenti che doveva sbrigare..."

Aveva "*appena accompagnato il fratello*"? All'anulare sinistro spiccava un anello di diamanti che somigliava tanto ad una vera o ad una fede, ma si affrettò subito ad infilare la mano sotto la borsa *D&G.*, nascondendola allo sguardo indagatore dell'uomo. Angelo sorrise dentro di sé. Bugiarda, sfrontata e vogliosa. Non poteva capitare di meglio.

"Allora mi devo essere perso. Magari è da un'altra parte, e ora devo farmi chiamare un altro taxi... Avevo appuntamento già mezz'ora fa..."

Angelo stava recitando la commedia alla perfezione, ma non ci fu bisogno di grandi interpretazioni, perché aveva già conquistato la preda ancor prima di aprire bocca.

"Non si preoccupi. Ho il taxi che mi aspetta qua sotto. Se vuole, può venire con me."

La voce bassa e roca, il tono ammiccante, lo sguardo penetrante lo convinsero che forse non sarebbero neanche usciti dall'ascensore prima di...

Le porte si aprirono e al piano entrò una piccola folla assortita di giapponesi, che cominciarono subito a parlare rumorosamente ed in maniera animata.

Angelo si strinse in un angolo e la donna si accostò a lui, con la scusa di avere poco spazio a disposizione. Le prese la mano, calda e tremante.

"Io sono Angelo," sussurrò mangiandola con gli occhi.

"Io sono Eva," rispose lei ad occhi chiusi, la testa appoggiata alla parete dell'ascensore.

Si accorse solo dopo qualche istante che il BlackBerry stava suonando insistentemente, mentre tutti gli occhi erano fissi su di lui.

"Scusate, non credevo fosse mio," biascicò in un divertito imbarazzo, mentre Eva si scostava appena, cercando di ricomporsi.

"Signor Poggi, buongiorno. Sono Fayed Assan, il pubblico ministero incaricato di esaminare il suo caso. Le devo comunicare la data fissata per l'appuntamento."

Angelo, stordito dalla momentanea distrazione, ebbe qualche istante di esitazione, mentre si sforzava di fare mente locale.

"Appuntamento per cosa, mi scusi?!" chiese con stupore.

"Dobbiamo procedere all'interrogatorio per valutare la sua posizione, signor Poggi," rispose l'altro con tono seccato, come se fosse costretto a ripetere un concetto universalmente riconosciuto.

L'interrogatorio? Di già? Senza prima un colloquio tra avvocati, tra le parti legali? Senza avviso?

Decise di non insistere. Avrebbe chiesto poi a Kaleb. Al momento ritenne opportuno non inasprire la situazione con una risposta che avrebbe potuto essere considerata inadeguata.

"Ok, mi dica..."

"L'appuntamento è fissato per lunedì prossimo, diciassette novembre alle otto e trenta. Lei deve confermare ora la sua presenza, signor Poggi."

La voce imperiosa, la ripetizione quasi ossessiva del suo nome gli facevano venire voglia di urlare e di mandare lui e tutto il sistema giudiziario mondiale a quel paese. Invece, per l'ennesima volta, mantenne un incredibile, freddo controllo di se stesso, nonostante sentisse il sangue ribollire nelle vene.

"Le do la mia conferma," rispose diligente, cercando di far passare la voce oltre il groppo che gli chiudeva la gola.

"A lunedì, signor Poggi," concluse il pubblico ministero in tono sbrigativo.

Angelo rimase immobile qualche istante. Poi, lentamente, rimise il telefono in tasca, e cercò di far calmare i battiti accelerati del suo cuore.

Non aveva mai amato il lunedì, ed era convinto che il numero diciassette gli portasse sfortuna. Il diciassette, infatti, i suoi genitori si erano separati, il diciassette era morto suo nonno, il diciassette aveva avuto un incidente d'auto...

Oltre all'ansia per l'inaspettata convocazione e per il tono categorico del funzionario, si aggiungeva anche una profonda inquietudine legata ai misteri che circondavano l'intera vicenda, ai presagi funesti, alla numerologia, alla sfortuna, alle sensazioni, ai presentimenti...

Era talmente assorto in queste considerazioni, da non essersi reso conto che l'ascensore era arrivato al piano terra ed erano scesi tutti, mentre altre persone tentavano di entrare per salire di nuovo.

Si riscosse, e si fece largo tra gente sconosciuta di varie nazionalità, razze e lingue. Si ricordò anche di Eva, ma non la vide.

Fu soltanto quando si ritrovò all'aria aperta, nel caldo soffocante del sole di mezzogiorno, che si accorse di un taxi con lo sportello posteriore spalancato, da cui si intravedeva una gamba lunga e affusolata.

"Avanti, sali, Angelo italiano!" lo invitò la voce sensuale di Eva.

Si aggiustò la giacca, si schiarì la voce, spense il *BlackBerry* e si infilò nell'abitacolo fresco e profumato.

"A Dubai Marina," ordinò la donna con un sorriso felino al taxista piccolo e serio.

"Ai suoi ordini, signora," rispose garbato l'ometto pakistano.

"Ai suoi ordini, signora," sussurrò Angelo, mentre le stringeva forte la mano.

8. IL COMPROMESSO

Erano quasi le quattro di notte del dodici novembre, quando Angelo si svegliò nel letto accanto ad Eva.

Riandò con la mente al pomeriggio di fuoco che avevano trascorso nella spiaggia privata annessa al *Resort* di Dubai Marina. Avevano consumato una cena romantica a lume di candela nella lussuosa *suite*, da cui si godeva un panorama mozzafiato sulla città e sul mare.

Eva era bellissima. Il suo corpo nudo, appena coperto da un lenzuolo di seta, giaceva addormentato accanto al suo. I capelli setosi, la pelle liscia come porcellana, le curve sinuose, i fianchi morbidi, i seni turgidi, il profumo di rose e gelsomino...

Soltanto a guardarla sentì crescere di nuovo il desiderio per quella sconosciuta. Avevano fatto l'amore – o sesso, non avrebbe saputo dirlo – con passione, ma anche con dolcezza, come se fossero stati amanti di vecchia data.

Era stato diverso dalle altre volte. Di solito, infatti, c'era solo desiderio selvaggio da soddisfare, l'istinto del momento da seguire, e poi finiva tutto con tanti saluti, senza strascichi sentimentali.

Con Eva invece c'era stato trasporto, complicità, qualcosa di struggente che gli era arrivato all'anima. E lo dimostrava il fatto che adesso non riusciva a sgattaiolare, come faceva abitualmente, lasciando un biglietto di commiato legato ad una rosa rossa. Voleva restare, vedere di nuovo i suoi occhi riflettersi nei propri, voleva sentire la pelle vibrare sotto il tocco delle sue mani...

All'improvviso, senza rendersene conto, si ritrovò a pensare a sua moglie Grace, ed un nodo gli strinse la gola. Sentì le lacrime premere gli occhi e si accorse di quanto gli mancasse il calore della donna che aveva sposato. Una perfetta sconosciuta come Eva aveva saputo infondere nel suo cuore quell'affetto, quel senso di contatto tra due anime vicine che Grace, con il suo carattere spigoloso, spesso gli faceva mancare, nonostante si amassero profondamente da anni.

Scacciò con forza questi pensieri dolorosi e decise di controllare i messaggi sul *BlackBerry*. La sera prima aveva chiamato Elizabeth raccontandole dell'incontro con il Console. Le aveva chiesto di perdonarlo se non poteva essere con lei a cena, adducendo come scusa di essere stato invitato da un vecchio amico appena ritrovato. Le aveva promesso comunque di fare colazione insieme la mattina dopo.

Trovò alcuni messaggi di clienti, la buonanotte di Elizabeth ed un saluto formale di Grace.

Non le aveva detto nulla di cosa era successo all'arrivo, della prigione, del trattamento che gli era stato riservato, ed aveva impedito anche alla figlia di parlarne con la madre. Non voleva farla stare in pensiero, così le aveva semplicemente spiegato che le Autorità stavano chiarendo la faccenda e che tutti, poliziotti e personale dell'albergo, parevano intenzionati ad aiutarlo.

Strinse il telefono come per cercare un contatto con la moglie, come se potesse sentirne la presenza accanto a lui.

Le scrisse d'istinto un *sms* con due sole parole che gli vennero dal cuore: "*Ti amo*".

Si alzò lentamente, senza voltarsi a guardare la donna meravigliosa con cui aveva appena trascorso la notte. Non poteva fare il nostalgico o il romantico. Si convinse che Eva era capitata al momento giusto nel posto giusto, quando lui aveva bisogno di ciò che lei aveva saputo dargli. Una storia come le altre, che gli era sembrata particolare solo perché era lui ad essere più fragile, stremato dall'assurda vicenda che stava vivendo.

Si accinse a scrivere il solito biglietto di addio, lo appoggiò sul letto, e restò per qualche istante vicino a lei, a guardarla . Fece un profondo respiro e, in silenzio, uscì richiudendosi la porta alle spalle.

Mentre aspettava Elizabeth per fare colazione, nel grande salone dell'*hotel*, si mise a telefonare a colleghi e clienti per fissare gli appuntamenti della giornata, anche se, per prima cosa, aveva intenzione di passare dall'avvocato Kaleb.

Aveva appena terminato le chiamate, quando ricevette la telefonata del Console Baldi.

"Buongiorno, signor Poggi. Come va?" lo salutò con aria cerimoniosa.

"Buongiorno a lei, Console. Ci sono novità?" chiese andando subito al sodo.

"Eccome! Il direttore dell'*Hotel Desert Storm*, in persona, l'aspetta fra un'ora. Lei porti i soldi ed un testimone, e vedrà che sarà tutto a posto!"

Il Console era fiero di se stesso per aver trovato rapidamente una soluzione ad un caso tanto complicato.

"Il direttore, il signor Mohammed Jahir, è ben disposto e vuole chiudere la vicenda alla svelta, proprio come lei," aggiunse trionfante il Console.

Angelo non riusciva a credere che ci potesse essere uno spiraglio di luce così grande nella coltre nera e spessa di buio che lo aveva sommerso.

"La ringrazio, Console, non so che dire..." rispose impacciato ed emozionato.

«Resta calmo e con i piedi per terra: ancora non è detta l'ultima parola,» gli suggeriva la ragione.

"Ha visto che siamo riusciti a trovare una soluzione, a dispetto delle difficoltà e della sua imprudenza?" sottolineò per l'ennesima volta il diplomatico.

Angelo avrebbe voluto ribattere, ma, visto che l'altro faceva finta di non sentire, attribuendosi ogni ragione ed ogni merito, decise di lasciarglielo credere, a patto che la faccenda fosse davvero risolta.

In fretta, chiamò Giuseppe, un collega che conosceva da qualche tempo, l'unica persona al momento disponibile a fargli da testimone. Non voleva coinvolgere Elizabeth per nessun motivo. Aveva sofferto anche troppo, e non era il caso di peggiorare la situazione.

Dopo aver ritirato i soldi e aver messo al corrente l'avvocato, si incontrò con Giuseppe. Durante il tragitto, gli spiegò la situazione, che, fra l'altro, già conosceva, come tutti i colleghi, gli amici ed i clienti del settore. Ormai la sua vicenda teneva tutti con il fiato sospeso, quasi come una telenovela, anche se era meno prevedibile e molto più drammatica da vivere in prima persona.

Rientrare nella *hall* dell'*Hotel Desert Storm* gli mise addosso un'inquietudine difficile da controllare. Alla *reception* c'era un tizio mai visto, con lo sguardo di ghiaccio e la voce possente.

Furono introdotti subito nell'ufficio del direttore, il signor Mohammed Jahir, che si dimostrò cordiale ed affabile. Era un uomo magro e non troppo alto, di origini libiche, piccoli baffetti che incorniciavano una faccia smunta, gli occhi piccoli inquadrati dentro un paio di grandi occhiali con le lenti scure, pochi capelli in una testa quasi glabra.

Gli venne incontro con un sorriso che pareva sincero, gli strinse la mano con energia, lo invitò ad accomodarsi e trattò Angelo con il rispetto che fino ad allora nessuno gli aveva portato.

"Allora, signor Poggi, che ne direbbe di chiudere questa incresciosa vicenda?" esordì in tono pacato, con l'aria di chi si trova in compagnia di vecchi amici.

Angelo si sentì un po' meno nervoso, e un po' più sollevato.

"Non chiedo altro, direttore, mi creda!"

"Beh, le ricordo che se avesse autorizzato il pagamento dell'importo con la sua carta di credito, come le avevamo chiesto per telefono qualche mese fa, avremmo evitato di essere ancora qui a parlarne. Lei mi capisce, vero?"

Il tono cordiale non precludeva un attento uso delle parole e del loro preciso significato. Angelo si lasciò sfuggire una smorfia, ma non ebbe il tempo di replicare, perché il suo interlocutore pareva intenzionato ad evitare le polemiche e a liquidare in fretta la questione.

"Ho parlato con il Console del suo Paese, il signor Baldi. Ah, l'Italia, che meraviglia! Sono stato una volta a Palermo, in vacanza, e l'ho trovata incantevole! Per non parlare degli italiani, che ti fanno sentire a casa!"

Sospirò ricordando i luoghi che l'avevano reso felice, e poi proseguì, sempre sorridendo:

"Il signor Baldi mi ha parlato della sua onestà e professionalità. Lo stesso ha fatto anche il signor Falhed, uno dei suoi clienti più importanti. Mi ha chiamato poco fa e si è tanto raccomandato..."

Il direttore lasciò il discorso volutamente in sospeso, in attesa che le parole ed i nomi evocati facessero effetto su Angelo. Il quale, dal canto suo, cominciava davvero a credere che finalmente sarebbe uscito da quel terribile incubo, se addirittura Falhed si era scomodato per lui. Non ci poteva credere. Sentì un groppo chiudergli la gola, e si chiese se davvero l'onestà venisse premiata, alla fine.

"Sono lusingato e felice che persone così importanti credano alla mia onorabilità..."

"Ovviamente, anche il nostro *hotel* ripone fiducia nei suoi migliori clienti, e per questo ritireremo la denuncia nei suoi confronti."

Angelo pensò di aver capito male: davvero sarebbe stato tutto finito? L'euforia stava prendendo il sopravvento, ma la ragione le mise un freno. Possibile che, all'improvviso, fosse così semplice risolvere la questione? Nel bel discorso di Jahir mancava la condizione, il 'ma': quale sarebbe stata l'inevitabile contropartita in cambio del ritiro della denuncia?

Gli pareva di essere alla Giostra del Saracino di Arezzo, una rievocazione storica dei giochi

cavallereschi di origine medievale. Al momento di
assegnare il punteggio, l'Araldo legge alla Piazza il
verdetto della tenzone.

«*Il cavaliere Angelo Poggi ha ottenuto il ritiro della
denuncia, MA, avendo un'accusa pendente, deve
sottomettersi a tutto ciò che gli verrà chiesto.*»

Chiuse gli occhi e incrociò le dita dietro la schiena,
pregando affinché le condizioni fossero accettabili.

Dopo qualche interminabile istante di silenzio, il
direttore proseguì con lo stesso tono sereno e pacato:

"Dunque, l'*hotel* ritirerà la denuncia se lei pagherà
in contanti l'importo del conto da saldare, di
millecentocinquantacinque euro, e vorrà firmare un
documento, in cui dichiara che non intende fare causa
all'*hotel*, né ora, né mai."

Angelo lasciò entrare ogni singola parola nella
mente, la soppesò con attenzione, valutò la sua
posizione, scambiò una rapida occhiata con il collega,
infine guardò Jahir e rispose deciso:

"Io preferirei che fosse LEI a dichiarare che non
sono stato io a dare soldi falsi all'*hotel*, come
effettivamente è accaduto."

Lì per lì, il direttore sembrò rimanere spiazzato.
Probabilmente non si aspettava una risposta del
genere, dopo il prologo di elogi, l'accoglienza che gli
aveva riservato, l'interessamento di un personaggio
importante come Falhed... Fu solo un attimo, poi
riprese subito il controllo della situazione e scrollò la
testa, con una smorfia di disappunto.

"Spiacente, signore, ma ciò non è assolutamente
possibile," rispose in tono cordiale ma asciutto.

"Perché no? Voi non vi fidate di me, ed io dovrei
fidarmi di voi? Chi mi assicura che ritirerete la
denuncia nei miei confronti? Chi mi garantisce la
definitiva chiusura della questione? Potreste ritirare
questa denuncia, ma accusarmi di qualcos'altro... Lei
mi capisce..."

Angelo appariva sicuro di sé, perché era abituato nel suo lavoro a passare al setaccio tutte le possibilità, specie le peggiori, in particolar modo quando lo riguardavano personalmente.

"Assolutamente no, signore. Non siamo autorizzati a rilasciare nessun tipo di dichiarazione, e lei dovrebbe considerarsi onorato dal trattamento che le è stato riservato dal nostro *hotel*. Non a tutti viene concesso ciò che intendiamo offrire a lei, proprio per la fiducia che riponiamo nella sua persona."

Il tono di Jahir cominciava a diventare aspro, ed il sorriso era piuttosto una contrazione dei muscoli del viso.

Angelo insisté:

"L'avvocato mi ha parlato di foto e filmati, ripresi da telecamere a circuito interno, che usate abitualmente per la sicurezza. Vi ha chiesto di poterle visionare, ma non ha avuto risposta."

"Ci sono dei problemi tecnici, che rendono impossibile la corretta visione della documentazione richiesta dal suo avvocato, signor Poggi," rispose algido il direttore.

Trascorsero dei lunghi istanti in cui il silenzio pesò come un macigno sul cuore di Angelo. Infine, trovò il coraggio di esprimere la propria incertezza.

"Non posso prendere una decisione tanto importante senza essere pienamente convinto di ciò che sto facendo. Mi occorre del tempo per pensare, per valutare..."

"Non pretendiamo che lei accetti subito la nostra proposta. Ha tutto il tempo che vuole per riflettere."

Jahir si alzò e tese la mano ad Angelo:

"L'aspetto domenica mattina alle dieci. Allora, dovrà darmi la sua risposta, e sarà quella definitiva, signor Poggi."

Angelo si alzò a sua volta e strinse la mano al nemico.

"D'accordo, ma vorrei che anche voi ripensaste alla mia, di proposta, e che ne comprendeste le motivazioni," insisté.

Il direttore scosse la testa con aria decisa, lasciò la stretta e aprì la porta.

"Non ci conti, signor Poggi. Ci vediamo domenica."

Angelo si chiese perché ogni volta che qualcuno non gradiva ciò che lui diceva ripeteva 'signor Poggi' fino all'esasperazione. Forse era proprio una tecnica studiata per fargli perdere la pazienza, un meccanismo psicologico per indurre alla persuasione.

Uscì dall'*hotel* con il morale sotto i piedi.

Salutò Giuseppe, ringraziandolo per la gentile disponibilità, e chiamò Elizabeth. Il telefono era spento: di certo era alle prese con qualche cliente.

Si ricordò di avere un appuntamento con un grossista, e di essere in ritardo.

Mentre era in taxi, si mise a riflettere, ponderando i pro e i contro della proposta appena ricevuta da Jahir.

E se si fosse fidato? Forse sarebbe stato tutto finito per davvero. In fondo, se si fosse impegnato a dichiarare di non denunciare l'*hotel*, loro lo avrebbero lasciato in pace. Avevano i soldi, avevano la certezza di essersi messi al sicuro: cos'altro potevano pretendere da lui?

D'altro canto, però, nessuno gli poteva garantire che non fosse una trappola. E se, firmando il documento, loro, sentendosi al riparo da eventuali denunce di ritorsione, lo avessero accusato di qualche altro crimine, magari anche più grave, per toglierselo definitivamente di torno?

Doveva soppesare ogni minimo dettaglio, essere lucido, ma non era facile. Doveva anche portare avanti il lavoro, e non era un particolare trascurabile. A causa di questa storia, aveva delegato a lungo sua figlia ed i colleghi, ma i clienti volevano lui. Comprendevano i suoi problemi, cercavano di aiutarlo e di venirgli incontro, ma il mondo degli affari è come quello dello spettacolo: *"The show must go on"*, 'lo spettacolo deve andare avanti', altrimenti qualcuno deve prendere il posto di chi manca, in un modo o nell'altro. E Angelo non era disposto a sacrificare tanti anni di carriera, gettando all'aria una vita intera, per colpa di un errore, o di un equivoco, o di un inganno.

Le giornate trascorsero veloci, mentre la mente lavorava, insieme al cuore, per prendere la decisione giusta, allo scopo di salvaguardare almeno la propria incolumità.

Aveva telefonato a diversi personaggi di rilievo, alcuni li aveva rintracciati, altri no, probabilmente perché non volevano essere coinvolti in una faccenda tanto spinosa. Tutti comunque promettevano appoggio, dichiaravano di credere alla sua onestà, e prendevano tempo per trovare qualche aggancio, qualche conoscenza in grado di aiutarlo.

In realtà, di tempo ce n'era rimasto poco, e le motivazioni da esaminare avevano tutte lo stesso peso sulla bilancia della ragione. In questo modo, l'ansia cresceva, allontanando ulteriormente la lucidità necessaria per emettere un verdetto, per dare una risposta definitiva, convincente e convinta la domenica successiva. Si aggiungeva, inoltre, la consapevolezza delle eventuali conseguenze che in ogni caso avrebbe potuto subire.

Il tredici novembre, giovedì pomeriggio, Angelo si incontrò con Assim, un amico che aveva un grande *store* di gioielli a Jumerah Beach. Ricordava che il padre di Assim era stato un importante magistrato di Abu Dhabi, e sperava che avrebbe potuto consigliarlo, se non aiutarlo. Purtroppo, venne a sapere che l'uomo era gravemente malato, e non gli fu possibile neanche avvicinarlo.

Ogni qual volta vedeva aprirsi uno spiraglio, irrimediabilmente accadeva qualcosa che lo faceva sprofondare sempre più nella disperazione. Era come

88

essersi infilati per sbaglio in un *tunnel* e non trovare mai l'uscita, dopo che anche l'entrata si era chiusa inesorabilmente dietro le spalle. Buio pesto ovunque. A nulla valevano le serate in compagnia di clienti danarosi, insieme ad Elizabeth e ai colleghi. Non riusciva a godersi i ristoranti di lusso, gli alberghi profumati, le donne lussuriose, i locali con musica dal vivo...

Neanche quando ebbe l'occasione di parlare di nuovo con Falhed, che lo aveva invitato, come molte altre volte, nella sua lussuosa dimora. La villa era a tre piani, ornata da stucchi e da numerose finestre, alcune rettangolari, altre con archi ad ogiva. Ai lati, le mura si piegavano in una forma semicircolare, dando all'edificio l'aspetto di un sontuoso castello. Mentre erano a cena sulla terrazza, da cui si godeva il panorama della città illuminata, Angelo osservava i divani di vimini ricoperti di stoffe preziose, le tende dell'enorme *gazebo* di seta · finissima, il cibo abbondante servito con stoviglie e posate pregiate, i camerieri impeccabili, che si muovevano sincronizzati, quasi dovessero seguire il ritmo della musica in sottofondo, i bracieri di argilla, su cui si consumavano lentamente spezie ed aromi profumati, insieme alla preziosa essenza del legno di Oud, illuminando la tavola ed i commensali con tremule fiammelle mosse dalla brezza calda della sera, che faceva frusciare le palme e le piante. I profumi, le voci biascicate e concitate, gli ammalianti occhi scuri, abiti e copricapo di stoffe ricercate, l'atmosfera... Angelo chiuse gli occhi, e per un attimo dimenticò perché si trovava lì. Si sentì come sempre, quando era ospite dei suoi clienti, trattato con ogni riguardo, nel lusso e negli agi. Si stava per rilassare, quando il pensiero orribile della questione in sospeso con l'albergo e con le forze dell'ordine si fece strada nella sua mente, mettendo a tacere la voce dell'anima e l'istinto del cuore. Una parte di sé tentava di sollevarlo da tutto quel dolore, concedendogli tregue momentanee, almeno per non farlo impazzire. Tuttavia, non poteva durare a lungo, rischiando di trasformarsi in una sciocca illusione.

Riprese il controllo di sé e cercò di dirigere la conversazione sull'argomento, per tastare il terreno, per sperare ancora una volta di poter essere rassicurato, per credere che qualcuno l'avrebbe aiutato e che quell'incubo sarebbe finito.

"Allora, signor Falhed, ha avuto notizie riguardo alla mia questione?" chiese fingendosi tranquillo, quasi disinteressato.

L'uomo, vestito secondo l'usanza del suo Paese, indossava il tipico *thawb* bianco, simile ad una tunica. l'*izaar* al posto dei pantaloni occidentali, e si stava sistemando il *keffiyeh* – una specie di sciarpa rettangolare piegata a triangolo e avvolta sulla testa - facendo girare l'*agal* nero, a doppio cerchio, per evitare che il vento lo spostasse. Lo guardò con aria indecifrabile.

"Non ti devi preoccupare. Sei un uomo onesto, non ti succederà nulla, vedrai," rispose con calma studiata.

"Sì, però intanto una notte in prigione me la sono fatta. E ora mi hanno proposto un patteggiamento, che sembra piittosto una trappola..."

"Tu sei forte della tua purezza," lo interruppe Falhed, guardandolo con i suoi occhi profondi, che incutevano rispetto. "Sei una persona limpida, e Allah sa riconoscere il giusto dall'ingiusto, sa distribuire a ciascuno ciò che merita!" concluse con aria definitiva l'uomo.

Angelo voleva replicare, ma l'attenzione generale venne calamitata da uno spettacolo con il fuoco, all'interno del quale fu servito il *kebab* in maniera scenografica. Nell'euforia generale, la questione venne definitivamente accantonata.

Che razza di risposta era quella? Che cosa intendeva dire Falhed? Che non si voleva esporre, in qualità di uomo potente e di politico, non voleva rimanere invischiato nella controversa storia di un italiano qualunque? Oppure era una specie di tacita promessa, un invito a non preoccuparsi, perché lui sapeva o poteva fare qualcosa per tirare Angelo fuori dai guai?

La cena proseguì in un'atmosfera pacata, lussureggiante e festosa. In mezzo a discorsi seri e a battute scherzose, alla maniera tipica di chi è avvezzo alla diplomazia e sa dosare sapientemente sguardi e parole, a seconda delle persone, delle circostanze, Angelo si ritrovò a pensare, in mezzo a quel lusso, a quell'ambiente da *Mille e una notte*, che in fondo tutto il mondo è paese. Aveva ragione Rahim, il ragazzo conosciuto in prigione: la politica non serve mai ad aiutare il popolo, quanto ad arricchire chi detiene il potere.

Il giorno seguente, venerdì quattordici novembre, Angelo salutò Elisabeth, che ripartì per l'Italia. Anzi, l'aveva salutata la sera prima, per evitare un addio difficile, ma prima dell'imbarco non aveva resistito e le aveva telefonato di nuovo.

Senza di lei, si sentì ancora più solo, ma, forse, era meglio così. Sua figlia non doveva assistere alla sua fine, alla sua condanna. Aveva sofferto anche troppo in quegli ultimi giorni.

«Quando si deve affrontare un percorso difficile,» pensava Angelo, «è bene restarsene da soli, e non infliggere a chi ci è vicino il dolore della nostra pena. Fa più male veder soffrire per causa nostra chi si ama, che portare la croce su di sé.»

Visto che, secondo la religione islamica, venerdì è il giorno festivo della settimana, da dedicare alla preghiera, si fece forza ed iniziò a darsi da fare come gli suggeriva la ragione, per quanto le circostanze glielo permettevano. Dapprima consultò l'avvocato Grossi, di Arezzo, oltre a diversi amici, conoscenti, clienti. Poi chiamò, come sempre, l'avvocato Kaleb, ma parlare con lui era snervante: ogni volta sembrava cadere dalle nuvole, non sapeva nulla, perdeva tutti gli appunti, e non ricordava quasi niente delle conversazioni precedenti. Angelo voleva chiedere il suo parere riguardo alla proposta del direttore dell'*hotel*, ma, ancora una volta, il legale sembrava troppo occupato per dedicarsi a lui. Angelo arrivò perfino a chiedersi se non fosse d'accordo con la parte avversaria.

Tuttavia, senza lasciarsi scoraggiare, continuò imperterrito nella sua opera, digitando freneticamente un numero dopo l'altro, salutando entusiasta le persone, attaccandosi ad esse ogni volta con un filo di speranza, che veniva subito reciso da frasi di circostanza, false promesse, distacco, schietto diniego, esortazioni a rassegnarsi. Eppure, insisteva a lottare, non sapeva se per istinto di sopravvivenza, o se spronato dall'orgoglio, perché voleva vedere riconosciuta la sua onestà. Forse erano entrambe le cose, o forse era solo spinto dalla disperazione.

Fatto sta che era ormai venerdì inoltrato, e ancora non era cambiata una virgola, non c'era niente in sospeso, nessuna promessa, nessuna aspettativa. Nulla di nulla.

Telefonò a Megan, la sua amica avvocato di Parigi.

"Come stai? Sei riuscito a risolvere la questione?" chiese con il suo abituale ottimismo.

"No, Megan. Appena ho rimesso piede a Dubai, mi hanno sbattuto in galera come un assassino, per una notte intera!" rispose Angelo, con aria abbattuta.

"COM'E' POSSIBILE? Con quale motivazione hanno potuto fare questo?"

"Hanno detto che ho compiuto un grave crimine, e adesso sono senza passaporto, non posso andarmene... Mi hanno rilasciato un foglio di carta bollata in cui si dichiara che sono un delinquente, e devo esibire questo, come documento di identità. Lunedì ho l'incontro con il pubblico ministero, ma entro domenica devo decidere se patteggiare con l'albergo..."

"Patteggiare? Che cosa ti hanno chiesto?"

"Vogliono che io paghi in contanti e che firmi un documento, già redatto da loro, in cui mi impegno a non fare causa in futuro all'*hotel*."

"Assolutamente no. Chi ti assicura che loro non prendano delle contromisure, e ti accusino ugualmente? Dovresti valutare attentamente ogni singola parola di quel documento, e, comunque, non avresti nessuna certezza. Non è un documento con valore legale."

"Infatti! Io invece ho chiesto loro di firmare un documento in cui dichiarano di non aver ricevuto da me i soldi falsi. Ma non ne vogliono sapere!"

"Ovviamente, non lo farebbero mai, altrimenti ammetterebbero l'errore - o trappola che sia - nei tuoi confronti, e tu avresti il diritto di chiedere i danni morali e materiali!"

"Guarda, non so più quali sono i miei diritti, a questo punto... Non credo che qui contino i diritti internazionali, o simili. Non so cosa c'è dietro, ma funziona tutto in un modo incomprensibile, almeno per me!"

Megan fece un sospiro. Poi propose:

"Ascolta, sto consultando *on-line* la lista degli aerei in partenza, e ce n'è uno da Parigi per Dubai, fra tre ore esatte. Posso prenderlo, così affrontiamo la questione insieme..."

"No, meglio di no," rispose Angelo con decisione, sedendosi sul letto, e strofinandosi gli occhi stanchi con la mano libera. "Preferisco affrontarli con un avvocato del posto, così magari sono meno indisposti nei miei confronti. Sai quanto disprezzino gli occidentali, per certi versi, ed io non voglio inasprire la situazione, che è già abbastanza critica."

"Ma hai bisogno di aiuto, non puoi rimanere da solo!" protestò Megan.

Angelo si illuse per un istante che queste parole potessero venire da sua moglie. Ma lei, ancora, non

93

sapeva quello che era successo, almeno finché Elizabeth non le avesse raccontato tutto.

"Ti prego, Megan. Non voglio metterti nei guai e non voglio aumentare i miei. Mi basta poter contare su di te!"

"*Ok*, come vuoi. Se hai bisogno, ci sono sempre, lo sai..." concluse Megan rassegnata.

"Lo so. Grazie, tesoro!"

Appena la conversazione fu terminata, Angelo sentì di nuovo i brividi di gelo sulla schiena, un senso di opprimente solitudine, la voglia di scappare da quell'angoscia che gli attanagliava corpo e mente. In quel momento avrebbe dato qualunque cosa, pur di cancellare con un colpo di spugna quel brutto periodo della sua vita, magari risvegliandosi e accorgendosi che, per fortuna, era stato solo un brutto incubo.

Invece no. Era la realtà. Una realtà inspiegabile, come tanti pezzi di un *puzzle* composto da eventi misteriosi, da fatti che lui ignorava ma di cui ne subiva, suo malgrado, le conseguenze. Quella proposta gli martellava in testa, mentre lo sguardo fermo e distaccato del direttore dell'*hotel* lo perseguitava, anche se si sforzava di pensare ad altro. E se davvero fosse bastato un '*sì*', perché tutto fosse finito? Un paio di giorni e poi la libertà. Era necessario intestardirsi, dire di '*no*' per principio, per onestà, per coerenza? Avrebbe accettato senza dubbio un compromesso, se davvero ne fosse valsa la pena, se fosse stato sicuro al cento per cento che la denuncia sarebbe stata ritirata e che nessuno lo avrebbe più cercato per qualsiasi motivo.

Ma, visto come erano andate avanti le trattative, vista l'accoglienza al suo arrivo, considerando anche il fatto che le Autorità avessero voluto intimidirlo, spaventarlo o minacciarlo, poteva davvero credere alle parole del direttore? Se avesse firmato, sarebbe stato tutto finito? La risposta era sempre la stessa, in ogni caso: nessuno poteva garantirglielo

Si sedette sul letto, fece un bel respiro, chiuse gli occhi, passandosi la mano sulla fronte. La decisione gli apparve chiara, limpida, definitiva: se avesse accettato la proposta, avrebbe ammesso implicitamente di aver pagato il conto con soldi falsi. Quindi, se avesse firmato la rinuncia a sporgere querela, avrebbe probabilmente firmato la sua condanna, perché avrebbero potuto accusarlo di truffa, di ammissione di colpa, e di chissà che altro poteva prevedere la legge del posto.

Si fece coraggio, facendo leva sulla sua onestà, sulla sua forza, sulla speranza, sull'aiuto di qualche amico, chissà, magari anche di Falhed...

Adesso doveva non solo aspettare il lunedì successivo in quell'orribile stato d'animo, ma era necessario risolvere problemi impellenti, come, ad esempio, cercare un nuovo alloggio. Infatti, la sistemazione che l'azienda orafa - per la quale era venuto a lavorare a Dubai - gli aveva pagato non era più disponibile. Siccome non poteva permettersi, per chissà quanto tempo ancora di soggiorno obbligato, un *hotel* come quello in cui aveva alloggiato con Elizabeth, decise di chiedere a Pamir un albergo decente a buon prezzo.

Mentre faceva i bagagli, il *BlackBerry* si mise a vibrare. Un sussulto, un vuoto allo stomaco, un attimo di fiducia... E invece era solo un cliente, che si lamentava perché gli era stato spedito un articolo non richiesto. Così, oltre a tutto il resto, avrebbe dovuto pensare anche a calmare le ire di costui, che stava urlando al telefono tutto il suo disappunto.

Aveva appena chiuso la valigia e, come era sua abitudine, stava controllando meticolosamente armadi, cassetti e sportelli del bagno, per verificare di non aver dimenticato nulla. Dal telefono, appoggiato sul letto disfatto, in modalità *viva voce*, riecheggiavano per la stanza le grida del cliente, e Angelo rispondeva con qualche monosillabo ogni volta che passava nei paraggi. Sapeva che era un tipo collerico e che doveva fargli sbollire la rabbia, prima di poter intavolare una conversazione civile. In quel momento, qualcuno bussò alla porta. Fu un ottimo pretesto per arginare il fiume in piena dell'interlocutore, e rimandare la discussione al loro incontro, fissato per il pomeriggio.

Angelo aprì la porta e si trovò davanti Eva. Rimase senza fiato, non solo per la sua bellezza, che risplendeva ancor più di quanto ricordasse, ma soprattutto perché non avrebbe mai immaginato di rivederla, specialmente nella sua stanza.

"Come hai fatto a trovarmi?" le chiese, con una punta di rimprovero nella voce.

Lei sorrise, alzando gli occhi al cielo.

"Non mi aspettavo le braccia al collo, ma almeno prima fammi entrare," replicò con una voce vellutata che non riuscì a nascondere la delusione.

Angelo si fece da parte, la lasciò passare e si chiuse la porta alle spalle.

"Stai partendo?" gli chiese senza voltarsi.

"Sì, cambio *hotel*," rispose lui con un tono più aspro di quanto avesse voluto.

Le sue regole erano sempre state chiare. Niente storie, niente numeri di telefono, niente incontri dopo il primo appuntamento, che doveva essere anche l'ultimo. Aveva fin troppi problemi, specialmente adesso, e non voleva crearsene altri.

Nell'aria era rimasta sospesa la domanda che le aveva fatto appena l'aveva vista, così lei ruppe il silenzio, si girò sui tacchi vertiginosi, e fissò i suoi occhi in quelli di Angelo.

"Mentre dormivi ho frugato tra le tue cose. Ho visto il documento della polizia, ho capito che sei nei guai."

Angelo si sentì ferito nell'orgoglio, e, per un istante, maledì il suo vizio di conquistare le donne.

"Mi vuoi ricattare? Guarda che non ho fatto nulla, sono vittima di un equivoco... E tu non avevi il diritto di ficcare il naso nella mia vita," rispose in tono acido.

96

Per un breve momento, un lampo gli attraversò la mente. Se era una donna influente, moglie o amante di qualche pezzo grosso, forse avrebbe potuto aiutarlo... Oppure, farlo condannare definitivamente...

La speranza morì prima di essere nata, quando lei dichiarò spavalda:

I thought about it

"Se pensi che voglia aiutarti, sì, ci ho pensato. Ma mio marito è un importante diplomatico americano, e sta facendo carriera per diventare senatore. Ha amici molto influenti, qui negli Emirati, e non accetterebbe mai di perorare la causa di un italiano, per non inimicarsi i suoi *sponsor*. E' un gran figlio di puttana, e non guarda in faccia nessuno, neanche me..."

"Ieri mi avevi detto che stavi accompagnando tuo fratello..." protestò Angelo.

Lei rise, prendendo un pacchetto di sigarette dalla borsa di Prada e ficcandosela tra le labbra carnose, accentuate da un velo di rosso intenso. Lo guardò con compassione, come si guarda un bambino ingenuo:

"Cosa dovevo dirti? Accompagno mio marito? Poi, fra l'altro, hai visto che me la sono squagliata in taxi. Non potevo mica portarti con me nell'auto della scorta!"

"Non mi avresti spaventato. Non temo nulla, quando voglio qualcosa," replicò lui in tono severo.

Eva si sedette sul letto, accavallando maliziosamente le gambe. Aspirò una boccata e soffiò via il fumo in una nuvola, che si dissolse lentamente.

"Cosa vuoi da me?" le chiese impaziente, le mani in tasca, ancora fermo accanto alla porta.

a lot

"Lo sai cosa voglio. Tu mi piaci parecchio, Angelo, hai qualcosa di magnetico. Non riesco a resisterti. Anche adesso, sto frenando a stento l'impulso di saltarti addosso..."

Il corpo languidamente adagiato sul letto, lo sguardo fisso sul suo, la bocca semichiusa, i capelli sciolti sulle spalle nude...

"Non posso. La mia regola è chiara. Una notte, e poi fine della storia. Lo sapevi, ed eri d'accordo anche tu.

Non voglio complicazioni. Inoltre, ora devo andare. Fra pochi minuti mi verranno a chiamare per lasciare libera la stanza..."

La osservava con sguardo duro, e, anche se non poteva dirsi indifferente alla sua bellezza, doveva essere coerente con se stesso, proprio adesso che aveva altro a cui pensare. Chissà, magari se fosse capitata in un altro momento, se non ci fosse stata quella brutta storia di mezzo...

"E se ti tirassi fuori dai guai, cambieresti idea?" gli chiese a bruciapelo, inarcando il sopracciglio con aria di sfida.

"No," rispose senza esitazione, ostentando sicurezza. "Ti sarei grato, ma non cambierei idea."

Il cuore gli martellava nel petto come impazzito, un po' per il desiderio che stava cercando di reprimere, un po' per l'ennesima speranza di salvezza che veniva rinfocolata.

Eva si alzò dal letto con una smorfia, spense con un gesto secco la sigaretta nel portacenere sul comodino, e lo osservò con aria indecifrabile.

"Credo che tu sia davvero innocente, visto che sei un uomo tutto d'un pezzo; nulla riesce a smuoverti dai tuoi principi e dai tuoi propositi. Non credo di essere in grado di aiutarti, però ci proverò lo stesso. Te lo meriti."

Angelo ebbe un moto di dolcezza e di riconoscenza nei suoi confronti, ma sapeva che, se avesse abbassato la guardia, anche solo per abbracciarla, i suoi famosi 'principi' sarebbero andati a farsi benedire. Perciò, continuò a mostrarsi fermo e deciso, anche se non poté fare a meno di ringraziarla con un tono un po' più dolce.

La sensazione che aveva avuto al risveglio, dopo la notte passata insieme, quella voglia di restarle accanto, di accarezzarla, di sentirla ridere, di farla sua, erano più forti che mai dentro di lui. Ma non poteva.

Non doveva. Non qui. Non adesso. Tempi e luoghi erano sbagliati.

I tacchi riecheggiarono nella stanza silenziosa, e Angelo si ritrovò avvolto dal suo profumo, dalla sua presenza, dal suo calore. Fece un passo indietro, per paura di non riuscire a controllare se stesso e la sua debolezza.

Con le dita lunghe ed affusolate gli porse un biglietto, con un indirizzo, un nome e diversi numeri di telefono.

"So che non mi chiamerai mai, ma voglio darti questo foglietto, così potrò alzarmi ogni mattina con la speranza che tu possa cambiare idea..."

La voce le si strozzò in gola per l'emozione, e Angelo la vide sbattere furiosamente le palpebre per cercare di ricacciare indietro le lacrime.

Fu il *BlackBerry* a soccorrerlo e a dargli la forza di resistere in quel momento. Il suono insistente richiedeva una risposta immediata, e non si poteva rimandare oltre il congedo.

"Addio," sussurrò prendendole la mano e sfiorandola con le labbra.

Si abbandonò a quel breve istante chiudendo gli occhi, pallida, mentre le lacrime scivolavano sul viso splendido come quello di una dea.

Non riuscì a dirgli nulla, scappò correndo verso l'ascensore, che la inghiottì portandola lontano da lui per sempre.

Angelo strinse forte il biglietto, mentre il telefono insisteva, irrequieto.

«Pronto, signor Poggi, chiamo da parte del signor Pamir. Dovrei darle il nome di un *hotel*, come aveva chiesto."

Ritornando bruscamente coi piedi per terra, Angelo si ricordò che doveva lasciare immediatamente la stanza, e trovare un alloggio più economico.

"*Ok*, mi dica," rispose in maniera meccanica.

Prese nota del nome e dell'indirizzo, trascinò la valigia, e si avviò alla porta. Prima di uscire, guardò la stanza ed il panorama che si godeva dalle finestre. Poi, respirò il profumo che Eva aveva lasciato dietro di sé. Strinse i denti, mentre lo stomaco si contraeva in qualcosa che faceva male, al corpo e all'anima. Infine, si voltò e si chiuse la porta alle spalle con un tonfo sordo, definitivo.

9. DISCESA ALL'INFERNO

Quando il taxi fu ripartito, Angelo alzò lo sguardo e rimase di stucco. L'*hotel* che Pamir gli aveva consigliato trasudava squallore. Non tanto per l'unica stella esposta, quanto per la porta cigolante, con la maniglia talmente sporca da rischiare di rimanervi attaccati. Un odore penetrante di chiuso, di sporco, di umori, gli colpì le narici appena entrato. L'atrio piccolo e stretto era immerso nel buio, così che ci volle qualche istante per abituare la *vista*.

«Forse è meglio non guardare,» pensò tra sé, mentre si stropicciava gli occhi ed iniziava ad avvertire un senso di abbandono, di solitudine, di inevitabile disperazione. Fu preso da una gran voglia di scappare a gambe levate, ma cercò di dominarsi.

Alla *reception*, su una specie di cattedra, posta in cima a quattro o cinque scalini, un indiano gli chiese con aria sbrigativa il passaporto. Mentre si sforzava di ignorare lo sporco e la desolazione che lo circondavano, Angelo tirò fuori di tasca il documento che gli era stato rilasciato dalla polizia e lo porse all'impiegato. Questi lo lesse e poi guardò il cliente con diffidenza.

"Pagamento anticipato, signore," dichiarò senza tanti complimenti.

Angelo non poté trattenere una risatina nervosa: ovviamente non si fidavano. In quella specie di antro stregonesco dovevano essere abituati ad ospitare tipi sospetti, disposti a nascondersi in una topaia pur di trovare rifugio. Ma, siccome nel documento le Autorità lo avevano etichettato come un criminale, i dipendenti dell'*hotel* volevano essere certi che il conto fosse saldato, in caso di arresto o di misterioso decesso del cliente...

Si avviò per le scale buie e ancora più sporche dell'atrio, aprì la porta della stanza e non poté neanche

101

consolarsi buttandosi su un letto morbido e pulito. L'odore era anche peggiore di quello che c'era in cella, un misto di letame, muffa, chiuso. Si sentì salire le lacrime agli occhi, per la frustrazione e per il tanfo. Provò ad armeggiare con il termostato dell'aria condizionata, ma si accorse che era stato bloccato su una temperatura indefinita. Spalancò la finestra, minuscola, che dava su un vicolo sovrastato da palazzi più alti, che impedivano alla luce di passare. Ci doveva essere qualche ristorante dello stesso livello dell'*hotel*, al piano di sotto, perché un odore acre di cipolla bruciacchiata mescolata a spezie piccanti lo investì in pieno, tanto che si affrettò a richiudere.

Il letto era rivestito da una coperta dozzinale, con disegni geometrici che non bastavano a mascherare macchie e strappi. Non c'era il materasso, ma qualcosa di duro, probabilmente un tavolaccio di legno. Non volle comunque indagare, per non infliggersi ulteriori umiliazioni. Il comodino aveva una lampadina attaccata ad un interruttore con i fili scoperti. Alle pareti, chiazze di sporco, quadretti dozzinali mezzi rotti, crepe molto profonde, fori e segni di quelli che parevano proiettili infilati nell'intonaco. Si avviò verso il bagno, senza finestra, piccolo e buio, male illuminato da una plafoniera che emetteva degli strani sibili e che di tanto in tanto lampeggiava. Il *water* era incrostato e maleodorante, la doccia aveva un rubinetto che perdeva acqua, il lavabo era incrinato e sporco. Non c'era traccia di sapone. Cercò di lavarsi le mani, ma appena aprì il rubinetto arrivò un getto di acqua gialla e puzzolente.

Doveva andare a comprare qualcosa per togliersi quel fetore dalle narici, per l'ennesima volta. Scese di nuovo le scale strette e buie, cercando di non avvicinarsi ai muri o al corrimano, quasi temesse di venire contaminato da qualche *virus* letale. Passò davanti alla *reception* e salutò con un sorriso l'indiano, che rimase immobile, a guardarlo con sospetto.

102

«Un delinquente, sono trattato come un delinquente! Mi tocca vivere rintanato nei bassifondi come un criminale. Io, io che sono sempre stato un uomo rispettabile! Chissà che cosa direbbe mio padre, se lo venisse a sapere...»

Suo padre era l'ufficiale tutto d'un pezzo, che adesso si era ritirato nella sua villa di campagna alle porte di Arezzo, anche se continuava a frequentare l'ambiente dell'Aeronautica Militare. Teneva dei seminari ai giovani allievi, in cui raccontava delle sue missioni in tutto il mondo, ed esibiva con orgoglio le medaglie al valore che aveva conquistato. Nonostante l'età, la carriera veniva sempre al primo posto, e l'Aeronautica Militare era la sua casa, la sua vera famiglia.

Che cosa avrebbe detto, dunque, se avesse saputo in che guaio si era cacciato suo figlio, pur senza volerlo? Lui che non perdonava errori, né eccezioni alle regole; lui che credeva fermamente nei valori dell'onestà e della disciplina, dell'onore e della rispettabilità, che cosa avrebbe pensato? E, soprattutto, avrebbe creduto al sangue del suo sangue? Questa domanda provocò un improvviso vuoto allo stomaco di Angelo.

Si sentì anche peggio quando immaginò la reazione di sua madre: lei non avrebbe dubitato di lui, lo amava troppo, ma avrebbe sopportato di vedere il figlio ridotto in queste condizioni, adesso che era anziana e malata? No, non era giusto darle un dolore così grande, non se lo meritava, dopo tutti i sacrifici che aveva fatto per lui!

Con lo sguardo nascosto dai *Ray-Ban*, si mescolò tra la folla. Si infilò in una specie di supermercato, e, seguendo le indicazioni, si diresse verso gli scaffali, in cui trovò finalmente un discreto assortimento di sapone, doccia schiuma e *shampoo*. Per risparmiare, decise di comprarsi anche la cena, senza prendersi la briga di cercare un ristorante. Scelse del pane tipo *toast*, si fece dare una porzione abbondante di pollo

103

con verdure, un paio di confezioni di biscotti al cioccolato, qualche *snack* ed un paio di bottiglie di acqua naturale.

Per la strada, aveva visto un piccolo parco con delle panchine, in cui andò a sistemarsi, consumando in santa pace una cena che risultò niente male. Erano le otto di sera, faceva ancora caldo, ma la brezza muoveva le fronde degli alberi e delle palme: Angelo si sentì stranamente a suo agio, come non gli capitava da diversi giorni.

Rimase lì per molto tempo, fumando sigarette e cercando di rilassarsi, osservando il viavai di persone. Era ormai buio quando si incamminò verso l'*hotel*. Ma il solo pensiero di rientrare in quel luogo maleodorante lo scoraggiò. Cosa avrebbe fatto là dentro, dopo aver cercato di lavarsi? Era ancora presto, non aveva sonno, e temeva che la disperazione potesse prendere il sopravvento. Non aveva soldi per permettersi qualche locale alla moda, di quelli che frequentava insieme ai clienti. E non era neanche dello spirito giusto per divertirsi.

«Un criminale, sono ridotto come un criminale,» ripeteva a se stesso.

Non riusciva a pensare ad altro. Queste parole continuavano a martellargli in testa, annullando la sua volontà e la sua stessa esistenza. Gli sembrava che tutti lo guardassero, come se fosse un pericoloso ricercato, che lo riconoscessero, che sogghignassero al suo passaggio, o lo temessero. Si ricordò del romanzo ottocentesco di Nathaniel Hawthorne, *La lettera scarlatta*, in cui in un villaggio puritano dell'America del XVII secolo un'adultera – che aveva avuto una figlia da un uomo di cui si era rifiutata di rivelare il nome – era stata costretta a portare una "A" cucita sulla veste, come marchio della sua colpa. Anche lui aveva addosso il marchio della sua onta, del crimine ipotizzato, e solo gli sguardi indiscreti della gente potevano vederlo? Oppure era il suo aspetto ad attirare

104

l'attenzione? Anche lui era destinato a finire sul patibolo?

Si fermò davanti ad una vetrina e si osservò alle luci sfavillanti dei neon colorati. Di fronte, c'era uno specchio. I capelli erano un po' arruffati, la barba incolta, la giacca stropicciata, la camicia non in piega. Sui pantaloni, vicino al ginocchio, c'era perfino una vistosa chiazza oleosa.

«Quel pollo era troppo unto, accidenti!» imprecò.

Cercò una lavanderia, e ne trovò una che gli parve adatta. Entrò e chiese ad un distinto signore pakistano se poteva togliergli subito la macchia, raccomandandosi per la stoffa delicata.

L'uomo rispose laconico, lo invitò ad accomodarsi nello spogliatoio, dove Angelo trovò diverse riviste per passare il tempo. Sentì che lo strano tipo spruzzava qualcosa sui pantaloni, e poi mormorava delle parole incomprensibili.

«Sarà mica uno stregone?» si chiese tra il divertito e lo spaventato.

Dopo qualche minuto di silenzio, rotto solo da leggeri scalpiccii e movimenti lievi, l'uomo lo chiamò con voce nasale: gli porse i pantaloni, perfettamente puliti e stirati, tanto che parevano nuovi. Angelo li guardò ammirato, girandoli e rigirandoli tra le mani, incredulo. Era capitato davvero da un mago?

«Beh, non sarebbe strano, visto che a me succedono di tutti i colori!» pensò divertito.

L'uomo chiese pochi *dirhams*, e Angelo non finì di ringraziarlo.

"Buona fortuna, signore!" lo salutò con aria funebre.

O quel tipo era un veggente, o il suo aspetto era talmente eloquente, da parlare per lui.

«Magari potessi trovare un mago altrettanto bravo per togliere la macchia dalla mia reputazione!» rifletté con amarezza.

Uscì di nuovo nell'aria calda, e fu investito da un odore pungente, acuto, che quasi lo stordì. Si voltò, mentre una mano dalle unghie vistosamente finte, di un colore rosso fuoco, si stringeva intorno al suo braccio come un tentacolo.

Una giovane donna, bruna, occhi verdi, vestita in modo succinto e con il viso coperto da un trucco pesante, sussurrò con una voce che voleva essere suadente:

"Sei triste, caro. Hai bisogno di compagnia!"

Angelo sorrise, si liberò gentilmente dalla stretta e proseguì il cammino. Era triste? Non si sentiva triste, piuttosto «depresso, disperato, incazzato,» per dirla con le sue parole. Non era certo l'unico, perché in quella città circolavano milioni di persone ogni giorno, e non gli sembrava che fossero tutti contenti.

Cambiò direzione, e svoltò verso un grande viale pieno di negozi, locali e luci. Passò davanti ad un ristorante giapponese, in cui aveva cenato con un cliente qualche tempo prima. Riconobbe la zona, anche se non ricordava il nome. Si rammentava però di un locale pieno di donne russe bellissime, *escort*, come vengono definite oggigiorno. A Dubai, come in tutte le città di lusso, ci sono luoghi pubblici in cui si prende un *drink*, si mangia, si balla, e si può finire la serata con una splendida accompagnatrice. Sono donne esteticamente perfette, specie quelle provenienti dall'Europa dell'Est, curatissime, delle vere modelle, e delle professioniste del *business*. In cambio di prestazioni eccellenti si fanno pagare cifre da capogiro. E Angelo ogni volta si trovava in imbarazzo, davanti a queste dee del sesso. Non che non l'attirassero, per carità, e chi avrebbe potuto resistere? Però non riusciva a passare la notte con una donna sapendo di doverla pagare. Quello che gli piaceva era il corteggiamento, la conquista, il gioco di sguardi, la caccia del gatto con il topo, la seduzione, lo scambio di piacere reciproco, la consapevolezza che due persone si piacciono a vicenda, e decidono di stare insieme, anche se solo per una notte. L'idea di dover pagare

106

una prestazione cancellava all'istante il brivido del piacere e dell'eccitazione, e rendeva completamente inutile la trasgressione. Non aveva mai capito perché i suoi colleghi smaniassero per accaparrarsi le donne più belle, per vantarsi delle loro esibizioni sessuali nelle conversazioni tirate fino a tardi. Era una gara assurda, in cui ciascuno ostentava dettagli di complicati rituali, con riferimenti alla durata e al tipo di 'ginnastica' esercitata. Oltre che ai tanti soldi sborsati. Ricordava ancora quando, tre o quattro anni prima, una sera, durante una cena, un collega si era messo a discutere animatamente con lui, per cercare di convincerlo ad ogni costo che la vera trasgressione erano proprio le *escort*.

"Se ti scopi una di queste, che lo fanno di mestiere, non è un tradimento nei confronti di tua moglie, della tua compagna, o della tua fidanzata. E' solo sesso, è come andare in palestra, o fare uno sport. Paghi per tenerti in esercizio. Nessun coinvolgimento emotivo. Se invece, come fai tu, vuoi conquistare, usare la testa e mettere in moto tutti i sensi, allora, caro mio, quelle sì, che sono corna!"

Questo era il frutto di una filosofia diffusa, e largamente condivisa, che aveva sempre lasciato Angelo molto perplesso. Lui, dal canto suo, continuava a credere che in ogni caso si trattasse sempre di un tradimento, con l'aggravante, nel caso delle *escort*, di un forte salasso monetario, oltre che della sgradevole sensazione di sentirsi usato a fini di lucro, senza essere minimamente apprezzato come uomo.

Adesso stava camminando distrattamente sul marciapiede affollato di gente di ogni genere e razza, mentre ripensava a cosa successe qualche tempo dopo quella discussione. I colleghi, infatti, avevano continuato a deriderlo per la sua presa di posizione, e alla fine si erano convinti che in realtà lui stesse cercando di nascondere la sua avarizia. Così si erano messi d'accordo per fargli uno scherzo. Una sera, durante l'ennesima cena, Angelo aveva notato una donna bellissima, con lunghi capelli neri, occhi scuri e profondi, l'aria triste, seduta tutta sola al tavolo accanto. Era stata una questione di attimi, di qualche occhiata, e la scintilla era già scoccata. Non appena si era alzata per uscire a fumare, lui le era andato dietro. Le aveva acceso la sigaretta, le aveva chiesto come mai fosse da sola, e con quell'aria triste... Non avevano perso molto tempo in chiacchiere, ed in breve si erano ritrovati nella camera dell'*hotel*.

"*Ok*, i tuoi amici mi hanno dato l'anticipo. Voglio il saldo ora, seicento euro, prima di iniziare. Questi sono i patti," aveva esordito la donna in tono deciso e formale, mentre si slacciava i sandali e si toglieva i gioielli con gesti meccanici, come di chi si accinge ad indossare una divisa da lavoro.

Angelo, già su di giri, con gli occhi – e non solo quelli – puntati su di lei, lì per lì aveva pensato di non aver capito bene. Ma quando la donna si era voltata a guardarlo con la faccia seria, allontanandosi da lui come se avesse visto un mostro, aveva improvvisamente realizzato di essere stato tratto in inganno.

"Allora, mi paghi o no? Guarda che mi metto ad urlare. Non mi importa se non vuoi scopare. Mi hai fatto perdere la serata. Chi trovo io a quest'ora per rimpiazzarti? Non posso permettermi di rimetterci il guadagno!"

La splendida creatura si era trasformata in un'arpia, con gli occhi spiritati, che chiedeva denaro. Non aveva più nulla di femminile e di eccitante, anche se era seminuda, in una *mise* di pizzo nero. Angelo era rimasto a guardarla, attonito ed incredulo. Ma quando la donna aveva cominciato ad urlare e ad avvicinarsi alla porta, si era riscosso dal torpore, aveva cercato di calmare quella furia, ed era stato costretto, seppure a malincuore, a pagare. Combattuto tra il desiderio frustrato e l'orgoglio ferito, non aveva ritenuto giusto sborsare dei soldi senza almeno prendere qualcosa in cambio. Così quella volta, l'unica volta della sua vita, aveva comprato l'amore per una notte.

Ovviamente, i colleghi lo avevano preso in giro a lungo per via di quella storia, che circolava tuttora nell'ambiente.

«Secondo loro, quella sarebbe stata l'unica occasione in cui non ho tradito mia moglie. Ma per favore!» pensò Angelo, divertito.

Arrivò ad una svolta, e, poco oltre, vide le luci che si riflettevano sul mare di Jumeira Beach. In lontananza, svettava la sagoma inconfondibile del Burj al Arab, che si sdoppiava nelle acque del mare agitate dal vento.

Si accorse di aver camminato tanto, troppo, assorto com'era nei suoi pensieri, nei ricordi di un passato che sembrava remoto, come un sogno mai veramente vissuto. Quel passato che era realtà fino a poco tempo prima, anche fino ad una settimana prima, e che adesso non era più.

«Come cambia la vita delle persone da un istante all'altro! Siamo davvero granelli di sabbia, in balia del vento, un piccolo nulla che si muove insieme ai tanti infiniti nell'universo. Ero un signore prima di scendere dall'aereo. Appena arrivato qui sono diventato un delinquente. E adesso vado in giro come un barbone, come un senzatetto! Potrei imbattermi in uno sceicco e diventare suo socio per caso, da oggi a domani, oppure essere investito da un'auto ed essere morto.»

Ogni volta che riusciva a distrarsi, per pochi minuti, dal pensiero della sua situazione, era dura poi ritornare con i piedi per terra, dover accettare qualcosa di inaccettabile, dover subire le conseguenze di un atto che non era stato commesso, e si sentiva scombussolato, devastato nella mente, nel corpo e nell'anima.

Il percorso a ritroso sembrò più breve, forse troppo breve, dal momento che dormire in quella topaia appariva una missione impossibile.

Erano le due di notte, quando rientrò. La porta dell'ingresso era chiusa. Suonò il campanello e bussò. Non si fece vivo nessuno. Ebbe paura di dover rimanere a dormire fuori - chissà dove - quando, dopo diversi minuti, un tizio alto, robusto ed assonnato venne ad aprire.

Sgattaiolò su per le scale e si infilò nella stanza, che almeno pareva più fresca. Andò dritto in bagno e si lavò con il sapone che aveva comprato, facendo scorrere molta acqua, finché non cominciò ad essere quasi limpida. Fece una doccia e si mise sul letto, evitando di accendere la luce, sfruttando soltanto l'alone luminoso proveniente dall'esterno.

Nonostante la giornata faticosa, e nonostante avesse camminato ininterrottamente per diverse ore, non aveva sonno. O meglio, non riusciva a dormire in quel luogo inquietante. Sulla parete di fronte, il riflesso di un'insegna al neon proiettava dei lampi rossi e blu, in una sequenza quasi ipnotica. Angelo seguiva con gli occhi quegli intervalli colorati, sperando di riuscire ad addormentarsi. All'improvviso, però, notò una macchia che si muoveva sulla parete, anche se non riusciva a distinguere di che cosa si trattasse. Forse erano zampe, forse era una mosca, o chissà che cosa. D'istinto, fece per accendere la luce, ma si fermò di colpo: si sarebbe addormentato vedendo degli insetti di dimensioni assortite scorazzare tranquillamente per la camera? O forse era meglio far finta di non aver visto nulla, e credere di essere in compagnia solo di qualche zanzara?

In quell'istante il *BlackBerry* emise una specie di gemito, annunciando che la batteria era in procinto di scaricarsi. Angelo si tirò su dal letto, e stava per attaccare il cavo alla presa di corrente lì accanto, quando notò che sul *display* c'erano degli avvisi di chiamate perse. Grace aveva provato a telefonargli per ben sei volte, e lui non aveva sentito! Immerso nel caos della vita notturna di Dubai, affogato nei pensieri più strampalati, pur di non impazzire nella disperata situazione in cui si trovava, non si era neanche accorto della vibrazione del telefono nella giacca.

Grace. Di certo Elizabeth l'aveva prontamente informata degli ultimi eventi, non appena rientrata a casa. E chissà quanto era in pena per lui! Anche adesso. Schiacciò il pulsante con il nome di sua moglie, e dopo neanche uno squillo, la voce dell'amata lo raggiunse piena di ansia e di angoscia.

"Angelo, grazie a Dio. Ma dov'eri finito? Ho chiamato perfino alcuni tuoi colleghi, ma nessuno sapeva dov'eri. Come stai?" gli chiese con apprensione.

Un groppo in gola impedì ad Angelo di rispondere subito, così che, senza volerlo, prolungò di qualche istante l'attesa snervante di Grace.

"Sto bene, amore. Mi dispiace averti fatto preoccupare, ma ero impegnato con dei clienti importanti, e non mi ero accorto del telefono..." cercò di giustificarsi.

In altre occasioni, la moglie aveva sempre dubitato della sua buona fede, sospettando relazioni con altre donne, inducendo così il marito, esasperato dalle sue paranoie e dalle scenate di gelosia, a cercare di distrarsi nel letto di qualcun'altra. Si sentiva importante, riacquistava fiducia in se stesso quando conquistava una donna, dopo che Grace l'aveva fatto sentire un subdolo criminale del focolare domestico. Non era una buona scusa per tradire, certo. Avrebbe potuto lasciarla, chiedere il divorzio, e farla finita una volta per tutte. Ma l'amava, come non aveva mai amato nessuna. E anche lei lo amava, di un amore totale, quando non si lasciava accecare da sciocchi pregiudizi, dimenticando ciò di cui aveva realmente bisogno suo marito: la sua presenza, il suo calore, il suo amore incondizionato.

Nel silenzio che seguì, Angelo ebbe paura di dover subire l'ennesimo attacco da parte di Grace, le allusioni sarcastiche alle *"persone importanti"* da lui

111

menzionate, il tono aspro di chi non crede alle parole altrui, il muro gelido di diffidenza che sapeva erigere tra di loro. Angelo sperava sempre che lei capisse, alla fine, ne avevano parlato tante volte, e si augurava che potesse cambiare per amor suo, così come avrebbe fatto anche lui. In questo momento terribile della sua vita, in particolare, desiderava che sua moglie potesse trovare il modo di fargli sentire la potenza del suo amore. Almeno stavolta.

La speranza divenne certezza quando sentì il pianto soffocato di Grace all'altro capo del telefono.

"Elizabeth mi ha detto tutto. Cosa posso fare per toglierti da questo guaio? Chi devo chiamare? Come posso rendermi utile? Dimmelo, per favore, non sopporto di non poterti aiutare!"

Un balsamo miracoloso, una vacanza da sogno, una festa strepitosa, una vincita alla lotteria, una Ferrari... Angelo pensò che niente al mondo lo avrebbe reso tanto felice quanto le parole di sua moglie in quell'istante. Per la prima volta, niente insinuazioni, niente polemiche, niente dubbi, niente di negativo. Gli stava offrendo quello che desiderava da sempre: la sua comprensione ed il suo appoggio senza riserve.

Sentì salire le lacrime agli occhi, ma riuscì a trattenerle, per farsi coraggio e per tranquillizzare Grace.

"Mi basta sapere che mi ami. Questo mi dà la forza per affrontare tutto il resto," riuscì a mormorare.

"Ti raggiungo appena posso!" esclamò lei in un impeto di disperazione.

"No, ora meglio di no. Come ti avrà detto Liz, lunedì ho l'incontro con il pubblico ministero. Non so cosa ne verrà fuori, è una situazione strana e pericolosa, perciò è meglio se non vieni..."

Un attimo di silenzio, e poi aggiunse, parlando con il cuore:

112

"...Anche se averti con me sarebbe ciò che desidero di più al mondo. Non sai quanto mi manchi e quanto ho bisogno di te!"

Grace non riuscì a rispondere, perché fu assalita da un'ondata di emozioni talmente forti da non riuscire a controllarle.

"E' tardi, adesso. E non ho molto credito rimasto per telefonare. Ci risentiamo domani, te lo prometto," sussurrò stringendo forte l'apparecchio, come se potesse in qualche modo afferrare la mano della moglie.

"In che albergo sei? Ti trovi bene, almeno?" chiese Grace, prolungando la conversazione, pur di sentire ancora per qualche istante la voce del marito.

Angelo si guardò intorno nella stanza semibuia, e rabbrividì per il disgusto.

"Sto bene e sono in un ottimo albergo, stai tranquilla", mentì. Perché raccontarle in che razza di letamaio fosse finito? Perché farla stare ancora più in pena di quanto non lo fosse già?

Si congedarono con affetto e Angelo, riscaldato dalle parole di sua moglie, non si sentì più così solo e disperato. La stanza, al buio, non gli parve tanto squallida, ed il letto non troppo duro. Forse domani sarebbe stato un giorno migliore; forse le sue speranze avrebbero trovato terreno fertile nella realtà; forse non tutto era perduto. Confortato da questi pensieri, mentre la morsa di ansia si allentava un poco, quanto bastava per farlo rilassare, lentamente sprofondò in un sonno profondo e senza sogni.

10. TELEFONATE INQUIETANTI

Il quindici novembre, sabato mattina, fu svegliato dalla vibrazione insistente del *BlackBerry* sopra il comodino. Erano le sette e mezzo, aveva dormito solo un paio d'ore. Il numero sul *display* era sconosciuto.

"Salve, Angelo! Come stai?"

Non conosceva quella voce possente e quello strano accento.

"Salve! Con chi parlo?" chiese di rimando, alzandosi a sedere sul letto, con la schiena dolorante.

"Non mi riconosci? Sono Rick, della *Rick's Gold*, in Libano!"

Angelo si sforzò di pensare, ma non ricordava nessun Rick.

"Ci siamo conosciuti qualche anno fa," insistette il tale. "Ci ha presentati Sahid..."

Angelo si stropicciò gli occhi e si costrinse ad essere lucido. Poi, all'improvviso, si rammentò di lui. Lo aveva incontrato in un paio di occasioni insieme a Sahid, ma, da quanto aveva capito, era un losco trafficante, che smerciava oro, denaro e forse anche droga. Aveva dei modi spavaldi, come se appartenesse a qualche banda mafiosa internazionale, con un abbigliamento esageratamente curato, giacche a doppio petto, cravatte dai colori sgargianti, e l'atteggiamento tipico dei frequentatori di locali ambigui.

"Sì, adesso ricordo! Scusami, Rick, ma sono andato a letto tardi, stavo dormendo e non riuscivo a fare mente locale..." cercò di giustificarsi, per non apparire scortese.

"Nessun problema," rispose l'altro con una risata sguaiata. "Allora, so che sei nei guai, amico, ed io posso aiutarti!"

Angelo ebbe un sussulto: si presentava davanti l'ennesima speranza di salvezza, subito vanificata dal pensiero della fonte da cui proveniva. «Cosa vuole da me questo tizio? Di certo, se mi aiuta, vuole qualcosa in cambio, e, se non ricordo male, i suoi traffici non erano proprio legali. Probabilmente, sa che sono con l'acqua alla gola e confida sulla mia disperazione per coinvolgermi in qualche intrallazzo.»

Rifletteva in fretta, cercando di preparare una risposta adeguata all'offerta che gli sarebbe stata fatta, proponendosi di non accettare passivamente, e di non negare decisamente. Non voleva farsi fregare, ma non voleva neanche crearsi altri nemici.

"Ho dei contatti ad Abu Dhabi, che ti potrebbero essere utili," incalzò Rick con il tono di chi la sa lunga.

"Che tipo di contatti?"

"Un giudice molto importante, praticamente un amico di famiglia di un mio socio."

«'Socio'? 'Affari'? 'Amico di famiglia'? Sembra il linguaggio tipico delle cosche mafiose. Ma perché vuole aiutarmi?» si chiedeva freneticamente Angelo, mentre abbandonava del tutto l'idea di poter contare su un eventuale appoggio senza scendere a compromessi.

"Chi è questo giudice?" chiese fingendo interesse.

"Non importa chi è, fidati. Sei in buone mani!" rispose l'altro con aria da smargiasso.

"Cosa devo fare?"

"Ne parliamo quando arrivo a Dubai fra qualche giorno. Magari ci vorrà qualche dollaro per le spese burocratiche, sai come funziona... "

"No, non so come funziona, altrimenti non mi sarei ritrovato in questo pasticcio," rispose Angelo in tono amareggiato, sempre più impaziente di concludere quell'assurda telefonata.

"Ah, ah, mi piacciono le persone che sanno ridere di se stesse. Un po' di ironia aiuta a vivere meglio! Comunque, non ti preoccupare, vedrai che ci metteremo d'accordo. L'importante adesso è toglierti dai guai, amico!"

Non sapeva se gli dava più fastidio sentirsi chiamare ripetutamente 'signor Poggi' da poliziotti, uomini di

115

legge e dirigenti di *hotel*, oppure '*amico*' da questo sbruffone.

Al momento, decise di assecondarlo. Non voleva inimicarsi qualcun altro che potesse nuocergli ulteriormente, poiché non era certo di chi fosse davvero costui, che cosa facesse, quali fossero le sue conoscenze e le sue intenzioni.

"*Ok*, Rick, quando arrivi a Dubai chiamami, così ne parliamo a quattr'occhi! Grazie per il tuo interessamento!"

"Ma figurati! Una mano lava l'altra. Se non ci si aiuta tra amici!" rispose Rick con un'altra sonora risata.

'*Amici*'. Come poteva chiamarlo '*amico*' quando si conoscevano appena? Probabilmente, il suo obiettivo era quello di spillargli quattrini, approfittando delle difficoltà, per poi defilarsi inventando qualche scusa, ad esempio, un disguido, un fraintendimento, o qualcosa del genere. Oppure, gli avrebbe chiesto qualche favore, ma, a questo punto, era meglio subire le conseguenze di un crimine mai compiuto, lottando onestamente per dimostrare la propria innocenza, piuttosto che scendere a compromessi, commettendo davvero dei crimini e indebitandosi con gente di malaffare.

"No, la giornata non è iniziata affatto bene," borbottò, meditando sull'accaduto.

Alla tenue luce che filtrava dalla finestrina, la stanza gli apparve anche peggiore della sera prima. Il tanfo ormai gli era penetrato addosso e sapeva di non poterselo togliere dalle narici, dai vestiti, dalla pelle, finché non fosse andato via da lì. Probabilmente, l'aria condizionata funzionava a tratti, perché in certi momenti c'era un caldo opprimente.

Era appena andato in bagno per cercare almeno di lavarsi la faccia, quando il *BlackBerry* si mise di nuovo a vibrare.

"Angelo, buongiorno. Ti ho svegliato?"

La voce familiare di Stefano fu come un balsamo. Stefano si occupava di ricerche di mercato per la *Società Baldelli*, una delle aziende italiane *leader* nel settore delle macchine industriali. Ma era anche appassionato di *ski diving* e di aerei. Per questo, l'amicizia andava oltre il semplice rapporto di lavoro.

"No, sono già sveglio, non preoccuparti!"

"Dove sei? Vengo in taxi da te, così pranziamo insieme più tardi, che ne dici?"

Al solo pensiero che Stefano potesse entrare in quella topaia maleodorante, Angelo fu preso dal panico.

"No, no, sono a casa di un amico e devo cambiare alloggio. Vengo io da te..." mentì.

Ci fu un istante di silenzio. Poi Stefano aggiunse, a bassa voce:

"Ieri ho incontrato Pamir. So dove sei. Non devi vergognarti."

Angelo sentì che la rabbia gli stava nuovamente serrando la gola.

"Non mi vergogno, Stefano, ma neanche posso accettare che tu mi veda ridotto così..." replicò con sincerità.

"Non è colpa tua, se sei '*ridotto così*', come dici tu. Finché sei una persona onesta, non hai nulla da nascondere. Ho chiamato proprio per chiederti di venire nel mio albergo. C'è posto anche per te, nella mia *suite*."

L'*hotel* in cui alloggiava Stefano si trovava a DownTown, in mezzo ai grattacieli di Dubai, dove scorre la vita, dove Angelo era da sempre abituato a muoversi: era un sogno potersi scrollare di dosso il fetore e lo squallore in cui era sprofondato. Ma poteva accettare?

"Io... non so, Stefano, non vorrei disturbare..." mormorò incerto ed imbarazzato, anche se fortemente allettato da quella prospettiva. Almeno avrebbe potuto risiedere in un luogo confortevole, per qualche giorno, e non sarebbe stato costretto a vivere in quel buco ripugnante.

"Non capisco perché deve essere un problema per te, quando sono io a chiedertelo. La *suite* ha stanze separate, non mi darai alcun fastidio."

Angelo si ritrovò davanti, in maniera del tutto inaspettata, una manifestazione esemplare dell'Amicizia, quella che non chiede nulla in cambio e non umilia la dignità, quella che si nutre del dare, senza pretendere niente, quella che si mostra spontanea, sincera, che viene dritta dal cuore, in ogni occasione, ma soprattutto, nelle difficoltà.

"Grazie," riuscì a dire con la voce strozzata dalla commozione.

Non perse altro tempo. Infilò nel *trolley* il pigiama, indossò la giacca di lino color sabbia, la camicia di seta blu scuro, un paio di *jeans* e gli inseparabili mocassini, nella variante beige. Si premurò di portare via anche il sapone che aveva comprato la sera precedente, perché pensò che la pulizia non si addicesse a quel letamaio. Chiuse la porta in fretta, sollevato di potersi allontanare dall'odore insopportabile che lo faceva stare così male.

Appena scese le scale, trovò alla *reception* un tizio anonimo, che sbadigliava rumorosamente. Consegnò le chiavi con un sorriso, che l'altro interpretò probabilmente come un complimento, un modo per esprimere la sua soddisfazione in qualità di cliente. In realtà, era solo un gesto liberatorio, la soddisfazione, sì, ma di andare via!

L'aria fuori era caldissima e pareva bruciare la pelle, come sempre, ma Angelo, per l'ennesima volta in pochi giorni, si ritrovò ad assaporare con entusiasmo la luce abbagliante del sole ed il suo calore cocente.

«La libertà, ah, la libertà non ha prezzo!» sospirò tra sé, mentre cercava di fermare un taxi.

Adesso lo capiva veramente: solo quando viene a mancare qualcosa, ci si accorge del suo valore, di quanto sia importante. Ora si rendeva conto di quanto in passato fosse stato cinico e superficiale, senza volerlo, per esibire la sua posizione importante, per mostrarsi all'altezza di ciò che gli altri si aspettavano da lui, per egoismo, per ipocrisia, per abitudine, per convenzione, per prassi, e per tanti altri motivi, che gli avevano precluso la strada della vera conoscenza di se stesso, del suo io più profondo, dei piccoli particolari che fanno la differenza.

Dopo un tragitto che parve interminabile, nel traffico caotico di una città come Dubai, sempre in movimento, arrivò al lussuoso *hotel* a cinque stelle in cui lo aspettava Stefano, e, finalmente, si sentì a casa.

16ª.

La domenica, il sedici novembre, Angelo si svegliò presto, in un letto degno di essere definito tale, in una stanza confortevole e profumata, con un bagno che adesso gli pareva da favola.

Cercò di cogliere l'aspetto positivo della sua momentanea situazione, provando a convincersi che da ora in poi avrebbe dovuto vivere alla giornata, accontentandosi di ciò che il destino gli riservava, senza però smettere di lottare per trovare una soluzione ai suoi guai.

Era arrivato il giorno in cui avrebbe dovuto dare una risposta definitiva al signor Jahir, il direttore dell'*Hotel Desert Storm*. Ciò che avrebbe detto, di lì a poche ore, avrebbe cambiato la sua posizione, in meglio, o, come sospettava, in peggio. Ma non poteva, e non voleva, tornare sui suoi passi. Aveva valutato i rischi, e aveva scelto di non compromettere la sua onestà e la sua coscienza.

Si fece una doccia, rilassando corpo e spirito, per quanto possibile, sistemò capelli e barba, scelse una camicia grigia a righe bianche sottili, sotto ad un abito blu, impeccabile, senza rinunciare ai mocassini di *Tod's* e ai *Ray-Ban*.

Scese a fare colazione nella sala già affollata. Aveva fame, nonostante la lauta cena offerta la sera prima da Stefano e dai suoi amici.

Già, Stefano. Ancora non si era alzato, probabilmente era andato a letto tardi. Dopo la cena, infatti, avevano deciso di andare per locali, e Angelo, se pure di malavoglia, li aveva seguiti. Gli era parso scortese rifiutare, dal momento che era un ospite, e che Stefano lo aveva salvato dal tugurio in cui era andato a finire. Si sentiva stanco, per non aver dormito la notte precedente, per tutto lo stress che la sua situazione comportava, la tensione emotiva, lo sforzo nel cercare una via d'uscita... Però Stefano aveva insistito, col pretesto di distrarlo un po' dai suoi problemi.

Erano arrivati in un locale annesso, come molti, ad un albergo di extra lusso. La sala era enorme, affollata di persone vestite in maniera elegante, come nei film americani. Al centro, su un palco rialzato, una splendida pianista dai lunghi capelli corvini e dai tratti tipicamente orientali stava suonando *Qué será, será* di Doris Day, mentre cantava con voce dolce e vellutata. Angelo aveva dimenticato presto la stanchezza, e non aveva avuto occhi che per lei. Non aveva più badato alla splendida *escort* russa, dalle gambe lunghissime e dagli occhi di ghiaccio, che aveva cercato di attirare la sua attenzione. E aveva rifiutato gentilmente l'invito a ballare di una statuaria cinese, dalla pelle di porcellana.

Durante una pausa, la pianista si era alzata dirigendosi verso di lui con movimenti leggiadri, facendo ondeggiare il tubino di *paillettes* dorate che le fasciava il corpo sinuoso. Angelo le era andato incontro con la scusa di complimentarsi per la sua esibizione ed offrirle da bere. Erano rimasti per una decina di minuti al bancone del bar a parlare, a ridere e a scherzare come vecchi amici.

"Devo lavorare tutta la notte," aveva confessato lei con un sospiro, alzandosi per tornare al piano. Aveva preso in fretta una salviettina dal contenitore, si era fatta prestare una penna dal barista e aveva scritto il suo numero. Lo aveva dato ad Angelo con un sorriso:

"Io sono Holly."

"Io sono Angelo," aveva risposto, incantato dai suoi movimenti felini e dallo sguardo intenso.

La ragazza aveva appoggiato appena le labbra sulle sue, prima di scappare via. Quando Angelo si era voltato, era già tornata al suo posto al pianoforte.

Le aveva fatto un cenno di saluto, si era congedato dagli amici con la scusa della stanchezza, che, passata la scarica dell'adrenalina da conquista, aveva ricominciato a farsi sentire, ed era tornato in *hotel*.

Ora, mentre beveva il caffè della colazione, tirò fuori dal portafogli il pezzetto di carta ripiegato su cui era scritto il numero di Holly, e si ripromise di chiamarla nel pomeriggio.

Il fatto di poter programmare degli appuntamenti, di essere in grado di organizzare la propria vita, gli dettero un rinnovato senso di sicurezza, una speranza di riuscire a cavarsela in qualche modo, anche grazie all'aiuto di amici come Stefano. Era pienamente consapevole di essere una persona perbene, e, come tale, avrebbe dimostrato la sua innocenza.

«Se fossi stato uno stronzo, o un disonesto, Stefano non mi avrebbe ospitato, ed i suoi amici non mi avrebbero certo voluto con sé,» pensava, mentre chiedeva al *receptionist* di chiamare un taxi. Cercare di mettere in evidenza gli aspetti positivi lo aiutava a farsi forte, per affrontare l'appuntamento con Mohammed Jahir, il direttore dell'*Hotel Desert Storm*.

Era appena salito in taxi, e si accingeva a mandare un *sms* a Grace, quando il *BlackBerry* iniziò a vibrare.

"Buongiorno, signor Poggi! Sono Fayed Assan, il pubblico ministero."

Il cuore di Angelo schizzò immediatamente in gola. Speranza e disperazione si scontrarono vorticosamente dentro di lui, mentre tutti i pensieri positivi sparirono come d'incanto. Cosa voleva il pubblico ministero, il giorno prima della convocazione ufficiale? Trovare un accordo? Chiedere una conferma? Rimandare l'appuntamento?

"Buongiorno," rispose quasi senza fiato, mentre deglutiva a fatica.

"Le volevo ricordare il suo appuntamento con il signor Jahir, direttore dell'*Hotel Desert Storm*, fra quaranta minuti esatti."

D'istinto, Angelo controllò il *Rolex*: erano le nove e quaranta.

"Sono già in taxi, signor Assan," rispose come un automa. Non sapeva neanche lui cosa stesse dicendo o facendo, tanto era stato colto di sorpresa, e tanto gli risultava incomprensibile quella telefonata.

"Bene, signor Poggi. Noi ci vediamo domani, alle otto e trenta in punto, mi raccomando," concluse il pubblico ministero nel solito tono formale ma perentorio.

Angelo era sotto *shock*: come faceva il pubblico ministero a sapere del suo incontro con il direttore dell'*hotel*? E perché telefonare per ricordargli l'appuntamento? Il suo corpo era scosso dai brividi, tremava come una foglia. Chiese gentilmente al taxista di alzare la temperatura dell'aria condizionata, anche se il suo malessere non era da imputare al freddo. Per un attimo ebbe paura di morire, di non riuscire a sopportare quel fardello. Si sentì mancare il respiro. Il sangue pulsava frenetico nelle vene, che parevano esplodere.

«Devo restare calmo, devo restare calmo,» cominciò a ripetere a se stesso come un *mantra*.

Socchiuse gli occhi e si prese la testa tra le mani. Pensò a sua moglie, ai suoi figli, ad Arezzo... Improvvisamente, scoppiò a ridere, ed il taxista lo guardò con sospetto, intimorito dallo strano atteggiamento di quel cliente dall'aria stravagante. Angelo era stupito, perché non avrebbe mai creduto di amare la sua città, di sentirne la mancanza. Se ne accorgeva ora, per la prima volta in vita sua. Aveva sempre detestato la mentalità chiusa dei suoi abitanti, il fatto che tutto pareva restare sempre immobile, immutato, come se ci si rifiutasse di aprirsi al mondo, di evolversi e crescere, lasciando ammuffire nell'oblio e nell'indifferenza i tesori che la storia, insieme ai suoi grandi personaggi, hanno lasciato in eredità. Adesso, invece, avrebbe voluto riassaporare i profumi, gustare i prodotti della tradizione contadina, ammirare il paesaggio, la città vecchia mollemente adagiata sulla collina, affrontare i musi lunghi, le facce sempre imbronciate degli aretini, dei suoi amici, della sua famiglia... Sentì un groppo in gola e si rese conto che un essere umano non è nulla senza radici, senza storia, senza legami, senza affetti. Aveva sempre creduto di essere diventato quello che era per merito del suo aspetto, del suo carattere, delle sue capacità, contando esclusivamente sulle proprie forze. Invece, per tutto questo tempo, si era soltanto illuso.

Il taxi si fermò davanti all'entrata dell'*Hotel Desert Storm* alle nove e cinquantacinque. Jahir lo stava aspettando nel suo ufficio freddo quanto il suo sguardo. Lo accolse con un sorriso formale ed una stretta di mano.

"Buongiorno, signor Poggi. Prego si accomodi."

Angelo si sedette. Ancora non aveva superato il trauma della telefonata di Assan, ma cercò di mostrarsi calmo, e, soprattutto, si impose di stare attento sia ad ascoltare che a rispondere. Ogni singola parola pronunciata poteva cambiare il suo destino.

"Ha già fatto colazione? Posso offrirle qualcosa da bere?" chiese Jahir con educazione.

"No, grazie, sono a posto," rispose Angelo con un accenno di sorriso.

"Dunque, signor Poggi," proseguì l'altro, sedendosi di fronte a lui. "Che cosa ha deciso, riguardo alla nostra proposta?"

«Nostra? Chi sono gli altri, quelli dell'*hotel*, o quelli del tribunale?» pensò Angelo, avvertendo un'ulteriore fitta di panico.

Si sistemò sulla sedia, sforzandosi di apparire padrone di sé. Tenne lo sguardo fermo sull'interlocutore, proprio come fanno due animali quando si studiano prima di attaccarsi. Dopo qualche istante di silenzio opprimente, si schiarì la voce e rispose:

"Ci ho riflettuto a lungo, signor Jahir, ma le confermo che non posso accettare la sua offerta. Non posso firmare una dichiarazione scritta in una lingua che non conosco, con il rischio di ammettere implicitamente una colpa che non ho. Perché LEI SA che io sono innocente!"

Jahir non replicò. Il suo volto era impenetrabile. Alzò con un gesto secco la cornetta del telefono sulla scrivania, compose in fretta un numero, ed iniziò a parlare in arabo, finché Angelo lo udì chiaramente pronunciare il nome di Assan. Il direttore stava telefonando al pubblico ministero davanti a lui, anche se non poteva comprendere cosa si stessero dicendo! Ovviamente, Jahir gli aveva comunicato la decisione finale dello straniero, che, in qualche modo, doveva aver mandato all'aria certi loro piani, se avevano bisogno di discutere in maniera così concitata. E non si trattava di una conversazione strettamente formale. Si poteva facilmente intuire, dal tono e dal modo in cui Jahir si esprimeva, che i due erano in confidenza, si conoscevano molto bene. Angelo si stava chiedendo se avrebbe mai finito di stupirsi.

Alla fine della telefonata, dopo qualche battuta, qualche risata, ed un probabile appuntamento per un incontro, Jahir si alzò in piedi, aprì un cassetto della scrivania e mise un foglio davanti ad Angelo.

"Ecco, signor Poggi, questo è il documento che avrebbe potuto firmare per chiudere questa incresciosa questione. Io avrei potuto aiutarla, signor Poggi, se solo si fosse fidato di me. In un attimo sarebbe stato tutto finito."

Angelo rivolse un'occhiata diffidente al documento, senza neanche provare a sfiorarlo. Poi si alzò a sua volta, guardò in faccia il direttore, e rispose con l'aria più neutra che riuscì ad imporsi:

"Lei potrebbe aver scritto qualunque cosa, nel suo documento. Io non conosco l'arabo, non conosco le leggi arabe, e non voglio ritrovarmi nei guai più di quanto non lo sia già. Anche se sono in difficoltà, signor Jahir, almeno mi sento al sicuro, perché sono una persona onesta, perché non ci sono prove, ed io sono innocente. Non posso rischiare di firmare la mia condanna."

Il direttore lo osservò impassibile. Gli tese la mano, e, con un sorriso quasi minaccioso, aggiunse soltanto:

"Le auguro tanta fortuna, signor Poggi. Ne avrà davvero bisogno."

Angelo ricambiò la stretta.

"Addio, signor Jahir," rispose gelido.

Uscì in fretta dall'*hotel*, che era avvolto nel silenzio, per ritrovarsi all'improvviso nel caos, nel rumore, nella vita frenetica della metropoli di Dubai. Il sole cocente lo investì in pieno, togliendogli il poco respiro rimasto. Infilò i *Ray-Ban* per schermare la luce, troppo forte per i suoi occhi stanchi. Alzò la mano per tentare di fermare un taxi. Tremava. Ancora tremava per la tensione, la rabbia, la disperazione. Solo. Era solo. E forse aveva buttato alle ortiche l'unica speranza di salvezza. I pensieri si inseguivano e si aggrovigliavano, annebbiandogli la mente. Fu il *BlackBerry* a scuoterlo dal torpore.

"Tesoro, dove sei? Com'è andata?"

La voce dolce di Grace fu come un balsamo sulle ferite della sua anima. Non voleva far preoccupare la moglie, ma la sua presenza, anche se solo attraverso il telefono, fu essenziale per superare quel terribile momento.

"Ti amo, Grace!" riuscì a dirle con la voce strozzata dall'emozione.

11. IL TRIBUNALE DI DUBAI

La testa era ancora occupata da mille pensieri, ed era impossibile immaginare di liberarsene. Però, dopo la telefonata con Grace si sentì meno solo, riuscì a trovare la forza per andare avanti, stringere i denti e combattere, alla lenta riconquista della sua vita, della sua dignità, della sua libertà.

Doveva andare agli uffici del Tribunale di Dubai, per certificare che Aziz Kaleb era l'avvocato da lui incaricato di rappresentarlo presso il Tribunale stesso.

Il taxi impiegò più di un'ora per districarsi nel traffico e arrivare a destinazione, in una zona che distava dalla città e che Angelo non conosceva.

Dentro all'austero edificio c'erano tantissime persone, un via vai di impiegati e gente comune, in un assordante rumoreggiare di voci, porte che sbattevano, telefoni che suonavano... Le stanze erano grandi, decorate con i tipici disegni orientali e delle cornici traforate, simili a quelli delle moschee. Chiese in portineria dove fosse l'ufficio che faceva al caso suo. Prima, dovette salire ed affrontare una fila interminabile solo per la richiesta. Poi, lo fecero scendere in un altro ufficio per vidimare la stessa richiesta, quindi dovette rimanere in attesa per un'altra ora, ed impiegò la mezz'ora successiva per un altro incartamento. Infine, fu indirizzato all'ufficio dove si rilasciava il documento di certificazione, con il numero della pratica del caso. Erano passate in tutto più di tre ore.

Cominciava a mancargli l'aria, nonostante fosse piuttosto fresco là dentro, rispetto agli oltre trenta gradi dell'esterno. Non sopportava più il chiacchiericcio, lo scalpiccio, il suono incessante dei telefoni, i profumi troppo acri e gli odori non sempre piacevoli... Tutto quel trambusto rimbombava negli ampi corridoi e nella sua testa. Inoltre, camminare era un problema, poiché ovunque c'era gente stipata, in attesa, in fila, oppure in transito, da un ufficio all'altro, intrappolata in quella incredibile macchina infernale che è la burocrazia.

«Ed io che mi sono sempre lamentato dell'Italia,» pensava amaramente, mentre aspettava che l'impiegato anonimo ed apatico, di fronte a lui, portasse finalmente a termine quell'operazione che pareva così complicata.

Solo quando ebbe il documento in mano, poté uscire e respirare, nonostante fuori fosse ancora molto caldo. Erano le quattro del pomeriggio, e non aveva mangiato dalle nove di mattina. Entrò in una specie di *fast food* lì vicino per prendere qualcosa da bere, ed un gelato in formato *maxi*, l'unico cibo che riuscì a trangugiare dopo l'indigestione di carte bollate. Ma non era finita qui. Quando uscì dal locale, infatti, impiegò più di un'ora per trovare un taxi, tante erano le persone in fila ad aspettare, per l'ennesima volta.

Stefano aveva organizzato per quella sera una cena con degli amici in un salone riservato dell'*hotel*. Fu piacevole per Angelo ritrovare a tavola vecchie conoscenze insieme a persone nuove, perché finalmente aveva l'occasione di distrarsi, allentando un po' la tensione. Per tutto il giorno, infatti, non era riuscito a smettere di pensare a ciò che era successo la mattina. E più ci rimuginava, più stentava a credere che fosse realmente accaduto. Il direttore dell'*hotel* aveva telefonato al pubblico ministero, alla presenza dell'italiano messo sotto accusa senza uno straccio di prova, per decidere probabilmente se condannarlo o meno. Assurdo! Non poteva non esserci un'altra spiegazione, qualcosa che lui ignorava, ma di cui era rimasto vittima, a sua insaputa. Le ipotesi si inseguivano nella mente con insistenza. Era stato usato come capro espiatorio, per salvare la carriera di qualcuno ritenuto più importante di lui? Era stato scelto casualmente, magari perché capitato al momento opportuno per loro? Oppure, aveva fatto un torto a qualche uomo potente, senza accorgersene, così che erano state montate pesanti accuse contro di lui, come pretesto per una ritorsione, una vendetta?

Aveva fatto qualche ricerca in un *Internet Point*, per documentarsi ed informarsi. Sapeva già che Dubai è una città giovane. Anticamente, era soltanto un piccolo villaggio di pescatori, schiacciato tra il Golfo Persico ed il Deserto Arabo, finché nel 1830 la famiglia Al Maktoum creò l'Emirato di Dubai, dando il via a quel processo di evoluzione edilizia, economica e sociale che è ancora *in progress*. La dinastia Al Maktoum fa parte di una delle sette dinastie che dominano gli Emirati Arabi Uniti. Sono diretti discendenti di un gruppo tribale, di origine beduina, Al Bu Falasah, che fa parte della federazione tribale Bani Yas, che domina gli Emirati. Poiché Dubai appartiene alla famiglia dell'Emiro, tutte le attività hanno, come *sponsor* finanziatore e come socio al cinquanta per cento, per diritto, un membro della famiglia, un parente, un affiliato.

Angelo era venuto a sapere che l'*Hotel Desert Storm* apparteneva ad un lontano parente dell'Emiro, ma non aveva mai sentito parlare di costui, né lo aveva mai conosciuto. A meno che non avesse incontrato casualmente lui o qualcuno appartenente alla sua cerchia... Aveva cercato su *Google* le notizie riguardanti quest'uomo, e aveva trovato anche una foto, ma era sicuro di non averlo mai visto, né di aver mai avuto a che fare con lui.

I dubbi si alternavano alla paura di ciò che sarebbe accaduto dopo aver rifiutato la proposta di Jahir, e ancora il pensiero tornava alla telefonata con Assan. Non riusciva a togliersi dalla testa quell'atmosfera di complicità, quei sorrisi cordiali, quel tono amichevole... Lo avevano escluso definitivamente dal loro mondo, e lui non aveva potuto fare altro che restarsene seduto ad aspettare che gli altri decidessero le sorti del suo destino.

Perché? Perché stava accadendo tutto questo? Perché proprio a lui? Il fatto di non essere in grado di trovare valide risposte a queste domande, lo gettava ancora di più nello sconforto.

Si riscosse da questi pensieri quando uno dei commensali gli rivolse alcune domande.

"Stefano mi ha raccontato del tuo problema. Quando hai l'udienza?" chiese un tizio alto, allampanato, con gli occhiali spessi e la testa glabra. Era un dirigente di una catena di *store* di abiti maschili.

"Domani mattina, alle otto e mezzo," rispose con aria abbattuta.

"Chi è il pubblico ministero?" intervenne Karim, un *manager* di una casa automobilistica.

"Il signor Fayed Assan."

"Lo conosco," esordì un tale che indossava un *keffiyeh* alla maniera israeliana.

Il cuore di Angelo ebbe un sussulto. Guardò l'uomo con aria interrogativa. Questi sorrise e spiegò:

"Sono il legale di una banca, e conosco bene gli ambienti del Tribunale di Dubai, per motivi di lavoro."

Fece una breve pausa, poi proseguì:

"Assan è un pubblico ministero conosciuto per la sua meticolosità ed equità. Se il tuo caso è stato affidato a lui, si risolverà tutto per il meglio!"

"Senza contare il tuo *curriculum*, le testimonianze di chi ti conosce come professionista serio ed onesto," aggiunse Stefano.

"Già, mica puoi far parte dell'Aeronautica Militare se hai anche solo l'ombra di una macchia!" esclamò Adriano, un collega di Angelo.

"Bah, sembra che non conti niente, tranne la loro parola," replicò amaramente Angelo.

"Non ti preoccupare, qui tutti conosciamo gli ambienti del Tribunale di Dubai, e ti posso garantire che, se non ci sono le prove della tua colpevolezza, sarai lasciato in pace. Stai tranquillo!" rispose un giovane ingegnere elettronico con la barba lunga ed i capelli incolti.

"Il colloquio con Assan sarà solo una formalità. Vedrai che domani a quest'ora sarai libero e rilassato," lo incoraggiò un grossista di gioielli pakistano.

Tutti furono d'accordo con lui, non per compiacimento, quanto perché avevano fiducia nell'ambiente giudiziario e nell'integrità di Angelo.

"Lo spero. Non ho mai desiderato tanto qualcosa in vita mia," si augurò, finalmente rincuorato.

In quell'atmosfera intima e conviviale, si sentì un po' più tranquillo, dopo giorni di ansia e di buio. Se era onesto, non aveva nulla da temere: questa era stata la sua unica certezza, o meglio, il suo unico appiglio, fin dall'inizio della vicenda. Avrebbe voluto scrivere sui muri, urlare al mondo, scolpire sulle rocce, o sottoporsi alla prova di un'infallibile macchina della verità per dimostrare la propria innocenza, per eliminare definitivamente ogni ombra di dubbio, affinché si potesse cancellare questo errore burocratico, questo spiacevole equivoco, così da riavere indietro intatte la propria libertà e dignità.

La cena proseguì nel clima sereno che si era instaurato, e si protrasse fino a tardi. Angelo si era quasi dimenticato dei suoi problemi, dopo aver conversato di sport, di donne, di viaggi, di famiglia, di lavoro, dell'Italia.

Fu soltanto quando entrò nella *suite* che avvertì di nuovo quella spiacevole sensazione di gelo e quell'ansia da solitudine, mescolate al senso di impotenza. Controllò i messaggi sul telefono: ne trovò due di Grace, e alcuni dai suoi figli. Rispose a tutti, poi fece un altro paio di telefonate e si gettò sul letto vestito. Era esausto, ma si accorse, con disappunto, di non avere sonno. Per l'ennesima volta, nel silenzio delle quattro mura, sentiva riecheggiare nelle orecchie l'assurda, inspiegabile conversazione tra Assan e Jahir, rivedeva l'espressione di quest'ultimo, riviveva ogni istante. La musica di sottofondo non servì a distrarlo, e nemmeno la televisione, accesa sui soliti notiziari o su programmi insulsi.

Per non farsi travolgere dall'ennesima ondata di disperazione – e per evitare di rotolarsi inutilmente nel letto - decise di uscire di nuovo, incamminandosi verso la terrazza al settimo piano dell'*hotel*. Da lì si poteva dominare il panorama di gran parte della città, il mare, con le isole artificiali che brillavano in lontananza, ed il Creek, il canale sulle cui sponde, in un tempo non lontano, sorgeva solo un villaggio di pescatori. Prese una sigaretta, la prima che si concedeva da qualche giorno a questa parte. L'accese lentamente, assaporando l'aroma della nicotina mescolato all'odore acre della fiamma che incendia il filtro all'esterno. Ripensò a tutto quello che era successo, esaminando ogni singolo evento, fino a quel momento, e scoprì che, nonostante le rassicurazioni di tutti gli amici ed i personaggi importanti, durante la cena appena trascorsa, la sua situazione era appesa ad un filo, il filo del libero arbitrio di Jahir, di Assan e di tutti coloro che avevano deciso di incastrarlo per qualche motivo a lui ancora sconosciuto.

«Beati i perseguitati a causa della giustizia, perché di essi è il Regno dei Cieli». Chissà come, nel caos delle sue riflessioni, si era intrufolata questa frase dei Vangeli. Non era mai stato un fervente cattolico, né un praticante. Forse adesso aveva bisogno di punti fermi, di qualcosa di più solido di una labile speranza a cui aggrapparsi.

La tensione aumentava con il passare dei giorni, e, con essa, cresceva anche il senso di impotenza, perché il trascorrere del tempo rosicchiava lentamente le possibilità di contrastare, lottare, fornire prove. Per questo aveva bisogno di sentirsi vivo, utile, importante, almeno per non lasciare che la disperazione prendesse il sopravvento, offuscando la ragione, ultimo strumento in grado di salvarlo, ultimo meccanismo in costante funzionamento, alla ricerca di riscontri e dettagli. Se anche la ragione, dopo aver messo sottosopra ogni minimo indizio, averlo sezionato, analizzato, valutato, e poi di nuovo riesaminato in ogni suo aspetto e forma, avesse dato segni di cedimento, allora sarebbe stata davvero la fine...

Gettò il mozzicone acceso dal balcone, lasciandolo in balia del vento e della gravità, poi lo seguì con lo sguardo. Un pensiero improvviso gli balenò nella mente. Sarebbe stato un istante, un tuffo nel vuoto, e poi più nulla. Immaginò le facce di Assan, di Jahir, di tutti i suoi detrattori, e si scoprì felice di poterli fregare con un colpo di scena inaspettato nel copione che loro avevano scritto per lui. Se fosse morto, avrebbero dovuto cercare un altro capro espiatorio. Oppure, avrebbero comunque dato a lui la colpa di aver spacciato banconote fasulle, in modo da chiudere il caso senza ulteriori seccature, facendolo passare per un criminale di vecchia data che si era visto scoperto e per questo si era suicidato. La sola possibilità di essere considerato un delinquente anche da morto lo riempì di rabbia, forse anche più di prima.

Dall'altro lato, però, pensò che sarebbe stato un sollievo, potersi togliere di dosso tutto il peso di questo bagaglio d'ira, angoscia, senso di ingiustizia, frustrazione, prigionia, oppressione, impotenza... Un attimo, un batter di ciglia, e tutto il dolore sarebbe svanito come in una montagna russa, come aveva fatto migliaia di volte con l'aereo o con il paracadute... Un volo senza la possibilità di ripensamenti o di ritorno. Definitivo.

Fu allora che si insinuò nella sua mente il ricordo vivido di Nicole, la prima moglie, la donna che aveva amato più di se stesso a vent'anni, nell'età delle grandi passioni, dei grandi ideali, prima che la maturità, l'esperienza e la sua condotta di vita rovinassero l'idillio.

Ripensò con struggimento ai suoi riccioli castani, che incorniciavano il viso dolce, lo sguardo profondo e deciso, le guance rosee e le labbra voluttuose. Ebbe un fremito nel rammentare quanto l'aveva amata, come gli aveva fatto battere il cuore il solo pensiero di incontrarla, di stringerla e di averla tutta per sé. Poi erano arrivate le figlie, Carolina e Katia, splendide come la madre. Lentamente, le prime difficoltà, i litigi, i silenzi, il gelo, fino alla presa di coscienza della fine imprevista di un legame che sembrava destinato a durare in eterno. Si amavano ancora, senza riuscire a trovare un compromesso. Lei era un architetto, e aveva uno studio avviato molto noto. Lui era sempre in viaggio per lavoro, o impegnato con la sua passione per il volo. Se solo avessero rinunciato a qualcosa, si fossero creati degli spazi in comune... L'orgoglio, l'ambizione, la vita frenetica, le incomprensioni avevano preso il sopravvento.

"Forse non ci siamo mai amati abbastanza, magari era solo la passione ad illuderci che fosse per sempre," gli aveva confidato Nicole con un velo di malinconico rimpianto, il giorno in cui erano in attesa di entrare dal giudice per il divorzio.

In seguito, i loro rapporti erano rimasti confidenziali ed amichevoli, finché, qualche anno dopo, la donna si era ammalata. Doveva rimanere in ospedale per lunghi periodi, anche se all'inizio non si conoscevano le cause del suo male. Angelo era passato a trovarla prima di partire per l'ennesimo viaggio, ed era rimasto molto turbato quando l'aveva vista dimagrita, sciupata, invecchiata all'improvviso. Sul suo viso erano evidenti i segni di una malattia che la stava consumando più velocemente di quanto si fosse mai aspettato. Eppure, per viltà o per egoismo, aveva voluto credere che fosse solo qualcosa di passeggero, e aveva scacciato dalla mente l'unica spiegazione valida che potesse motivare lo scempio di un corpo splendido.

Si trovava in Israele, quando, qualche mese più tardi, aveva ricevuto la telefonata dal fratello di Nicole: si era gettata dalla finestra del quarto piano dell'ospedale, non appena i medici erano usciti dalla stanza, dopo averle comunicato la diagnosi di un male terribile, irreversibile...

Non lo poteva sopportare: una come lei non poteva subire le angherie di una malattia che l'avrebbe distrutta lentamente, lacerandola dal dolore e costringendo anche i suoi cari a subirne le conseguenze. Ogni terapia sarebbe stata inutile. Tanto valeva farla finita subito, finché il dolore era sopportabile, finché la mente era lucida, finché non le fosse venuta meno la dignità. Fu solo un attimo, niente a confronto dei mesi di sofferenza che le si sarebbero parati davanti. Le era bastato salire sul davanzale, chiudere gli occhi, e sporgere leggermente il busto. La gravità aveva fatto il resto. Un volo breve, non come quelli che aveva fatto insieme al suo Angelo, ai tempi in cui erano innamorati e felici. Un istante, poi aveva toccato il suolo ed era tutto finito.

L'avevano trovata a terra, con un sorriso che si faceva beffe del suo male, mentre aveva gettato il suo ultimo pensiero a chi aveva sempre amato, perché serbassero di lei il ricordo dei tempi felici.

Angelo aveva pianto tanto, quando aveva appreso la notizia. Aveva pianto perché una parte di sé l'aveva abbandonato per sempre. Aveva pianto perché si era sentito in colpa per aver lasciato Nicole da sola. Aveva pianto perché aveva giudicato con superficialità i segni del suo male, anche se sapeva con certezza che lei gli avrebbe impedito di aiutarla. Aveva pianto perché era bloccato in Israele e non poteva andare da lei almeno per l'ultima volta.

Infatti, poiché aveva numerosi visti arabi sul passaporto, senza saperlo aveva destato i sospetti delle

Autorità locali. Fin dal suo arrivo, era stato seguito dai Servizi Segreti Israeliani, che lo avevano messo sotto stretta sorveglianza, perché erano convinti che fosse una spia. Senza che ne fosse stato a conoscenza e che se ne fosse reso conto, non lo avevano lasciato un istante: avevano fotografato e filmato tutto ciò che aveva fatto, le persone che aveva frequentato, colleghi, clienti, gente qualsiasi, e tutti i luoghi in cui era stato. Per un paio di giorni era andato in giro per lavoro, visitando numerose città, insieme a Zahira, una collega israeliana, che viveva tra Roma e Tel Aviv. Zahira era bellissima, e aveva un debole per Angelo. Insieme, avevano condiviso momenti di piacevole abbandono, nei paesaggi mozzafiato, tipici del Medio Oriente.

Quando aveva ricevuto la telefonata che annunciava la morte di Nicole, aveva deciso di partire immediatamente, almeno per stare vicino a Carolina e Katia: non poteva lasciarle da sole ad affrontare quella tragedia.

Però, all'aeroporto di Tel Aviv era stato bloccato da tre donne poliziotto israeliane, dallo sguardo truculento e dai modi spicci. Lo avevano rinchiuso in una stanza, trattandolo come se fosse un delinquente. Poi, lo avevano interrogato urlando e minacciando, gli avevano mostrato le foto scattate dai Servizi Segreti, avevano chiesto spiegazioni dei suoi movimenti, dei suoi spostamenti, dei suoi colloqui. Per tre lunghe ore lo avevano torturato psicologicamente, bombardandolo di domande, cercando di farlo cadere in contraddizione per dimostrare che era una spia, un terrorista, un nemico, o chissà che altro. Alla fine, Angelo, stremato e disperato, si era messo ad urlare più di loro:

"Devo tornare a casa! Mia moglie è morta, MORTA! Lo capite? Ho due figlie che sono rimaste da sole, senza la madre. Per favore, siete donne anche voi, mandatemi via. Sono solo un lavoratore, non ho fatto nulla di male, e voi lo sapete. Lo potete vedere dalle

136

foto, dai filmati che mi sono stati fatti. Sono un poveraccio che vuole solo tornare a casa. Guardatemi: si è mai visto un terrorista che implora pietà a delle donne, che dovrebbero essergli anche nemiche? Vi prego..."

Si era sentito salire le lacrime agli occhi, a causa del grande dolore che imperversava nel suo cuore. Sapeva quanto quelle persone fossero restie ad avere pietà, specialmente quando erano convinte di trovarsi di fronte ad un potenziale antagonista. Per questo, aveva deciso di mettere da parte la rabbia e di chiedere invece misericordia.

Fatto sta che le due donne erano uscite dalla stanza per qualche minuto, e poi, quando erano rientrate, lo avevano rilasciato, pur obbligandolo a cambiare volo ed itinerario *"per motivi di sicurezza"*. Non seppe mai come era riuscito a cavarsela in quella che era sembrata una brutta faccenda: forse perché non avevano le prove, forse avevano avuto pietà, perché erano donne... chissà!

Era scampato ai Servizi Segreti Israeliani - temuti in tutto il mondo per la loro inflessibilità - perché non lo avevano ritenuto capace di essere un terrorista, ed ora, negli Emirati di Dubai, dove il lusso e la modernità la facevano da padroni, veniva tenuto prigioniero con l'accusa di essere un volgare spacciatore di banconote fasulle!

Rise e guardò giù, un'altra volta. Le acque mosse del Creek rimandavano riflessi di luce colorata, quella stessa luce che riverberava ovunque, ennesima ostentazione della grandezza della città... Nicole aveva avuto il coraggio di lasciarsi andare. Ma lui non ce la faceva. Nicole sapeva che sarebbe morta in breve tempo. Angelo si rese conto che non sarebbe mai morto, finché avesse avuto l'appoggio e l'affetto dei suoi cari, di Grace, Elizabeth, Anne e Matthew, e poi Carolina e Katia, sua madre Corinne, suo padre Aldo, gli amici... Avevano bisogno di lui, come lui aveva bisogno di loro. Nicole non aveva più speranze. Lui doveva solo raccogliere la forza concessa dalla perseveranza, per continuare a lottare, perché aveva anche il coraggio della ragione, dell'onestà, della dignità, dalla sua parte.

12. L'INTERROGATORIO

Lunedì, diciassette novembre duemilaotto.

L'orologio segnava le cinque e quarantadue del mattino.

Ancora poco più di tre ore e Angelo si sarebbe trovato di fronte a Fayed Assan, il pubblico ministero con la voce cavernosa, che non prometteva nulla di buono. Specialmente dopo quella maledetta telefonata del giorno prima con Jahir, il direttore dell'*Hotel Desert Storm*, in sua presenza, in maniera sfacciata e tracotante.

Si alzò pigramente. Era inutile restare ancora a letto, assillato dai soliti pensieri. Aveva dormito poco più di tre ore, come ormai sembrava essere diventata un'abitudine. Tutta la sua vita stava andando a rotoli, non c'erano più ritmi, né regole. Doveva adattarsi e tirare avanti come meglio poteva. In quella giornata, poi, sarebbe stato messo a dura prova.

Prese il telefono per chiamare l'avvocato, e qualcosa cadde per terra, come un pezzo di carta... Holly! Se n'era completamente dimenticato. La bella pianista dai capelli corvini doveva aver aspettato a lungo la sua chiamata. Invece, ben altri pensieri avevano riempito la sua nottata. E anche questo, non era da lui!

La doccia di acqua tiepida lo calmò almeno quanto bastava per scendere a fare colazione ed inviare un messaggio a Grace e ai suoi figli.

Alle sette e cinquanta, l'avvocato Aziz Kaleb e Angelo uscirono insieme dall'*hotel* per arrivare puntuali alle otto e venticinque al secondo piano dell'edificio del Tribunale, in cui si sarebbe svolto il colloquio. Furono accompagnati nella stanza da un usciere, proprio nel momento in cui stavano venendo fuori delle persone che Angelo riconobbe come dipendenti dell'*Hotel Desert Storm*. Nessuno di essi alzò lo sguardo su di lui. Soltanto un tipo piccolo e corpulento, quasi calvo, che

139

camminava respirando affannosamente, ebbe un attimo di esitazione, e fece per salutarlo: era l'assistente personale di Jahir, il direttore dell'albergo! Angelo, colto di sorpresa, rimase immobile ad osservare quell'assurda comitiva. Poi, ebbe l'impulso di tornare indietro per cercare di parlare con loro, ma proprio in quel momento l'usciere lo sollecitò ad entrare. Per l'ennesima volta, mille domande cominciarono a turbinargli in testa. Perché i dipendenti dell'*hotel* erano stati lì prima di lui? Normale procedura? Improbabile. Allora, perché?

Nella vasta sala rettangolare, in cui l'aria condizionata era ancora più gelida – o, almeno, così parve ad Angelo - dietro ad una grande scrivania che troneggiava dall'alto, sovrastando tutta la stanza, c'era un tipo molto grasso, con uno sguardo torvo, l'aria seria e poco raccomandabile. A prima vista, sembrava un criminale. Invece indossava il *thawb* candido tradizionale, con il *keffiyeh* altrettanto candido fermato dall'*agal* nero, che pareva proprio la briglia dei cammelli, come usano le popolazioni nomadi. Lui era Fayed Assan, il tanto temuto pubblico ministero, quello che aveva in mano le redini del suo destino. Ed era esattamente come Angelo se lo era immaginato: l'aspetto imponente e l'aria truce non promettevano nulla di buono, specialmente dopo la telefonata del giorno prima con Jahir, dopo aver appena visto uscire dalla stanza il personale dell'*hotel*, e dopo il trattamento che gli era stato riservato fin dal suo arrivo.

Alla sinistra di Assan sedevano alcuni giovani, tutti allineati, vestiti anche loro con il *thawb*, composti ed attenti ad osservare il nuovo arrivato. Dovevano essere aspiranti giudici o auditori, oppure dei tirocinanti. Ad ogni modo, erano altri occhi che lo stavano valutando, e questo non contribuiva a metterlo a suo agio. In piedi, davanti a lui, si presentò un collaboratore del pubblico ministero, con il *thawb* candido, un paio di

140

baffi minacciosi in un viso severo e rugoso, che svettava sul fisico corpulento. Gettò un'occhiata indifferente all'avvocato e si rivolse ad Angelo, senza presentarsi e senza tanti complimenti:

"Il suo avvocato deve uscire, signor Poggi," gli intimò con una voce roca e nasale.

Cominciavano subito ad intimorirlo ripetendo continuamente il suo cognome in tono cantilenante, per esasperarlo, per soggiogarlo, per farlo cedere. Per di più, volevano anche togliergli la presenza dell'avvocato.

"Perché il mio avvocato deve uscire?" protestò con la voce rotta dalla rabbia e dalla tensione.

"E' la prassi, signor Poggi," rispose l'uomo con tono arrogante.

"Voi non potete privarmi del mio avvocato. E' un mio diritto! Faccio appello alla Carta Internazionale dei Diritti Umani!"

Il funzionario tese il volto in un sorriso forzato:

"Lei conosce perfettamente la lingua inglese, quindi è in grado di difendersi da solo, senza l'ausilio dell'avvocato, signor Poggi."

E con un cenno del capo intimò a Kaleb di uscire.

"Voi non potete farlo, non potete! State abusando del vostro potere!"

L'avvocato strinse il braccio di Angelo, e, sottovoce, lo invitò a contenersi per evitare di inimicarsi la giuria. Aveva ragione. Ma la tensione per tutta quella assurda storia gli annebbiava la mente e non poteva sopportare altri soprusi. Era dura tollerare quei modi arroganti, tipici di chi è sicuro di avere il potere, i toni sferzanti, le parole tronche, i mezzi sorrisi di compatimento, gli sguardi feroci, l'aria di sufficienza come se l'interlocutore fosse un perfetto idiota, un essere inferiore da tenere a bada. Quella telefonata del direttore dell'*hotel*, Jahir, gli ronzava in testa ora più che mai, ora che aveva davanti anche la faccia cupa del pubblico ministero Assan. Il quale, dal canto suo, lo fissava con gli occhi ridotti a due fessure da dietro gli occhiali, che si era infilato per leggere la documentazione.

«Come se non sapesse già tutto, e non avessero già deciso cosa fare, lui con quel pezzo di merda del direttore del *Desert Storm*!» pensò con rabbia Angelo. Per la prima volta in vita sua, avvertì un sentimento profondo, che si era lentamente radicato e aveva sedimentato nel cuore e nella mente, qualcosa che gli impediva di ragionare, perché era stato privato della libertà, perché era stato accusato ingiustamente, perché si sentiva schiacciato e non poteva nulla contro lo strapotere di un nemico che non si lasciava conoscere, che non gli permetteva di difendersi. Tutta la vicenda era un mistero, nessuno era disposto a rispondere alle sue domande, e la rabbia si mescolava ai più bassi istinti primordiali. Era dunque questo l'Odio? Se non lo era, doveva essere comunque qualcosa di molto simile.

Strinse i denti e lasciò che l'avvocato uscisse. Un brivido gli corse lungo la schiena quando la porta si chiuse e rimase da solo davanti ad una folla di sconosciuti dall'aria ostile. Lo sguardo era fisso sul suo inquisitore, che neanche ebbe la compiacenza e l'educazione di presentarsi. Non si lasciò affatto intimidire dall'italiano, e si limitò a ricambiare lo sguardo con un'espressione indecifrabile, con l'aria di chi è abituato a trovarsi davanti ad ogni specie di delinquenti che cercano di convincere con qualsiasi mezzo i giudici della loro innocenza.

Angelo si sentiva il viso in fiamme, il sangue pulsava con violenza nelle vene, un leggero tremore lo scuoteva dalla testa ai piedi.

"Si accomodi, signor Poggi," lo invitò il collaboratore con voce atona, indicando una vecchia sedia di fronte alla scrivania.

Angelo si sedette, sforzandosi di controllare la respirazione e la propria razionalità, o meglio, ciò che rimaneva di essa.

"Come vede, signor Poggi, non c'è motivo di avere un avvocato. Ci capiamo benissimo tra noi, non è vero?" chiese con quello che ad Angelo parve sarcasmo gratuito.

"Sì, peccato che l'avvocato conosca le vostre leggi, ed io no!" ribatté in tono polemico, con un sorrisetto ironico.

"Guardi che non è mica un processo, questo, signor Poggi. Siamo qui solo per chiarire la sua spiacevole vicenda."

«Avrei voglia di strozzarti, così la smetti di ripetere "*signor Poggi*" con quel tono arrogante, brutto figlio di puttana!» pensava Angelo, mentre sentiva che la rabbia stava montando di nuovo.

Nel frattempo, uno dei giovani si era alzato ad un cenno di Assan, e aveva preso dalle sue mani un documento. Poi era tornato al proprio posto, aveva aperto il *notebook*, che era rimasto chiuso davanti a lui fino a quel momento, lanciando qualche occhiata al foglio mentre batteva velocemente sui tasti.

"Questo sarà un interrogatorio formale, signor Poggi, in cui lei dovrà dare spiegazioni in merito alla vicenda per la quale è stato accusato. Non servono avvocati, non c'è nulla da confutare: contano solo le sue parole, la sua verità, che solo lei conosce. Al termine, dovrà solo firmare il verbale!"

"D'accordo. Prima di firmare il verbale vorrei leggerlo, se permettete..."

"Ma certamente, signor Poggi."

Il collaboratore fece di nuovo un mezzo sorriso.

«Questi mi stanno prendendo per il culo, credono che sia un fesso, visto che sono italiano!» pensò Angelo.

E all'improvviso fu assalito da un dubbio.

"In che lingua viene redatto il verbale?" chiese con apparente indifferenza.

"In lingua araba, signor Poggi, come tutti i documenti legali," rispose l'altro con aria saccente.

Ecco perché il collaboratore gli aveva concesso il permesso di leggerlo, alla fine: sapeva benissimo che sarebbe stato scritto in arabo, e quindi in una lingua per lui incomprensibile!

Angelo non poté trattenere un moto di stizza. Si alzò in piedi di scatto e si mise ad urlare:

"Non firmerò MAI qualcosa di cui non riesco a leggere il contenuto. Non accetterò MAI! Potrei firmare anche la mia condanna a morte, senza saperlo, così dimostrerei di essere ancora più stupido di quanto non lo sia già! SCORDATEVELO!" *forget it*

"Signor Poggi, si calmi o faccio chiamare la polizia!" gli intimò l'altro a denti stretti.

Angelo si era avvicinato pericolosamente al viso dell'uomo, con aria minacciosa. Sentiva di non riuscire a controllare la rabbia. Se volevano incastrarlo, perché non lo avevano lasciato in prigione? Perché sottoporlo a quella grottesca commedia, in cui la sua parte era già stata scritta per lui?

Senza accorgersene, aveva alzato un pugno in direzione del nemico, mentre tremava nello sforzo di trattenersi.

"Si sieda al suo posto e non usi mai più quel tono con noi, signor Poggi. La sua posizione è complessa e non può permettersi di complicarla ulteriormente. Lei è un ingrato, visto che le stiamo venendo incontro. DEVE fidarsi della nostra giustizia, signor Poggi! Altrimenti, sappia che potremmo non essere così disponibili al dialogo..."

La minaccia, neanche tanto velata, che traspariva dalle parole, era evidente dallo sguardo fermo e crudele dell'uomo. Lentamente, Angelo riprese il controllo dei propri nervi, e, mentre abbassava il pugno, incontrò lo sguardo di Assan, che era diventato ancora più ostile.

Tutti i presenti nella sala lo osservavano attenti, tranne il giovane al *computer*, che continuava a far scorrere velocemente le dita sui tasti, con un ticchettio martellante: era l'unico suono a riecheggiare nella stanza rivestita da un silenzio pesante.

Angelo, con voce bassa, provò a far valere i propri diritti:

"Voi non potete obbligarmi a..."

"Si sieda, signor Poggi, e RESTI al suo posto," lo interruppe l'altro con fare minaccioso, avvicinandosi tanto da alitargli in pieno viso, mentre muoveva la mano in direzione del suo braccio.

Angelo rimase immobile, e, d'istinto, chiuse gli occhi. Pensò di essere colpito, tanta era l'irruenza del suo interlocutore. Nel frattempo, si erano alzate diverse voci, e dal tono si intuiva che erano espressioni di sdegno e disapprovazione.

"ADESSO BASTA, signor Poggi, deve fidarsi della NOSTRA giustizia, perché è al NOSTRO Paese che deve rendere conto del SUO operato! Quindi, si metta seduto ed iniziamo con le domande!"

La voce possente di Fayed Assan aveva sovrastato tutte le altre. In un istante, tutti tacquero e si sistemarono composti, in attesa.

Il collaboratore, ancora rosso in volto, fece qualche passo indietro, poi si fermò a debita distanza da Angelo, il quale, dal canto suo, si gettò a sedere sulla sedia, cercando di raccogliere tutta la concentrazione e le forze rimaste.

Dopo quello che parve un tempo interminabile, l'uomo di fronte a lui si fece dare dal giovane al *computer* dei documenti, e, mentre pareva assorto nella lettura, all'improvviso chiese a voce alta, con il ritrovato tono formale:

"Signor Poggi, lei è accusato di aver pagato il conto dell'*Hotel Desert Storm* con banconote da duecento euro false. Cos'ha da dire in proposito?"

Angelo fece un grosso respiro e si preparò a combattere. Con aria pacata e voce ferma, puntando gli occhi direttamente su Assan, rispose:

"Sono innocente, signori! Non ho mai avuto banconote false, né ho mai pagato qualcosa o qualcuno con esse. Se non dicessi la verità, pensate che sarei stato così stupido da tornare qui, a Dubai, con l'intento di chiarire la mia situazione e dimostrare la mia estraneità ai fatti menzionati? Sono un procacciatore di affari per conto di importanti aziende orafe italiane, sono quasi vent'anni che faccio questo mestiere e giro il mondo, frequentando anche il vostro Paese. Potete chiedere a tutti i più importanti imprenditori e grossisti del settore, direttori di alberghi, gestori di locali, personalità di spicco, anche della politica, che conoscono la mia onestà e professionalità. Sarei uscito dall'Italia per tornare qui, pur conoscendo quali accuse mi vengono mosse, se non fossi sicuro della mia innocenza? Invece, ho deciso di venire per cancellare ogni dubbio, presentandomi dinanzi alle vostre Autorità, per tutelare il mio nome e per poter continuare a lavorare qui, come altrove."

Fece una pausa studiata per lasciar penetrare ogni singola parola nelle orecchie di persone prevenute nei suoi confronti. Poi proseguì:

"Quando ho saldato il conto *dell'Hotel Desert Storm* ho avuto le banconote da un collega, Emilio Bidini, che, a sua volta, le aveva avute dall'azienda italiana per la quale stavamo lavorando. Il totale dell'importo da pagare era di millecentocinquantacinque euro, ed io ho consegnato all'addetto alla *reception* una banconota da cinquecento euro, tredici da cinquanta e una da dieci, per un totale di millecentosessanta euro. Ci hanno dato il resto di cinque euro in monete locali. Potete avere la conferma di quanto avvenuto dal mio collega: infatti, nel nostro lavoro, dobbiamo sempre sapere quanto denaro abbiamo a disposizione, per ripartire adeguatamente le spese e poi fare un rendiconto dettagliato all'azienda. Non ci possono essere errori."

Altra pausa. Gli occhi erano tutti puntati su di lui, freddi ed indifferenti più di prima. Niente sembrava convincere quelle persone a cambiare idea. L'uomo che lo interrogava scosse leggermente la testa in segno di dissenso, e lo invitò a proseguire con un gesto della mano.

"Non sono una persona qualsiasi. Ho ricoperto, e ricopro tuttora, incarichi importanti, a cui sono ammessi solo individui integerrimi. Sono stato pilota dell'Aeronautica Militare Italiana, sulla scia di mio padre, che è ancora nei ranghi. Mi conoscono tutti, nell'ambiente aeronautico, militare e non. Voi sapete benissimo che non si possono ottenere certi uffici con carichi penali pendenti. Prima di tutto, per poter accedere, insieme alle generalità, viene richiesto il certificato penale. Qualsiasi macchia è incompatibile con qualunque ruolo, anche il più umile, non solo in Italia, ma in tutto il mondo."

Angelo ostentava orgoglio e sicurezza, nel tentativo di essere convincente. Anche se quei giudici non lo conoscevano, le sue cariche avrebbero parlato per lui. O almeno, così credeva.

"Perché ha lasciato l'Aeronautica Militare? Perché ha cambiato mestiere, senza proseguire nella carriera intrapresa?" chiese il collaboratore di fronte a lui, con un ghigno di sfida.

Stava cercando di metterlo in difficoltà.

Angelo lo guardò negli occhi per lunghi istanti, studiandolo come fanno le belve feroci, prima di sferrare l'attacco.

"Ero giovane, e la presenza di mio padre era molto più ingombrante di quanto immaginassi. Non riuscivo a stare al passo con lui, perché non ero come lui, non lo sono neanche adesso. Non potevo reggere il confronto, così ho preferito seguire la passione per l'aereonautica in altri modi, altrettanto validi. Non

147

volevo essere un soldato su un aereo: volevo solo essere un uomo su un aereo."

Silenzio. Un silenzio pesante come un macigno.

Aveva scelto di essere sincero e dire la verità, senza accampare scuse preconfezionate e cercare pretesti, affinché i giudici non fossero portati a pensare che avesse qualcosa da nascondere.

"Questo è ininfluente ai fini del nostro esame, signor Poggi. Ciò che conta è che lei è accusato di traffico illecito di banconote false. Il suo lavoro di procacciatore di affari per conto di aziende orafe italiane sarebbe servito di copertura all'attività di spaccio. Supponiamo che questo accada da diversi anni, ma adesso abbiamo le prove della sua colpevolezza, grazie al personale dell'*Hotel Desert Storm.*"

La voce profonda del collaboratore lo colpì come una frustrata. Era questo che pensavano di lui, nonostante tutte le sue arringhe, il suo *curriculum*, il suo comportamento irreprensibile? Allora, perché lo stavano interrogando, adesso, se avevano le prove della sua colpevolezza? Sentì di nuovo il sangue ribollire nelle vene, ma si impose di restare calmo.

"Mi permetto di insistere, signore. Sarei stato così stupido da tornare a Dubai, dopo essere stato avvisato per telefono delle accuse mosse nei miei confronti, se veramente fossi un trafficante di banconote false? Sarei stato così ingenuo da venire qui, sperando di farla franca? Io credo che sarebbe stato più prudente e più furbo restare in Italia. Invece, l'ispettore Barihin in persona mi aveva rassicurato e mi aveva spinto a venire per chiarire la vicenda."

Angelo sorrise con aria di sfida, studiando le reazioni dei presenti, e fissando lo sguardo su Assan, che restava impassibile.

Sicuro di sé e della logica delle proprie obiezioni, proseguì deciso:

"Sono tornato a Dubai, e all'aeroporto sono stato trattato come un delinquente, prima di essere sbattuto in prigione, senza avere la possibilità di difendermi e far valere il diritto di avere un avvocato. L'ispettore Barihin, che con mia figlia e con me, al telefono, si era dichiarato convinto della mia innocenza e disposto ad aiutarmi, non si è fatto neanche trovare. Dopo essere uscito di prigione e aver ricevuto la telefonata dal qui presente signor Assan per la convocazione di oggi, il console italiano mi ha fissato un appuntamento con il direttore dell'*Hotel Desert Storm*, il signor Jahir, per cercare un accordo. Il signor Jahir, al fine di chiudere definitivamente la disputa, mi ha chiesto di pagare millecentocinquantacinque euro e di saldare così il conto – dopo avermi rimproverato per non aver autorizzato il pagamento con la mia carta di credito quando mi aveva chiamato in Italia la prima volta per informarmi. Inoltre, mi ha chiesto anche di firmare un documento, redatto in lingua araba, in cui avrei dovuto dichiarare che non avrei mai fatto causa all'*hotel*. Ovviamente, ho rifiutato l'offerta, perché chi mi assicurava che non ci sarebbero state ritorsioni? Ma, soprattutto, sarebbe stato come ammettere la colpa, che io non ho."

Angelo riprese fiato, mentre, per la prima volta, il collaboratore di fronte a lui mostrava segni di approvazione.

"Ha fatto bene a non accettare, signor Poggi. Una firma su un documento del genere avrebbe aggravato parecchio la sua situazione."

L'uomo pareva sincero, e anche gli altri facevano cenni con la testa ad esprimere parere favorevole.

Angelo si sentì sollevato per aver almeno scongiurato un altro pericolo, e sperò che questo colpisse in maniera favorevole i suoi inquisitori. Forte di questo piccolo successo personale, volle sfidare Assan, per andare fino in fondo.

"Ciò che più mi ha sorpreso è stato un evento del tutto inaspettato. Infatti, ieri mattina, dopo avergli comunicato la mia decisione di non accettare la proposta dell'*hotel*, mentre ero ancora nel suo ufficio, il signor Jahir ha telefonato al qui presente signor Assan, con il quale ha intavolato una discussione amichevole riguardante proprio la mia risposta - da quello che ho potuto intuire, visto che non conosco l'arabo, anche se ho sentito distintamente pronunciare il mio nome. Non capisco per quale motivo il signor Jahir dovesse parlare di me con il signor Assan, e proprio mentre io ero ancora presente."

Il silenzio gelò l'intera sala. Angelo puntò lo sguardo su Assan con aria di sfida, e costui, finalmente, abbassò gli occhi.

«Lurido bastardo, figlio di puttana, cosa credevi, che avessi paura di te? Sei solo uno stronzo che deve coprire qualcuno, ma non lo coprirai con la mia pelle!» pensò Angelo , sentendosi ancora più forte.

Un mormorio appena accennato si diffuse per la sala, ma fu spento subito dalla voce possente del collaboratore, il quale, scorrendo i documenti che stringeva in mano, riprese l'interrogatorio, come se nulla fosse.

"Quando è stato chiamato la prima volta, signor Poggi?"

"Il primo maggio di quest'anno un incaricato dell'*hotel*, un certo signor Azir, mi ha telefonato per informarmi che, secondo lui, io avevo saldato il conto con banconote false."

"E lei cosa ha risposto?"

"Che non poteva essere vero, ma che gli avrei dato un'ulteriore conferma dopo aver chiesto al mio collega, Emilio Bidini, perché era stato lui a consegnarmi le banconote."

"Allora lei non era proprio sicuro?"

"Certo che lo ero, ma volevo avvalorare la mia tesi con una testimonianza."

"Perché non è venuto subito a Dubai, se voleva chiarire la questione?"

"Perché il mio avvocato, e tutti i legali che ho consultato, me lo hanno sconsigliato. Le vostre leggi non sono come le nostre, e, non conoscendole, non potevo sapere a cosa andavo incontro."

"Le vostre leggi non puniscono chi spaccia banconote fasulle?"

"Certo che puniscono chi spaccia banconote fasulle. Ma le procedure in Italia sono molto diverse. Ad esempio, adesso io dovrei avere il mio avvocato qui con me, perché lui conosce le leggi e saprebbe valutare i capi d'imputazione, in modo tale da poter elaborare una strategia di difesa. Invece, pur non avendo commesso nessun reato, vengo ingiustamente accusato, senza neanche avere la possibilità di capire come e perché, e quindi senza avere l'opportunità di scagionarmi."

"Cosa le ha fatto cambiare idea al punto da convincerla a venire a Dubai?"

"Ho preso contatti con varie persone, con clienti, amici, con il consolato... In questi mesi non è passato un giorno senza che facessi dei tentativi per sondare il terreno, per capire... In particolare, mi premeva conoscere la posizione della direzione dell'*hotel*. Mi sono deciso a partire solo quando sono stato rassicurato dall'ispettore Barihin, che, come ho detto prima, si era dimostrato comprensivo, aveva parlato con mia figlia e poi con il signor Falhed, un mio cliente, nonché influente politico. Appena prima dell'imbarco, ho chiamato l'ispettore, che ha creduto – o finto di credere - alle mie affermazioni, e si è dichiarato disponibile ad aiutarmi, lui ed i suoi colleghi. Evidentemente era una trappola per convincermi ad arrivare qui ed incastrarmi definitivamente."

Il pubblico ministero Assan era immobile come una statua, il suo sguardo era inchiodato su quello altrettanto fermo di Angelo, il quale adesso aveva dalla sua anche la forza della disperazione. Superata la paura e l'ansia, si sentiva invincibile e determinato. Niente timori, niente esitazioni. Doveva solo essere se stesso, un uomo onesto, vittima di un terribile equivoco o di un inganno crudele.

Il collaboratore rigirò di nuovo i documenti tra le mani, poi riprese ad insinuare:

"Lei ha dichiarato che le banconote le sono state date dal suo collega. Quindi lei non può essere sicuro se fossero vere o fasulle..."

"Signore, io sono sicuro che le banconote non erano fasulle, che il mio collega non è un truffatore, e che non lo sono nemmeno io. Se lo fossi, sarei già stato smascherato, con il mestiere che faccio. Non contratto con dei pivelli, ma con degli importanti uomini d'affari, che sanno riconoscere una persona onesta lontano un miglio!"

"Ma lei non può ricordare con esattezza quante e quali banconote ha usato per saldare il conto dell'*Hotel Desert Storm*... Chissà quanti contanti deve aver avuto! Come fa ad essere sicuro del taglio delle banconote usate per ciascuna spesa sostenuta durante il soggiorno a Dubai?"

"Invece lo sono, signore. Alla partenza, il committente ci affida dei soldi, e noi registriamo quanti biglietti abbiamo di ogni taglio. Sappiamo cosa avevamo speso e cosa ci restava in tasca. Impossibile sbagliare."

"Non può essere certo di un'operazione come tante. Magari può essersi confuso, e aver usato queste o quelle banconote... Magari lei non ricorda bene... Il funzionario dell'*hotel* si ricorda chiaramente di lei e conferma che le banconote risultate fasulle le aveva date lei."

"Guardi che c'erano altre persone prima e dopo di me alla *reception*. Come possono essere sicuri che sia stato io? Perché dovrei essere io quello che si è confuso, e non il dipendente dell'*hotel*? Inoltre, non capisco perché non abbiano controllato subito le banconote: in qualsiasi negozio o supermercato alla cassa verificano con un apposito apparecchio le banconote. Possibile che in un albergo a cinque stelle non possiedano uno strumento tanto elementare quanto comune?"

Il collaboratore sbuffò, aggiustandosi nervosamente l'*agal*, e gettando un'occhiata ad Assan, il quale continuava, immobile, a fissare Angelo. Magari si aspettava di scorgere dei segni di cedimento, sperava di farlo crollare. Ma Angelo era ormai un fiume in piena e niente poteva fermarlo. Neanche il suo avversario, però, si dette per vinto e replicò:

"Insomma, le imputazioni sono chiare, signor Poggi. Lei è accusato di aver spacciato banconote fasulle per diversi anni. Non ha a disposizione prove a suo favore per dimostrare il contrario. Non le resta che confessare la sua colpa, in modo tale da permetterci di definire la pena. Se collabora, magari non ci saranno aggravanti..."

Angelo si sentì in trappola. Dopo le continue provocazioni dell'uomo, non avevano più mezzi per incastrarlo, ed ora lo volevano costringere ad ammettere ciò che aveva negato fino a quel momento. Perché? Allora dovevano coprire qualcuno per davvero, c'era qualche losca trama sotto, e lui, con la sua ostinazione, la sua caparbietà e la sua forza, rischiava di mandare all'aria i loro piani. Erano i giudici ad essere in difficoltà, ma, in ogni caso, sarebbe stato Angelo ad avere la peggio. Comunque, non avrebbe mai confessato una colpa che non aveva, su questo non era disposto a cedere, a costo di apparire arrogante. Perché assumersi le responsabilità di un altro? Per cosa, poi? Come mai? Non era giusto, e per questo avrebbe continuato a perseverare, difendendo a spada tratta il suo onore e la sua innocenza.

153

"Le accuse sono solo parole, signore. La parola di un funzionario contro la mia, un semplice impiegato contro un cliente. Voi non credete a me, ma perché credete al personale dell'*hotel*? Hanno forse delle prove tangibili che documentino la fondatezza delle loro accuse? So che l'*hotel* ha delle foto, dei filmati che provengono dai sistemi a circuito chiuso che vengono utilizzati per la sicurezza. Il mio avvocato ha sollecitato più volte il vostro intervento per poterli visionare, così da produrli come prova, ma senza alcun risultato. Voi li avete, nella vostra documentazione. Chiedo di poterli vedere anch'io: è un mio diritto!"

Il collaboratore ebbe un attimo di esitazione, e poi scosse il capo con aria decisa:

"Impossibile, signor Poggi. La pratica è secretata. Nulla può essere messo a sua disposizione, perché dobbiamo fare altri accertamenti. A maggior ragione , visto che lei oggi, con le sue dichiarazioni, non ha chiarito i dubbi della Corte. Dobbiamo cercare di capire quanti soldi falsi può aver spacciato e da quanto tempo!"

"IO NON HO SPACCIATO UN BEL NIENTE!" urlò Angelo in un impeto di rabbia.

Avrebbe voluto continuare, ma, ad un cenno di Assan, il collaboratore di fronte a lui lo precedette:

"Se questa è la sua posizione, signor Poggi, non abbiamo altro da aggiungere. Il colloquio è terminato. Entro una settimana prenderemo la nostra decisione, poi provvederemo ad informarla."

Senza dargli il tempo di replicare, si voltò dirigendosi verso Assan, facendo frusciare la stoffa candida del *thawb*.

Angelo si alzò, stordito da quella conclusione così affrettata. D'altronde, era stato sottoposto ad un fuoco di fila di domande provocatorie, alle quali non aveva risposto come loro si sarebbero aspettati, per farlo cadere in contraddizione, per fargli ammettere la colpa, anche se non era la verità.

154

Salutò a voce bassa, ma nessuno pareva badare più a lui. Già si preparavano al caso successivo, riponendo i documenti che lo riguardavano in una logora cartellina verde con il numero della pratica stampato sopra. Cercò lo sguardo di Assan, ma l'uomo si era alzato e parlava con uno degli uscieri, che erano entrati da una porta laterale.

Deluso, amareggiato, frustrato e disperato, Angelo percorse a ritroso tutti i corridoi, prese l'ascensore e, come un automa, camminò in mezzo a persone di ogni razza e colore, poveri vestiti di stracci, e gente ricca accompagnata da avvocati impettiti.

Erano quasi le undici quando uscì fuori, nel caldo infernale di una giornata particolarmente torrida, nonostante fosse novembre inoltrato. Il sole brillava sull'asfalto del parcheggio, rendendolo come di fuoco. L'impatto del gelo dell'anima con il calore insopportabile, avvertito dal corpo, gli mise addosso un forte senso di oppressione.

"Com'è andata, signor Poggi?" chiese Aziz Kaleb, l'avvocato, che era rimasto ad aspettarlo nel piccolo giardino ombreggiato, accanto al parcheggio.

Angelo lo guardò, sforzandosi di mettere a fuoco l'identità della persona che aveva davanti. Era talmente assorto nei suoi pensieri, gli era talmente rimasta appiccicata addosso l'atmosfera ostile in cui aveva trascorso le ultime due ore, che ebbe un attimo di smarrimento.

Scosse la testa, e abbassò lo sguardo.

Adesso che poteva raccontare a qualcuno quello che aveva appena vissuto, si sentì stringere come da una morsa e l'emozione prese il sopravvento. Si sedette su una panchina con la testa tra le mani.

"Angelo, si sente bene? Che cosa è successo?" insisté l'avvocato con apprensione.

Lentamente, iniziò a raccontare, ma si sentiva come estraneo a se stesso, gli pareva di ascoltare una storia accaduta ad una persona che non era lui.

L'avvocato stava in piedi, senza commentare.

Quando Angelo ebbe finito di parlare, ci fu un lungo istante di silenzio, rotto solo dallo stormire delle foglie - mosse dalla brezza soffocante - e dal rumore del traffico, proveniente dalla strada vicina.

"Cosa possiamo fare, avvocato?" chiese Angelo alzando la testa per guardare il suo interlocutore, nella speranza di trovare in lui almeno un appiglio.

Kaleb scosse la testa, distogliendo lo sguardo.

"Da tutto questo non si capiscono le reali intenzioni dei pubblici ministeri. E' un fatto anomalo, la pratica è secretata e non si può fare nulla. Almeno, non fino alla comunicazione della decisione presa."

"Vuole dire che sono nella merda fino al collo, vero?" chiese Angelo con la voce rotta da una rabbia disperata.

"Non possiamo saperlo, fino a che non decidono. Di certo, nessuno è in grado di influenzare la loro decisione, se non c'è riuscito lei in queste due ore!"

Angelo avrebbe voluto urlare all'avvocato che era un incapace, un inetto, che era bravo solo a spillargli quattrini. Ma non ne ebbe la forza. In cuor suo, sapeva che nessun avvocato sarebbe mai stato in grado di sbrogliare quell'intricata matassa, una vera e propria trappola, tesa per incastrarlo. Per l'ennesima volta, si chiese quale fosse la causa scatenante di tutta la vicenda. Era capitato nel posto sbagliato al momento sbagliato, e gli era toccato il ruolo di capro espiatorio per salvare qualcuno o coprire qualcosa? Oppure, era proprio lui il bersaglio, reo di aver pestato i piedi, a sua insaputa, a qualcuno che aveva i mezzi per vendicarsi? O che altro? Purtroppo, non era in grado di darsi una risposta.

Stando così le cose, comunque, non vedeva via d'uscita.

Salutò l'avvocato, con la promessa di tenersi in contatto, e si avviò verso la fila dei taxi.

Doveva organizzarsi, trovare una sistemazione, e telefonare a casa, per far sapere ai familiari dell'ennesimo muro contro cui aveva sbattuto. E doveva continuare a lottare per la sua sopravvivenza, oltre che per la sua dignità.

Avrebbe avuto la forza di sopportare il peso di tutto questo? Sarebbe stato capace di reinventarsi una vita, in attesa che degli sconosciuti decidessero per lui?

«Una cosa alla volta,» si disse, imponendosi delle priorità, per evitare di impazzire dalla disperazione.

Salì sul primo taxi libero per ritornare all'*hotel*, dove c'era Stefano, la sua unica certezza, al momento.

13. ESCURSIONE NEL DESERTO

Stefano lo accolse con un abbraccio e lo convinse ad andare a pranzo insieme, dopo essersi rinfrescato e cambiato d'abito.

Prima, dovette chiamare Grace e comunicarle l'esito negativo dell'interrogatorio, che, invece di chiarire la situazione, l'aveva ingarbugliata ancora di più.

"Non preoccuparti, amore. Ci stiamo impegnando con amici e conoscenti. Vedrai che verremo a capo di questa situazione. Non ci sono prove, tranne la loro parola contro la tua. Il fatto che non ti abbiano permesso di vedere foto o filmati significa che, o non aggiungono nulla, oppure scagionano te. Se avessero avuto uno straccio di prova, ti avrebbero già condannato," cercò di rassicurarlo Grace con tono deciso.

Angelo fece un sospiro.

"Lo so, non aspettano altro. Ma temo che, prima o poi, se la costruiscano, la prova che manca per incastrarmi definitivamente. Ho paura, Grace," ammise, scoprendo la sua debolezza per la prima volta da quando era arrivato.

Ci fu un lungo silenzio, carico di emozioni.

"Ti vogliamo tutti bene, e siamo tutti con te. So che non è abbastanza, ma, credimi, ci stiamo impegnando giorno e notte per cercare una via d'uscita," aggiunse infine Grace con la voce che si incrinava pericolosamente.

"Lo so, tesoro, lo so e vi ringrazio. Non sopporto di dovervi dare dei grattacapi, io che dovrei essere il pilastro della famiglia!"

La rabbia si alleava nuovamente con la disperazione per stringerlo in una morsa opprimente.

In quel momento, sentì il segnale di una chiamata in arrivo, e la speranza, se pur flebile, si accese contro la sua volontà, che, dal canto suo, si era quasi annientata a furia di andare a sbattere contro false illusioni.

"Ti lascio, c'è qualcuno che mi sta cercando. Poi ti faccio sapere. Ti amo, Grace!"

"Ti amo anch'io!"

Terminò la chiamata con la moglie e ritrovò una voce familiare.

"Ciao, Angelo. Sono Salim, dell'immobiliare *S&S*. Come stai, amico?"

"Ciao, Salim! Non sto tanto bene..."

"Ti ho chiamato per questo. Ho ricevuto la tua *e-mail*, e sono molto dispiaciuto. Comunque, sei una persona per bene: vedrai che tutto si risolverà per il meglio."

Ancora la solita storia. Sapeva di essere onesto, lo sapevano tutti quelli che lo conoscevano. Gli unici a voler ignorare questo fatto erano proprio i rappresentanti delle Autorità incaricate di esaminare l'accusa infondata ed infamante che gli era stata mossa.

"Lo spero, Salim, anche se poliziotti e giudici sembrano avere degli assurdi pregiudizi nei miei confronti, come se stessi antipatico a qualcuno..."

"Stai tranquillo, dai. Fra qualche giorno sarò a Dubai, così potrai stare da me quanto vorrai. La mia casa è la tua casa."

"Grazie, sei troppo gentile, io non so se..."

Angelo era commosso dalla gentile disponibilità dell'uomo, che gli impedì qualsiasi protesta:

"Niente 'ma'. Sarai mio ospite, e basta. Tu sai che l'ospitalità è sacra!"

Angelo sorrise e ringraziò di cuore l'amico.

Aveva conosciuto Salim diversi anni prima, da un cliente del *Gold Souk*. Avevano provato subito simpatia reciproca, a maggior ragione dopo aver scoperto di essere entrambi appassionati di aeronautica. In seguito, Angelo aveva caldamente raccomandato la sua agenzia a diverse persone, interessate ad acquistare immobili a Dubai, e da allora erano diventati grandi amici, sia nel lavoro che in privato. Adesso che si trovava in difficoltà, Salim non l'avrebbe di certo lasciato solo.

Dopo un pomeriggio passato nuovamente a cercare informazioni su *Internet*, a contattare persone, a tentare inutilmente di riposarsi, la sera fu invitato a cena da un certo Omar, un siriano che aveva un negozio di oreficeria nel *Souk*. Non aveva mai avuto rapporti stretti con lui, aveva lavorato per il suo negozio solo occasionalmente e senza grandi profitti. Però, la notizia dei suoi guai si era ormai diffusa nell'ambiente, e in molti si offrivano di consigliarlo, allo scopo di aiutarlo, oppure di imbrogliarlo. Doveva guardarsi bene le spalle, fidandosi solo di se stesso e di quelle pochissime persone, la cui sincerità era stata ampiamente provata.

Aveva sempre considerato Omar un personaggio un po' equivoco, con quell'aria furba, la voce bassa, lo sguardo furtivo. Aveva dei modi effeminati, portava una gran quantità di gioielli, camminava con passi piccoli e brevi, come una donna. Angelo aveva avuto l'impressione che fosse coinvolto in qualche losco traffico, e per questo l'aveva sempre evitato.

Stavolta, comunque, si mostrò cortese e disponibile nei suoi confronti, oltre che riconoscente per l'invito. In questo momento, non poteva permettersi di farsi altri nemici, e non voleva lasciare nulla di intentato. Aveva bisogno di sapere, anzi, pensò che forse nel mondo dei 'trafficanti' si potessero conoscere più particolari, ignoti alle persone comuni.

"Non sai cosa significhi per me poter contare sull'affetto degli amici, in questo periodo," esordì Angelo usando l'adulazione per entrare in confidenza.

L'altro sorrise, compiaciuto.

"E' un onore, Angelo. Tu sei sempre gentile con tutti. E' normale che gli altri si sentano in dovere di contraccambiare, mio caro."

Non sapeva se gli dava più fastidio il *"signor Poggi"*, ripetuto con aria intimidatoria dai funzionari della giustizia, o il *"mio caro"*, pronunciato con fare ammiccante da un tipo losco e ributtante come Omar. Ora, però, non poteva concedersi il lusso di fare lo schizzinoso, così ignorò il commento e andò subito al sodo:

"Sai in che guaio mi hanno cacciato, Omar: come faccio ad uscirne?"

L'uomo, come Angelo si aspettava, non si scompose. Il suo sguardo penetrante metteva a disagio l'italiano, che cercò di dissimularlo.

"Ho un caro amico che ti potrebbe aiutare, Angelo. Per questo ti ho chiamato."

Posò il bicchiere sul tavolo in maniera teatrale, poi abbassò ancora di più la voce, tanto che Angelo dovette quasi trattenere il fiato per sentire.

"In realtà è più di un amico, o meglio, lui lo vorrebbe essere, ma io non so ancora se... insomma, ho già una relazione, quindi... mi capisci..."

Omar fingeva imbarazzo, ostentando in realtà la sua presunta capacità di attrarre l'attenzione di uomini importanti. Angelo decise di assecondarlo, purché gli svelasse qualche particolare utile.

"Davvero? E chi sarebbe questo... 'amico'?" chiese con un sorriso malizioso, disegnando in aria le virgolette con le dita.

Omar, compiaciuto, si beava di quegli istanti di gloria, in cui poteva sfoggiare il suo potere, o quello che lui credeva tale.

"Lavora in Tribunale..." rispose con ricercata ritrosia.

Scrutò Angelo, che cercava di mascherare l'impazienza dietro un bel sorriso. In realtà, avrebbe voluto prenderlo a schiaffi e costringerlo a parlare alla svelta, dato che ogni minuto era prezioso per lui. Dei giudici stavano prendendo una decisione, e qualsiasi indizio sarebbe stato utile, fino all'ultimo momento, per cambiare le carte in tavola. Anche se non aveva ancora capito, né qualcuno si era ben guardato dal mostrargli, quali fossero le carte in tavola.

Dopo interminabili istanti di silenzio, Angelo non riuscì più a nascondere un certo nervosismo.

"Quindi?" chiese, in tono un po' brusco.

Omar lo fissò sorridendo con aria spavalda:

"E' uno stretto collaboratore di Fayed Assan. Contento?" rispose con voce stridula, mostrandosi seccato dalla sua impazienza.

Angelo ebbe un tuffo al cuore. Per quanto il mondo fosse grande, si ritrovava tra i piedi sempre gli stessi personaggi, come in una specie di incubo, una sorta di maledizione antica, ad opera di oscure forze del Male, che lo avrebbero perseguitato fino a farlo impazzire. O morire.

"E tu come fai a sapere che è Assan il giudice incaricato del mio caso?" chiese con sospetto.

"Mio caro, tutti conoscono la tua storia, nel nostro ambiente..." rispose, sventolando una mano, con l'aria di chi la sa lunga.

Angelo non era per niente convinto. Stava tentando di pensare alla svelta, quando la ragione gli suggerì un'altra possibilità: e se Omar avesse mentito? Forse, millantava conoscenze in grado di aiutarlo, al solo scopo di coinvolgerlo in qualche losco traffico... Oppure, qualcuno poteva averlo convinto, in cambio di soldi o favori, ad incastrare Angelo con delle scuse, pur di ottenere la prova che mancava ai giudici!

Stava diventando paranoico, dato che vedeva complotti ed identità nascoste ovunque? Ma come poteva fidarsi di qualcuno, specie di una persona equivoca come Omar? Si mise a frugare alla svelta negli archivi della memoria per cercare il *file* in cui erano catalogati i personaggi della stessa tipologia del

162

suo interlocutore, così da potersi comportare di conseguenza.

Omar interpretò quel silenzio come un segnale positivo, e fu convinto di aver colpito nel segno.

"Non te lo saresti mai aspettato, vero? Pensa, un collaboratore del tuo pubblico accusatore! Ed io ce l'ho in pugno. E' cotto di me, farebbe qualsiasi cosa, se glielo chiedessi..."

Immaginare Omar a letto con un altro uomo, brutto e viscido quanto lui, gli fece venire un improvviso senso di nausea. Non aveva nulla contro l'amore fra uomini: l'amore è amore, e basta. Ma questa ostentazione volgare del proprio essere, quelle mosse effeminate, la voce acuta, lo sguardo sfacciato, la lingua passata sulle labbra, gli fecero ribrezzo. Bevve un sorso d'acqua per evitare di avere un conato di vomito. Senza guardarlo, chiese in tono sbrigativo:

"Cosa dovrei fare, secondo te?"

"Assolutamente niente. L'ho invitato, sarà qui tra un quarto d'ora. Così potrai parlare direttamente con lui e potremo venire di certo ad un accordo..." rispose con una risatina stridula, facendo l'occhiolino e stringendogli la mano in maniera spudorata.

Troppo facile, e troppo pericoloso allo stesso tempo.

Chissà se era davvero un collaboratore di Assan? E se lo era, cosa poteva fare per lui? Poteva intercedere presso Assan? Come? Sarebbe bastato l'amore nei confronti di Omar a ripagarlo? Infatti, perché avrebbe dovuto fare un favore a lui? *Ok*, il tizio avrebbe fatto un piacere ad Omar in cambio di sesso – o amore? - ma Omar avrebbe fatto un favore ad Angelo solo per amicizia? In fondo, erano semplici conoscenti...

"E tu cosa vuoi in cambio ?" chiese apertamente.

"Oh, nulla! Non si può aiutare un amico?"

I modi affettati e le risatine forzate lo stavano irritando. Quell'incontro aveva tutta l'aria di essere uno scherzo o una trappola. In entrambi i casi, preferiva non essere coinvolto.

"Ti ringrazio, Omar, ma non mi interessa. Stamani ho avuto il colloquio con Assan, e lui ha già tutto il materiale necessario per prendere una decisione. Non posso fidarmi di un tale che non conosco, un presunto collaboratore del pubblico ministero che mi sta giudicando. Potrebbe essere chiunque, o potrebbe essere un tranello. Ed io non voglio correre il rischio di essere coinvolto in altri casini!"

Aveva preferito essere schietto. Siccome le informazioni che avrebbe voluto ottenere non arrivavano, e visto che la situazione non era chiara, cercò di congedarsi in fretta, pur senza mostrarsi scortese.

"Ti ringrazio anche della cena, Omar, e della bella chiacchierata. Adesso devo andare, si è fatto tardi..."

Fece per alzarsi, tendendo la mano in segno di saluto, ma l'altro cercò di trattenerlo.

"Guarda che è un amico fidato, è un personaggio importante, ed è leale ed onesto. Sono sicuro che ti può aiutare ed intercedere presso Assan..."

Angelo scosse il capo e sorrise.

"Non mi fido neanche di me stesso in questo momento. Non prenderlo come un affronto, ma come prudenza. La mia posizione è molto delicata, non posso rischiare di comprometterla ulteriormente. So che sei una brava persona, e di certo lo è anche il tuo amico. Apprezzo il tuo gesto, la tua volontà di aiutarmi, ma non posso farlo. Mi capisci, vero?"

Aveva cercato di essere persuasivo, mostrandosi determinato senza essere sgarbato.

Omar non rispose, ma rimase immobile, con una specie di broncio stampato in faccia.

"Amici?" chiese Angelo con un sorriso aperto, tendendo di nuovo la mano.

L'altro esitò qualche istante, provò ad insistere, ma l'italiano fu irremovibile.

Alla fine, promisero di rivedersi presto e di tenersi in contatto, ma entrambi sapevano che non sarebbe stato così.

Angelo continuò a pensare a quell'incontro, perché era convinto che si trattasse di una trappola, che Assan stesse davvero cercando di incastrarlo, per ottenere la prova schiacciante per farlo condannare.

«Le mie saranno supposizioni valide, o solo fantasie dettate dall'angoscia? Vedo complotti e nemici dappertutto perché sono diventato un pazzo visionario? E se, invece, l'amico di Omar avesse davvero potuto aiutarmi?» pensava Angelo, tormentato dai dubbi.

Stretto nuovamente nella morsa dell'ansia, si ricordò che doveva anche cercare un nuovo alloggio, perché Stefano sarebbe ripartito per l'Italia entro un paio di giorni.

In tutto questo caos, temeva davvero di impazzire. Come si poteva restare sani di mente, quando ci si ritrovava catapultati in una situazione tanto precaria, quanto pericolosa, e, soprattutto, senza una via d'uscita?

Martedì, diciotto novembre, Stefano aveva organizzato per i suoi numerosi amici un'escursione pomeridiana nel deserto, che comprendeva la cena al tramonto in un'oasi, con uno spettacolo a sorpresa. Partirono a bordo di tre *Land Rover* gigantesche – ciascuna era grande quanto un monolocale - accompagnati da guide esperte.

Angelo non era dell'umore adatto per fare il turista, ma non aveva intenzione di deludere Stefano. Inoltre, aveva voglia di scacciare i pensieri che lo opprimevano e che gli avevano impedito, per l'ennesima volta, di passare una notte senza incubi e senza dormiveglia. Si era svegliato presto, dopo poche ore di sonno agitato, e aveva ricominciato a riflettere e telefonare. A metà giornata si era sentito già esausto, ma a questo punto

165

era meglio stancarsi, così che la fatica fisica potesse sfinire anche la mente, e, chissà, forse poteva sperare di avere un po' di tregua dall'ansia e dalla disperazione.

Appena la strada asfaltata terminò e si trovarono nei pressi del deserto, il pilota della *jeep* in cui viaggiava Angelo, un indiano dalle maniere spicce, sicuro del fatto suo, scese e sgonfiò le ruote quanto bastava per aumentare l'aderenza sulla sabbia. Dopo pochi minuti, l'uomo risalì a bordo, si mise al volante ed iniziò la cavalcata sulle dune, mentre dal lettore di *cd* si diffondevano i canti tipici delle popolazioni nomadi. L'atmosfera era elettrizzante e tutti si stavano divertendo, persino Angelo, che fino ad allora aveva sempre creduto di riuscire a smuovere l'adrenalina solo a bordo di qualche mezzo aereo.

Purtroppo, la *Land Rover*, dopo un volo piuttosto lungo, tra una duna e l'altra, ricadde malamente, con un'inclinazione esagerata che la fece cappottare. Nel silenzio che seguì all'impatto - interrotto solo dalla musica che continuava a diffondersi nell'aria torrida - Angelo cercò di capire se era ancora vivo e se lo erano anche gli altri che viaggiavano insieme a lui. Per fortuna, la *jeep* era grande e solida, le cinture di sicurezza avevano tenuto e non si erano fatti neanche un graffio. Il pilota, veloce come un fulmine, era uscito, imprecando nella sua lingua. Gli sportelli posteriori, invece, erano bloccati, perché il mezzo era sprofondato nella sabbia.

La buona sorte, comunque, non li aveva abbandonati, visto che quella strada era una delle mete turistiche principali ed era affollata come il raccordo anulare di Roma nell'ora di punta. Infatti, un gruppo di turisti volenterosi si fermò a soccorrerli e li aiutò a raddrizzare la *jeep*. In breve tempo, dopo essersi accertato che tutto e tutti fossero a posto, il pilota si mise alla guida e ripartì tra le dune come se niente fosse.

«Meno male che non mi hanno dato un cammello, altrimenti, con la fortuna che mi ritrovo, mi avrebbe di certo disarcionato e preso a calci,» rifletté Angelo con una punta di sarcasmo.

Il viaggio durò un'oretta, tra peripezie rocambolesche e sgasate nella sabbia, finché si fermarono in una specie di campo pieno di tende, costruito in mezzo alle dune, nei pressi di un'oasi.

Il giorno volgeva al termine e c'era un tramonto mozzafiato. Il rosso del sole avvolgeva il cielo e la sabbia ad ovest, rendendo tutto uniforme, mentre ad est le prime ombre della notte si allungavano sulle dune ancora incandescenti. A nord brillava la Stella Polare, unico punto di riferimento per i temerari navigatori notturni.

Angelo rabbrividì al pensiero di ritrovarsi sperduto in quel luogo ostile. Caldo opprimente di giorno, senza possibilità di refrigerio, e gelo di notte, senza potersi riscaldare... Si accorse con disappunto che più passava il tempo, più perdeva le speranze di uscire da quell'assurda situazione, e più diventava pessimista. Infatti, non era da lui avere pensieri così negativi anche durante una semplice gita turistica. Aveva sempre avuto la forza ed il coraggio di affrontare i momenti difficili, togliendosi agevolmente d'impaccio e tirandosi su le maniche senza compiangersi o abbattersi. La disciplina militare, l'educazione ricevuta, il carattere fermo e l'esperienza lo avevano temprato al punto da renderlo quasi immune alla disperazione.

E invece, questa storia, che aveva dell'incredibile, aveva distrutto il suo robusto edificio fatto di certezze, di punti di riferimento. Aveva annientato le sue difese, la sua psiche, il suo cuore, il suo corpo. L'aveva colpito in pieno, andando a minare la base del suo essere, la sua dignità. Ogni volta che si svegliava, anche dopo pochi minuti di sonno, faceva fatica a ricordare dove fosse e perché si trovasse lì: la sua mente cercava disperatamente di rimuovere quel virus che lo stava devastando. Nell'attimo in cui tutto ritornava prepotentemente chiaro, un senso di oppressione si impadroniva di ogni sua singola parte, impedendogli di essere se stesso. E tutti gli sforzi, tutte le azioni, tutti i pensieri erano finalizzati solo alla ricerca di una via di salvezza, che, con il passare del tempo, appariva sempre più un miraggio.

"Pesce o carne?"

La domanda che gli venne posta da un ragazzo siriano accanto a lui lo riscosse dal vortice dei pensieri.

La comitiva era composta dagli amici e dalle amiche di Stefano. Erano tutti molto simpatici, l'atmosfera era rilassata e conviviale. Stavano comodamente seduti su dei soffici cuscini giganti, a lume di candela, con un *buffet* ricco di ogni genere di pietanze, secondo il *menu* orientale e continentale. Le persone si scambiavano battute, mentre mangiavano, assaporando l'odore della sabbia ancora calda che si mescolava con il profumo dei cibi e delle persone. Tutto intorno, su dei bracieri di terracotta, ardevano spezie aromatiche, che arricchivano l'aria delle loro essenze.

Dopo la cena, fu rivelata la sorpresa: nell'affascinante cornice del deserto, fu presentato uno spettacolo di danzatrici del ventre, intanto che veniva offerto il *narghilè* con delle preziose *shisha* dalle forme variopinte ed elaborate. Le splendide ragazze ballavano facendo tintinnare gli ornamenti degli abiti con i movimenti sinuosi dei loro corpi, mentre lanciavano sguardi maliziosi tra il pubblico, che partecipava entusiasta, battendo le mani al ritmo della musica.

Suggestivo, indubbiamente. Perfetta la cornice, perfetta la comitiva, tutto perfetto, forse troppo. Angelo si sentì cinicamente come uno di quei turisti sprovveduti, che vengono trascinati per il mondo da guide logorroiche, con il pretesto delle mete obbligatorie, quelle per cui il luogo è famoso, e in cui bisogna per forza fare delle foto da esibire al ritorno, quale prova di un viaggio da sogno. Probabilmente, non era dell'umore adatto per condividere l'atmosfera festosa, e ne era una conferma il fatto che non avesse ancora messo gli occhi addosso ad una donna.

«Questa storia finirà con l'uccidermi. Forse è proprio questo che vogliono!"» pensò, mentre si alzava per andare lontano dal chiasso, in disparte, laddove arrivavano gli ultimi bagliori delle luci del campo che si fondevano con le sfumature dorate del sole, appena tramontato all'orizzonte. Accese una sigaretta e si mise a guardare l'ampia distesa deserta, che)si estendeva) senza confini oltre lo sguardo. Cielo e sabbia, nient'altro. Era un piccolo uomo in mezzo all'infinito, in balia della natura e della sua potenza. Eppure, se gli avessero proposto di scegliere, se affrontare quel deserto, oppure la causa in corso, di certo avrebbe scelto il primo. Almeno, sarebbe stato consapevole dei rischi a cui sarebbe andato incontro, e avrebbe potuto prepararsi ad affrontarli. Ma per la causa, c'erano troppe domande senza risposta, troppi misteri, troppe informazioni che non aveva: come poteva difendersi, se non conosceva le armi e le strategie del nemico? Ad essere sinceri, non conosceva neanche il nemico...

"Dobbiamo cercare di capire quanti soldi falsi può aver spacciato e da quanto tempo!"

Le parole del collaboratore del pubblico ministero lo tormentavano dal giorno prima: non l'avevano abbandonato per tutta la notte e la mattina successiva. Come può una persona onesta sopportare il dolore e la vergogna di essere considerato un criminale?

Gettò la sigaretta per terra, con rabbia, e la schiacciò con il piede fino a farla scomparire sotto la sabbia. Poi, si avventurò in cima ad una duna, mentre il riflesso della luna che sorgeva creava un alone di luce pallida sul deserto. Si chinò a toccare la sabbia ancora calda e cercò di stringerla nella mano. La sentì sguscíare vía, morbida e silenziosa, sfuggente ed inafferrabile, finché solo qualche granello rimase sul palmo umido della mano. Lui era come uno di quei tre o quattro granelli che il destino aveva catturato in una trappola fatale, strappandoli alla libertà.

Sentiva che la disperazione prendeva di nuovo il sopravvento, ma non voleva cedere, doveva stringere i denti, e, comunque, anche se fosse uscito sconfitto, non avrebbe lasciato nulla di intentato, non avrebbe mai smesso di lottare. Piuttosto, si sarebbe davvero ucciso...

Si alzò di scatto e cercò il telefono nella borsa a tracolla. Aveva bisogno di sentire la voce di qualcuno che riuscisse a dargli la forza, che sapesse rassicurarlo, restituirgli la fiducia in se stesso.

"Pronto, Megan! Ti disturbo?"

"Angelo! Non mi disturbi mai!"

Oltre che un valente avvocato, la sua amica americana di Parigi era una roccia, determinata, grintosa ed energica quanto bastava per risollevargli il morale.

La sentì bisbigliare qualcosa, in maniera concitata.

"Dai, sento che hai da fare, devi lavorare. Ti chiamo fra un po', ok?"

"Non se ne parla!" esclamò con decisione.

Si sentì un fruscio, un po' di movimento, ed infine il silenzio.

"Sai che per te ci sono sempre, tesoro!" gli disse con voce più dolce.

"Ti ringrazio, piccola. Avevo bisogno di sentirti."

"Mi fa piacere. Ma quando mi chiami è perché sei parecchio disperato. E' per l'interrogatorio di ieri, vero?"

Angelo rispose con un mugugno.

"Mi sono documentata su *Internet*, ma dovrei avere i documenti della Procura, quelli originali, per sapere quali sono i capi di accusa e tutti i dettagli relativi al caso. Il tuo avvocato non me li può passare?"

"Megan, non li ha neanche lui. Non gli hanno dato i documenti perché la pratica è secretata. E' tutto un mistero, ed è per quello che mi scoraggio. Come posso combattere contro chi mi accusa di essere uno spacciatore di banconote fasulle senza avere le prove, ma solo per partito preso?"

"L'hai appena detto: non hanno prove, e stanno cercando di trovarle, ma tu sei un osso duro e non sono riusciti ad incastrarti con i loro giochetti. Anche se hanno leggi diverse dalle nostre, anche se vogliono fotterti, per qualche motivo, devono pur avere qualcosa di concreto per giustificare il loro atteggiamento. Fino a prova contraria, non sono stati abbastanza in gamba da fabbricare delle accuse comprovate dai fatti, quindi non hai nulla da temere."

"Ma possono inventarsi qualcosa all'ultimo minuto, possono fare quello che vogliono e cambiare i dati, costruire false prove..."

"Ascolta, parto e domani sono da te. Voglio vederci chiaro in questa faccenda. Mi fa incazzare il fatto di non poter sapere come stanno veramente le cose!"

"No, tu hai i tuoi impegni, non puoi disturbarti per me! E poi, ora è meglio di no, meglio non cambiare nulla. Se arrivi qui, possono pensare chissà che cosa. Aspettiamo la loro decisione, e poi stabiliamo il da farsi. Io intanto continuo a cercare qualche appiglio, anche se non credo di poterne trovare, ormai..."

"*Ok*, aspettiamo. Ho dei contatti, a Dubai, e li ho messi in moto. Vediamo se otteniamo dei risultati..."

Angelo sospirò, rinfrancato dallo spirito combattivo dell'amica.

"Grazie, Megan. Non so come farei senza di te!"

In quel momento venne richiamato dai membri della comitiva, perché era giunto il momento di ripartire. Salutò Megan, mentre il senso di vuoto si impossessava di nuovo del suo cuore. Ritornò insieme agli altri, senza riuscire a condividere l'atmosfera festosa delle foto di rito, piene di sorrisi fasulli.

171

I fari della grande *Land Rover* fendevano la strada nera come l'inchiostro, dopo essersi lasciati alle spalle la distesa sabbiosa del deserto. Il ruggito monotono del motore conciliava il sonno, ed i compagni di Angelo, in silenzio, si erano assopiti, oppure avevano allungato le gambe, con l'aria stanca ed appagata di chi si trova sulla via del ritorno dopo una gita piacevole.

Lui no. L'anima non riusciva a trovare pace, anche se il corpo, spossato, stava per cedere alla stanchezza del viaggio e dei tormenti. Si lasciò andare, convinto di potersi finalmente concedere un po' di riposo, quando un rumore metallico lo fece sobbalzare, un fumo denso cominciò ad alzarsi davanti al parabrezza, oscurando la visuale, e la *jeep*, lentamente, perse velocità fino a fermarsi. Il pilota, imprecando, cercò di accostare il veicolo sul ciglio della strada, poi scese e si mise a telefonare, mentre apriva il cofano per far raffreddare il motore.

«Anche questa ci mancava,» pensò Angelo, a metà fra la rabbia ed un'assurda voglia di ridere.

Forse era vero, forse era stata l'aria del deserto, e, soprattutto, la pressione psicologica a cui era sottoposto da tempo, ma cominciava a pensare seriamente di essere prossimo alla follia.

"Allora, signori, la *jeep* è rotta, il motore è andato. Scendete, per favore. A breve passerà un autobus: prenderemo quello. Faremo prima. Se chiamiamo qualcuno per venirci a prendere ci vorranno ore. Mi dispiace!" annunciò con forzata gentilezza il pilota. L'uomo, che parlava a stento l'inglese, riprese a telefonare con aria concitata, mentre i passeggeri iniziarono a scendere.

Angelo si guardò intorno. Il deserto, che si erano appena lasciati alle spalle, appariva come una macchia nera e minacciosa, pronta ad inghiottirli. La strada, per fortuna, era abbastanza transitata, e, dopo aver camminato per qualche metro, guidati dal pilota, si ritrovarono davanti a quella che doveva essere una fermata dell'autobus.

La città distava più di trenta chilometri, anche se nel cielo si poteva distinguere il riflesso delle sue luci sfavillanti che offuscavano lo splendore ineguagliabile delle stelle. Angelo gettò un'occhiata al *Rolex* e si accorse che era già passata mezzanotte. Neanche stavolta sarebbe riuscito a trascorrere una nottata tranquilla.

"*Ok*, sta arrivando l'autobus. Andiamo più avanti e facciamoci vedere, altrimenti non si fermerà! Svelti!" li esortò il pilota.

Tutti gli uomini della comitiva iniziarono a sbracciarsi e ad urlare per attirare le attenzioni dell'autista dell'autobus, che procedeva lentamente, illuminando la strada con due fari piccoli e opachi.

Quando accostò per fermarsi, Angelo si accorse che si trattava di una carretta a motore, con la vernice scrostata e le ruote quasi sgonfie, probabilmente importata da qualche Paese straniero ed in disuso da anni. Infatti, doveva servire al trasporto dei lavoratori indiani e pakistani, che, dalle sudice periferie in cui abitavano, si spostavano quotidianamente in città.

Appena le porte cigolanti si aprirono con uno sbuffo, si avvertì un tanfo insopportabile. Per un istante, Angelo pensò di vomitare, e fu come respinto all'indietro dall'odore, talmente penetrante, che pareva una massa compatta, un muro invalicabile. Anche gli altri emisero dei gemiti soffocati di ribrezzo, e alcuni si portarono un fazzoletto davanti alla bocca.

Non ebbe il coraggio di guardare in faccia i viaggiatori a bordo. Si gettò nel primo sedile libero, sforzandosi di non pensare a cosa potesse esserci sotto di lui, o accanto a lui. Si sentì salire la schiuma alla bocca, aveva voglia di sputare, ma cercò di trattenersi.

L'autobus ripartì singhiozzando e sferragliando, mentre si udivano alcuni bisbigli in lingua araba, e, di sfuggita, Angelo poté cogliere qualche occhiata di scherno.

«Sono sopravvissuto ad una notte in galera, quando mi volevano anche linciare. Sopravviverò per trenta chilometri, no?» cercò di farsi coraggio.

Le luci fioche all'interno dell'autobus, il ronzio del motore e la stanchezza di tutti i viaggiatori, lui compreso, crearono in breve un'atmosfera di tranquilla indifferenza, che rese più tollerabile il fetore.

La calma durò poco, perché, ad un tratto, da dietro, si alzò un tizio - probabilmente un pakistano - si avvicinò all'autista e gli chiese qualcosa che sembrava urgente. Quest'ultimo annuì senza rispondere, poi rallentò, fino a fermare il mezzo in una sorta di piccola piazzola.

«Probabilmente si era addormentato e non si è svegliato in tempo per la sua fermata...» pensò Angelo.

In realtà, l'uomo scese, ma l'autobus non accennò a ripartire, né l'autista richiuse lo sportello.

"Mi scusi, che succede?" chiese un tale vicino a lui.

L'autista, senza rispondere, indicò con la mano un punto all'esterno, avvolto nell'oscurità. Angelo si sforzò di guardare, e, non appena i fari delle auto di passaggio illuminarono il buio, si accorse che l'uomo appena sceso stava defecando.

Stavolta il senso di nausea che lo assalì fu talmente violento che credette di soffocare. In fretta, si mise in bocca una sigaretta, per tentare di bloccare in tempo, con l'aroma della nicotina, il flusso acido che sentiva risalire dallo stomaco.

"Non si fuma, signore", lo ammonì severo l'autista, indicando un malconcio cartello di divieto appeso sopra la sua testa.

«Ci si dovrebbe anche lavare, e non si dovrebbe cacare per la via, se è per questo,» avrebbe voluto rispondere Angelo.

Invece, gli rivolse un sorriso affabile e rispose:

"Sì, lo so, ma sto cercando di smettere di fumare, così, ogni tanto, tengo la sigaretta spenta in bocca, tanto per sentire il sapore..."

L'altro lo guardò con aria diffidente, ma, per fortuna, il pakistano aveva portato a termine la sua missione e si accingeva a risalire, portando con sé la scia aromatica dell'impresa appena compiuta.

Le porte si richiusero ed il viaggio, per fortuna, proseguì senza altri intoppi.

Fu un sollievo per Angelo vedere le luci della città, ritrovarsi in mezzo alla civiltà. Erano passate le due di notte, quando finalmente varcò la soglia della camera fresca e profumata dell'*hotel*. Si spogliò, abbandonando per terra i vestiti, e si infilò in una doccia lunga e rilassante, per poi gettarsi a letto ancora in accappatoio. Solo allora controllò il *BlackBerry* e trovò diversi messaggi di Stefano, che lo aveva cercato. Rispose raccontando dell'avaria della *jeep*, e dandogli appuntamento per la mattina seguente. Mandò un messaggio anche a Grace e ai figli, pensò a sua madre, a suo padre, finché fu vinto dalla nostalgia e dal dolore per la loro mancanza. Poi, si lasciò sopraffare dalla terribile miscela di disperazione e stanchezza, che aveva esaurito le sue forze. Allora, la tensione lo lasciò finalmente dormire, almeno per poche ore.

14. SISTEMAZIONE PROVVISORIA

Dopo la partenza di Stefano, Angelo si sentì ancora più solo, ma non volle farsi prendere dallo sconforto.

Era una splendida mattina, a Dubai, come sempre. La città si muoveva frenetica, indifferente ai problemi e alle difficoltà, mentre si metteva in mostra in tutto il suo splendore ed in tutta la sua lussureggiante bellezza. Grattacieli altissimi pieni di uffici lussuosi, negozi di marche prestigiose, accanto a moschee, edifici con le arcate ad ogiva, mercatini tipicamente orientali, viali di palme e piante esotiche. Occidente ed Oriente mescolati sapientemente per creare una città unica al mondo, capace di adattarsi ad ogni moda, ad ogni tendenza, come una signora dell'alta società che esibisce la propria bellezza ed il proprio agio per dimostrare di essere la migliore, la numero uno, quella a cui tutte le altre devono guardare come modello.

Nel caos del traffico mattutino di una delle strade che costeggiano il Creek, nei pressi dello *Yacht Club*, Angelo si incontrò con Farouk, un vecchio amico, proprietario di diversi alberghi ed appartamenti in città. A bordo della sua favolosa imbarcazione a vela, rievocarono insieme i tempi in cui si erano conosciuti, quando Angelo era ancora alle prime armi nel lavoro, e si doveva tenere in esercizio con la pistola, per il corso di autodifesa. Si erano incontrati al poligono di tiro, una domenica mattina, e Farouk, amante delle armi, non aveva potuto fare a meno di notare il giovane italiano dall'aria baldanzosa, con dei baffetti che lo facevano assomigliare ai personaggi tipici dei film sulla mafia, ma che sapeva sparare come uno sceriffo del *Far West*. Lo aveva avvicinato per complimentarsi con lui, ed avevano scoperto di avere tanti interessi in comune, fra cui le donne ed il volo. Col trascorrere del tempo, la loro amicizia si era consolidata, tanto che più di una volta Farouk era stato ospite di Angelo nella sua casa di Arezzo.

Adesso, tra un *drink* ed una ragazza che transitava sorniona in *bikini*, Farouk si offrì di ospitarlo in uno dei suoi alberghi.

"So che sei in difficoltà, e tra amici ci dobbiamo aiutare. Puoi restare nel mio *hotel* quanto vuoi, Angelo, sai che non c'è problema," propose Farouk, dandogli una pacca affettuosa sulla spalla. L'uomo, alto e prestante, con gli occhi verdi come il mare, la carnagione olivastra, i lineamenti irregolari, sorrise all'italiano. Il quale, dal canto suo, fu sinceramente commosso dall'offerta. Per l'ennesima volta, considerò quanto fosse fortunato, ad avere amici come lui.

«Le persone come Farouk non concedono facilmente i loro favori, quindi se è così disponibile nei miei confronti vuol dire che merito il suo rispetto, perché sono una persona onesta e perbene. Solo i giudici non ci credono!» rifletté con orgoglio e insieme con amarezza.

Poi rispose:

"Sei davvero gentile, e ti sono grato, ma non pensare che mi voglia approfittare della tua disponibilità. Ti posso pagare, non appena..."

"Smettila, ti prego," lo interruppe Farouk con un cenno infastidito della mano, come se dovesse scacciare una mosca. "L'ospitalità è sacra, e poi, anche se non lo fosse, non cambierebbe nulla. Tu hai fatto molto per me."

Spesso infatti, Angelo gli aveva permesso di comprare a prezzi vantaggiosi - da grossisti orafi di sua conoscenza - gioielli e regali preziosi per le amanti di turno.

Angelo sorrise.

"Ma figurati! Ho fatto il mio lavoro!"

Poi si fece serio e guardò negli occhi Farouk:

"Piuttosto, conosci qualcuno che sia in grado di aiutarmi in questa faccenda? Ti confesso che non ce la faccio più! Sto impazzendo! Sento che non riuscirò ad uscirne vivo. O mi mettono loro in galera a vita, o io muoio prima per esaurimento!"

La voce gli si ruppe in gola, e deglutì per riprendere fiato.

Farouk pensò che il tono supplichevole non si addiceva ad uno come Angelo, quindi la sua situazione doveva essere davvero drammatica. Si sentì impotente e dispiaciuto per lui.

"Amico mio, non so come aiutarti. Io conosco tante persone, è vero, ma in maniera superficiale. Tutti mi sono amici per convenienza, perché hanno bisogno di uno sconto, o perché devono portare da me le amanti di nascosto, o perché devono fare i propri comodi contando sul mio silenzio. Ma io non sono nessuno per loro, non posso chiedere niente in cambio. Anzi, spesso, fuori dall'*hotel*, fanno finta di non conoscermi, per mantenere le distanze e perché i loro segreti siano più al sicuro. Cosa dovrei fare? Ricattarli? Il giorno dopo mi ritroverei nel deserto, con le mani ed i piedi legati. Pensi che la mafia sia solo in Italia, vero? Bene, ti sbagli: la mafia è dappertutto!"

Farouk fece una pausa e poi proseguì:

"Comunque, ho un paio di amici avvocati. Chiederò a loro. E' tutto quello che posso fare, oltre ad ospitarti senza limiti di tempo e denaro nel mio *hotel*!"

Angelo scosse la testa:

"Non potrei mai chiederti di esporti per causa mia. Mai. E anche per l'alloggio, sei troppo gentile..."

"Se non accetti mi offendo. Concedimi di offrirti almeno quello che posso!" insisté l'uomo con fare deciso.

Angelo, seppure titubante, acconsentì, ma solo per un paio di giorni, il tempo necessario per usare la lavanderia dell'*hotel* e rinfrescare gli abiti insieme alla biancheria. Inoltre, avrebbe potuto rilassarsi: almeno non sarebbe stato guardato con sospetto, poiché non avrebbe dovuto esibire alla *reception* quel documento infamante che sostituiva il passaporto e lo bollava come un delinquente.

Il soggiorno nell'*hotel*, piccolo ma lussuoso, fu un balsamo per Angelo. Riuscì a riposare, anche se non a dormire beatamente. Ritrovò finalmente il piacere di un soggiorno tranquillo, ed ebbe modo persino di incontrare dei clienti, con i quali si intrattenne la prima sera a cena. Perfettamente a suo agio, fra un salto in sauna, uno in piscina e l'altro in palestra, recuperò anche la voglia di conquistare le belle donne. Adesso che la sua pelle era molto più abbronzata del solito, a causa dell'esposizione prolungata al sole cocente di Dubai, gli occhi scuri ed i lineamenti tipicamente mediterranei risaltavano sul fisico asciutto. Lo sguardo acuto ed il sorriso smagliante - che spuntava dalla barba ben curata - lo rendevano molto attraente, nonostante il peso che aveva nel cuore.

Infatti, l'ombra minacciosa della denuncia incombeva su di lui, prepotente più che mai. Ogni volta che l'incubo pareva scomparire, allentando la tensione e lasciando spazio ad una tregua dei sensi, ecco che all'improvviso nella sua mente apparivano vividi i volti del pubblico ministero, Assan, del direttore dell'*Hotel Desert Storm*, Jahir, dell'avvocato, Kaleb, dell'uomo di legge che lo aveva interrogato, dei detenuti con cui aveva diviso la cella in quella terribile notte... Era tutto così vivo, così tremendamente presente, impossibile da rimuovere, meno che mai da cancellare. Probabilmente, ciò che gli impediva di perdere la ragione era il pensiero di Grace, e dei figli - Elizabeth, Anne, Matthew, Carolina, Katia - di suo padre, di sua madre, il ricordo di suo nonno... La certezza del loro amore gli scaldava il cuore, lo faceva sentire meno solo, ed era questo a dargli la forza di combattere ancora, di continuare a coltivare la voglia di sopravvivere.

Ripensava spesso al momento in cui aveva visto Grace per la prima volta, seduta con un altro uomo in un *pub* affollato di Londra. Si era innamorato subito e perdutamente di quella creatura dagli occhi di un azzurro intenso, i capelli biondi vellutati, le labbra voluttuose, il corpo di una modella. Dopo qualche ora, si era ritrovato a passeggiare con lei, mano nella mano, per le strade caotiche della capitale inglese, desiderando solo di starle accanto, sentire il suo profumo, ascoltare la sua voce, ammirare il suo sorriso...

Un *bip* interruppe i ricordi struggenti dei tempi felici.

«L'avvocato di OroOroOro ha mobilitato i suoi legali. Domani ti aggiorniamo. Ti voglio bene, papino!»

L'*sms*, pieno di cuoricini, era di Elizabeth, la figlia che aveva ereditato gli occhi penetranti del padre ed i modi eleganti della madre. Dio, quanto gli mancava!

La voglia struggente di avere accanto a sé la famiglia gli impedì sul momento di cogliere il contenuto del messaggio, che cominciò a farsi largo nella sua mente solo dopo qualche istante. La *OroOroOro* era una delle aziende orafe per conto delle quali era andato a Dubai nel mese di maggio, e che aveva consegnato, a lui e ad Emilio, i contanti, quei famosi contanti che, secondo le Autorità di Dubai, erano risultati falsi. Il dirigente della ditta era un vecchio amico di suo padre, un uomo irreprensibile con un forte senso dell'onore. Aveva chiesto l'intervento dei suoi avvocati perché, probabilmente, in parte si sentiva responsabile di ciò che era capitato ad Angelo, in parte desiderava difendere un amico ed una persona onesta, che stimava al di sopra di ogni sospetto.

Angelo, dal canto suo, fu commosso da quel gesto.

«Ringraziali da parte mia, mi fa molto piacere. Anch'io ti voglio tanto bene, tesoro! Ti abbraccio forte!»

Tutto un mare di emozioni era condensato in due righe: troppo poche anche solo per rendere l'idea.

Eppure, per adesso, non poteva fare diversamente, non solo perché aveva paura di essere controllato, ma anche perché temeva di suscitare troppi sospetti con i movimenti della carta di credito. Inoltre, la vita a Dubai era piuttosto costosa, e siccome non sapeva quanto sarebbe durato quel soggiorno forzato, doveva gestire al meglio le risorse, altrimenti, in breve tempo, avrebbe speso un'intera fortuna in alloggi, cibo, taxi e spese varie.

Quanto alla sistemazione, pensò di lasciare l'albergo di Farouk l'indomani. Dopo due giorni trascorsi senza pagare nulla, si sentiva molto a disagio, e non voleva approfittare della generosità dell'amico. Una *suite* costava diverse centinaia di euro al giorno, per non parlare del ristorante e degli altri servizi messi a sua completa disposizione. Sapeva che Farouk era molto ricco, ma la sua onestà ed il suo carattere gli impedivano di approfittarsi di quella mano generosa che lo stava aiutando. Non era colpa sua, certo, se si trovava in quel guaio, ma non poteva coinvolgere altre persone e condizionarle fino a questo punto.

Farouk non prese bene la notizia della partenza di Angelo. Rimase muto, a scrutare l'italiano scuotendo la testa, mostrando tutta la sua disapprovazione ed il suo disappunto.

"Cerca di capire, Farouk: già mi sento un verme, un reietto della società. Non posso restare qui a sfruttare la tua amicizia. So che lo fai perché mi vuoi bene, ma non posso, non ce la faccio... Ti ringrazio per questi due giorni, mi hai reso un grosso favore e sono stato bene, come non mi è mai capitato da quando sono arrivato a Dubai. Non ti offendere, non pensare che rifiuto la tua ospitalità, ti prego, non darmi un'altra pena..."

Farouk lo osservò per un istante.

"Sei un uomo tutto d'un pezzo, amico, e non posso offendermi, ma solo ammirarti. Ricorda che questo posto sarà sempre a tua disposizione, ogni volta che lo vorrai. E che Allah sia con te: ne hai bisogno!"

Si strinsero in un abbraccio fraterno e si lasciarono, con la promessa di restare in contatto.

Su suggerimento dello stesso Farouk, aveva trovato un albergo economico, molto più pulito e decoroso del precedente.

Una volta sistemato, cominciò ad organizzare le giornate, che ora sembravano infinite, nell'attesa snervante che accadesse qualcosa, che si potesse superare l'*impasse*, che i pubblici ministeri prendessero una decisione. L'*hotel* era situato nei pressi del porto e non fu difficile trovare un paio di locali dignitosi per rifocillarsi, con prezzi non troppo elevati. Per il resto, oltre a telefonare, incontrare persone per tentare dei contatti, per avere informazioni, per sapere se c'erano progressi, trascorreva la maggior parte del tempo passeggiando nei dintorni dei vari moli, sedendosi sulle banchine, mescolandosi tra i passeggeri, ma soprattutto tra i lavoratori portuali. Era abituato ad essere sempre impegnato e non sopportava di restare con le mani in mano. Così, osservare gli altri che si occupavano delle loro attività gli serviva come svago, per attutire il senso di impotenza. Imparò a riconoscere i volti segnati dalla fatica e dagli stenti di uomini lontani migliaia di chilometri dalle famiglie e dalle loro case. Persone che erano arrivate nella città del futuro con la speranza di cambiare la loro misera esistenza, per tentare di realizzare un sogno a prezzo di un duro lavoro. C'era un tunisino che, con i soldi guadagnati, voleva comprare un'abitazione per sé e per la sua numerosa famiglia. Un pakistano, che sperava di portare la fidanzata lontano da un padre violento. Un bengalese, che, fin da piccolo, sognava di fare il pilota di Formula Uno. Un turco, che studiava per diventare ingegnere. Una ragazza russa che lavorava come cameriera in un ristorante per poter frequentare un corso di pittura...

Vite parallele, tutte accomunate dalla stessa voglia di scappare dalla miseria, da una situazione di disagio, per sentirsi vivi.

E Angelo? Cosa ci faceva lì, uno come lui? Lui, Angelo Poggi, che aveva sempre avuto tutto ciò che un uomo potesse mai desiderare, tutt'ad un tratto era rimasto senza nulla e senza sapere perché, diventando l'ombra di se stesso. Nello strenuo tentativo di recuperare la sua vita era costretto a lottare per sopravvivere, per riprendersi la libertà e la dignità. Ma ci sarebbe riuscito? Più passava il tempo, più sentiva venire meno le forze e le speranze.

Sul finire del giorno, seduto nei pressi di uno dei moli, all'ombra di un grande mercantile, si mise a considerare se non fosse stato meglio imbarcarsi di nascosto, insieme alle merci, di notte, come clandestino. Le stive erano enormi, contenevano di tutto, dai grandi elettrodomestici, all'oro, agli alimenti, al ferro... I lavoratori che aveva conosciuto gliene avevano parlato. Non sarebbe stato difficile intrufolarsi e rimanere nascosti tra gli imballaggi. Per conoscere gli orari delle partenze avrebbe chiesto, con una scusa, a qualcuno degli operai che si fermavano abitualmente a scambiare quattro chiacchiere con lui. La maggior parte delle imbarcazioni facevano rotta verso l'Iran, così che la traversata sarebbe durata al massimo sette, otto ore. Oppure, c'erano le navi da crociera, o le navi passeggeri: avrebbe potuto mescolarsi tra i normali turisti...

Finora non aveva mai pensato di farlo, ma adesso, dopo quella telefonata spudorata a cui aveva assistito la domenica tra il pubblico ministero, Assan, ed il direttore dell'*hotel*, Jahir, e dopo il fallimentare interrogatorio del lunedì mattina, stava seriamente valutando di scappare di nascosto dal Paese. Non intravedeva via di fuga, non c'era modo di capire se e quali prove avessero in mano i giudici, non riusciva a vederci chiaro, e anche se continuava a darsi da fare, in cuor suo si faceva avanti, sempre più prepotente, la certezza che il suo destino fosse ormai segnato e che non sarebbe mai potuto uscire da quell'incubo.

Scappare: perché no? Doveva stare attento, non poteva permettersi di sbagliare, altrimenti sarebbe stata davvero la fine. Il suo tentativo di fuga sarebbe stata la miglior prova di colpevolezza, quella che le Autorità cercavano da un pezzo e che avrebbe servito loro su un piatto d'argento, condannando se stesso per sempre, senza possibilità di riscatto.

Si sentiva come il Commissario Montalbano, il celebre personaggio poliziesco creato dallo scrittore Andrea Camilleri. Solo che il Commissario di solito se ne stava seduto sul molo della sua Sicilia per riflettere su come risolvere casi di omicidio, cullato dalle onde che si infrangevano sulle sponde. Lui, invece, si trovava in un Paese straniero, era accusato di un crimine gravissimo, era all'oscuro dei meccanismi della giustizia locale, la pratica che lo riguardava era secretata, quindi, non era in grado neanche di difendersi, e per questo stava meditando la fuga, mentre guardava la distesa del mare da dietro le lenti scure.

La vibrazione del *BlackBerry* interruppe il corso dei suoi pensieri, facendolo ritornare bruscamente con i piedi per terra .

"Angelo, buonasera, sono Kaleb!"

Per un istante, il cuore di Angelo accelerò i battiti.

"Avvocato, buonasera!" rispose, trattenendo il respiro.

"Ho cercato fra i miei contatti e sono venuto a sapere qualcosa in più, nonostante la pratica sia secretata..."

Angelo odiava il modo di parlare lento e strascicato del suo difensore. Lo avrebbe voluto più grintoso, più volitivo, più deciso. Forse aveva letto troppi romanzi di John Grisham e si era fatto un'idea sbagliata del mondo giudiziario. Comunque, quella sospensione lo irritò parecchio e non mancò di farglielo presente:

"Mi perdoni, avvocato, può evitare tentennamenti e passare al sodo?"

"Certamente, signore. Ho appena saputo che le Autorità stanno indagando su di lei, per raccogliere informazioni, sia in Italia che in Inghilterra."

"In Inghilterra? E perché?" chiese Angelo con stupore.

"Pare che lei vada spesso in Inghilterra, e vogliono scoprire perché. Con tutta probabilità, sperano di trovare qualcosa che avvalori la loro tesi, cioè, cercano delle prove che possano confermare le accuse mosse nei suoi confronti."

"Ma io vado spesso in Inghilterra non solo per lavoro, ma soprattutto perché mia moglie è inglese e trascorre interi periodi presso i suoi familiari. Io vado semplicemente a trovarla. E' mia moglie, accidenti, è la mia vita privata!"

Angelo si sentì violato nell'intimo e negli affetti. Com'era possibile che, se non c'erano prove, invece di lasciarlo libero, continuassero ad indagare, a rovistare, a frugare nel suo passato e nel suo presente? Perché si accanivano così contro di lui, nonostante l'evidenza?

"Questa è davvero la conferma che loro non hanno prove a suo carico. Quindi, in questo senso, possiamo essere ottimisti, a dispetto della pratica secretata. Sperano di trovare un appiglio qualsiasi, ma non credo ci possano riuscire. Lei è stato un militare, ha una famiglia irreprensibile, un lavoro rispettabile, una vita senza sbavature. Forse, dal loro punto di vista, lei è troppo perfetto, e temono si possa celare chissà che cosa dietro l'apparenza."

"Allora, cosa possiamo fare?" chiese Angelo, passeggiando nervosamente avanti e indietro sul bordo del molo.

"Dobbiamo essere fiduciosi e avere pazienza. So che per lei è una situazione difficile da sopportare, ma questa è davvero una buona notizia, che ci lascia ben sperare."

Se Kaleb, che gli era sempre apparso un avvocato senza emozioni e senza passione, adesso mostrava segni di un contenuto entusiasmo, forse poteva davvero iniziare ad illudersi...

Il pensiero che stessero rovistando nella sua vita e, soprattutto, in quella dei suoi cari, lo gettò comunque nell'angoscia. Non era giusto che per colpa sua – ammesso che fosse una colpa! – l'esistenza delle persone a cui teneva di più venissero non solo sconvolte, ma anche messe ai *raggi X*. E poi, se c'erano le foto ed il video delle telecamere dell'*hotel*, allora si doveva vedere tutto, doveva essere tutto chiaro. Perché non gli era stato permesso di vederle? Ma, soprattutto, perché insistevano a cercare prove per incastrarlo?

Tormentato notte e giorno da questi dubbi, nell'attesa snervante di novità che non arrivavano, Angelo trascorreva le giornate tra il porto e l'ufficio di Kaleb, ed impiegava il resto del tempo a fare telefonate in Italia. Trovò anche il coraggio di parlare con suo padre, per spiegargli cosa era successo, e, senza accorgersene, iniziò a giustificarsi, per paura di essere giudicato male.

Una sera, seduto su una delle solite banchine del porto, lo chiamò per informarsi del suo stato e, alla fine, vuotò il sacco:

"Babbo, ho un grosso problema con le Autorità locali. Non mi fanno uscire dal Paese, mi hanno tolto il passaporto e non so che cosa succederà..."

Dopo un istante di silenzio, che ad Angelo parve un'eternità, suo padre chiese con voce atona:

"Di cosa sei accusato?"

"Spaccio di banconote fasulle."

Non appena ebbe pronunciato queste parole, restò in attesa di uno dei soliti rimproveri severi, a denti stretti, caratteristici della gelida superiorità dell'uomo tutto d'un pezzo, che non sbagliava mai, né, tanto meno, poteva incappare in un equivoco come il suo.

Invece stavolta suo padre scoppiò a ridere.

"Babbo, ma ti senti bene? Hai capito cosa ti ho detto?" chiese Angelo esitante e sorpreso.

"Guarda che non sono sordo, ci sento benissimo. Questa è proprio una bella barzelletta! Se ti avessero accusato di molestie sessuali, al limite potevo anche crederci, visto quanto ti piacciono le donne. Ma tu, un damerino tutto tirato a lucido, con i vestiti firmati, le valigette di pelle, i tuoi giri nel mondo del lusso, proprio tu saresti in grado di spacciare banconote fasulle?"

Il vecchio tenente Poggi non smetteva di ridere, e Angelo si sentì ferito nell'orgoglio: suo padre l'aveva definito "un damerino", quindi non prendeva neanche in considerazione i suoi meriti militari, né la sua esperienza di pilota, né, tanto meno, il peso e la responsabilità del suo lavoro di procacciatore di affari per conto di aziende orafe. Niente. Tutto questo non contava niente agli occhi di suo padre.

Un nodo gli strinse la gola, ed un senso di rabbia misto a frustrazione lo spinse a reagire:

"Per te non sono mai stato nessuno, vero? Non conta nulla quello che ho fatto e che sto facendo nella vita! Conta solo l'idea che tu hai sempre avuto di me, e non potrò mai fare niente per fartela cambiare, vero? SONO SOLO UN COGLIONE, E' QUESTO QUELLO CHE PENSI?"

Angelo ansimava per la foga dettata dall'uragano di sensazioni che gli vorticava nel cuore. Suo padre smise di ridere, si schiarì la voce e rispose in tono severo:

"Tu dici che io ti considero un coglione. Ma io non l'ho mai detto, e non l'ho mai pensato."

"Ma mi hai sempre trattato come se lo fossi. Anche ora lo stai facendo!"

"Angelo, magari mi sono espresso male, sai che non sono bravo con le parole. Quello che intendevo dire è

187

che sei una persona troppo onesta e troppo perbene anche solo per venire sospettata di un crimine del genere. Non è possibile! Ma non perché sei un coglione. Semplicemente, sei un uomo integerrimo: non hai l'aria del delinquente!"

Fece una breve pausa, prima di proseguire:

"So che hai sempre cercato la mia stima ed il mio apprezzamento, ed io sono stato troppo duro, o troppo orgoglioso..."

"Tu non sai neanche cosa sono i sentimenti, non ti importa degli altri!" ringhiò Angelo fuori di sé dall'ira.

Suo padre fece un sospiro.

"Hai ragione. Sono talmente abituato alla disciplina, da essere diventato rigido e freddo. In realtà, non riesco ad esprimermi, e mi dispiace averti ferito..."

"Ferito? Tu hai eretto un muro per evitare di contaminarti con la mia presenza scomoda. Ero un intralcio alla tua carriera, prima, sono la vergogna della tua vecchiaia, adesso!"

"SMETTILA DI PIANGERTI ADDOSSO, PER DIO, E COMPORTATI DA UOMO!" tuonò il tenente, cogliendo Angelo di sorpresa.

Per qualche istante regnò un silenzio pesantissimo.

Fu il padre ad interromperlo, con la voce bassa ma ugualmente imperiosa:

"Mi dispiace, figliolo, ma non sopporto di sentire i tuoi lamenti. Non sarò stato un bravo padre, lo ammetto, ho le mie mancanze e non ho cercato di venirti incontro, come tu avresti desiderato. Ma non devi pensare che possa dubitare di te, tanto più adesso. Quindi, falla finita e datti da fare. I Poggi combattono, non si arrendono!"

Angelo tentò di leggere tra le righe del discorso di suo padre, e scoprì che, per un uomo razionale come lui, quella era una inaspettata dichiarazione di affetto e di stima nei suoi confronti. Ma, in ogni caso, visto quanto aveva sofferto e soffriva tuttora per causa sua,

188

non volle dargli la soddisfazione di abbassare la guardia.

"Non sei davanti ai tuoi uomini, quando devi prepararli ad un'esercitazione. Quello che non hai mai capito è che io sono tuo figlio, e non un allievo qualsiasi. Comunque, grazie per non aver sospettato di me, qualunque siano le motivazioni. E' un grosso passo avanti, il tuo!" replicò con tono sferzante.

Suo padre non raccolse la provocazione e tagliò corto:

"Immagino che starai facendo il possibile per risolvere la questione, ma cercherò comunque di raccogliere informazioni, non si sa mai. Non capisco perché tu non me ne abbia parlato prima..."

"E' solo perché non volevo crearti problemi, babbo. Così come non voglio che lo sappia la mamma. Sta poco bene, e non deve preoccuparsi. Me la caverò, in qualche modo..." *shirk it*

Ci fu un altro istante di silenzio.

"Riguardati, Angelo, e stai attento..." concluse il tenente con la voce che parve incrinarsi.

"Lo so, babbo, lo so..." rispose l'altro, stupito da quell'inaspettato momento di complicità. Fu la prima volta che Angelo sentì la vicinanza di suo padre, una specie di calore che gli scaldò il cuore.

Questa ondata di sentimenti lo colse impreparato, e non seppe come reagire. Per questo, concluse la conversazione con un saluto frettoloso, e si lanciò in una serie di riflessioni che lo trascinarono indietro nel fiume dei ricordi, fino all'infanzia, ai tempi dell'accademia militare, ai rari momenti in cui suo padre aveva messo da parte il lavoro per stare un po' con lui. Pensò anche ad Alena, la figlia che Aldo aveva avuto da una ricca contessa ucraina, la sorellastra che Angelo aveva incontrato per caso solo una volta...

Lo squillo impertinente del telefono lo riscosse da queste considerazioni. Stavolta era Grace. Nel vedere il nome di sua moglie lampeggiare insistente sul *display*, provò una specie di fastidio. Negli ultimi giorni, la donna era diventata insofferente ed irritante. Da quando Angelo era rimasto bloccato a Dubai, si era sempre mostrata gentile, affettuosa, comprensiva, perché era di questo che lui aveva bisogno. Però, visto che la situazione era in una fase di stallo e pareva andare per le lunghe, Grace non ce la faceva a reggere la parte della moglie perfetta per tanto tempo, ed era ritornata se stessa, con quegli spiacevoli modi che la rendevano fredda, scostante, insopportabile, e spingevano Angelo ad allontanarsi da lei.

Stavolta cercò di essere gentile, per evitare di essere il primo ad attaccare briga. Ne aveva fin sopra i capelli di discutere!

"Ciao, amore! Come stai? Sono così felice di sentirti!" esordì con enfasi.

"Ma se stamattina mi hai sbattuto il telefono in faccia!" ribatté lei, acida.

In effetti, dopo una lunga serie di botta e risposta, Angelo si era stufato delle accuse infantili e delle ripicche, che andavano avanti da qualche giorno.

"Senti, non mi va di litigare con te, da questa distanza e in questa situazione. Non posso neanche guardarti negli occhi..."

"Solo una volta hai videochiamato con il *tablet* per vedermi!"

"Non ho il *tablet* con me, lo ha preso Liz, perché deve lavorare al posto mio! E non posso permettermi di spendere con..."

"No, non hai il coraggio di guardarmi in faccia!" lo interruppe, sputando fuori tutta la sua rabbia. "Tu non vuoi dirmi la verità, ecco come stanno le cose. E scommetto che c'è qualche donna di mezzo, lo so come sei fatto..."

Angelo respirò profondamente, imponendosi di restare calmo, anche se sentiva aumentare i battiti del cuore per la collera. Come poteva sua moglie pensare alla gelosia in un momento tanto drammatico per lui?

Come poteva essere così egoista ed insensibile? Avrebbe voluto gridarle in faccia la sua ira, ma si tenne a freno.

"Grace, per favore, non ricominciare con la solita storia! Ho bisogno del tuo appoggio, sei mia moglie ed io..."

"Sai quante volte ho avuto bisogno di te, ma non c'eri? Eppure sei mio marito!"

Non aveva mai sopportato quelle discussioni fatte di recriminazioni ed accuse, quel continuo rinfacciare le mancanze dall'una all'altra parte, che non portavano a nessuna conclusione.

"*Ok*, se è questo che vuoi, non ho intenzione di perdere altro tempo a litigare con te per telefono. Avrei bisogno che tu fossi qui con me, perché mi sento una merda, da solo, accusato ingiustamente di qualcosa che non ho neanche mai pensato di fare, senza sapere un cazzo, senza poter fare niente, tanto che comincio a pensare che rimarrò imprigionato qui per sempre. Ma siccome tu metti in primo piano le tue ripicche, ritieni di essere trascurata, offesa e fai la vittima, non te ne frega niente di quello che sto passando, anzi, forse credi che me lo merito, allora sai che cosa ti dico? Vaffanculo, Grace! Vaffanculo te ed il tuo egoismo!"

Ansimava per l'enfasi dello sfogo e della disperazione. Era sul punto di riattaccare, senza neanche aspettare una risposta, quando il tono gelido della moglie lo raggiunse come una pugnalata.

"Domani parto e vado in Inghilterra. Starò dai miei per un po', aiuterò mia cugina che sta per sposarsi, e poi vedremo..."

Una pausa, un lieve colpo di tosse per schiarire la voce, e Grace proseguì:

"Ho bisogno di rimanere da sola per un po' di tempo. Devo capire, devo guardarmi dentro ed essere sicura dei miei sentimenti, di quello che voglio, di chi voglio..."

191

"Non mi sembra di esserti stato tra i piedi, nell'ultimo periodo. Ne hai avuto di tempo per stare da sola!" replicò Angelo in tono tagliente.

"Non far finta di non capire, come al solito!" ribatté lei bruscamente.

Angelo si abbandonò su una panchina, mentre la sirena di un enorme nave da carico in partenza interruppe la conversazione. Dopo qualche istante, che gli fu utile per calmarsi, si sentì stringere lo stomaco dal dolore. Amava tanto sua moglie, e anche lei lo amava, eppure riuscivano a dimostrarsi incompatibili e a respingersi a vicenda.

"Se è questo che vuoi, allora fallo. In questo momento non mi aiuta, ma se serve a far funzionare il nostro rapporto, cercherò di farmene una ragione!" mormorò alla fine.

Grace sospirò, ed egli ne indovinò l'espressione altera che mascherava le sue insicurezze, il suo essere combattuta fra l'amore per l'uomo della sua vita ed i dubbi istigati da una gelosia accecante.

"A presto, Angelo..."

"A presto..."

Gli occhi seguirono la scia della nave appena salpata, mentre un dolore devastante si impossessò del suo corpo, della sua mente, della sua anima, tanto che si trattenne a stento dall'urlare.

Solo. Era solo. Prima che iniziasse questa brutta storia, era *sempre* stato in giro per il mondo, aveva *sempre* avuto alterchi con la moglie, aveva *sempre* discusso con suo padre, spesso anche con i suoi figli, che gli avevano rinfacciato tutte le feste, le cerimonie, gli eventi, per loro importanti, a cui non era stato presente. Ma, alla fine, ogni volta era riuscito a ritrovare il calore della famiglia, e anche se suo padre rimaneva distante, c'era comunque sua madre; se non c'era Grace, c'erano Liz o gli altri figli. Aveva amici che cercavano la sua compagnia, donne che si lasciavano sedurre, clienti che lo stimavano e lo gratificavano...

Ma ora, chi c'era? Tutti parevano averlo abbandonato ed essersi dimenticati di lui. Adesso che non era più utile, adesso che, non potendo lavorare, non era più nessuno, era diventato solo un peso, un'ombra scomoda...

Il telefono squillò ancora, e fu tentato di non rispondere. L'atteggiamento di sua moglie lo aveva prostrato.

«Che se ne vadano tutti al diavolo!» pensò con amarezza, osservando la linea scura del mare all'orizzonte. Irritato dal suono acuto ed insistente del *BlackBerry*, rifiutò con un gesto secco la chiamata. Ma il silenzio durò solo un attimo, perché il telefono ricominciò a ronzare più di prima. Ormai non riusciva neanche più a sperare, ad illudersi che potesse esserci un'ancora di salvezza, che qualcuno lo stesse chiamando per aiutarlo ad uscire da quell'inferno. Per questo, non volle nemmeno guardare il *display*, e rispose con aria scocciata.

"Angelo, mi hai fatto preoccupare. Dove sei, tesoro?"

La voce rassicurante di Megan lo colse di sorpresa. Non poteva essere un caso: proprio mentre si faceva sopraffare dalla disperazione, convinto che a nessuno importasse più di lui, arrivava un segnale quasi divino, per dimostrargli che c'era ancora chi gli voleva bene, teneva a lui e si preoccupava per la sua salute.

"Scusami, non ho voglia di parlare con nessuno..." rispose sinceramente.

"Brutte notizie?" chiese la ragazza con apprensione.

"No, niente di nuovo... cioè... non so se il fatto di non avere novità sia positivo o negativo..."

Sorrise. La sua situazione, vista dall'esterno, era così assurda, che stentava lui stesso a crederci.

"Voglio venire da te, Angelo. Voglio aiutarti, o, almeno, starti vicino..."

"Non so, Megan... non so se è il caso..."

"Ma io voglio venire! E poi solo se sono a Dubai posso prendere contatti, cercare di avere accesso in qualche modo alla documentazione, capire perché è secretata... Te l'ho già detto, proviamoci!"

"Sì, capisco..."

Lui stesso non riusciva a spiegarsi perché fosse esitante. Eppure Megan sapeva dargli sicurezza, e poteva davvero riuscire ad intrufolarsi in qualche ufficio...

"Deve arrivare tua moglie? E' per questo che non mi vuoi? Guarda che voglio restarti accanto solo come semplice consulente legale... Quel tuo avvocato mi sembra un po' molle, non credi?"

Angelo si alzò dalla banchina e si avviò verso un locale per prendere da bere. Aveva sete, si sentiva la gola arsa per il caldo e per le discussioni avute.

"Sì, l'avvocato non è dei più intraprendenti, ma almeno è del posto, conosce le leggi locali. E poi, il caso è davvero insolito, bisogna stare attenti a tutto ciò che viene detto e fatto."

Si interruppe un istante, e poi i pensieri uscirono in libertà senza che li potesse trattenere.

"Quanto a mia moglie, si è presa un po' di tempo per riflettere. Pensa che io sia nei guai per via di qualche donna, e ritiene che me ne stia in vacanza a spassarmela in mezzo al lusso e alle troie!"

"Ah, ecco perché sei così giù! Certo che quella donna è davvero comprensiva, non c'è che dire! E comunque tu, a dispetto del nome che porti, non sei certo uno stinco di santo!"

Ci fu una breve pausa, poi Megan provò ad insistere in tono suadente:

"Dai, fammi venire, ti prego!"

Angelo fu sul punto di cedere: aveva tanto bisogno di calore, di appoggio, per recuperare le forze e le poche speranze. Poi, all'improvviso, mentre si sedeva ad un tavolo del locale ed ordinava un caffè e dell'acqua, finalmente comprese il motivo della sua esitazione: era Grace che voleva accanto, era lei la donna che amava e che voleva al suo fianco, ora più che mai. Nessun'altra avrebbe potuto prendere posto nel suo cuore.

"Megan, mi farebbe piacere, ma non credo che sia il caso, né ritengo tu possa fare molto per me. Non perché non sei all'altezza, per carità, ma, te l'ho detto, qui è tutto così strano, ed è meglio lasciare le cose come stanno, per evitare altri problemi. Adesso stanno indagando su di me, sulla mia famiglia, i miei amici, le mie conoscenze, i miei contatti in Italia, in Inghilterra e ovunque, quindi andranno a rovistare anche tra le tue cose. Per questo ti chiedo di restare dove sei. Il tuo appoggio, anche se è a distanza, è molto importante per me, credimi."

Megan fece un grosso sospiro.

"*Ok*, se è questo che vuoi. Ti voglio bene, Angelo!"

"Anch'io ti voglio bene."

Il senso di vuoto si impossessò nuovamente di lui. Si guardò intorno nel locale affollato: c'erano coppie di giovani fidanzati, comitive di amici, turisti allegri, gente festosa che si godeva la compagnia di altre persone. Dal riflesso di uno specchio, che si trovava nella parete opposta, gli giunse l'immagine di se stesso, in mezzo al luccichio delle luci, ed ebbe paura. Gli occhi erano incavati, con due profonde occhiaie, segni inconfutabili delle notti agitate ed insonni; la fronte solcata da una ruga profonda, che pareva deformare anche il profilo del naso e del mento; le guance pallide; la bocca contratta in una smorfia; i capelli in disordine; la barba incolta; l'aria trasandata. Dapprima, stentò a riconoscersi, e dovette muoversi un po' per essere sicuro di aver visto bene. Poi, si sentì mancare il terreno sotto i piedi: senza accorgersene, si era ridotto ancora peggio di quanto avesse immaginato!

Bevve il caffè in fretta, prese con sé la bottiglia d'acqua gelida, pagò il conto ed uscì alla svelta, per evitare di incontrare di nuovo la sua faccia nello specchio.

15. DISTRAZIONI

19 november (annotazione manoscritta)

Era mercoledì, diciannove novembre, quando Angelo fu raggiunto al telefono da Rick, il libanese che lo aveva contattato qualche giorno prima, promettendogli aiuto. Rick era appena arrivato a Dubai, ed aveva invitato a cena *"l'amico italiano"* quella sera stessa.

Deciso a non lasciare niente di intentato, Angelo accettò, anche se non sapeva quali fossero i traffici dell'uomo, al di là della modesta impresa orafa, che, da sola, non poteva certo bastare per mantenere il lusso smodato in cui viveva.

Rick si presentò al ristorante con mezz'ora di ritardo, tirato a lucido, in giacca e cravatta, capelli impomatati, baffetti arricciati all'insù, un sorriso finto a completare il quadro. *(false fake; picture — annotazioni manoscritte)*

"Scusa il ritardo, amico italiano, ma il traffico a quest'ora è impossibile. Mica siamo ad Arezzo, qui! Ah, ah, ah!" lo salutò, attirandolo in un abbraccio.

Angelo rispose con cortesia formale. Si sentiva a disagio, non voleva essere lì con quell'individuo che trasudava inganno da ogni poro. Cercò di mantenere la conversazione su temi generici, parlando di lavoro, di certi clienti che conoscevano entrambi, delle novità di Dubai, delle nuove isole artificiali... Finché, inevitabilmente, il discorso cadde sulle difficoltà di Angelo.

"Non preoccuparti, ti tirerò fuori da questo casino. Fidati di me!" gli confidò con aria complice, strizzandogli l'occhio e poggiandogli la mano sul braccio.

Quel contatto fece rabbrividire Angelo, che, d'istinto, si ritrasse con la scusa di prendere il bicchiere pieno d'acqua sul tavolo. Gli sembrava di essere in un film di *gangster*, in cui il cattivo cercava di convincere il buono a passare dalla sua parte.

197

Non rispose, limitandosi a restare in attesa che l'altro proseguisse. Compiaciuto per aver creato aspettativa nell'interlocutore, fiero di se stesso e del suo presunto potere, proseguì, masticando rumorosamente un pezzo di pollo:

"Conosco un giudice, non posso dirti chi è, ma è un mio carissimo amico. Basta una parola e ci aggiustiamo..."

Fece un gesto vago con la mano, come ad indicare che quel "*ci aggiustiamo*" fosse un dettaglio trascurabile. In realtà, Angelo capì al volo cosa intendesse.

"Quanto costa?" chiese in tono severo, fingendo interesse.

L'uomo smise di masticare e lo osservò per un istante, apparentemente colpito dalla sua prontezza di riflessi. Poi proseguì in tono studiato, con aria noncurante:

"Mah, non lo so, questo lo vedremo, non credo sia importante adesso. Quello che conta è che tu possa riavere passaporto e libertà, non credi?"

Angelo avrebbe voluto rispondere che, insieme a passaporto e libertà, rivoleva soprattutto la dignità. Ma non disse nulla. Si limitò a scuotere il capo, inarcando il sopracciglio, con aria perplessa, mostrando apertamente il suo scetticismo.

Rick incalzò:

"Guarda che è una cosa sicura, non ti potrei mai ingannare. Sei mio amico..."

«Sì! '*Amico*'! Gli amici non fanno favori in cambio di denaro! Credi che sia scemo, che non sappia che tu ed il tuo giudice vi spartirete i miei quattrini? E poi, chi mi assicura che non sia una trappola per servire su un piatto d'argento ad Assan la prova per incastrarmi?»

Mentre questi dubbi gli vorticavano in testa, Angelo si sforzò di mostrarsi cordiale: non voleva inimicarselo, per paura di eventuali ritorsioni. D'altronde, non poteva neanche accettare quella specie di patto col diavolo.

"Non so... Sono in una situazione particolare, parecchio delicata, e preferisco non muovermi, per evitare passi falsi. Sono già stato una notte in prigione. Se sgarro, ci finisco i miei giorni, là dentro! Sei molto gentile, ma devo rifiutare l'offerta..."

L'uomo lasciò cadere la forchetta con un gesto teatrale. Il tonfo sordo della posata sul piatto fece voltare i commensali vicini nella loro direzione. Angelo si sentì talmente in imbarazzo, che avrebbe voluto scomparire. Rick lo fissava con uno sguardo tutt'altro che amichevole, gli occhi fiammeggianti d'ira, i pugni stretti sopra la tovaglia.

"Come osi dire rifiutare il mio aiuto, stupido italiano?" ringhiò a denti stretti.

Angelo fu colto alla sprovvista da quella reazione. Non si aspettava tanta furia. Per evitare gesti plateali da parte di Rick, si affrettò ad aggiungere, abbozzando un sorriso:

"Non sto rifiutando la tua offerta per mia scelta, credimi! Sono costretto a declinarla, visto che i giudici stanno cercando le prove per condannarmi ad ogni costo..."

"STRONZATE!" lo interruppe alzando la voce e battendo un pugno sul tavolo.

Nel locale calò un silenzio pesante, mentre tutti, compresi i camerieri, si fermarono ad osservare la scena. Angelo fece appello a tutte le sue forze per mantenere la calma.

"Non è niente! Scusate!" disse rivolto alla sala con un sorriso cordiale.

Rick pareva un toro in procinto di caricare l'avversario.

"Nessuno prima d'ora aveva mai rifiutato una mia offerta. MAI!" sibilò minaccioso. Poi inforcò il coltello con aria truce, mentre un sudore freddo scorreva per la schiena di Angelo.

"Non ho rifiutato per mia volontà, ripeto..." mormorò.

"Avrai grossi problemi, italiano, GROSSI!" lo interruppe Rick, con aria intimidatoria.

Angelo ritenne opportuno non aggiungere altro. Si alzò all'istante, e si offrì di pagare la metà della cena, ma l'altro glielo impedì. Provò a salutarlo prima di congedarsi, ed in cambio ricevette solo un cenno di disprezzo.

Con l'esperienza aveva imparato che la malavita non era una peculiarità dell'Italia. Purtroppo, di delinquenti e di faccendieri, come probabilmente era Rick, ne esistevano tantissimi in tutto il mondo, senza distinzione di razza, lingua, nazionalità.

Ovviamente, questa nuova minaccia, presunta o effettiva che fosse, era l'ennesimo macigno che andava ad aggiungersi agli altri, in procinto di schiacciarlo. Onde evitare di farsi sopraffare dai pensieri negativi, ricominciò a camminare senza meta per le strade di Dubai, lasciandosi trascinare dalla folla: ora era attratto dalle luci di qualche locale, ora si fermava ad osservare il traffico, gli edifici che gareggiavano in altezza e splendore, poi si infilava nei centri commerciali ancora aperti, entrava nei negozi e si mostrava interessato a questo o quell'articolo, tanto per scambiare due chiacchiere, per parlare con qualcuno, per non sentirsi solo, per vuotare la mente, per non pensare... Continuò ancora a camminare, fin quando le gambe non riuscirono più a reggere lo sforzo, ed il vento caldo della notte araba portò via tutti i pensieri. Allora si decise a ritornare in albergo sperando di dormire un po'. Una breve pausa dal dolore, dal lavorio della mente, dall'agitazione del corpo. Una tregua fugace che lo avrebbe aiutato, almeno per il momento, a non impazzire.

Nei giorni successivi, in occasione di una Fiera, arrivarono a Dubai alcuni colleghi italiani. Angelo si sentì sollevato, perché almeno non era più solo. Era come se un pezzo della sua Terra fosse lì con lui, a ricordargli che ancora Le apparteneva, che ancora esisteva per Lei. Le voci familiari, le pacche sulle spalle, gli abbracci, le battute scherzose smorzarono un poco la drammaticità di quel soggiorno coatto. Specialmente quando arrivò Marta.

L'aveva chiamato il giorno prima per informarlo del suo arrivo, e Angelo era corso a prenderla all'aeroporto. Conosceva Marta da quando aveva iniziato quel lavoro. Lei era una procacciatrice di affari come lui, era originaria della Sicilia, ma viveva ad Arezzo. Nonostante fosse una bella donna, alta, slanciata, lunghi capelli ricci corvini, occhi scuri come la notte, carnagione olivastra e curve prosperose, non erano mai andati al di là del semplice rapporto di amicizia, una profonda, sincera amicizia. La simpatia di Marta era contagiosa e cercavano di ritrovarsi ogni volta che si spostavano per il mondo, consigliandosi locali, scherzando sui pregi ed i difetti di clienti e conoscenti comuni, consultandosi sulle strategie di mercato da adottare, tenendosi aggiornati sulle loro instabili vite private. Marta era separata, aveva un unico figlio maschio, e stava per festeggiare il traguardo di sei mesi consecutivi trascorsi con il nuovo compagno, praticamente un *record*, dopo il fallimento del matrimonio.

Angelo la vide da lontano uscire dal *terminal*, affranta, la giacca leggera stretta sotto il braccio, mentre con una mano si tirava dietro il *trolley* e con l'altra discuteva animatamente al telefono.

"E che diamine, non mi fanno neanche scendere dall'aereo!" sbottò chiudendo bruscamente la chiamata.

Poi alzò gli occhi nerissimi ed il suo viso si illuminò.

"Angelo, che bello vederti!" esclamò correndogli incontro.

Forse fu l'entusiasmo, forse fu la particolare situazione di Angelo, forse fu solo il risultato di qualcosa che covava da tempo, fatto sta che si gettarono l'uno nelle braccia dell'altra e si baciarono appassionatamente, come due fidanzatini che si rivedevano dopo un'assenza forzata. Scomparvero i rumori, le persone, le luci, gli altoparlanti, scomparve tutto e rimasero solo loro due.

Quando si riebbero e ripresero coscienza della realtà, restarono un istante a guardarsi, senza nessun imbarazzo, e poi scoppiarono a ridere.

"Come stai?" gli chiese con sincero interesse, mentre si avviavano all'uscita mano nella mano.

"Non troppo bene, Marta. Nessuno sa dirmi niente..."

La donna, che conosceva già i suoi problemi, chiese spiegazioni e si informò sulla sua situazione.

"Sei sciupato, lo sai?" esordì dopo che furono saliti su un taxi piuttosto malconcio, con l'aria condizionata che funzionava a tratti, ed una melodia pakistana ad un volume assordante.

Angelo fece un sospiro.

"Lo so. Ma cosa devo fare? E' una tortura! Non ce la faccio più a sopportare quest'attesa senza essere in grado di fare nulla. Non ce la faccio..."

Si prese la testa fra le mani e si appoggiò al seggiolino. In quel mentre la vibrazione del telefono di Marta interruppe la conversazione.

"Ciao tesoro!" esordì lei con voce acuta. "Sì, amore, adesso è tardi, sono appena arrivata e vado a dormire perché è notte fonda, sono esausta. Ci sentiamo domani, *ok*?"

Appena ebbe riattaccato, si voltò verso Angelo, che la guardava con aria divertita.

"Cos'hai da ridere?"

"Stavi fingendo con il tuo compagno, vero?"

"Non so come ho fatto a stare sei mesi con lui. Probabilmente sto invecchiando e ho bisogno di compagnia. Oppure, sono troppo occupata per pensarci!"

Si osservarono per un attimo e poi scoppiarono a ridere senza riuscire a smettere. Marta si appoggiò a lui, mentre si asciugava le lacrime. Lui le cinse le spalle con un braccio e la strinse a sé. Alzò appena la testa per guardarlo, e poi gli accarezzò la barba incolta con dolcezza. Lui si abbassò per baciarla, prima lentamente, poi sempre con maggior trasporto. La mano di lei, nascosta dalla giacca, si poggiò avida sui suoi pantaloni, aprì la lampo, e ne afferrò il contenuto. La donna trattenne a stento un gemito di piacere, mentre si staccava da lui e gli bisbigliava all'orecchio:

"Ho un rimedio infallibile contro la tristezza. Mi hanno sempre detto che sono brava. Adesso vediamo se anche tu sei altrettanto bravo come dicono..."

Sorrise mordendosi il labbro inferiore.

"Perché, cosa dicono di me?" chiese lui in tono provocatorio, la voce rotta dall'eccitazione.

Marta affondò la faccia tra i suoi pantaloni, e Angelo chiuse gli occhi sulle luci sfavillanti della notte di Dubai.

"HEY! Cosa state facendo?" urlò il taxista, guardandoli minacciosamente dallo specchietto retrovisore e rallentando.

La donna si tirò su di scatto, cercando di ricomporsi, mentre Angelo si affettò a rispondere:

"La signora sta cercando la cipria... le è caduta..."

Il taxista gli gettò un'occhiataccia, e borbottò qualcosa nella sua lingua.

Marta e Angelo, invece, non riuscirono a trattenere una risata complice.

Si svegliò la mattina dopo, accecato da un raggio dispettoso di sole che filtrava tra le tende chiuse. Si guardò intorno, allungò braccia e gambe per stirarsi, abbandonandosi pigramente alla piacevole sensazione di compiacimento.

«Non pensavo che ci fosse tanto fuoco dietro la nostra amicizia. Se lo avessi creduto, ne avrei approfittato prima, accidenti!» si disse, sentendosi appagato nello spirito e nel corpo.

E anche quando comparve, come ogni mattina, il pensiero della brutta faccenda in cui era coinvolto, gli sembrò che fosse meno minaccioso, meno opprimente, e che potesse esserci una via d'uscita.

«Il sesso fa miracoli, non c'è dubbio!» considerò con soddisfazione.

Ma si trovò anche a riflettere su un'altra questione, molto più spinosa. Marta era una bomba di erotismo, certamente, ma gli aveva saputo dare anche tutto l'appoggio, la dolcezza, la comprensione, di cui aveva più bisogno in quel momento.

«Questo compito spetterebbe ad una moglie come si deve!» constatò Angelo con amarezza. Dovette ammettere con se stesso che Grace non sarebbe stata capace di capire, neanche sforzandosi di farlo. Lei aveva l'abitudine di inserire ogni cosa in una categoria predeterminata, e nulla poteva esistere al di fuori di questo sistema. Si faceva fuorviare da passioni devastanti, come l'ossessione e la gelosia, rendendo la vita impossibile a se stessa e a chi le stava accanto.

Eppure l'amava. Ma perché? Non lo sapeva se era alchimia, o istinto, o voglia di farsi del male. *Al cuor non si comanda,* recita un proverbio. Non poteva essere diversamente.

Sospeso tra l'appagamento della notte appena trascorsa e la delusione derivante dalle sue riflessioni, si voltò per cercare Marta, proprio mentre sentiva di nuovo salire l'eccitazione e la voglia di essere importante per qualcuno. Invece, il letto era vuoto e al suo posto c'era un biglietto: *"Un cliente mi ha chiamato e sono dovuta scappare. Resta dove sei, così appena torno ripassiamo la lezione..."* Come firma, Marta aveva lasciato l'impronta della bocca con un rossetto rosso fuoco. Angelo sorrise e si sentì invadere da un desiderio incontrollabile. Si alzò in fretta e si infilò sotto la doccia gelida.

Nonostante i buoni propositi di Marta, la giornata si rivelò molto più impegnativa del previsto, così Angelo si tenne occupato al telefono, alla solita ricerca di qualche contatto, passò, come al solito, dall'ufficio dell'avvocato, e poi cercò di svagarsi vagabondando per i negozi di un centro commerciale. In serata, si fece portare al *Gold Souk*, perché doveva incontrare un paio di clienti per conto di Elizabeth.

Da quando era invischiato in quella situazione era la prima volta che il tempo pareva trascorrere più veloce ed incombere meno minaccioso. Qualche nube aveva perfino oscurato il sole, rendendo l'aria meno torrida. Si sentì il cuore stranamente più leggero, acceso da una nuova speranza, ed interpretò tutti questi segni come di buon auspicio.

Quella sera, Pamir, il grossista siriano che gli aveva consigliato lo studio legale all'inizio della sua brutta avventura, lo invitò a cena. Si erano incontrati su richiesta di Elizabeth, perché un'azienda orafa di Arezzo aveva spedito dei campioni e Pamir aveva bisogno di chiarimenti.

"Vedrai che tutto si risolve, amico!" gli disse, con l'aria di chi sa il fatto suo, l'ometto magro, con il viso spigoloso e gli occhiali spessi, che non riuscivano a nascondere gli occhi furbi ed indagatori.

Angelo scosse la testa:

"Lo spero davvero, anche se non ci credo."

Pamir mormorò alcune parole nella sua lingua e sorrise:

"Non conosci la potenza di Allah. Lui sa dispensare la giustizia. Recita il Corano: «*In verità coloro che credono, siano essi Giudei, Cristiani o Sabei, tutti coloro che credono in Allah e nell'Ultimo Giorno e compiono il bene riceveranno il compenso presso il loro Signore. Non avranno nulla da temere e non saranno afflitti.*»

«Chiunque sia ad aiutarmi, dio o uomo, basta che io non debba morire per essere libero!» pensò Angelo, con amaro cinismo, limitandosi ad annuire.

Pamir, che amava indossare abiti di alta sartoria italiana, in abbinamento con anelli, collane, bracciali d'oro e pietre preziose, gli dette una pacca sulla spalla.

"Porta la tua amica stasera, quella che è arrivata ieri..."

Lo sguardo libidinoso dell'uomo fece intuire subito ad Angelo a chi si riferiva.

"Cristina?" chiese fingendo sorpresa.

"Sì, lei!" rispose l'altro quasi con l'acquolina in bocca, mimando le curve prosperose della ragazza.

Cristina era una donna sui trent'anni, alta, non troppo magra, con lunghi capelli neri lisci, gli occhi azzurri, il viso regolare, ma, soprattutto, con una quarta taglia di reggiseno, ed un fondoschiena da far invidia a Jennifer Lopez. Pamir, come tutti gli orientali, amava le caratteristiche delle donne mediterranee, gli occhi chiari ed i lineamenti delicati. Cristina, in particolare, era uno spettacolo per uomini come lui, ricchi ed importanti, capaci di apprezzare le *belle forme*.

Per l'occasione, quella sera Angelo indossò un paio di *jeans* che aveva comprato la mattina, per ampliare un po' lo striminzito guardaroba di cui disponeva. Aggiunse una camicia stile Oxford ed una giacca leggera perfettamente intonata al colore dei *jeans*. Cristina si presentò con un trucco studiato ad arte per mettere in evidenza gli occhi luminosi e la bocca carnosa, Indossava un vestito di *jersey* bianco aderentissimo, che faceva risaltare la pelle abbronzata, ma che pareva contenere a malapena il seno prosperoso, strizzato in un *push up* di pizzo nero, ed i fianchi ondeggianti. A completare l'opera, un paio di scarpe *décolleté*, sempre bianche, con tacco dodici.

"Sei proprio da spogliare, Cris..." non poté fare a meno di esclamare Angelo, non appena la vide.

"Non aspetto altro!" rispose la ragazza con voce sensuale e sguardo malizioso, mentre si ficcava in bocca una sigaretta con una mossa volutamente allusiva e provocatoria.

Stavano per entrare nella splendida dimora di Pamir, ma Angelo non riuscì a resistere, e le dette una pacca sul sedere.

Cristina la sapeva lunga in fatto di sesso, e si vedeva da lontano. Solo che, a differenza di altre donne più aggressive, che volevano dimostrare la loro superiorità rispetto agli uomini sciorinando alte prestazioni sessuali e atteggiamenti da femmine emancipate, lei amava il piacere, voleva soddisfare ed essere soddisfatta. Condivideva con Angelo la filosofia del non accettare mai sesso a pagamento, perché era la conquista il momento più elettrizzante, eroticamente più appagante per il corpo e per l'ego. Le voci riferivano che fosse *bisex*, proprio per via di questa sua voglia di lasciarsi trascinare dal piacere della caccia, indipendentemente dal genere di appartenenza.

Angelo non resisteva alla tentazione dei sensi, ed il pensiero di dover aspettare tutta la durata della cena prima di poterla possedere lo tormentava. Si era perfino dimenticato della notte perfetta trascorsa con Marta. Ogni volta era un nuovo traguardo da raggiungere. Ed ora, più che mai, questo serviva a farlo sentire vivo.

Si sedette accanto a lei, stuzzicandola per tutta la serata, mentre conversava amabilmente con il padrone di casa e con gli altri invitati. Pamir, a capotavola, aveva Cristina alla sua destra e non le toglieva gli occhi di dosso, sfiorandole spesso la mano. Lei era perfettamente a suo agio in mezzo a questo assedio da parte di Angelo e Pamir, oltre che lusingata di calamitare gli sguardi lascivi della maggior parte degli uomini presenti.

Ad un certo punto, l'attenzione dell'italiano fu attratta da una figura interamente ricoperta di abiti neri come la notte, seduta nell'angolo opposto al suo, immersa nella penombra. Dall'oscurità emergevano degli occhi, come di una gatta, ad illuminare in maniera quasi soprannaturale un corpo interamente costretto nelle vesti femminili tradizionali. Quegli occhi, però, riuscirono a scatenare in Angelo una reazione ancora più forte di quanto avesse fatto Cristina in tutto il suo aperto splendore. Il bianco ed il nero, due opposti che sapevano suscitare potenti emozioni.

La donna era la moglie di un uomo importante, amico di Pamir, e, secondo le regole, se ne stava in disparte, senza parlare con nessuno. Angelo notò la sua naturale eleganza nei gesti, nel modo di portare alle labbra piccoli bocconi, nel prendere il cibo dal vassoio, nell'aggiustare la veste, in maniera quasi impercettibile, nel timore che potesse scivolare e lasciare scoperta una parte di quella pelle di cui gli pareva di sentire il profumo, mentre immaginava di toccarla, penetrando quegli abiti che tanto mortificavano la bellezza espressa dalla Natura. Angelo era incantato dalla sensualità e dalla fluidità dei movimenti della donna, al punto che, quando incontrò finalmente quegli occhi grandi, neri, bellissimi, volle fissarli sui suoi, per avere almeno un contatto visivo. Le parve di usarle violenza, imponendole il suo sguardo, perché pareva intenzionata a fuggire, eppure era trattenuta dalla sua forza, dal suo magnetismo, dal suo desiderio. Dopo qualche istante, abbassò gli occhi, per poi rialzarli e puntarli nei suoi, stavolta in maniera decisa, determinata: adesso era lei che lo pretendeva, era lei che lo stava seducendo con lo sguardo, immaginando di toccarlo, di farsi possedere...

Eccitato da questa combinazione di piaceri, mentre gli invitati si alzavano per spostarsi a bere in giardino, Angelo attirò Cristina a sé ed iniziò a stuzzicarla:

"Ehi, hai visto la moglie di quel tipo, quella vestita di nero?"

Cristina bevve avidamente il suo *drink* e poi spostò oziosamente lo sguardo nella direzione indicata.

"Bella. Ha degli occhi da gatta. Sembra che tu gli piaccia: ti sta fissando..."

"Lo so, e guarda che caviglie che spuntano dalla veste nera: sono sottili, come quelle delle cavalle di razza, purosangue!"

Cristina si appoggiò ad una colonna del porticato, e si mise a studiare la donna con crescente interesse. Angelo insistette.

"Mi sta scopando con gli occhi, ma non è volgare. E' raffinata, è esotica, sembra un essere fantastico. Non mi stupirei se da un momento all'altro svanisse o salisse su un cavallo alato!"

"Cavalcare deve saper cavalcare bene. Non ho mai visto tanta grazia e tanta emanazione di sesso nella stessa persona!"

Cristina accese una sigaretta e aspirò con voluttà la prima boccata senza smettere di guardarla.

Angelo si fece più complice, ardente di desiderio. Si mise accanto a lei, con lo sguardo fermo sulla donna misteriosa, e, sfiorandole il collo con il naso, le sussurrò all'orecchio, con la voce rotta dall'eccitazione:

"Cris, te la immagini quella creatura tutta nuda, sotto quel vestito castigato?"

Cristina si strusciò con una mossa involontaria al corpo di Angelo ed emise una specie di gemito sommesso, mentre lui proseguiva:

"Lo sai che una volta mi è capitato, in Arabia Saudita, un fatto del genere? Avevo conosciuto una giovane ragazza tutta vestita di nero. Quando l'ho portata con me si è tolta l'abito, e sotto era completamente nuda. Niente reggiseno, niente mutande, nulla, solo carne..."

Cristina sorrise: il suo sguardo si era infiammato.

"Ti piacerebbe, eh?"

"E a te piacerebbe?" ribatté Angelo.

"Perché no?" replicò pronta Cristina, passandosi la lingua sulle labbra.

Non si accorsero neanche che alcuni commensali li stavano salutando per congedarsi. Fu Angelo a recuperare un minimo di decoro, per poi continuare ad ignorare il resto degli ospiti.

Si appoggiò alle mura, da cui si godeva una splendida vista della città, ed attirò a sé Cristina, che gli dava le spalle.

"Pensa se la prendessimo con noi due, stanotte..." le sussurrò, strofinando il membro dietro di lei.

Distratti dall'eccitazione, chiusero gli occhi per qualche istante. Quando li riaprirono, la donna in nero era sparita, e con lei quasi tutti gli ospiti.

Angelo e Cristina la cercarono ovunque, senza risultato. Delusi, si affrettarono a salutare Pamir – altrettanto deluso per non essere riuscito ad attirare l'attenzione di Cristina - ed uscirono di corsa, sperando di rivedere un'ultima volta quegli occhi. Ma non ci fu nulla da fare.

Appena furono saliti in taxi, Cristina non poté fare a meno di ripensare con aria sognante al mistero celato dietro quello sguardo così intenso ed unico. Angelo non resistette più e la baciò con trasporto.

"Pensa cosa avremmo potuto fare con quegli occhi puntati addosso!" gemette lei in preda al desiderio.

Angelo le mise una mano fra le gambe, e scoprì che la donna in nero aveva eccitato Cristina almeno quanto lui. E quella notte trascorse come se lei fosse stata davvero fra di loro, con lo sguardo penetrante e la caviglia sottile.

16. PIANO DI FUGA

Cristina ripartì sabato mattina, mentre Angelo ebbe occasione di trascorrere un'altra notte con Marta.

Il tempo scivolava lento, anche se la ventata di aria di casa portata dai colleghi, e lo svago offerto dalle colleghe gli aveva concesso un po' di tregua.

Non aveva smesso di cercare contatti, aveva sempre telefonato o fatto visita all'avvocato Kaleb, anche più volte al giorno, ma il silenzio da parte delle Autorità cominciava comunque a pesare.

A questo, si aggiungeva l'atteggiamento distaccato di sua moglie, Grace, che si limitava a rispondergli con stringati *sms* e conversazioni formali. Per fortuna, i suoi figli non mancavano di far sentire, in ogni modo possibile, la loro vicinanza ed il loro affetto al padre, tranne Anne, che, nonostante amasse profondamente il genitore, aveva ereditato il carattere volubile e glaciale della madre.

Una volta partiti gli amici, una volta esaurita la scorta di buonumore e passatempi, ma, soprattutto, una volta svanita, insieme a loro, la familiare sensazione di fare ancora parte del giro dei procacciatori di affari - e quindi di poter essere se stesso – gli sembrò che il mondo gli crollasse di nuovo addosso, in maniera più devastante, perché l'ansia e l'attesa ne avevano amplificato l'effetto.

Si ritrovò per l'ennesima volta a vagabondare nei pressi del porto, a seguire i ritmi e gli orari delle imbarcazioni, dei lavoratori, a rientrare nella stessa squallida *routine*, con i soliti turisti, i soliti ricconi... Tutti avevano una vita, un itinerario da seguire, ed erano liberi di farlo. Lui no. Lui doveva rimanere incatenato ad un giogo di cui non conosceva la robustezza, né la durata.

Si fermava spesso a Port Rashid, da dove si vedevano le isole artificiali che avevano reso famosa

Dubai: qui, tutti i personaggi più ricchi e famosi del pianeta facevano a gara per accaparrarsi un alloggio. Le Palme, il Mondo... si vedevano al lavoro le enormi draghe che trascinavano massi altrettanto enormi, da depositare sul fondale marino per edificare le isole. Un'opera titanica, una sfida alla Natura, per mostrare la potenza di Dubai e dei suoi abitanti. Allora, in un luogo tanto all'avanguardia, come si poteva permettere che un banale equivoco rovinasse la vita di una persona, davanti all'evidenza? O forse, era per provare la grandezza ad ogni costo che ci si divertiva con la vita delle persone, come se ci fosse stato un burattinaio che muoveva le marionette nel teatro della vita?

Per scacciare questi pensieri assillanti, cominciò a telefonare prima all'avvocato, poi ad un paio di clienti, con delle scuse banali. Quindi, provò con qualche conoscente ed altre persone in Italia. Finché, ad un certo punto, ricevette un avviso di chiamata.

""Ciao Angelo! Meno male, ti ho trovato. Dove sei?"

La voce familiare di Piero gli riscaldò il cuore all'istante. Piero era un carissimo amico di vecchia data. Faceva il pilota acrobatico professionista e si guadagnava da vivere compiendo incredibili evoluzioni spericolate, che lasciavano esterrefatti ed increduli i sempre numerosi spettatori. Era diventato celebre per via della sicurezza e della precisione delle sue manovre, frutto di duri allenamenti giornalieri e di una passione senza fine. Con il suo *Extra 300*, un aereo acrobatico di alta tecnologia, Piero si spostava in tutta Europa per presentare il suo *show* di circa venti minuti, in cui l'adrenalina e l'incredibile si mescolavano per rendere lo spettacolo unico. Angelo lo aveva conosciuto diversi anni prima, in occasione di un raduno. Piero era da sempre il migliore, in particolare quando poteva esibirsi a tema libero, senza gli schemi fissati dalle regole dei vari campionati internazionali. Ovviamente, riscuoteva un gran successo con le ragazze, per le prodezze aeree di cui era capace, per il fascino del suo spericolato mestiere, ma anche per il fisico prestante.

Angelo ritrovò nella mente tutti i bei ricordi legati alla carriera aeronautica, alle esperienze condivise con l'amico, e, per un breve istante, si sentì a casa. Pensò anche che Qualcuno dall'Alto lo volesse aiutare, per mezzo di questa telefonata, cosicché potesse avere un appiglio a cui aggrapparsi per non farsi sopraffare di nuovo dalla disperazione.

"Piero! Che gioia sentirti! Sono a Dubai!" rispose con un entusiasmo subito raffreddato dall'improvviso ritorno alla cupa realtà.

"Dio, Angelo! Che tragedia!" esclamò Piero, in tono affranto.

"Che è successo?" chiese Angelo con il cuore in gola, la voce rotta dall'ansia. Chiuse gli occhi e si preparò ad incassare l'ennesimo colpo, sperando di sopravvivere.

"Giovanni non ce l'ha fatta! E' caduto, cazzo, E' CADUTO, e nessuno ha potuto fare niente per aiutarlo!" urlò Piero disperato.

Angelo si sedette a fatica su una panchina . Non poteva credere alle proprie orecchie. Voleva parlare, ma la bocca si era asciugata all'improvviso e non riusciva a spiccicare parola.

Giovanni aveva trentacinque anni e faceva il gregario di una fantastica pattuglia acrobatica civile. Lo conosceva da anni, perché Angelo era stato suo maestro, finché, in breve tempo, l'allievo aveva dimostrato di essere in grado di superarlo. Si erano incontrati solo qualche mese prima a Roma, in occasione di un raduno, ed avevano eseguito un numero insieme. Era difficile credere che lui, così esperto, così abile, da sembrare invincibile, potesse essere caduto come un principiante.

"Come...?" riuscì a biascicare Angelo dopo qualche istante.

"Durante un allenamento. I margini di errore sono bassissimi, ma forse c'è stato un guasto, non so... Io ero lì, è successo tutto in un batter di ciglia... Manovra perfetta e poi... *bum*! L'esplosione e l'aereo che si schiantava al suolo, insieme a lui..."

Ci fu un attimo di doloroso silenzio, rotto solo dal rumore meccanico di una gru che scaricava le merci dalla stiva di un grosso bastimento.

"Mi dispiace, Angelo, so che non è un bel periodo per te. I ragazzi mi hanno raccontato dei tuoi problemi, ed è proprio un casino. Ma credo che non mi avresti perdonato, se non te lo avessi detto."

Angelo annuì, come se il suo interlocutore potesse vederlo.

"Senti," proseguì Piero con un sospiro. "Non preoccuparti, non sei obbligato a fare nulla, visto che non ti puoi muovere da Dubai. Ti ho solo informato, perché Giovanni lo avrebbe voluto. Ti voleva bene, ed era preoccupato per te..."

Angelo si alzò dalla panchina e respirò a lungo per cercare di sciogliere il nodo che aveva in gola.

"Cercherò di fare il possibile. Anch'io volevo bene a Giovanni e lo vorrei vedere un'ultima volta..."

Si congedarono con la promessa di risentirsi presto, e, subito dopo, Angelo telefonò di nuovo all'avvocato Kaleb.

"Signore, mi ha chiamato mezz'ora fa. Sono molto occupato. A meno che lei non abbia novità, cosa desidera?" rispose il legale in tono seccato.

"Senta, Azzeccagarbugli, moderi i termini, visto che la pago, e anche troppo per quello che fa – non mi sembra che abbia ottenuto risultati tangibili al momento! Per di più, ogni volta che la cerco si dichiara sempre oberato di lavoro. Deve capire che se la chiamo c'è un motivo. Adesso vorrei sapere se posso tornare in Italia per qualche giorno, per il funerale di un mio carissimo amico. Non ho intenzione di svignarmela, ovviamente, ma io DEVO andare, lo capisce?"

Ci fu un breve silenzio, poi l'avvocato fece un grosso respiro e rispose con la solita voce atona:

"Signor Poggi, non credo che..."

Angelo riattaccò furibondo, e si incamminò subito in direzione dello studio dell'avvocato, che si trovava non lontano da lì.

Accecato dalla rabbia, non riusciva più a ragionare. Quel legale da tre soldi non capiva. Come poteva restare lì, quando una persona a lui vicina era morta? Chi erano quelli che si ritenevano talmente potenti da costringerlo a rimanere, senza avere alcuna prova contro di lui? Come si permettevano di trattenerlo contro la sua volontà? Lui aveva una vita, che si era faticosamente costruito, degli affetti, degli amici, una famiglia, un lavoro. Chi erano loro per togliergli tutto senza un valido motivo?

Impiegò pochissimo tempo per raggiungere l'ufficio, e, senza farsi annunciare, superò la scrivania della segretaria - che lo seguì prima protestando, poi supplicandolo di fermarsi - fino ad arrivare alla porta di Kaleb e a spalancarla con veemenza.

L'avvocato sobbalzò per la sorpresa ed impallidì, di fronte alla rabbia animalesca che si era impossessata di Angelo. La segretaria, dietro di lui, provò a spiegare che aveva tentato di fermarlo, senza riuscirci.

Superato lo sconcerto, Kaleb riprese il controllo della situazione. Il suo volto ritornò impassibile ed impenetrabile, si sedette nella sua poltrona e fece cenno ad Angelo di accomodarsi davanti alla scrivania.

"Che razza di avvocato sei, se non riesci a cavare un ragno da un buco, eh? Io ti pago, ma in cambio non ottengo nulla da te. E neanche adesso, che ti chiedo qualcosa, perché è importante, perché io devo andare via da qui solo per un paio di giorni, perché non posso cancellare la mia vita per colpa di gente incapace, neanche ora sei in grado almeno di provare a fare qualcosa!"

Angelo era in piedi dalla parte opposta della scrivania, in preda alla disperazione, tremante di rabbia.

L'avvocato replicò imperturbabile:

"Se lei mi lascia parlare, le spiego come funzionano le leggi qui da noi."

"Ma non esistono leggi che possano regolare il cuore. Si rende conto che un mio amico è precipitato con l'aereo ed è morto? Come posso restare qui, senza rivederlo per l'ultima volta? Come può pretendere che io sopporti questo dolore standomene lontano, come se non mi importasse? Lei non capisce, non può capire lo spirito che unisce i piloti: è una specie di legame di sangue, siamo più che fratelli e siamo uniti, in ogni momento della nostra esistenza. Condividiamo ogni esperienza, sempre e comunque!"

"Anch'io ho un amico che fa il pilota, e capisco benissimo cosa lei intende. Il problema è che non si scherza con le leggi, qui da noi. L'unica eccezione alle regole riguarda i decessi di familiari. In questo caso, bisogna trovare una persona di fiducia, che sia gradita alle Autorità e, soprattutto, che depositi centomila dollari nelle casse dell'Emirato, come garanzia del ritorno dell'indagato. Solo allora viene restituito il passaporto per pochi giorni, per permettere il ritorno nel proprio Paese. E ricordi che si tratta di un privilegio concesso solo agli Europei. Inoltre, siccome è il Giudice incaricato del caso che deve decidere, non è detto che accetti: dipende dal crimine di cui si è accusati..."

"COSA??? Ma mi avete preso per un cretino? Se fossi un delinquente, pensate che rimarrei qui ad aspettare che si trovi qualche prova per forza pur di incastrarmi - perché è questo che sta succedendo, non è vero? Avanti, incapace, alza il telefono e fammi parlare con quel finocchio di Assan! AVANTI! Voglio chiacchierare a quattr'occhi con quel fottuto pubblico ministero, per vedere se ha il coraggio di rifiutarmi

216

anche un sacrosanto diritto! I morti non contano? Non avete un cuore, voi arabi? Perché vi trincerate tutti dietro questa freddezza?"

Kaleb si alzò in piedi, tremante d'indignazione, pur sforzandosi di mantenere la calma:

"Le consiglio di tranquillizzarsi, signor Poggi. Queste sono le leggi e vanno rispettate, altrimenti potrà davvero fornire una prova di colpevolezza ai suoi accusatori. So che è difficile, e capisco il suo rammarico, ma la sua posizione è troppo delicata per certi colpi di testa..."

"RAMMARICO? COLPI DI TESTA? Cazzo, avvocato, ma da che parte stai? Sei così codardo da difendere l'accusa, invece di aiutare me?"

Angelo era fuori di sé ed aveva cominciato a camminare avanti e indietro per la stanza, puntando più volte il dito verso Kaleb con un'espressione minacciosa. Nonostante l'aria condizionata, a tratti si sentiva mancare il respiro.

"La prego, Angelo, non dica sciocchezze. Cerchi di capire. Io sto dalla sua parte, ed è proprio per questo che la sto mettendo in guardia, avvertendola degli eventuali rischi, a mio parere, inutili, ai quali vuole esporsi. Il suo amico è morto, e non può fare più nulla per lui. Invece, lei è ancora vivo e dalla sua condotta dipende il suo futuro. So che è un duro colpo, ma il dolore per la perdita resta immutato qui, come in Italia. Si preoccupi di uscire indenne da questo brutto pasticcio, e poi potrà rendere omaggio alla tomba del suo amico come e quando vorrà."

Angelo si fermò davanti a lui e lo fissò per un tempo indefinito. Poi scosse la testa e, sopraffatto dalla frustrazione, aggiunse con una voce roca, che pareva venire dall'oltretomba:

"Non hai capito un cazzo, avvocato. Siete solo dei bastardi, in questo schifo di Paese!"

Si voltò e fece per andarsene.

Kaleb fece un ultimo tentativo.

"Signore, il peggio è passato. Si fidi di me, ed abbia ancora un po' di pazienza, la prego..."

Il tono conciliante ed affabile riaccese la rabbia di Angelo. L'avvocato lo stava trattando con il tono condiscendente che si usa con i bambini capricciosi, con i pazienti di un ospedale psichiatrico, o con i minorati mentali. E questo, davvero, non lo poteva sopportare.

"Fanculo!" ringhiò a denti stretti, gettandogli un'ultima occhiata di fuoco. Poi uscì sbattendo la porta, e si rituffò nella ormai familiare strada che costeggiava il Creek e conduceva al porto.

Era scesa la sera, e lo stomaco gli ricordò che non mangiava dalla mattina. Si infilò nel locale che aveva preso a frequentare abitualmente, e si rimpinzò di *kebab*, a cui aggiunse una birra ed un gelato. La rabbia, a pancia piena, pareva essersi stemperata, e tutto il dolore aveva assunto i connotati sfocati di un incubo, un brutto sogno che aveva lasciato una sgradevole sensazione addosso. Ogni essere umano ha un limite di sopportazione al dolore. Quando si supera questo limite, o si impazzisce, o si commette qualche gesto insano, oppure l'io tenta di difendersi, relegando ciò che lo tormenta in un angolo remoto, dove non possa più fare male, creando l'illusione di aver dimenticato per continuare a sopravvivere.

Per questo, Angelo, sopraffatto dalla disperazione per la morte dell'amico - che capitava in un momento particolarmente difficile per lui - aveva cominciato ad alzare il suo personale schermo di difesa, così che tutto gli appariva distante, confuso, come se fosse un miraggio.

Appena uscito dal locale, iniziò a camminare lungo le sponde del Creek, assaporando la brezza che saliva dal mare, insieme alla calura proveniente dal deserto. Il canale divide in due la città di Dubai, e Angelo provava ad immaginarsi com'era stato fino al secolo scorso, quando si potevano trovare solo villaggi di pescatori. A quei tempi, nelle insenature del Creek si nascondevano abitualmente i pirati, dopo aver assalito e depredato le navi da carico inglesi e olandesi, che transitavano oltre il Golfo Persico, nelle loro rotte di rientro dall'Oriente.

Si fermò un istante ad osservare le acque scure, che riflettevano le luci scintillanti della strada nello sciabordare delle onde, mosse dalla corrente e dalle imbarcazioni in transito. Si avvicinò pericolosamente al bordo, fantasticando sulle fughe rocambolesche dei pirati, sulla vita tranquilla dei pescatori, sulle storie di persone semplici, su tutto il bagaglio storico e culturale che ora aveva lasciato il posto alla globalizzazione e alla tecnologia. All'improvviso, le sue difese cedettero e fu invaso da un forte senso di impotenza, si sentì piccolo ed inutile, abbandonato da tutti, solo e disperato, in balia di personaggi che lo osteggiavano apertamente... E poi, anche Giovanni era morto, proprio Giovanni, che ai suoi occhi era sempre stato un uomo talmente forte da sembrare immortale. Un piccolo errore, una manovra sbagliata, un guasto tecnico, una tragica fatalità, chissà cosa era successo in quelle poche frazioni di secondo... Di qualunque cosa si trattasse, era stata sufficiente a cancellare la sua vita come con un semplice colpo di spugna.

«Dio, perché permetti che l'uomo si illuda così? Perché lo fai sentire grande, importante, il più intelligente, il più forte del Creato, se non è altro che una grossa fregatura, visto che ci vuole così poco per ridurlo in cenere? E' successo a Giovanni, e sta succedendo anche a me. Tanta fatica, tanto lavoro, e poi basta una parola, un gesto, una persona, un istante e sei finito, non sei più nessuno! Non uscirò mai da questa merda, tanto vale farla finita subito...»

Alzò il piede destro verso l'acqua che scorreva sotto di lui, preparandosi ad affrontare l'ultimo volo. Le onde lo stavano aspettando, avide. Il cuore accelerò i battiti, ed il suo corpo iniziò a tremare. Chiuse gli occhi, fece dei respiri brevi, profondi, e cercò di raccogliere il coraggio per lasciarsi andare. Un nodo gli strinse la gola, un ronzio nella testa lo stava assordando, il formicolio sostituì il tremore. Sperò che un improvviso colpo di vento lo aiutasse, che Qualcuno gli mandasse un segnale, che Nicole lo prendesse per mano...

E invece ricadde all'indietro, seduto sulla banchina, la testa tra le mani, il corpo ridotto ad un involucro inutile. Si abbandonò come un peso morto, incapace di reagire, perfino di piangere. Lui, che si era sempre considerato una roccia, che era capace di compiere le gesta più eroiche e spericolate con un aeroplano o con un paracadute; lui che aveva girato il mondo più volte, affrontato personaggi di ogni genere e specie, incontrato gente di malaffare, delinquenti, faccendieri, riuscendo sempre a cavarsela, adesso non aveva avuto il coraggio di saltare. Nicole, la prima moglie, quando era venuta a sapere che la sua malattia non le lasciava speranze, non aveva esitato a gettarsi nel vuoto, per farla finita. Lui, pur disperato, esasperato, costretto a vagabondare come un barbone per le strade di una città ostile, rimbalzando da un muro di indifferenza ad un altro, e abbandonato perfino da Grace, ebbene, lui non ce l'aveva fatta: per la seconda volta, all'ultimo istante, gli era venuto meno il coraggio, quello decisivo. La delusione prese il posto del dolore. Inutile, era un essere inutile, che tentava altrettanto inutilmente di sopravvivere.

Eppure, mai, durante le esercitazioni o le acrobazie, aveva contemplato anche solo il pensiero della morte. «*Per ognuno di noi, al momento della nascita, è già stabilito il destino,*» usava dire suo nonno. E lui ci aveva creduto. Per questo aveva sempre goduto appieno di ogni istante, incurante dei rischi, in mezzo a gente di ogni specie, nel lusso e nella lussuria, in ambienti semplici, o insieme a uomini come Giovanni e Piero...

Già, Piero.

All'improvviso, un'idea machiavellica, diabolica, gli balenò in testa ed illuminò il buio della sua anima. Prima che potesse rendersene conto, stava parlando al telefono con l'amico.

"Questi stronzi non mi lasciano tornare per salutare Giovanni!"

"Non ti preoccupare. Lui lo capirebbe, e, d'altro canto, non possiamo fare più nulla. Se mai, ci sono i suoi genitori..."

"Ci avevo già pensato. Domani chiamo Matt, mio figlio. Resterà con loro al posto mio. Erano molto amici, Matt e Giovanni..."

Ci fu un silenzio colmo di mille emozioni, poi Angelo proseguì spedito, illustrando il disegno che si era formato con lucidità nella sua mente.

"A gennaio verrai a Dubai, vero?"

"Sì, c'è l'*Air Show*, come ogni anno. Ci saranno le Frecce Tricolori, e verranno presentati in volo i nuovi aerei militari, provenienti da tutto il mondo. Delle pattuglie acrobatiche militari inglesi, francesi ed americane si esibiranno di fronte al lungomare Jumeirah. Interverranno anche degli elicotteri... Il programma è molto vario. Ovviamente, anch'io farò la mia parte nello spettacolo..."

Piero fece una pausa, e per un istante accantonò l'entusiasmo.

"Perché me lo chiedi?" chiese in tono serio, senza capire dove l'amico volesse andare a parare.

Angelo sorrise.

"Ho avuto un'idea, se tu sei d'accordo, ovviamente."

Prese fiato e spiegò:

"Potrei scappare con te, il giorno dopo questo evento. Ho progettato tutto, magari dovremmo ridefinire i dettagli, però, in sintesi, il piano è quello di nascondermi sul tuo aereo acrobatico, che ha due posti in *tandem*, giusto?"

"Sì, è così. Ma come farai a superare i controlli?"

"Questo è il punto cruciale. Dovrei cercare di entrare con te in aeroporto la sera, al termine di tutte le esibizioni dell'*Air Show*, magari spacciandomi per il tuo meccanico. Poi, rimarrei nascosto tra i sedili dell'aereo per tutta la notte, per essere pronto a partire con te la mattina dopo. Tu dovresti evitare di parlare con me durante la fase del decollo, per non farti sentire finché sei collegato via radio con la torre di controllo. Quando saremo in volo, potrei uscire e sgranchirmi un po', per tornare a nascondermi tra i sedili prima di atterrare negli scali, in modo tale da evitare i controlli. Non dovrebbe essere difficile: sono solo tre giorni di viaggio. Chi verrebbe a vedere? Di notte, rimarrei in aeroporto senza uscire, per evitare di esibire il passaporto. Ho pensato a tutto. Che ne dici?"

Piero respirò rumorosamente.

"Sì, è pericoloso, ma fattibile," rispose convinto.

"Sai che non ti chiederei mai una cosa del genere, se sapessi di esporti a dei grossi rischi. Certamente, l'impresa è comunque azzardata, ma non ti metterei mai nei guai, amico."

"Lo so, vecchio barbagianni. Sono d'accordo, e non mancherò di aiutarti, in nome della nostra amicizia, e anche per Giovanni..."

"Grazie, Piero. Se tu sapessi come mi sono ridotto... Non mi guardo più neanche allo specchio, sono diventato il fantasma di me stesso... Non riuscirò ad uscirne vivo, mi vogliono incastrare ad ogni costo, non so che cazzo ho fatto di male, non capisco... Non posso fare niente, nessuno dice niente, mi trattengono qui senza motivo..."

"Angelo, ti posso chiedere una cosa, visto che siamo amici?"

"Spara pure, senza problemi!"

"A chi hai rotto i coglioni? Devi aver dato fastidio a qualche pezzo grosso, perché questa storia non si regge in piedi! C'è forse di mezzo qualche donna, l'amante di un uomo potente che non sopporta la tua naturale tendenza alla conquista?"

"Non lo so, Piero! Non sei il primo che me lo chiede, ma sono anni che vengo qui: come posso ricordare cosa ho fatto, le persone che ho conosciuto, le donne che mi sono scopato? Lasciamo perdere..."

"Beh, vedi di ricordare alla svelta, perché, secondo me, la chiave della vicenda è in qualche episodio del passato. Devi riuscire a guardare in faccia il nemico, se vuoi cercare di combatterlo. Altrimenti, chiunque ti può schiacciare come una formica!"

"Cazzo, lo so! Ma cosa credi, che non ci abbia provato? Ho tutto il tempo che voglio per pensare, riflettere, sforzarmi di ricordare... Ma non ci riesco, non riesco a rievocare eventi significativi da collegare a tutto questo casino. Non faccio altro che camminare per chilometri, ogni giorno, attaccato al telefono, in attesa di notizie, mentre rimugino su ciò che è successo, nel tentativo di rimettere insieme i pezzi..."

"Insisti. Se non ci riesci, il tuo piano di emergenza dovrebbe comunque funzionare."

"*Ok*, Piero. Grazie. Saluta Giovanni un'ultima volta da parte mia."

"Lo farò, Angelo. In bocca al lupo, amico!"

"Che possa davvero crepare!"

Continuò a camminare fino a notte fonda, ripensando a quanto fosse diventato volubile ed instabile. Per cinque minuti aveva desiderato gettarsi nelle acque del Creek e farla finita, poi, subito dopo, aveva escogitato un progetto per svignarsela. Rise di se stesso e della sua follia. Si sentiva euforico per aver trovato una possibile via di fuga, in cui riporre una reale fiducia. Se riusciva a vedere la fine del *tunnel*, poteva ricominciare a vivere. Stavolta non c'erano speranze a cui restare appesi, non c'erano illusioni, ma solo la certezza dell'appoggio di un vero amico. C'era una data, c'era un programma da seguire, c'era l'adrenalina che avrebbe ricominciato a circolare vorticosamente nel corpo affranto dall'inerzia.

Esausto, ritornò nel modesto *hotel* che lo ospitava, nell'ambiente pulito, ormai familiare, e finalmente, da quando era arrivato a Dubai ed era cominciata quella brutta storia, andò a letto soddisfatto.

Si svegliò di soprassalto alle prime luci dell'alba, quando all'improvviso, nella mente rilassata di un sonno senza sogni, comparve la figura di Jessica.

17. TRE ANNI PRIMA...

Aeroporto *Leonardo da Vinci*, Roma. Anno 2005 – tre anni prima.

In un uggioso lunedì agli inizi di marzo Angelo era in procinto di partire per Dubai. Stava trascinando il *trolley* in direzione del *check-in*, camminando a fianco del collega di turno, quando lo sguardo fu attratto da una ragazza che non poteva passare inosservata. Infatti, tutti gli occhi dei presenti erano puntati su di lei. Alta, lunghi capelli biondi lisci, occhi azzurri, delle graziose lentiggini sulle guance ed un neo vezzoso all'angolo della bocca dalle labbra sottili. Era fasciata in un *trench* strettissimo, che ne esaltava le forme sinuose. Sul davanti, la maglietta aderente metteva in mostra un *décolleté* pieno, mentre le lunghe gambe affusolate erano rivestite da *leggins* di pelle, e l'altezza, già notevole, diventava vertiginosa per via degli stivali dal tacco impossibile. Non era solo appariscente, era bella. Angelo rimase stordito dal suo fascino e dal suo profumo, che sapeva di fragole, di caramelle, di buono...

Fu facile, come sempre, trovare un pretesto per conoscerla. Gli bastò fingere di essere distratto e andare a sbattere con il *trolley* contro il suo.

"Che sbadato! Scusi, tanto! Mi sono distratto con il telefono e non ho guardato dove mettevo i piedi! Può perdonarmi?" esordì con aria teatrale.

La ragazza si voltò con una mossa felina, facendo svolazzare i capelli sulle spalle. Rispose con un sorriso aperto, che le illuminò il viso e che conquistò definitivamente Angelo.

"Non si preoccupi, il *trolley* non si è fatto male!" rispose con voce sensuale.

«E' anche simpatica! Praticamente perfetta!» pensò Angelo. Non se la sarebbe lasciata scappare.

"Mi chiamo Angelo, e, se non le dispiace, vorrei offrirle un caffè, per farmi perdonare meglio..." azzardò, porgendole la mano e sfoderando un sorriso accattivante.

"Lei è troppo gentile, davvero..." rispose, con un leggero imbarazzo. "Mi chiamo Jessica. Ma non si deve incomodare, non è successo nulla..." aggiunse, stringendogli la mano.

"Mi permetto di insistere. Sarà un piacere..."

Non appena ebbero superato il *check-in*, si incamminarono verso la *Lounge*, la sala d'attesa riservata ai migliori passeggeri. Ordinarono due caffè ed iniziarono a conoscersi.

"Sono stata una ballerina fino all'anno scorso, quando mi hanno chiamata a curare un programma in *tv*! E' stato davvero entusiasmante! Ho conosciuto tante persone, ed ho ricevuto diverse proposte per altri programmi. Sto studiando per migliorarmi, ma sono felice che almeno venga riconosciuta la mia professionalità!"

"Già, ma sei anche una bella ragazza, Jessica..."

"Ti ringrazio, ma vedi, a volte non è un vantaggio. Spesso vengo presa in considerazione solo per la bellezza, ed è un grosso limite, perché quando alcune persone nell'ambiente dello spettacolo si accorgono che ho delle qualità ed un cervello, mi escludono, classificandomi come non idonea. Io vorrei essere giudicata per quello che valgo, nell'insieme, non solo all'apparenza!"

"Sei un caso raro, al mondo d'oggi. C'è gente che farebbe carte false pur di ottenere la metà delle attenzioni che hai tu!"

"Dipende dal carattere e da quello che ognuno di noi vuole dalla vita..."

Le ultime parole di Jessica furono accompagnate da uno sguardo languido. Angelo sentì il sangue ribollire nelle vene.

"E tu, cosa fai di bello? Perché vai a Dubai?" gli chiese sorseggiando il caffè.

Angelo, per ovvi motivi di sicurezza, si spacciava sempre per un procacciatore di affari per conto di una fantomatica compagnia assicurativa, un ruolo che lo rendeva ugualmente affascinante agli occhi delle donne. Come monito, ricordava che, ai tempi in cui era un apprendista, un collega, con diversi anni di esperienza alle spalle, aveva rivelato il suo vero mestiere ad una donna appena conosciuta, con la quale se la stava spassando. Il giorno dopo era stato aggredito all'uscita dall'aeroporto, ed era stato rapinato di tutto il campionario. Angelo aveva ancora impresso nella memoria il volto tumefatto dell'uomo, la prognosi di venti giorni, e la figura da coglione – pur a distanza di anni, nell'ambiente continuavano a circolare barzellette sull'episodio.

"Lavoro. Sono alle dipendenze di una compagnia assicurativa. Sai, Dubai è un grosso mercato per le assicurazioni, adesso!"

"Ci credo! Avrai un sacco da fare, laggiù!" esclamò lei, estraendo una sigaretta dalla borsa.

Angelo fu subito pronto con l'accendino. Fissò avido ed invidioso il sottile cilindro di tabacco stretto tra quelle labbra, che dovevano essere dolci come il miele.

"E tu, che ci vieni a fare a Dubai?" chiese a sua volta.

Lei aspirò voluttuosamente la sigaretta, soffiò in alto il fumo, e rispose con un sorriso di gioia infantile:

"Due settimane fa sono stata in vacanza in Marocco, con degli amici. Lì ho conosciuto uno sceicco, uno di quelli veri, con la tunica bianca, sai..."

"Si chiama *thawb*," precisò Angelo.

Gli occhi di Jessica luccicavano per l'emozione.

"E' uno degli uomini più potenti del Medio Oriente. In Marocco possiede una villa che sembra non avere mai fine. Il suo mega panfilo può essere scambiato per una nave da crociera. Va in giro con una decina di

227

guardie del corpo. E' rivestito d'oro e pietre preziose da capo a piedi. Insomma, ricco sfondato. Per fartela breve, si è invaghito di me. Ha detto di non aver mai conosciuto una donna tanto bella e intelligente allo stesso tempo. Per questo mi ha invitato a Dubai, per darmi un'opportunità, una grossa opportunità, quella che ciascuno di noi aspetta per cambiare la propria vita. Mi ha mandato il biglietto aereo, già pagato, in prima classe. Ha detto di non aver mai tenuto tanto a nessuna quanto a me. Ti rendi conto?"

Jessica era un fiume in piena e non riusciva a contenere l'emozione. Angelo, invece, aveva un brutto presentimento, e, per un istante, esitò, incerto se parlarne o meno. Siccome la ragazza non era solo bella, ma le pareva anche onesta, si sentì quasi in dovere di metterla in guardia.

"Sono davvero felice per te, ma ho sentito strane storie riguardo agli sceicchi..." azzardò per tastare il terreno.

Lo sguardo di Jessica si incupì. Gettò la sigaretta nell'apposito contenitore, e la schiacciò per spengerla con un gesto nervoso.

Angelo fece un sospiro e continuò:

"Sai, io sono sempre in viaggio, quindi ho l'occasione di conoscere usi e costumi dei Paesi che frequento. Non è la prima volta che qualche ragazza sparisce nel nulla, dopo essere stata invitata alla corte di questi signori... Sai, si dice che se ne servano per i loro comodi fino ad ucciderle, o a renderle loro schiave per sempre."

"Accidenti, non sapevo nulla di queste storie... Ma non credo che mi possano riguardare. Lo sceicco in questione è davvero importante, e mi ha notata per il mio cervello, per le mie capacità, non solo perché sono bella. Me l'ha detto lui, capisci? Ha detto che mi vuole presentare a dei grossi produttori, che cercano persone competenti..."

Ci fu un attimo di silenzio. Jessica alzò lo sguardo su Angelo.

"Lo so, potrebbero essere delle scuse, un'ottima esca per far abboccare il pesciolino all'amo. Ma io sono convinta che non è così, lo sento..."

Angelo sorrise del suo ottimismo e della sua buona fede. Poi, la vide esitare, prima di prendere l'*iPhone* dalla borsetta.

"Comunque, per sicurezza, se non ti dispiace, ci scambiamo i numeri di telefono. Così, visto che sei a Dubai, ci teniamo in contatto..."

"Ma certamente!" rispose Angelo sollevato.

"Così, dopo aver firmato qualche importante contratto con lo sceicco, andiamo a festeggiare insieme, *ok*? Ti offro una cena, tanto costosa quanto è buona l'offerta che mi viene fatta. Che ne dici?"

"Va bene! Affare fatto!"

In quel momento, la voce metallica dall'altoparlante annunciò l'imbarco del volo per Dubai. Arrivarono insieme fino al portello, ridendo e scherzando del più e del meno. Infine, si salutarono.

"Mi raccomando, stai attenta!" le sussurrò con aria quasi paterna.

"Stai tranquillo. E' l'occasione della mia vita. Incrocia le dita per me!"

La salutò con uno strano senso di disagio appiccicato addosso.

Era giovedì sera a Dubai. Angelo sarebbe ripartito l'indomani per Roma, visto che il venerdì negli Emirati è un giorno festivo. Enzo, un ingegnere italiano, suo amico, lo aveva invitato a cena in un nuovo ristorante di Jumeirah, insieme a tre *hostess* italiane, che lavoravano negli Emirati. Al culmine della serata, il telefono di Angelo si mise a vibrare.

"Pronto, chi è?" chiese distratto, mentre affondava lo sguardo nella generosa scollatura di una delle *hostess*.

"Aiuto, Angelo, aiutami, ti prego, avevi ragione tu... era una trappola!"

Non riconobbe la voce bassa e roca della donna spaventata. Anzi, pensò addirittura ad uno scherzo di cattivo gusto.

"Ma chi è?" chiese in tono seccato.

"Sono Jessica! Aiutami, ti prego..."

La comunicazione si interruppe proprio mentre la ragazza iniziava a piangere, disperata.

Si ricordò della splendida creatura conosciuta all'aeroporto prima di partire, e sentì una fitta allo stomaco.

"Che succede, Angelo?" chiese Rita, una delle *hostess*, vedendolo all'improvviso così serio.

"Mi ha chiamato una ragazza che ho conosciuto al momento dell'imbarco a Roma. Aveva un appuntamento con uno sceicco, e adesso mi stava chiedendo aiuto... era sconvolta!"

"Una mia amica mi ha raccontato di ragazze che spariscono in questo modo," intervenne Tania. "Vengono adescate con pretesti banali, ad esempio per trovare un lavoro come modelle, per trascorrere una vacanza, e, per le più spregiudicate, per aspirare alla carica di favorita dello sceicco, con tutti i privilegi che ciò comporta. Una volta arrivate, invece, finiscono in balia del signore e dei suoi amici. Vengono violentate, seviziate, picchiate, drogate, tenute in catene, peggio delle bestie. Alcune non sopravvivono, altre vengono uccise lentamente o lasciate morire, poche vengono prese come schiave, e tenute lontane dal resto del mondo, per evitare che scappino o che raccontino quello che è successo. E comunque, anche se riuscissero a fuggire, nessuno le prenderebbe in considerazione, visto che, dopo tutte quelle torture, spesso non sono in grado di parlare, è come se qualcuno avesse tolto loro la mente, l'anima ed il cuore..."

"Sì, ho sentito raccontare storie del genere!" confermò Enzo.

Angelo annuì. Anche lui ne aveva avuto notizia, e aveva messo in guardia Jessica, che però non lo aveva ascoltato.

Mentre stavano ancora parlando, dopo pochi minuti, il telefono di Angelo vibrò di nuovo.

"Pronto, Angelo! Aiuto! Vieni subito qui all'*hotel*! Presto! Ho bisogno d'aiuto!" bisbigliò Jessica tra le lacrime.

"*Ok*, Jessica, stai calma. Dimmi dove sei, ti prego!"

Fu un istante, perché la ragazza fece appena in tempo a mormorare il nome del luogo in cui si trovava prigioniera, prima di riattaccare bruscamente.

Angelo si alzò di scatto dalla sedia.

"Scusate, ma devo andare. Non posso lasciare questa povera ragazza da sola!" si giustificò con i commensali.

Tutti furono d'accordo con lui, e Rita si offrì di accompagnarlo:

"Ho la macchina qua fuori, nel parcheggio. Se andiamo in due è meglio, così uno guida e l'altro pensa alla donna. Dai, sbrighiamoci!"

Lo prese per mano e corsero fuori, nell'aria calda ed afosa della sera.

Dopo una decina di minuti, si fermarono davanti all'ingresso di un grande *hotel*, situato in una zona centrale della città. Riconobbe Jessica, che stava scendendo le scale dell'entrata cercando di mostrarsi calma e guardandosi intorno nervosamente. Angelo era sul punto di aprire lo sportello per andarle incontro, quando all'improvviso vide comparire due uomini dall'aspetto minaccioso, che la presero per le braccia e la trascinarono di nuovo dentro l'*hotel*, mentre lei cercava di divincolarsi e di opporre resistenza.

"Presto, parcheggia la macchina più avanti, così scendo e vado a prenderla!" chiese Angelo a Rita con urgenza.

"Ma non sarà pericoloso? Hai visto che energumeni?" domandò Rita in preda all'ansia.

Angelo sentiva salire l'adrenalina. Fece un respiro profondo e chiuse gli occhi. Cercò di convincersi che era come buttarsi nel vuoto con il paracadute, che doveva lasciarsi andare e poi tirare le corde al momento giusto, nella direzione del vento.

"Ce la posso fare," rispose lanciandole un'occhiata che doveva servire a rassicurarla. "Tu tieni il motore acceso e stai pronta a partire a razzo!"

Uscì in fretta, e camminò, ostentando indifferenza, fino all'entrata dell'*hotel*. Prese il telefono dalla tasca, fingendo di cercare qualche numero da chiamare, e, appena entrato nella *hall*, andò a sbattere contro Jessica, che correva disperata verso di lui. Lo afferrò per un braccio, sconvolta ed in lacrime, i vestiti laceri, il trucco sfatto, i capelli arruffati e sporchi, piena di graffi, tagli e lividi. Le unghie si erano spezzate, di certo nel tentativo di difendersi, di aggrapparsi, di lottare, e le mani erano piene di sangue.

"Scappiamo, svelto, mi stanno inseguendo," lo incitò con la voce ormai esaurita dalle urla.

La trascinò letteralmente giù per le scale, e poi via verso il parcheggio, fendendo l'aria calda della sera più velocemente possibile. Salirono in macchina. Angelo si mise alla guida. Schiacciò l'acceleratore a tavoletta e partì di corsa, con un forte stridere di gomme. Cercò di incanalarsi nelle strade più trafficate, deviando più volte a semafori ed incroci, con l'intento di far perdere le loro tracce, perché era sicuro che li avessero seguiti. In silenzio, tutti e tre erano concentrati sulla fuga. Solo dopo una decina di minuti, Angelo si dovette fermare ad un semaforo rosso. Fino ad allora aveva sempre trovato svolte alternative per evitare anche un attimo di sosta, ma, a questo punto, dopo aver corso a tutta velocità zigzagando e cambiando continuamente direzione, iniziava a sentirsi un pochino più tranquillo.

Erano fermi in prima fila al semaforo di una grande strada con quattro o cinque corsie, senza sapere dove si trovassero esattamente. Angelo stava per chiedere a Rita un navigatore, o, almeno, una cartina stradale, quando vide affiancarsi alla sua sinistra una macchina bianca, con i vetri oscurati. Il cuore cominciò ad aumentare i battiti. Jessica si mise ad urlare. Lentamente, si abbassò un finestrino dalla parte del passeggero, e comparve la brutta faccia di un uomo di proporzioni gigantesche, tutto vestito di bianco. Con aria minacciosa si sporse verso Angelo, facendogli cenno di fermarsi e di scendere, mimando con la mano il gesto di una pistola che sparava.

Senza farsi prendere dal panico, contando sull'aiuto della disciplina militare e dell'autocontrollo, oltre che di un forte istinto di conservazione, Angelo, con mossa fulminea, anticipò l'arrivo del verde del semaforo e attraversò la linea di auto ancora ferme alla sua destra, cogliendo di sorpresa gli altri automobilisti con quella bizzarra manovra. Non appena il semaforo diventò verde, poté proseguire tranquillamente verso destra, mentre la macchina bianca con il brutto ceffo a bordo era ormai incanalata nella corsia dalla parte opposta e dovette seguire il flusso del traffico, proseguendo per forza a dritto.

Angelo svoltò più e più volte, finché si convinse di averli definitivamente seminati. Con l'aiuto del navigatore, attraverso il cellulare di Rita, riuscirono ad arrivare all'*hotel* di Angelo.

"Grazie, Rita, non so come avrei fatto senza di te," sussurrò dolcemente Angelo, accarezzando il viso della ragazza.

Lei sorrise. Era ancora scossa, ma nell'incontrare il suo sguardo, il colorito le tornò sul volto, che aveva i tratti tipici delle donne dell'Italia meridionale.

"L'ho fatto volentieri. Mi fa piacere averti aiutato a salvare una ragazza," rispose con sincerità.

"Sei stata fortunata, ad incontrare Angelo in aeroporto, non è vero?" chiese poi a Jessica.

"Non so dove sarei, ora, se non ci foste stati voi..." mormorò l'altra in lacrime.

Angelo si sporse e appoggiò le sue labbra su quelle di Rita.

"Ti devo una cena, e non solo quella..." le sussurrò in un orecchio.

La donna rise e lo strinse in un abbraccio.

"Per te, ci sarò sempre!" sussurrò a sua volta.

Quando entrarono, barcollando a fatica, nella stanza dell'*hotel*, Jessica rimase accecata dalla luce soffusa della lampada all'ingresso. Tremava. Si stringeva le braccia al petto, a tratti si puliva il viso, poi cercava inutilmente di aggiustarsi i capelli scompigliati, di lisciarsi il vestito sporco e lacero. Quando incontrò casualmente la sua immagine allo specchio, emise un gemito e scoppiò a piangere, lasciandosi scivolare lungo la parete. I singhiozzi le scuotevano il corpo, che in quei tre giorni non sembrava più il suo. Era dimagrita e sciupata, oltre che ferita e sporca. Della bella ragazza incontrata all'aeroporto di Roma non era rimasto nulla. Anche lo sguardo era spento, vuoto.

Angelo la lasciò sfogare, poi, quando il pianto sembrò diminuire, con dolcezza, le tese una mano. Lei si ritrasse, spaventata.

"Ehi, voglio solo aiutarti ad alzarti, *ok*? Tranquilla, qui sei al sicuro!" le disse con gentilezza, accovacciandosi lì accanto.

Lo guardò con gli occhi pieni di lacrime e di sofferenza.

"Quando te la senti, ti aiuto, così fai un bel bagno, e vedrai che starai meglio. Intanto preparo la vasca e gli asciugamani, d'accordo?"

Jessica dapprima non rispose, poi annuì con l'aria di una bambina spaventata.

234

Angelo stava per alzarsi, quando lei lo fermò:

"Non ho nulla da mettere. Non ho più la valigia, non ho soldi... Ho solo il telefono e questo..."

Alzò il braccio a fatica ed una smorfia di dolore le si dipinse sul viso. Da quello che restava del reggiseno tirò fuori il passaporto, raggrinzito e spiegazzato.

Le sorrise, con sincera ammirazione.

"Sei stata brava, lucida, nonostante la situazione. Hai preso ciò che ti serviva davvero per scappare!"

"No, non tutto. Non ho i soldi, le mie carte di credito. Come faccio?"

"Per il passaporto, sarebbe stato un grosso problema. Non conosco nessuno in grado di farne uno falso. Per i soldi, invece, ci sono io..."

"No, non potrei mai... io..."

"Quando sarai tornata a casa e sarà tutto sistemato, ti farò avere le coordinate del mio conto e mi potrai rimborsare, va bene così?"

L'ombra di un pallido sorriso di riconoscenza aleggiò sul viso di Jessica.

"*Ok*, grazie. Mi hai salvato la vita. Non so quanti avrebbero rischiato la pelle per me... Non sarò mai in grado di sdebitarmi..."

Angelo fece un gesto vago con la mano, si tolse la giacca, lanciandola sul divanetto della piccola stanza che separava la camera dal bagno, e replicò:

"Non si può mai sapere... Chissà... I casi della vita sono tanti!"

Mentre le preparava il bagno, Jessica, con uno sforzo notevole, lo raggiunse, e, senza che lui le avesse chiesto niente, cominciò a raccontare, con un filo di voce:

"Lunedì sera, al mio arrivo qui a Dubai, è venuto a prendermi un autista con una macchina favolosa. Dentro c'era da mangiare, da bere, musica, film, tutto. Mi ha portata in una villa in mezzo al deserto, che non saprei mai ritrovare, primo perché era buio, e poi perché non c'erano indicazioni o punti di riferimento."

Si sedette sul bordo della vasca, osservando l'acqua limpida che scorreva e le bollicine create dall'idromassaggio.

"Sono entrata in un posto da favola, con giardini e piccole oasi che separavano le varie parti della dimora. Ovunque, statue, arazzi, ori e pietre preziose, simboli della cultura orientale, come tappeti e abiti, insieme alla tecnologia tipicamente occidentale, dalle videocamere del sistema di sorveglianza, ai *maxi* schermi ultrapiatti..."

Angelo gettò dei sali nell'acqua, e subito l'aria si profumò di sandalo e di rosa.

"Hanno preso i miei bagagli, assicurandomi che avrebbero pensato loro a sistemarli nella mia stanza. Mi hanno concesso dieci minuti per rinfrescarmi e poi mi hanno portato dallo sceicco. Insieme a lui, c'erano altri uomini e altre donne, che mi ha presentato come suoi intimi amici. Mi ha invitato a sedere alla sua tavola... Ero così orgogliosa! Ero al posto d'onore accanto ad un uomo ricchissimo e potente, che mi aveva presentato ai suoi amici più stretti perché aveva riconosciuto le mie capacità! Nell'euforia, non mi sono accorta che i servi mi riempivano continuamente il bicchiere con un vino molto forte, mentre lo sceicco mi incitava a bere. Ad un certo punto tutto è diventato confuso, e non mi ricordo molto..."

Mise una mano nell'acqua che gorgogliava ed ebbe un brivido. Lentamente, si tirò su una manica della camicia lacera. Nel braccio erano visibili i segni delle percosse ed i fori degli aghi. Una lacrima scese sul viso, lenta e piccola, come se i suoi occhi non fossero più capaci di versarne.

"Mi hanno drogata, ubriaca com'ero, e poi mi ricordo una stanza piena di tappeti e arazzi, e uomini brutti che ridevano, mi ruttavano in faccia, mi schiaffeggiavano, mi picchiavano, mi prendevano per i capelli, mi frustavano, urlavano parole che non capivo, mi sputavano addosso, e poi mi facevano male... Mi

236

prendevano in più di uno, mi mettevano di tutto in bocca e da tutte le parti, si divertivano come un avvoltoio si diverte con una carogna... Ricordo che mi davano da mangiare e da bere, qualche volta qualcuno mi portava in bagno, mosso da pietà. Più spesso mi facevo tutto addosso... E allora mi picchiavano, e quando urlavo mi violentavano, tappandomi la bocca con un pezzo di stoffa... Ogni volta che l'effetto della droga e dell'alcool cominciava a passare, mi legavano per farmi bere e per bucarmi... Se piangevo, implorando pietà, chiedendo perché mi trattassero così, mi stordivano di botte, mi minacciavano con dei coltelli, e mi violentavano con rabbia...”

Angelo le sfiorò appena la mano, e lei sussultò.

“Stamattina mi hanno portato in città, legata, imbavagliata e con una benda sugli occhi. Ancora sotto l'effetto della droga, mi è parso di capire, da una conversazione in inglese, che c'era un acquirente... Mi volevano vendere, non so a chi, né perché... A chi può servire una donna ridotta in questo stato? Ormai hanno distrutto tutto, corpo e anima... Forse per qualche esperimento, o chissà, come schiava... Arrivati all'*hotel*, l'effetto della droga era diminuito, così mi sono accorta che qualcuno mi aveva lavata, e che avevo dei vestiti puliti. A quel punto, due brutti ceffi mi hanno intimato di fare finta di nulla altrimenti mi avrebbero ucciso. In quel momento sono stata incredibilmente lucida, e ho pensato che, se mi avevano portata lì, invece di lasciarmi crepare in mezzo al deserto, significava che ero ancora utile per loro, per cui non mi avrebbero ucciso. Almeno, non subito. Così, ho approfittato del servizio in camera per cercare di svignarmela, ma mi hanno intercettato, e mi hanno pestato di nuovo. Siccome avevano la mia valigia e la mia borsa, ho chiesto di potermi cambiare - dato che mi ero macchiata i vestiti di sangue - e stavolta sono riuscita a prendere il passaporto ed il telefono. Stavo per arrivare anche al borsello con la carta di credito,

237

ma in quell'istante mi hanno ordinato di muovermi, così ho rinunciato, sperando di avere un'altra possibilità. Invece, mi hanno avvisato che di lì a cinque minuti saremmo usciti, che non dovevo fare domande, ma solo stare attenta a come mi comportavo. Erano agitati e nervosi. Allora ho chiesto di poter andare in bagno, e da lì ti ho chiamato. Ma è squillato il telefono di uno dei due, e, dopo un veloce scambio di battute, hanno bussato con violenza alla porta, urlandomi che era ora di muoversi. Per lo spavento, ho riattaccato. Poi, cercando di raccogliere il coraggio che solo Dio e l'istinto di sopravvivenza possono dare, ho indugiato con la scusa che dovevo rivestirmi. E ti ho chiamato per la seconda volta... Il resto, lo sai..."

Angelo chiuse il rubinetto, e la stanza si riempì di silenzio. Cosa poteva dire ad una ragazza che aveva appena subìto un trauma del genere? Non c'erano parole adatte ad esprimere le emozioni che il racconto di Jessica aveva suscitato in lui.

"Pensi che me lo sono meritato, vero? Che sono stata trattata da zoccola, perché lo sono? Che mi sono illusa di essere intelligente e capace nel mio lavoro?"

Angelo scosse la testa, in segno di deciso diniego.

"E allora che cosa ti ha colpito di me, all'aeroporto? Perché mi hai abbordato?" chiese quasi con rabbia, guardandolo solo ora negli occhi.

Lui sorrise.

"Tutti mi conoscono e sanno che non cerco mai le puttane. Non mi avvicino ad una donna quando è volgare e pretende dei soldi, in cambio di una prestazione occasionale, fredda. A me piace la conquista del bello, dentro e fuori. Mi piace parlare con una donna intelligente, catturare il suo sguardo, e poi la sua anima. Amo condividere sensazioni, sempre diverse e sempre nuove, per poterne serbare il ricordo. Mi piace guardare e possedere un corpo solo se c'è interesse reciproco, se c'è affinità ed alchimia..."

Jessica scosse la testa.

238

"Sei un idealista, a modo tuo..."

"No, sono semplicemente un uomo in cerca d'amore," rispose Angelo con sincerità.

"E tua moglie, che ne pensa?" insisté lei, alzandosi a fatica.

Angelo sospirò ed esitò prima di dare una risposta.

"Mia moglie bada troppo alla forma e all'apparenza delle cose, pensando a se stessa e trascurando spesso ciò che conta per gli altri."

Fece una breve pausa, prima di continuare:

"Però non potrei vivere senza di lei..."

Ci fu un altro lungo silenzio, in cui entrambi rimasero assorti a riflettere ciascuno sulla propria vita. Angelo si riscosse per primo, e si accinse ad uscire dal bagno.

"Se hai bisogno di aiuto, chiama pure. Intanto, ti cerco qualcosa di decente da mettere addosso, *ok*?"

Jessica tentò un sorriso, che si rivelò una triste smorfia di dolore.

La porta si stava per chiudere quando mormorò:

"Grazie, sei proprio un Angelo, il mio angelo custode..."

Lui sentì un groppo in gola, ed uscì senza aggiungere altro.

Stava aprendo la cabina armadio per prendere qualcosa di adatto per lei, quando, senza averla sentita camminare, se la ritrovò accanto, pallida come un fantasma.

"Che succede?" chiese allarmato, lasciando una camicia a mezz'aria.

Jessica scosse la testa, e si strinse le braccia al petto, come per proteggere ciò che rimaneva di se stessa.

"Non offenderti, per favore. Tu sei gentilissimo. Ma io... ecco..."

Era talmente in imbarazzo da sembrare sul punto di svenire.

"Non riesco a spogliarmi..." disse in un soffio, mentre un riso isterico le deformava il viso.

"So che sono un mostro, che puzzo ed i miei vestiti sono orrendi. Però non ce la faccio. Ho bisogno di tempo..."

"Non ti preoccupare, prenditi tutto il tempo che vuoi. A me va bene qualsiasi cosa tu decida.," la rassicurò Angelo.

La fece sedere sul letto e le appoggiò delicatamente un braccio sulle spalle. La ragazza, confortata da quel calore, si abbandonò sul suo petto, piangendo in silenzio.

Restarono così, vicini, finché non sentirono bussare alla porta. Angelo aveva ordinato da mangiare e da bere, ma, per un attimo, ebbe paura che quei brutti ceffi fossero riusciti a rintracciarli. Jessica lo guardò smarrita e Angelo, seppure assalito dal suo stesso terribile timore, cercò di tranquillizzarla. Per precauzione, le chiese di nascondersi in bagno, prima di andare ad aprire, con il cuore in gola. Chiuse gli occhi, strinse i denti, si tenne pronto a reagire, e trattenne il respiro.

Quando riaprì gli occhi, rimase ad osservare il cameriere, per cercare di capire se era un semplice dipendente dell'*hotel*, o se avesse intenzione di curiosare, magari perché era stato pagato per rintracciarli. Ricominciò a respirare regolarmente solo dopo interminabili istanti, quando fu di nuovo chiuso in camera, al sicuro - almeno per il momento.

Mentre la ragazza tentava di mangiare qualcosa, Angelo le fissò il volo di ritorno a Roma con lui per l'indomani. Per fortuna, il collega che lo accompagnava aveva rimandato la partenza di un giorno, così il suo posto era rimasto libero.

Jessica si era rannicchiata in un angolo del divano e non voleva muoversi.

"Devo chiamare mia madre, ma non so come fare..." sussurrò mentre beveva a fatica un sorso d'acqua.

"Non è difficile. Basta che fai finta di niente per pochi minuti. Poi, una volta arrivata a casa, le spiegherai che hai avuto un piccolo incidente, ma che per fortuna tutto si è risolto solo con qualche livido!"

"Non posso. Stamattina, quando ha chiamato, preoccupata perché non aveva avuto notizie da giorni ed il telefono era staccato, ha sentito le voci che mi minacciavano. Dopo, quando siamo scappati, le ho mandato un messaggio per tranquillizzarla, per farle sapere che ero viva ed in salvo. Adesso, però, le devo spiegare, ma non ce la faccio... "

Angelo le accarezzò la testa, le porse il telefono e le fece coraggio.

Non appena la ragazza sentì la voce della madre, cominciò a piangere, di sollievo e di gioia.

"Mamma, sono viva, grazie a Dio e grazie ad un uomo che si chiama proprio Angelo! Sì, ti faccio parlare con lui!"

Tremante, gli porse l'apparecchio.

La signora stava piangendo come solo una madre lontana da una figlia in pericolo può fare. Non la finiva più di ringraziarlo, promettendogli gratitudine eterna, dichiarando che la loro casa era anche la sua casa, e così via. Angelo cercava di schermirsi, ma non fu facile spiegare, né tanto meno dare un taglio alla conversazione.

Quando finalmente ci riuscì, Jessica sembrava un po' più calma, tanto che si lasciò convincere a distendersi sul letto. Si rannicchiò in un angolo e si addormentò quasi subito. Angelo le sistemò una coperta addosso, poi, ancora scosso per l'accaduto, cercò di distrarsi con qualche programma frivolo in televisione. Pensò a quanto avrebbe pesato quell'esperienza sulla vita della ragazza, a come la sua esistenza fosse stata stravolta per sempre, e a quanto sarebbe stato difficile per lei ricominciare a vivere normalmente. Avrebbe dovuto convivere con quell'incubo e imparare a combatterlo per non esserne succube. Lo stato di *shock* attuale sarebbe degenerato, se non avesse trovato un valido appoggio... La guardò mentre dormiva: sembrava una bambina indifesa. Si augurò che potesse incontrare delle persone in grado di aiutarla a superare quel dramma, qualcuno che le volesse bene davvero, come si meritava.

La mattina dopo si alzarono presto. Jessica riuscì a fatica a cambiarsi e a mettersi una *t-shirt* di Angelo, dopo essersi lavata e pettinata un po' alla meglio. Le prestò una valigia per metterci qualche indumento, tanto per non dare nell'occhio al momento della partenza. Una volta arrivati all'aeroporto, Angelo volle che si muovesse da sola, mentre lui l'avrebbe tenuta d'occhio a distanza, camminando dietro di lei. Il suo timore era che lo sceicco, come tutti i potenti, avesse sguinzagliato un *detective*, o avesse contattato qualche amico nella polizia durante la notte, non solo perché la fuga di Jessica poteva avergli mandato a monte un affare, ma soprattutto perché non sopportava di essere stato beffato da una donna, che lui aveva usato come un oggetto di nessun valore.

Con il cuore in gola, fingendo indifferenza, si avviarono al controllo passaporti. Angelo, da dietro i fedeli *Ray-Ban* scuri, gettava occhiate a destra e a manca per scoprire se c'erano occhi puntati su di loro, anche se era molto difficile, in mezzo alla folla.

Jessica era in fila davanti a lui. Solo tre persone li separavano. Abbozzò un sorriso, fornì qualche spiegazione sulle ferite – come d'accordo, dichiarò di aver avuto un incidente durante una gita organizzata dal *tour-operator* nel deserto – ma, inspiegabilmente, l'addetto insisteva a fissare il passaporto, come se avesse dei dubbi. Jessica si voltò appena e Angelo lesse il panico sul suo volto. Il cuore prése a martellargli nel petto, mentre la scena pareva immobile, come se un qualche assurdo maleficio avesse fermato il tempo per permettere alle guardie di riconoscerli...

Alla fine, l'uomo digitò svogliatamente sulla tastiera del *computer*, fece un sorriso di circostanza e augurò buon viaggio a Jessica.

Era fatta. Un sospiro di sollievo scacciò il peso enorme che entrambi avevano sullo stomaco.

Appena arrivati all'aeroporto di Roma, ormai al sicuro, promisero di risentirsi presto.

"Mi raccomando, hai bisogno di cure e riposo," le disse premurosamente Angelo, accarezzandole il viso con il dorso della mano.

Jessica annuì. Un groppo in gola le impediva di parlare.

"Grazie," riuscì a dire in un soffio, prima di ricominciare a piangere.

Si abbracciarono stretti, e con quel contatto si comunicarono tutto ciò che le parole non sarebbero mai riuscite ad esprimere.

Nei mesi successivi, si sentirono spesso per telefono. Jessica era dovuta ricorrere all'aiuto di uno psicologo, aveva accantonato definitivamente l'idea di farsi strada nel mondo dello spettacolo, e aveva ricominciato a studiare, riuscendo a conseguire l'abilitazione all'insegnamento.

Nel gennaio 2007 si era trasferita in Canada, con sua madre, per raggiungere la sorella ed il cognato. Sei mesi dopo, aveva ottenuto la cattedra di italiano in un prestigioso istituto superiore e, a quanto pareva, aveva perfino incontrato un aspirante fidanzato italiano, un collega ed un bravo ragazzo...

Angelo saltò su dal letto, madido di sudore, sconvolto dall'improvvisa apparizione di questo incubo del passato.

E se lo sceicco a cui aveva sottratto Jessica fosse stato lo *sponsor* o il proprietario dell'*Hotel Desert Storm*? Se, per qualche assurda casualità, uno dei brutti ceffi - che erano suoi scagnozzi - lo avesse riconosciuto, o fossero risaliti a lui attraverso delle indagini, e gliela avessero voluta far pagare? Era forse per questo che era stato accusato di qualcosa che non aveva commesso? Era per questo che nessuno gli spiegava nulla? Era per questo che la pratica era secretata e gli veniva negata perfino la supervisione dei documenti, delle foto, dei video relativi all'accusa? Per questo stavano cercando in ogni modo di incastrarlo per condannarlo?

Asciugandosi il sudore, con il cuore che pareva uscirgli dal petto, rivide nitidamente davanti agli occhi quello che era successo tre anni prima. E non poté fare a meno di avere dei dubbi, che rinfocolarono la sua inquietudine, impedendogli di riposare.

Se davvero era quella la fonte dei suoi guai, era spacciato. give up for dead.

18. ROUTINE

Nelle lunghe passeggiate quotidiane, che servivano per far passare il tempo e per stancare corpo e mente, Angelo aveva notato un albergo piccolo e decoroso, con un atrio che sapeva di fiori freschi e di pulito. Aveva chiesto il prezzo e l'aveva trovato molto conveniente. Così aveva deciso di trasferirsi lì, con le poche cose a disposizione, anche se si era comprato due o tre *t-shirt*, un paio di *jeans*, e qualche ricambio di biancheria.

Continuava le sue esplorazioni, risalendo dal porto lungo il Creek. Aveva preso le abitudini dei lavoratori della zona: al mattino si fermava nel solito bar per gustare il caffè accompagnato da un *muffin* gigantesco con gocce di cioccolata. Stava in mezzo agli operai indiani, arabi, pakistani, iraniani, afgani, e di altre nazionalità orientali, che aveva imparato a conoscere. Scambiava due chiacchiere con loro, mentre, tra un caffè e l'altro, si massaggiavano i piedi nudi, indolenziti dagli orari estenuanti e dai lavori massacranti. Un giorno, uno di essi non si era fatto vedere: gli spiegarono che era rimasto schiacciato da un pilastro di acciaio, in un cantiere dove stavano costruendo un nuovo grattacielo.

"Tanti di noi muoiono così, come bestie, in trappola. Ma ce ne sono tanti che vogliono venire qui a Dubai, dall'India, dall'Afghanistan, dal Pakistan e dall'Arabia... Così li rimpiazzano subito. Dopo un'ora, c'era già un altro operaio al posto di quello morto!"

Questo gli aveva raccontato uno dei più anziani, triste realtà che stava dietro al lusso e alla grandezza di Dubai.

«Come sempre, a farne le spese sono i poveracci!» pensò Angelo con amarezza.

La maggior parte di loro era emigrata per trovare lavoro, così da poter mantenere la famiglia rimasta in patria. Pochi fortunati erano riusciti a far trasferire

245

mogli e figli, genitori, parenti, sistemandoli come camerieri, scaricatori di porto, manovali, taxisti...

Angelo condivideva momenti e racconti, pezzi di vita sofferta, dura, che appariva lontana anni luce dalla sua esistenza di qualche mese prima. Aveva sempre pensato che il suo successo professionale fosse meritato, visto il sacrificio, gli studi, gli sforzi, la fatica. Ma adesso che vedeva persone affrante, piegate in due da un lavoro sottopagato, spesso condotto senza le dovute precauzioni ed i necessari sistemi di sicurezza, pensava che, in fondo, i contadini della sua terra, come era stato suo nonno, se l'erano passata molto meglio di loro, nonostante la miseria.

Dopo la colazione, andava quasi abitualmente dall'avvocato Kaleb, che lo accoglieva con la solita aria indifferente e pacata. Come sempre, ad ogni domanda rispondeva che non era al corrente di nulla, che non sapeva nulla, che non c'erano novità, che la pratica rimaneva secretata, perciò non si poteva fare nulla. Questa passività, questa inerzia e questa calma serafica irritavano Angelo al punto da compromettergli il resto della giornata. Ormai non aveva più neanche la forza di urlare o di inveirgli contro. Preferiva sfogarsi uscendo fuori, nonostante il caldo insolito per il mese di novembre.

Si spostava sempre a piedi nel centro della città, ed un giorno si imbatté nei lavori per la costruzione della metropolitana. I grandi cartelloni mostravano il progetto della rete iniziale, che poi si sarebbe ramificata ed ampliata gradualmente. L'inaugurazione era fissata per il nove settembre duemilanove, in una sequenza di numeri che, probabilmente, veniva considerata di buon auspicio: nove, nove, nove. Nonostante mancassero dieci mesi scarsi, e sembrasse ancora tutto da fare, Angelo non poté fare a meno di considerare che in quella città tutto era possibile. Se da un misero villaggio, in pochi anni, si era sviluppata una delle metropoli più grandi, importanti e all'avanguardia del mondo intero; se erano gli sceicchi, con tutti i loro immensi capitali, a sponsorizzare le attività del posto; se davvero vigevano regole ferree, in ottemperanza alle richieste di personaggi importanti e potenti; ebbene, Angelo era sicuro che il nove settembre la metropolitana sarebbe stata pronta.

«D'altronde, non siamo in Italia, dove si aprono cantieri per finanziare dei progetti, poi i soldi vengono puntualmente sgraffignati dal furbo di turno ed i cantieri rimangono tali per sempre, finché le erbacce li ricoprono del tutto, ed i progetti restano solo sulla carta...» rifletteva Angelo, constatando le differenze tra i due Paesi.

Eppure, spesso si parlava della cultura araba come se fosse inferiore a quella europea, in particolare l'Italia era considerata oramai da millenni la culla del sapere – anche se negli ultimi anni stava perdendo parecchio prestigio.

«Probabilmente è solo una questione di soldi. Dove circolano quelli, funziona tutto alla perfezione. Sono l'olio che unge i complessi meccanismi dello sviluppo!»

Numerosi cantieri erano anche fuori dal centro della città. Per arrivarci, Angelo si serviva dei nuovi *bus*, di cui era diventato un vero esperto. Conosceva orari e fermate, e la sua attenzione era catturata dai lavori di installazione delle piccole postazioni alle fermate, dei veri capolavori di ingegneria e di arte combinate insieme. Infatti, ciascuna di esse era come una grande cabina chiusa, con dei sedili, distributore automatico di cibi e bevande, riviste e giornali, telefono di emergenza, ed una mappa illuminata con i vari percorsi e le fermate. In questo modo, si poteva conoscere in tempo reale lo spostamento dei vari mezzi, seguendo le luci che si accendevano via via nella mappa. Inoltre, all'interno la cabina era dotata di aria condizionata, mentre la parte anteriore veniva ricoperta con una pellicola adesiva più scura, per attenuare il riverbero del sole.

Angelo osservava gli operai che sistemavano con agilità e destrezza le varie parti, i tecnici che collocavano le mappe elettroniche e l'aria condizionata, i responsabili dei cantieri che impartivano ordini e supervisionavano i lavori. Scoprì con piacere che, quando era stanco ed accaldato, poteva restarsene tranquillamente seduto là dentro al fresco, mangiando e bevendo, leggendo una rivista, passando il tempo beatamente, mentre fuori c'erano trentaquattro gradi, nonostante fosse ormai autunno avanzato.

Qualche altro giorno, invece, cercava di scacciare la nostalgia per la sua professione, e, soprattutto, voleva sentirsi ancora utile, importante, così si recava al *Gold Souk* per incontrare amici e clienti nei negozi, negli *store,* negli uffici. Quando entrava nello sfavillìo scintillante del *Souk* gli pareva che non fosse cambiato nulla. Il pensiero della terribile vicenda in cui era invischiato gli appariva lontano, irreale, come se neanche lo riguardasse. Riconosceva le catene prodotte da un'azienda, o gli orecchini da un'altra. Adorava la tipica ospitalità orientale, quella che sa apprezzare l'amico vero, la persona onesta. Lì si sentiva un uomo perbene, in perfetta sintonia con il suo essere, la sua personalità, i suoi principi, la sua dignità.

Anche se all'inizio era stata dura, ora si era quasi assuefatto alla quotidianità e agli usi locali. Oltre ad essersi sistemato in un alloggio decoroso, aveva imparato a gestire il trascorrere del tempo, che altrimenti sarebbe rimasto immobile, come un macigno pronto a schiacciarlo. Quindi, a parte le visite a luoghi e persone che rientravano nell'ambito del suo lavoro, si era creato una cerchia di contatti tra gli operai afgani, arabi, indiani della zona. Mangiava nei soliti ristorantini situati nelle strade interne del centro o vicino al *Creek*, e condivideva con le stesse persone ogni giorno orari, commenti sul tempo, sul lavoro, sulla famiglia... In particolare, amava molto un ristorante vegetariano indiano, frequentato solo da operai. L'ambiente era piccolo, ma carino. Essenze di ogni genere rapivano l'odorato, mescolandosi al profumo del cibo. Ordinava i loro piatti, senza neanche conoscere gli ingredienti, fidandosi solo dei loro consigli e del suo palato. Prendeva lo speciale riso vegetariano indiano, amava il *paneer steak* con la salsa al ginger, e il *dal fry*, ignorando, per la prima volta in vita sua il contenuto di quei piatti dall'aria strana, ma dal gusto squisitamente speziato. Pensava a quante volte si era trovato in imbarazzo quando, invitato in ristoranti *extra* lusso, gli erano stati portati dei piatti enormi che contenevano soltanto delle minuscole porzioni di cibo disposto ad arte, dal nome roboante, magari in francese o in qualche lingua dal suono elegante, con un sapore indecifrabile, se non pessimo, ma con un prezzo assolutamente assurdo ed esorbitante! Qui, invece, non era certo come mangiare un arrosto misto tipico della terra toscana, o una bistecca di carne chianina, ma era pur sempre un piacere per i sensi. L'unico dubbio erano i bicchieri di latta da cui beveva, che rimanevano sempre appoggiati sui tavoli.

«Speriamo che qualche volta li lavino, questi bicchieri,» pensava ogni volta, tentando di scrutarli ed annusarli per verificarne la pulizia.

Per evitare di crearsi altri problemi, cercava di svagare la mente. Se non parlava con qualcun altro dei clienti abituali, si metteva ad osservare il locale. Alle pareti, stampe e riproduzioni di esotici luoghi indiani, strane sculture di legno, e piccoli arazzi. La proprietaria era una signora vestita alla maniera tipica del suo Paese d'origine, aveva modi gentili ed un sorriso cordiale. Era tutto così intimo, e Angelo aveva ogni volta la piacevole sensazione di calore tipica di un ambiente domestico accogliente, di una famiglia unita, di serenità, di affetto ricambiato... Era quello di cui aveva bisogno, adesso e non solo... Si era accorto, infatti, che nella sua esistenza non aveva lottato e faticato per affermarsi nel lavoro, o per i soldi, per le donne, per il lusso, o altro. In realtà, non aveva fatto altro che cercare di dare e ricevere amore dalla sua famiglia, dai suoi genitori, da sua moglie, dai suoi figli. Aveva speso tutte le energie nello sforzo di ottenere stabilità, facendosi però fuorviare da incomprensioni, ripicche, litigi, atti di egoismo, frustrazioni, gelosie. Se solo sua moglie fosse stata meno aggressiva e possessiva! Se solo lui fosse stato in grado di trasmetterle la sicurezza di cui lei aveva bisogno!

Durante il giorno era facile distrarsi, tra una chiacchiera ed un'altra, tra vecchie e nuove conoscenze, tra passeggiate e diversivi in una città in continua espansione ed in frenetico movimento. A segnare la fine della giornata c'era la preghiera che, dagli altoparlanti sparsi in tutta la città, si diffondeva con la sua monotona cantilena, riecheggiando per le strade, rimbalzando sui cantieri, sui palazzi nuovi, sui grattacieli imponenti, intrufolandosi nei centri commerciali, mettendo sullo stesso piano poveri e ricchi, lusso e miseria, nel nome di un unico Dio. E nel caos frenetico, che continuava imperterrito, si insinuava una sorta di timore reverenziale, un silenzio di rispettosa devozione, un'aura di sacralità assoluta. In quel momento, non si sentiva più un estraneo, ma un uomo come tanti.

Il dramma arrivava la sera, perché odiava rimanere in *hotel*, a farsi assalire da mille pensieri, dubbi, tormenti, incubi, tutti gli stati d'animo in cui l'ansia e la disperazione trovavano terreno fertile. E non gli piaceva neanche andare al ristorante da solo. La cena era sempre stato un rituale fondamentale delle sue giornate. Quando era a casa, era il momento del ritrovo della famiglia, alla fine del lavoro e dello studio. Ci si metteva a tavola per parlare, discutere, ridere, a volte litigare, ma comunque tutti insieme. Quando era fuori per lavoro, la cena era l'inizio di una piacevole serata in compagnia di amici, colleghi, clienti e belle donne, in locali di lusso, con la musica dal vivo, le luci soffuse, l'atmosfera delle grandi occasioni...

La sera, dunque, preferiva non fermarsi da nessuna parte, per evitare di far riaffiorare i ricordi, per non farsi sopraffare dall'angoscia. Non doveva mostrarsi debole a se stesso, e così, per rafforzare la mente, allenava il fisico, camminando ininterrottamente per ore e ore. Sostava solo in qualche bar lungo la strada per mangiare qualcosa al volo, senza neanche mettersi seduto, proseguendo nella sua marcia. Doveva stancarsi almeno fino alle undici o mezzanotte, quando si sentiva talmente esausto da addormentarsi non appena toccava il letto, senza avere il tempo di pensare. Infatti, qualche tempo prima, aveva anche comprato dei sonniferi in farmacia, nei momenti tormentati in cui non era riuscito a chiudere occhio per tutta la notte. Ma non c'era niente da fare: se cominciava a pensare, non poteva più dormire, e l'ansia, insieme ai pensieri più terribili, lo tenevano prigioniero. Gli si paravano dinanzi le facce dei pubblici ministeri, dei poliziotti, dei carcerati, riviveva quello che aveva già vissuto e lo amplificava in peggio in previsione del futuro. Pensava al processo, alla pena che avrebbe dovuto scontare in prigione, agli anni in cui sarebbe rimasto chiuso dentro quell'inferno, alla pratica secretata... Si sentiva un fuscello in balia di uno dei peggiori uragani della storia, un essere talmente impotente, da non riuscire a trovare né una via d'uscita, né il coraggio di farla finita, una volta per tutte.

Un giorno, cercando come al solito qualcosa da fare per trascorrere il tempo, nella vana attesa di novità, tra una telefonata ed un'altra, tra l'ennesima litigata inconcludente con l'avvocato ed una chiacchierata con conoscenti e amici, si lasciò andare a quella che ormai riteneva una discesa verso la follia. Decise infatti di investire un po' di soldi per prendere a noleggio una

251

jeep e andare a vedere da vicino quella che, probabilmente, sarebbe diventata la sua prigione per diversi anni, o per tutta la vita, se, come prevedeva, fosse andato tutto male ed il giudice avesse emesso una sentenza di condanna nei suoi confronti.

Uscì dalla città alle prime luci dell'alba, e seguì le indicazioni del navigatore per circa venti chilometri fuori da Dubai, in mezzo al deserto. Quando arrivò nei pressi della prigione, dalla strada intravide soltanto un interminabile muro di cinta, che si distingueva appena dalla distesa di sabbia. Cercò una via che conducesse un po' più in alto, magari sopra qualche duna, in un posto elevato da cui si potesse scorgere qualcosa degli interni. Voleva rendersi conto delle forme dei cortili e delle celle, voleva vedere i prigionieri...

Non appena ebbe raggiunto una duna, che sovrastava dall'alto la vasta distesa uniforme di sabbia, riuscì a distinguere solo una sequenza di costruzioni basse ad un piano lungo tutto il perimetro visibile del carcere, protetto da un muro di cinta che pareva non avere fine. Quello che più lo preoccupò fu il fatto che non c'era anima viva in giro: non si vedeva alcun movimento di esseri umani. Si sentì peggio di prima e maledì se stesso per essersi voluto infliggere quest'altro tormento. In preda all'ansia che gli attanagliava la gola, riprese la strada del ritorno, con quell'immagine impressa nella mente, come un marchio di fuoco.

Stava per rientrare in città, quando il *BlackBerry* iniziò a vibrare dentro la tasca della giacca, appoggiata nel sedile vuoto del passeggero.

Rispose senza speranza, svuotato da quello spettacolo desolante che da ora in poi si sarebbe aggiunto al numero infinito dei suoi incubi. La voce che gli giunse lo colse alla sprovvista e gli scaldò subito il cuore.

"Ciao! Come stai?" chiese Grace.

D'istinto, tolse il piede dall'acceleratore, come se rallentando la *jeep*, potesse fermare anche quell'istante di tregua dalle sue pene.

"Grace... finalmente!" riuscì a rispondere con la voce soffocata dall'emozione.

Non sentiva sua moglie da più di una settimana, quando avevano litigato l'ultima volta per telefono, e lei aveva chiesto tempo per riflettere, prima di partire per l'Inghilterra. Si erano mandati solo qualche breve messaggio, e Angelo disperava ormai di risentirla, se non per ricevere cattive notizie.

Per questo adesso, dopo la gioia iniziale, fu assalito da un terrore, che fino a quel momento non aveva mai provato, nemmeno in prigione, nemmeno quando aveva rischiato di annegare nella più profonda disperazione. Si rese conto di aver paura di perderla per sempre, e si accorse in quell'istante di quanto l'amasse, di quanto tenesse a lei, forse più della sua stessa vita, e di come fossero futili le incomprensioni che li avevano inutilmente allontanati.

Restò in silenzio, in attesa che lei dicesse qualcosa, qualsiasi cosa, così che dal tono della sua voce potesse capire quali erano le sue intenzioni.

Il tempo parve fermarsi e dilatarsi in una sospensione senza fine. Poi, il soffio leggero di Grace gli fece l'effetto di un'esplosione improvvisa.

"Mi dispiace, Angelo, avevo bisogno di pensare... Ti chiedo scusa... Non volevo crearti altri problemi, ma anche per me è stato difficile..."

Non riusciva a rispondere, con il fiato sospeso. Accostò la *jeep* e chiuse gli occhi. Sentiva il cuore pulsargli nelle vene.

"Ne parleremo insieme la prossima settimana. Aspetto la conferma del volo, e poi ti faccio sapere quando arrivo. Ho bisogno di vederti, di parlarti, di guardarti negli occhi..."

La voce di Grace si incrinò per l'emozione. Angelo sentì il peso dell'angoscia sollevarsi dallo stomaco, ed un sorriso di felicità incontenibile si dipinse sul suo volto, tirando finalmente i muscoli del viso rimasti contratti fino ad allora in smorfie di dolore. Adesso era di nuovo padrone di se stesso, forte abbastanza da continuare a lottare.

"Non vedo l'ora che tu sia qui, amore mio!" sussurrò con gioia sincera.

Grace stava piangendo per l'emozione.

"Anch'io sono felice. Ti faccio sapere, *ok?*"

Avrebbe voluto che quel momento fosse eterno, per fissarlo in maniera indelebile nella mente e nel cuore. Non si muoveva, non parlava, quasi non respirava nel timore di rompere l'incantesimo. Ma, non appena ebbe terminato a malincuore la conversazione, riprese lentamente la strada del ritorno con la consapevolezza di una rinnovata speranza.

La città, nella calura montante del mezzogiorno, gli apparve più affascinante e meno minacciosa. La rivide come l'ambita meta turistica, come il luogo del lusso, in cui si era sempre fermato volentieri, un posto ospitale, non più nemico, dove non potevano esistere persone come il pubblico ministero, Assan, il direttore dell'*Hotel Desert Storm*, Jahir, e tutte le persone che si erano mostrate ostili nei suoi confronti.

Si rifugiò nel solito ristorante indiano, lasciandosi andare perfino a degli scherzi e a delle battute. Assaporò il dolce refrigerio del locale ed il suo profumo speziato. Si intrattenne con la proprietaria, trascorrendo con lei gran parte del pomeriggio.

Sul far della sera, ricevette la telefonata del legale della *OroOroOro* di Arezzo, una delle aziende per cui lavorava e che si era premurata di aiutarlo. Gli comunicò che, come già sapeva, aveva cercato di mettersi in contatto con le Autorità di Dubai, ma la pratica del suo caso era secretata, così, senza documenti, non si poteva tentare alcun tipo di approccio alla difesa. Niente di nuovo, ancora una volta. Angelo ringraziò di cuore il legale, ma stavolta, all'ennesima delusione, reagì, se non con indifferenza, con pacato stoicismo.

Il *BlackBerry* riprese a vibrare, impedendogli di riflettere. Stavolta era Megan. Telefonava quasi ogni sera, per informarsi sullo stato di salute dell'amico e per tirargli su il morale. Angelo gli era molto riconoscente, perché gli aveva tenuto compagnia, e, soprattutto, gli aveva sempre fatto sentire la sua vicinanza, il suo calore, il suo affetto. Anche nei momenti più bui, Megan aveva dato un senso alla sua misera esistenza, spingendolo ad aggrapparsi con rabbia alla speranza, stimolandolo a reagire, confidando sulla sua onestà e sul suo essere irreprensibile.

"Amore italiano, come stai?" esordì Megan con dolcezza.

"Come sempre, avvocato parigino!" scherzò Angelo.

"Ehi, stasera sei in vena di battute! Allora, ci sono novità positive?"

Il suo tono era acceso da una fervente speranza.

"No, cara, niente novità. Oggi, però, non ho voglia di autodistruggermi, mi sono stufato. Faccio bene?"

"Finalmente! Così, sì fa! Questo è lo spirito giusto! Così quei fottuti giudici e quegli stronzi di poliziotti andranno a farsi maledire!"

"Non è così facile, Megan…"

"Brutti bastardi, approfittarsi così della loro autorità per prendersela con le persone oneste!"

Ogni volta, l'avvocato cominciava ad inveire contro i giudici, ma, soprattutto contro i poliziotti, accanendosi contro di loro. Angelo sospettava che la donna avesse un conto personale in sospeso con le forze dell'ordine, tale da giustificare tutta quella rabbia.

"Megan, loro non c'entrano, dipende dall'*hotel* che ha fatto la denuncia…"

"No, loro sono conniventi e hanno tutto l'interesse ad incastrare un europeo per coprire le loro sporche magagne!"

255

"Ma cos'hai contro di loro? Dovrei essere io a maledirli, non te!"

"Lascia perdere. Dicono che la corruzione sia solo un fenomeno italiano. Invece, esiste ovunque, caro mio!"

"Beh, questo lo so già. Però, in Italia la corruzione è un pregio, invece negli altri Paesi chi viene scoperto non solo va in galera, ma non può più ricoprire cariche pubbliche!"

Al solito, Megan aveva evitato di rispondere, spostando l'argomento della conversazione su un altro piano. Angelo provò ad insistere, ma la ragazza cambiò bruscamente tono.

"Domani vengo da te. Sono stufa di parlare per telefono. Non posso restare qui, senza far nulla, mentre potrei starti accanto, almeno per tirarti su il morale!" replicò con voce dolce, ma decisa.

"No, Megan, non è necessario. Me la cavo da solo, non ti preoccupare. Finché le cose restano così, nessuno può fare niente..."

"Sì, ma io ci tengo molto... più di quanto immagini..."

Angelo sospirò, passandosi una mano tra i capelli.

"Lo so, ma... non insistere, per favore. Mi stai aiutando tanto. Senza di te, non ce l'avrei fatta, credimi. Però..."

"Viene tua moglie, vero?" sibilò lei con rabbia.

"Sì, Megan," ammise Angelo con sincerità. "Stiamo cercando di superare un momento difficile per entrambi, e ho bisogno di stare con lei. Cerca di capire..."

"Ovvio! Basta che la Signora faccia un fischio, e tu sei subito ai suoi piedi! Hai dimenticato quanto ti ha fatto male, lasciandoti da solo, per via delle sue ripicche?!"

Ad Angelo non piacque il tono acido di Megan ed il suo modo di parlare di Grace, anche se era dettato dalla gelosia.

"Senti, Megan, sono io che devo decidere cosa voglio, ed io voglio mia moglie. Ti stimo e ti voglio tanto bene, ma amo Grace, e non posso fingere che sia diversamente. Reputami pure uno sciocco, un debole, o quello che preferisci. Però, ti prego di rispettare la mia decisione, se è vero che anche tu mi vuoi bene, e ci tieni a me..."

Megan restò in silenzio per qualche istante. Poi sospirò:

"*Ok, ok,* va bene. Se vuoi farti ancora male, fallo pure. Ed io sarò sempre qui a consolarti, non appena le cose tra voi andranno di nuovo male!"

"Megan, io non ti ho mai chiesto niente, però ritengo che siamo troppo amici perché tu possa pretendere qualcosa in più da me. Lo sai..."

La ragazza rise nervosamente.

"Accidenti, ti porti a letto tutte, e rifiuti me perché siamo troppo amici? Io sarei disposta a..."

"Megan, per favore!" la interruppe Angelo, per evitare altre polemiche. "Ti sono debitore per tutto quello che hai fatto e stai facendo per me, ma non chiedermi altro, non in questo periodo, non in questa situazione!"

La donna cedette, vinta.

"Hai ragione. Resto al mio posto. Allora... ci sentiamo, Angelo!"

"Grazie, Megan. A presto."

Adesso si sentiva più leggero. Era stato sincero con se stesso, aveva avuto il coraggio di guardarsi dentro, e scoprire chi e cosa voleva davvero.

Da quel momento, le giornate sarebbero passate nell'attesa impaziente di poter finalmente stringere fra le braccia la sua adorata Grace.

19. SERVIZI SEGRETI

Il tempo scorreva lento, senza che accadesse nulla. Calma piatta. A parte le telefonate dei figli, di suo padre e di Grace, oltre alla chiacchierata quotidiana con Megan e con l'avvocato Kaleb, il *BlackBerry* restava per lo più silenzioso, ed era alquanto strano. Quel silenzio logorava l'anima di Angelo, come una goccia che lentamente scava la roccia. Si aggrappava soltanto al pensiero che a giorni sarebbe arrivata Elizabeth, ma, soprattutto, sarebbe venuta sua moglie, così che non sarebbe stato più solo e avrebbero chiarito la loro situazione. Immaginava che Grace, guardandolo con amore, gli avrebbe sussurrato che era tutto *ok*, e le nubi si sarebbero dissolte, spazzate via dal caldo vento di Dubai.

Si trovava in questo stato di sospensione, tra l'ansia e l'attesa, tra l'angoscia e la speranza, così cercava di camminare molto per stancarsi, e di distrarre la mente, anche se diventava ogni giorno più difficile.

Era il trenta novembre, una noiosa domenica piena di sole, quando stava passeggiando oziosamente nei pressi del porto, dopo aver fatto colazione al solito bar e scambiato due chiacchiere con un paio di indiani. Sarà stato perché la festività settimanale islamica cade di venerdì e non di domenica – quindi tutti stavano regolarmente lavorando - sarà stato per la sua bizzarra situazione, fatto sta che si sentiva spaesato, senza punti di riferimento, come in una vacanza di cui non si conoscono né le mete, né le date.

Faceva caldo, tanto che si era arrotolato le maniche della camicia di lino blu, una di quelle acquistate di recente nel *bazar* di proprietà dello stesso padrone del suo ristorante indiano preferito. Invece di oziare, aveva impiegato il tempo forzatamente libero per crearsi una cerchia di amicizie per tutte le esigenze. Era riuscito persino a farsi fare un massaggio, per l'equivalente di soli dieci euro, da un'amica di uno degli operai arabi con cui di solito si intratteneva a parlare.

«Tra poveracci almeno ci si aiuta,» pensava, cercando di consolarsi cogliendo l'aspetto positivo della sua condizione.

Era intento ad osservare i lavori per l'inaugurazione di un nuovo edificio, quando il *BlackBerry* iniziò a vibrare, cogliendolo di sorpresa. Erano passate da poco le nove: non era un orario in cui di solito riceveva chiamate. Il *display* mostrava il nome di Katia, la figlia più piccola avuta dalla prima moglie, Nicole. Si erano sentiti due giorni prima, si mandavano spesso *sms* ed *e-mail*, ma l'ora era alquanto strana.

"Ciao, papà! Come stai?"

La voce gentile aveva lo stesso tono dolce di sua madre, e Angelo, ogni volta, non poteva fare a meno di ricordare con struggimento il periodo felice che aveva trascorso con lei.

"Tesoro mio! Che piacere! Come mai chiami così presto?" chiese tentando di dissimulare l'ansia.

"Non evitare di rispondere alle domande, come al solito. Ti ho chiesto come stai..." insisté Katia con una risatina.

"Sto bene, non mi lamento. Soltanto, devo restare ad aspettare, ed è logorante non poter fare niente," rispose con sincerità.

"Ancora nessuna notizia?"

"Niente, purtroppo. Sono passati tredici giorni dall'interrogatorio. Più passa il tempo e più diminuiscono le speranze di uscirne..."

Katia non riuscì a tenere a freno la sua euforia ed esclamò:

"Papà, se tu sapessi! Io e Simone abbiamo dei contatti a Mosca che potranno svelarci finalmente come stanno le cose!"

Angelo rimase a bocca aperta, incredulo, niente affatto sicuro di aver compreso quello che la figlia gli aveva appena rivelato.

"Pronto, papà, ci sei?" chiese Katia trattenendo a stento l'eccitazione.

"Sì, sono qui, ma... non capisco..."

Un po' per la sorpresa, un po' perché si era abituato a non credere più a niente e a nessuno, oltre che a riporre sempre meno speranze nel prossimo e nel futuro, restò tuttavia in attesa, con la predisposizione d'animo tipica degli scettici.

"Allora, devi sapere che il cognato di Simone, Sergio, è anche lui un giocatore di *basket*, in una squadra di Mosca, e si è trasferito là con la sorella di Simo da qualche anno. Non so se te lo avevo detto..."

Da tre anni, Katia era la compagna di Simone, un ragazzone biondo, atletico e muscoloso, che giocava come *pivot* in una squadra tedesca. Sergio, suo cognato, era un'ala piccola abbastanza affermata, e da qualche anno risiedeva a Mosca, dove lo avevano ingaggiato.

"Sì, adesso che me lo dici, mi ricordo..."

"Bene. Sergio è nell'ambiente sportivo russo da diverso tempo ormai ed è molto benvoluto. Gli italiani sono sempre apprezzati da quelle parti. E poi, quando frequenti il mondo dello sport, hai la possibilità di conoscere un sacco di gente, sia personaggi dello spettacolo, che della politica, dell'economia... soprattutto i miliardari, quelli che fanno da mecenati e sponsorizzano le squadre."

Katia era un fiume in piena e Angelo stava attento a non farsi sfuggire neanche una parola, per coglierne il senso, tentando di capire dove sua figlia volesse andare a parare.

"Dunque, uno dei migliori amici di Sergio è il figlio di uno di questi ricconi, che, non solo vanta conoscenze importanti nei servizi segreti, ma lavora lui stesso per loro!"

La ragazza non riusciva più a contenere la felicità, e Angelo si sentì contagiato, suo malgrado.

"Tieniti forte, papà: questo amico che lavora nei servizi segreti ha prestato servizio negli Emirati Arabi, quindi ha facile accesso a tutto ciò che riguarda questo Paese. Un Paese che la fortuna del caso vuole sia proprio quello che ci interessa, non è vero?"

Angelo non poteva credere alle proprie orecchie, e restò immobile, in silenzio per un lungo istante.

"Katia, ne sei sicura?" chiese con la voce rotta da un'emozione che non riusciva a controllare.

"Ma certo! Abbiamo perfino parlato al telefono con questo ragazzo. Sergio e Simone lo hanno pregato di interessarsi al tuo caso, e lui ha confermato di avere ancora agganci e conoscenze a Dubai. Per questo, ha assicurato che ci darà presto notizie!"

Angelo sentì le gambe cedere. Si sedette a fatica su una panchina, mentre mille pensieri gli turbinavano nella mente, scontrandosi con mille emozioni contrastanti nel cuore.

"Papà, ma ti rendi conto? Non sei contento? Fra qualche giorno sapremo finalmente come stanno veramente le cose, e potremo muoverci di conseguenza! Secondo me, non hanno uno straccio di prova, altrimenti non avrebbero avuto scrupoli e ti avrebbero sbattuto di nuovo in prigione, stavolta per sempre! Quindi, dobbiamo ben sperare! E, comunque, non appena verremo a conoscenza dei dettagli, saremo anche in grado di difenderci a dovere, non credi?"

L'eccitazione di Katia non riusciva a penetrare fino in fondo nell'anima di Angelo. Il suo assillo era il fatto che la pratica fosse secretata. Non aveva mai capito il motivo di tanta riservatezza.

"Sì, potrebbe essere come dici tu. Però anche l'avvocato sostiene che la pratica secretata non è un buon segno..."

"Il tuo avvocato è un incapace, e la pratica è secretata probabilmente perché vogliono indagare per conto loro, evitando figure di merda pubbliche. Almeno, se sbagliano, nessuno saprà che lo hanno fatto, e non ci saranno prove della loro incapacità. Sai come sono complicati i meccanismi del potere!"

Effettivamente, la logica di sua figlia aveva tanto valore quanto la sua. Ma tutto quel tempo trascorso a trascinare la propria vita come un vagabondo offuscava la sua razionalità, impedendogli, ogni giorno di più, di scorgere degli spiragli.

"Papà, questo ragazzo ha confidato a Sergio e a Simone di essere riuscito, in passato, ad entrare nei *computer* del Palazzo di Corte dell'Emirato, grazie all'aiuto di amici compiacenti. Non ha promesso niente, questo è vero, per non darci false speranze. Ma ci proverà. Se tu lo sentissi parlare, capiresti che è un tipo in grado di fare ciò che dice. Io ci ho scambiato due chiacchiere per telefono solo un paio di volte: sembra uscito dai film di *James Bond*!"

Angelo sorrise.

"*Ok*, tanto non abbiamo nulla da perdere. Cosa ci costa provare anche questa strada?" rispose alla fine, almeno per non mortificare le aspettative della figlia.

"Bravo, così mi piaci. Io sono fiduciosa, più di quanto avrei mai creduto. Ti farò sapere fra qualche giorno, appena possibile. Intanto, cerca di resistere, va bene?"

"Ci proverò, piccola. Grazie, grazie tanto per il tuo aiuto. E ringrazia anche Simone e Sergio da parte mia!"

"Riferirò, papà. Ti voglio bene!"

"Anch'io ti voglio tanto bene!"

Non appena ebbe terminato la conversazione, il senso familiare di vuoto si impossessò di lui. La curiosità morbosa di conoscere il contenuto di quella maledetta pratica secretata, per sapere finalmente di cosa era accusato, se c'erano le prove e quali erano, lo stava divorando. La speranza reale di avere accesso ai documenti iniziò a tormentarlo ancora di più, devastandogli l'anima insieme all'ansia e all'angoscia.

Si avviò verso il molo, in direzione di uno dei bar che frequentava in quel periodo. A quell'ora non trovò i soliti operai, ma facce nuove, che gli parvero ostili. Prese un caffè in fretta, uscì per fumare una sigaretta e pregò che stavolta fosse la volta buona. Chiuse gli occhi trattenendo il fumo in gola per un istante, e desiderò con tutto se stesso di poter tornare indietro, ad aprile, sei mesi prima, in modo da poter pagare il conto dell'*Hotel Desert Storm* con la carta di credito, invece che con i contanti dell'azienda. Così, si sarebbe azzerato tutto, non sarebbe accaduto nulla: niente telefonata da parte di Jahir, niente prigione, niente interrogatorio con Assan, niente ritiro del passaporto, niente vita da barbone... La sua esistenza sarebbe proseguita senza incontrare ostacoli, tranne quelli abituali della sua professione e del suo tormentato matrimonio con Grace. Si mise a riflettere su quanto possa cambiare la vita di una persona a seconda delle scelte che vengono fatte, anche quelle apparentemente più semplici e banali. Ogni giorno ciascun individuo si trova davanti a tantissimi bivi, senza neanche rendersene conto, in un'infinita combinazione di percorsi, tutti diversi, destinati a condizionare inevitabilmente il destino ed il futuro.

Concentrandosi con tutte le sue forze, provò ad esprimere un desiderio, il primo ed il più importante della sua esistenza:

«Voglio ritornare indietro, e formattare tutti questi mesi di delirio!»

Poi, aprì gli occhi, buttando fuori il fumo - che aveva trattenuto - con dei forti colpi di tosse, ma si accorse che purtroppo non era cambiato nulla, e che il suo sogno non si era avverato. Si trovava ancora nel bel mezzo di un incubo, e solo Katia, adesso, per la prima volta, gli aveva dato una concreta speranza, se non di salvezza, almeno di conoscenza. E questo sarebbe stato un notevole vantaggio, nonché un grosso passo avanti.

«Speriamo bene!» sospirò Angelo, riprendendo lentamente a camminare.

Aveva appena finito di impostare una suoneria qualsiasi, quando fu sottratto nuovamente ai suoi torbidi pensieri. Gli parve un *déjà vu*, e si fermò per qualche secondo, con la sensazione di aver già vissuto quel momento.

Gli squilli si ripetevano striduli ed insistenti, così alla fine rispose.

"Babbo, ma dov'eri?" chiese la voce agitata di Elizabeth.

"Sono sempre qui, Liz, dove vuoi che vada?" replicò Angelo, cercando di rassicurare la figlia con un pizzico di sarcasmo.

"Sto partendo per andare all'aeroporto. Arriverò con il solito volo, all'una di notte. Tu puoi già andare, intanto. Ho chiamato ed è tutto pronto!"

"Andare dove, scusa?" chiese, confuso.

"Stai scherzando? Ti avevo già chiamato ieri per dirti che potevi trasferirti già da stamani all'*hotel*, dove ti raggiungerò, non ti ricordi?"

Sommerso dalla noia e dall'ansia, travolto dall'enfasi di Katia, logorato dall'inerzia, dalla *routine*, dal fermento continuo nel cuore e nella mente, si era davvero dimenticato che quello era il giorno in cui sarebbe arrivata sua figlia. Questo significava che per tre giorni sarebbe tornato a vivere come se non fosse mai accaduto nulla: avrebbe alloggiato in uno degli *hotel* abituali, sarebbe andato con Elizabeth dai clienti per mostrare nuova merce, per contrattare i prezzi, per chiarire dubbi ed equivoci, per discutere con i tipi più scontrosi, e per scambiare due chiacchiere amichevoli con le persone più affabili. Sarebbe tornato a cena nei locali di lusso, circondato da persone del suo ambiente, da colleghi, amici e - ma sì - anche dai nemici, da quelli che gli erano antipatici, perché fingevano cordialità, ed erano pronti a colpirlo alle spalle, pur di fare carriera o di emergere.

"Scusami, tesoro, non sono tanto sveglio, ultimamente. Non mi ero dimenticato, soltanto non so neanche che giorno sia oggi! Qui è tutto così uguale, desolante..."

"Meno male che sto arrivando! Sapessi come siamo tutti preoccupati per te! Non faccio altro che pensare a come ti senti, a come vivi... Ho tanta rabbia e tanto dolore dentro di me! Almeno per qualche giorno posso starti vicino, aiutarti, cercare di fare qualcosa..."

"Amore mio, sapere che ci sei e che mi vuoi bene mi dà la forza per superare questo ed altro, credimi. Sai che mi ha chiamato Katia?"

"Sì, lo so. Ha chiamato anche me. I Russi hanno un grande potere: secondo me, stavolta risolviamo tutto."

"Lo spero, piccola, lo spero anch'io!"

"Intanto, vai in *hotel* e sistemati. Almeno potrai riposare, fare una doccia rilassante, consegnare la biancheria alla lavanderia..."

"Guarda che non mi faccio mancare nulla, signorina..." replicò Angelo, cercando di scherzarci su.

"Lo sai cosa intendo, babbo..."

"Lo so, lo so. Grazie, tesoro. Vado subito, e poi stanotte vengo a prenderti."

"No, non importa. Arriverò insieme a Bianca, quindi non è necessario che resti alzato per me. Anzi, è meglio che ti riposi bene. Preparati. Domani dobbiamo discutere con Aziz Azul!"

Aziz Azul era un cliente talmente antipatico che nessuno voleva mai averci a che fare. Si metteva a tirare sui prezzi, a cavillare sulla manifattura, a controllare le sfumature dei colori delle pietre, le chiusure dei bracciali, e spulciava il campionario con la velocità di una tartaruga in salita. Un vero incubo. Ma ad Angelo, stavolta, apparve come la promessa di un'uscita al *luna park* per un bambino. Finalmente poteva rimettersi in moto, finalmente poteva tornare ad essere Angelo Poggi, uno dei più abili procacciatori di affari dell'ambiente orafo.

"Nessun problema. Lo sai che ha un debole per me! E poi, cosa vuoi che sia uno come Azul, in confronto a quello che ho passato?"

"Allora, a domani! Ti voglio bene!" rispose Elizabeth con la voce incrinata dall'emozione.

"Anch'io, piccola. A stasera!"

Senza porre tempo in mezzo, stimolato dal fatto di avere finalmente un compito da assolvere, con passo svelto si diresse verso l'*hotel*. In fretta, raccolse le sue cose nel *trolley*, controllò di non aver lasciato nulla, si recò alla *reception* e saldò il conto, rigorosamente con carta di credito. Infine, si godette il breve ma trafficato viaggio in taxi fino all'*hotel* dove sarebbe arrivata la sua Elizabeth.

Erano da poco passate le undici quando varcò la *opening* soglia fresca e profumata di aromi dell'albergo. Si respirava tutta un'altra aria, lì, ed era quella di cui aveva bisogno, quella in cui aveva sempre vissuto e che riteneva di meritare.

La ragazza alla *reception* gli affidò il *pass* con il numero della stanza, ed essendo un ospite di sua figlia si risparmiò l'incresciosa esibizione dell'infamante documento che sostituiva il passaporto.

"La signorina Poggi ha già chiamato, ed è tutto sistemato, signore. Si può accomodare. Buona giornata!"

La voce meccanicamente gentile della ragazza, non troppo bella, ma dai modi eleganti, agì su di lui come un balsamo. Si sentì rilassare i muscoli del corpo, come dopo l'effetto di un massaggio. Salì nell'ascensore e respirò a pieni polmoni l'aria impregnata degli odori lasciati da chi lo aveva preceduto. Riusciva ad apprezzare ogni dettaglio, adesso.

«E' proprio vero: si riconosce il valore di ciò che si possiede solo quando lo si è perduto!» rifletté con amarezza tra sé.

Nel corridoio del sesto piano c'era quasi freddo, per via dell'aria condizionata. Rintracciò la stanza, ed entrò. Era tutto così familiare, c'era stato tante volte, in quelle *suite,* con le finestre schermate per via del sole, il letto, tipicamente a baldacchino, che poteva considerarsi a quattro piazze, pieno di morbidi cuscini e candide lenzuola. Nella stanza attigua c'era il salottino con un divano-letto, in cui si sarebbe sistemato, nonostante le proteste di Elizabeth per cedergli il letto. Infine, il bagno, un'oasi di essenze, profumi, aromi per l'idromassaggio... Quante donne, quanti ricordi...

Il mondo in cui era stato costretto a vivere fino a mezz'ora prima gli appariva talmente surreale e distante, da credere quasi di averlo sognato. Invece, quando tirò fuori dal *trolley* gli abiti sgualciti e la biancheria sporca si rese conto che era tutto vero, e che questa sarebbe stata solo una parentesi di quattro giorni, il tempo di permanenza della figlia. Poi sarebbe arrivata Grace: dove avrebbero alloggiato? Non poteva tornare con lei nel tugurio che aveva appena lasciato, anche se era abbastanza decoroso. Decise che ne avrebbe parlato con Elizabeth: forse lei conosceva qualcuno disposto ad aiutarlo ad un prezzo modico. Comunque, insieme avrebbero trovato una soluzione.

Per prima cosa, volle usufruire subito del servizio di lavanderia per rinfrescare il guardaroba. Così, visto che doveva uscire, pensò di mettersi in costume e proseguire per la piscina all'ultimo piano, in cima all'*hotel.*

La vista dall'alto della città, dei grattacieli, dei palazzi ultramoderni, avvolti nella foschia creata dall'incontro dell'aria torrida del deserto con l'umidità del mare, suggeriva l'idea di un miraggio.

La piscina era piuttosto affollata a quell'ora. C'erano gli inguaribili maniaci del lavoro, che se ne stavano seduti sulle sdraio all'ombra con *tablet* ed auricolari; c'erano alcuni tipi particolarmente danarosi, che si potevano permettere un ragazzo o una ragazza al loro servizio; c'erano famiglie con bambini che sguazzavano urlanti di gioia; e c'erano tanti turisti, oltre ad «un bell'assortimento di carne fresca in esposizione», pensò Angelo con un certo compiacimento, citando una delle frasi preferite dell'amico Emilio. Era rientrato nel suo mondo, ed era facile abituarsi a ritornare se stesso.

Mentre prendeva qualcosa da mangiare al bar, scrutava da dietro i fedeli *Ray-Ban* cosa offriva la piazza. Era indeciso tra una ragazza mora, con un *bikini* ristretto al punto tale da sembrare inesistente, ed un'altra, altrettanto scura, con un costume bianco, che esaltava il colore della pelle e degli occhi verdissimi... Lasciò spaziare lo sguardo liberamente, captando le occhiate al suo indirizzo ed incassandole con aria sorniona. Finché il suo cuore ebbe un tuffo quando si trovò davanti una sirena, sui quarant'anni circa, altissima, i capelli biondi raccolti ad arte, un corpo pieno di forme, curve e carne al punto giusto, perfettamente contenuto in un *bikini* da venticinquenne. Angelo fissò lo sguardo su di lei, mentre si sedeva con aria volutamente distratta ad uno dei tavoli.

«Scommetto che è tedesca, o di qualche Paese del Nord Europa», pensava tra sé, senza toglierle gli occhi di dosso.

La donna, con passo felino, apparentemente indifferente, si avvicinò al bar, lanciando occhiate da gatta nella sua direzione. Le gambe chilometriche si muovevano sciolte, i seni turgidi seguivano il ritmo del suo respiro, la pelle tonica e liscia era ancora bagnata dopo la nuotata. Gli occhi penetranti, di un azzurro intenso, si illuminarono in un sorriso, quando passò accanto a lui, facendo quasi un cenno di saluto. Il profumo che lasciò dietro di sé, un misto di olio abbronzante, gelsomino ed incenso, travolse Angelo, annebbiando la sua lucidità. Si alzò, con la scusa di farsi dare un po' di salsa dalla ragazza al bancone, ed urtò appena il braccio di lei.

"Scusi! Non volevo!"

«Eccome se vorrei! Ho sentito la scossa, soltanto a sfiorarti! E anche tu non aspettavi altro...» pensò divertito ed eccitato dalle prime fasi dell'ennesima conquista, mentre si toglieva gli occhiali con una mossa studiata.

"Non si preoccupi, non fa niente!" si schermì lei, mostrando un sorriso aperto che rese il viso radioso.

"Che ne dice se le offro qualcosa per farmi perdonare?" insisté lui.

"Non si deve disturbare, davvero..." rispose arrossendo appena.

"E' sempre un piacere offrire qualcosa ad una bella signora!" replicò giocando sui doppi sensi.

Scoppiarono a ridere entrambi. La donna aveva una risata così spontanea e sincera da apparire disarmante.

"Allora, io sono Angelo. Piacere!" esclamò tendendo la mano.

"Io sono Hellen, piacere mio!" ricambiò la donna.

"Permettimi di farti accomodare al mio tavolo, così ti offro quello che hai ordinato, intanto che scambiamo due chiacchiere.

"*Ok*, grazie!" si arrese, alzando gli occhi al cielo con aria divertita.

Con un gesto galante, le scostò la sedia per farla accomodare, e lei arrossì nuovamente. Angelo la trovò irresistibile, tanto che avrebbe voluto appoggiare le labbra sul suo collo tornito ed abbracciarla da dietro le spalle lisce...

Frenò i suoi pensieri turbolenti per tentare di intavolare una conversazione.

"Sei italiano, vero?" gli chiese sorridendo, appena si fu sistemato accanto a lei.

"Come hai fatto a capirlo? Dall'accento, spero..."

Hellen rise di nuovo e scosse la testa, gettandogli un'occhiata maliziosa.

"No... dagli occhi scuri, dai lineamenti eleganti, dal portamento... Avete un fascino magnetico, voi italiani, unico..."

Ci fu un attimo di leggero imbarazzo, ed Hellen si affrettò a proseguire:

"Ma soprattutto mi ha colpito il modo in cui ti sei avvicinato a me. Sai, viaggio molto e conosco le abitudini di parecchi popoli, ma solo gli italiani sanno essere così... originali!"

Angelo rise.

"Non mi sembra di essere stato originale. Ho solo cercato di essere gentile..."

"Infatti, qui sta la differenza. Voi maschi italiani siete gentili, galanti... insomma, fate sentire importante una donna, ecco!"

"Credo che sia giusto. L'Italia è la culla della cultura, e dobbiamo riconoscere ed apprezzare le bellezze che incontriamo, non credi?"

Hellen rise ancora.

"In Italia, dove vivi?"

"Ad Arezzo, vicino a Firenze."

Era abituato ad accostare la modesta città di provincia alla città internazionale, per evitare che gli chiedessero dove si trovasse Arezzo. Si stupiva di come all'estero conoscessero luoghi impensabili, a volte sconosciuti agli italiani stessi, eppure la sua città, ricca di storia e di cultura, era per lo più ignorata. Se nominava Cortona, era certo che tutti sapessero dov'era. Addirittura, un cliente americano una volta aveva dichiarato convinto che Arezzo era in provincia di Cortona...

"Splendida! Adoro Arezzo!" esclamò Hellen, cogliendo Angelo di sorpresa.

"La conosci?"

"Certo, ci sono stata un paio di volte. Rimarrei per secoli a contemplare i meravigliosi affreschi di Piero della Francesca..."

"Beh, noi aretini da sempre dettiamo legge in fatto di arte... in tutte le sue forme!"

"Ah, ah, Angelo! Sei davvero simpatico!"

"A proposito, ma tu di dove sei? Nord Europa?"

"Germania. Düsserdolf, per l'esattezza."

"Non si può non notare il tratto teutonico! Le gambe lunghe, i capelli biondi, gli occhi azzurri, la carnagione chiara..."

"Tutti luoghi comuni, vero?"

"Già. Però è più facile sapere a chi o cosa si va incontro..."

Ci fu ancora un attimo di silenzio. Si scambiarono un'occhiata fugace, poi Angelo riprese, tastando il terreno:

"Cosa fai a Dubai? Lavoro, amore..."

"Transito!"

"Che vuoi dire?"

"Lavoro per un'azienda farmaceutica, e sto tornando da un estenuante viaggio in Australia, in cui ho dovuto sbrigare diverse faccende. Siccome non mi andava di scendere da un aereo per risalire subito dopo in un altro, sobbarcandomi un totale di venti ore di volo consecutive, ho preferito restare ferma qui un giorno, oggi appunto, e ripartire domattina. Sono arrivata ieri sera, e almeno mi riposo un po'..."

"Hai fatto benissimo. E' il destino che ti ha trattenuto, per permetterti di incontrare me!"

Risero entrambi.

"Può darsi, chi lo sa!"

"Oppure c'è qualche uomo fortunato che ti aspetta?"

Hellen scosse la testa.

"Nessuno."

"Che spreco!"

"Cioè, ci sarebbe qualcuno, in Germania, ma è una storia strana, che si trascina da tanto tempo, e non ci capisco niente."

La donna cercò nervosamente qualcosa nella borsetta, un pretesto per tentare di nascondere l'agitazione.

"Guarda che non sei obbligata a parlarne. Non mi importa. A me importa che adesso stiamo qui e ci facciamo compagnia, va bene?" la rassicurò Angelo.

"Guarda!" esclamò Hellen, tirando fuori l'*iPhone* e mostrandogli delle foto, in cui c'era lei insieme ad un ragazzino con i suoi stessi occhi e lo stesso sorriso.

"Lui è Albert, il mio cucciolo. Ha tredici anni ed è figlio del mio *ex* marito, un medico, che undici anni fa ha mollato la famiglia per una collega. Lui è l'unico vero uomo della mia vita. Non lo lascio solo un minuto. Abita con i miei genitori, ma restiamo sempre in contatto, anche quando non ci sono. L'ho chiamato dieci minuti fa: non voglio perdermi nulla di lui!"

I suoi occhi brillavano tanto da dare una luce nuova al suo viso, rendendola ancora più bella.

"Albert è molto fortunato," esclamò Angelo, mostrando a sua volta le foto sul *BlackBerry*. "Io non mi sono accontentato di uno. Queste sono le due figlie avute dalla prima moglie... E questi sono i tre avuti da quella attuale..."

"Meravigliosi, Angelo. Complimenti!" esclamò Hellen, sinceramente ammirata. "Io non me la sono sentita di avere altri figli, dopo l'esperienza con mio marito. E' dura per una donna sola sentire tutto il peso e la responsabilità della crescita di un figlio. Però, dopo una fregatura del genere, come si fa a fidarsi ancora di un uomo, mettendo al mondo altri figli e rischiando di farli soffrire? Sono felice di avere Albert, e ringrazio mio marito per questo. Però, lui è e rimarrà l'unico!"

Angelo avvertì un certo disagio. Pensò a quante volte aveva lasciato sola prima Nicole, e poi Grace nell'accudire i figli, dedicando la maggior parte del tempo al lavoro. Aveva cercato di essere presente nelle occasioni importanti – anche se non sempre ci era riuscito - aveva mantenuto il contatto con loro ogni giorno, non aveva mai fatto mancare nulla a nessuno, indistintamente. E loro lo avevano capito, lo avevano amato accettandolo così com'era, anche se talvolta, specie Carolina ed Anne, gli avevano rinfacciato il suo egoismo. Si era comportato con i suoi figli come suo padre si era comportato con lui? Se lo era chiesto tante volte, ma si era sempre risposto di no. Certo, aveva le sue inevitabili mancanze, i suoi tanti difetti, eppure si era mostrato affettuoso, gentile, disponibile. Ricordava ancora quella volta in cui Carolina, quando aveva otto anni, lo aveva chiamato nel bel mezzo di un'accesa discussione con un cliente. Aveva cercato di farle capire che in quel momento non poteva risponderle, e che l'avrebbe richiamata più tardi. Ma lei non si era rassegnata: una sua compagna le aveva fatto un grave affronto e suo padre doveva saperlo, era una questione di vita o di morte.

"Papà, Asia ha detto che sei un perdente, che non mi vuoi bene perché non mi vieni mai a prendere a scuola, e che sei brutto perché hai la barba! Le ho risposto che non era vero, che tu non sei un perdente, che sai pilotare gli aerei, che viaggi dappertutto per vendere l'oro e tutti ti conoscono, che guadagni tanti soldi e ci compri tanti giochi. E poi, che sei il papà più bello e bravo del mondo! Ma lei insisteva, mi prendeva in giro, così io l'ho stesa!"

Angelo, mentre stava cercando di prendere tempo con il cliente inferocito che aveva di fronte, fu colpito dalle ultime parole della figlia.

"Che vuol dire 'l'ho stesa?'"

"Che le ho dato un pugno, e l'ho messa ko, così impara a prendere in giro il mio papino!"

"Accidenti, Carolina! Non dovevi picchiarla! Lo sai che non si fanno certe cose! A papà non importa cosa dicono gli altri. A me importa solo di te!"

"E' quello che hanno detto anche le maestre e la mamma. Invece, no! Tutto devono imparare a rispettare la mia famiglia, o si beccano le botte!"

273

"Tesoro, ma così tu vai in punizione e vieni considerata una bambina cattiva. Papà non vuole che lo rifai, *ok*?"

La piccola aveva sospirata..

"E va beeeene! Ma quando torni?"

"Domani, se riesco a sbrigarmi!"

"Allora non ti faccio perdere tempo! Ti voglio bene, papino!"

"Anch'io, piccolina! E fai la brava!"

"*Okkkkeiiii!*"

Il cliente, nel frattempo, si era calmato, e Angelo aveva ritenuto opportuno raccontargli della telefonata della figlia, per cercare di rendere l'aria meno pesante. L'uomo infatti, un convinto sostenitore della famiglia, aveva preso a cuore la vicenda e si era complimentato con Angelo per il carattere deciso di Carolina. Le trattative erano riprese in un clima più mite, e avevano raggiunto in breve un accordo.

Per questo, adesso più che mai si convinse che poteva avere tutti i difetti del mondo, ma non aveva mai messo una cortina di gelo e di indifferenza tra sé ed i figli, come aveva fatto suo padre, né aveva anteposto la carriera alla famiglia: semplicemente, aveva continuato a fare il suo lavoro, pur mantenendo uno stabile legame con le sue radici.

"A che cosa pensi?" chiese Hellen, riscuotendolo dai ricordi e dalle riflessioni.

"Penso a quanto amo i miei figli!" rispose sincero.

Hellen lo guardò con dolcezza. In quel mentre, squillò il telefono. Si alzò, facendogli un cenno di scuse, poi si allontanò di qualche passo parlando animatamente. Per fortuna, quel diversivo aveva alleggerito un po' l'atmosfera. Angelo non amava molto parlare della propria famiglia, anche se ne era orgogliosissimo. Quando si avvicinava ad una donna per uno dei suoi soliti approcci, poiché la sua personale regola imponeva la conquista e la notte, senza vincoli di nessun genere, preferiva non mettere in mezzo i fatti personali. Parlare della propria vita privata sminuiva in qualche modo il piacere, stemperava l'atmosfera, raffreddava i bollori, e tutto faceva pensare ad un meschino tradimento, quando invece doveva essere solo uno svago, un modo per non restare soli.

Trascorsero pochi istanti ed Hellen tornò a sedersi.

"Scusami! Scocciature dalla sede!" esclamò sbuffando.

"Il tuo capo?" chiese Angelo, osservandola divertito.

"No, il capo sono io!" replicò lei con un certo compiacimento.

"*Wow*! Come sono fortunati i tuoi dipendenti! Non ho mai incontrato un capo del genere, altrimenti avrei lavorato volentieri giorno e notte in uno squallido ufficio dalle pareti grigie, senza vedere altro che la scrivania ed i tetti del palazzo di fronte!"

Hellen rise con quella sua risata contagiosa.

"Se tu fossi alle mie dipendenze, non la penseresti allo stesso modo. Sono un mastino che non ha pietà di nessuno!"

"Ma io saprei come addomesticarti..." mormorò Angelo con aria ammiccante.

"Non sono permessi certi comportamenti immorali sul posto di lavoro. Si rischia il licenziamento!" replicò Hellen, tentando di scherzare.

"Se il prezzo da pagare è solo questo, ne varrebbe certamente la pena..." aggiunse Angelo con la voce rotta dall'eccitazione, appoggiando appena la mano sopra la sua. Non poteva non guardare le forme generose, i seni abbondanti, i fianchi morbidi, le labbra voluttuose. Voleva accarezzarla, toccarla, possederla e farsi possedere...

Lei trasalì al tocco lieve della sua mano, e fu invasa da un'ondata di piacere che le fece venire i brividi. Arrossì e lo guardò.

"Davvero?" chiese con voce sensuale.

"Davvero!" rispose lui convinto.

Si guardarono un istante e scoppiarono a ridere, stemperando il clima rovente che si era venuto a creare.

Alla risata seguì nuovamente un silenzio carico di aspettative e di imbarazzo. Entrambi non riuscivano a staccare gli occhi l'uno dall'altra.

"Potrei affogare in questo azzurro..." mormorò lui, senza smettere di guardarla.

"Ed io potrei precipitare nel tuo abisso scuro..."

"Sono quasi le cinque. Che ne dici se stasera ceniamo insieme? Conosco un ristorante che ti piacerà senz'altro!"

"Non chiedo di meglio. Un italiano sa sempre scegliere il ristorante giusto per mangiare bene, no?"

"E non solo per mangiare bene!"

"Uh! Non avevo dubbi neanche su questo!"

"Allora, il tempo di cambiarsi e poi si va?"

"Uhm... Fra un'ora devo intervenire in videoconferenza ad una riunione. Appena ho finito, mi preparo, e ti chiamo, diciamo, verso le otto e mezzo. D'accordo?"

"Se proprio non c'è verso di anticipare..."

"Non facciamo tutto in fretta, quando abbiamo tutta la serata e la notte a disposizione..."

"Sì, ma adesso come la mettiamo? Come riesco a starti lontano, a non pensarti, se mi lasci così?"

Hellen sorrise ancora.

"Intanto lasciami il numero di telefono della tua camera, così ti chiamo."

Era abituata a queste situazioni, lo si vedeva dal modo di fare, soprattutto dal fatto che non prendeva né lasciava il numero di telefono personale, ma solo quello della camera. Non era una facile, questo no: lo sguardo ed il portamento non permettevano di far avvicinare uno sprovveduto qualsiasi. Semplicemente, sapeva scegliersi le compagnie, sapeva vivere alla giornata, e, proprio come Angelo, le piaceva godere delle occasioni che le venivano offerte, senza impegni, senza inutili sentimentalismi, senza complicazioni. Digitando con le lunghe dita dalle unghie perfettamente laccate, memorizzò il numero sull'*iPhone*, che poi gettò nella borsetta con aria felina.

All'improvviso, per un breve, terribile istante Angelo ritornò coi piedi per terra, e si ricordò perché si trovava lì. Si chiese cosa avrebbe pensato di lui quella Venere meravigliosa se avesse saputo delle sue beghe con la giustizia locale. Magari lo avrebbe considerato un truffatore, un delinquente, e lo avrebbe rifiutato trattandolo in malo modo. Era la prima volta che gli capitava di pensare a qualcosa del genere, e, immediatamente, il desiderio, l'eccitazione per la conquista, si spensero come se avesse gettato una cascata d'acqua sul fuoco. D'altronde, lei non gli aveva ancora chiesto che lavoro facesse, non era stata invadente: aveva preferito *flirtare*, senza perdersi in dettagli inutili, per trascorrere una sola serata insieme, secondo la loro comune filosofia di vita. Magari, ne avrebbero parlato a cena, e anche a lei avrebbe dovuto rifilare la solita storia dell'impiego in una compagnia assicurativa. Ma anche questo non era importante ai fini del loro incontro. Un lavoro vale l'altro, basta che sia onesto. Però, quando su qualcuno pende un'accusa, si è disposti a giustificarlo, a credere alla sua integrità? Essere rifiutato da una donna perché considerato un delinquente: questa sarebbe stata la ciliegina sulla torta della sua disfatta, fisica e psicologica.

"Dai, maschio italiano, accompagnami a prendere le mie cose. Devo andare!" scherzò Hellen, distogliendolo dalle sue devastanti considerazioni.

Si alzarono per andare a raccogliere l'asciugamano, la borsa ed un copricostume che aveva lasciato sul lettino, nei pressi della piscina.

"Allora, a stasera!" sussurrò lei, coprendo lo sguardo con gli occhiali da sole. Si chinò appena a sfiorargli le labbra. Angelo socchiuse gli occhi, travolto dal suo profumo e dal suo tocco leggero. Poi, all'improvviso, sentì una spinta e cadde in acqua. Appena riemerse, si ritrovò davanti la faccia sorridente di Hellen, china sul bordo della vasca:

"Mi avevi chiesto come fare a resistere lontano da me: non c'era altro modo per raffreddarti... per il momento!"

Angelo scosse la testa, ridendo.

"Ti ringrazio del pensiero. Cercherò di contraccambiare, stasera..."

Visto che oramai era in acqua, Angelo aveva proseguito la nuotata per un po', finché, esausto, si era disteso ad asciugarsi al sole. Ben presto si accorse che era tardi e che doveva prepararsi per l'appuntamento. Prima, però, si fermò alla *reception* e chiese di prenotare per due al ristorante, come aveva promesso ad Hellen.

Rientrò nella *suite*, scelse dagli abiti finalmente puliti, perfettamente lavati e stirati, una camicia di lino nero con un paio di *jeans* scuri, insieme agli immancabili mocassini.

Una doccia, una sistemata alla barba, profumo quanto basta, ed eccolo, Angelo Poggi, nella sua forma migliore. Si osservò a lungo nel grande specchio situato nell'ingresso che collegava l'entrata alla camera, e fu soddisfatto della propria immagine. Sembrava davvero che nulla fosse accaduto, non c'erano segni della sua pena, delle tribolazioni di quei mesi... Avvicinandosi, però, notò due piccole rughe sulla fronte, ed il suo sguardo - anche se l'eccitazione per l'incontro imminente lo rendeva luminoso - mostrava qualche segno di stanchezza ed un vuoto da colmare.

Si impose di non pensarci. Erano le venti e venticinque. Hellen avrebbe chiamato da un minuto all'altro e, almeno per quella sera, tutti i brutti pensieri sarebbero svaniti. Aveva già telefonato a Grace, e la conferma del suo imminente arrivo lo rendeva ancora più ottimista. Inoltre, fra poche ore Elizabeth l'avrebbe raggiunto.

Venti e trentacinque. Nulla.

«Forse la videoconferenza l'ha tenuta impegnata più del previsto e vorrà pure farsi bella, anche se non ne ha bisogno...» pensava.

Venti e cinquanta.

«Avrà mica sbagliato? Non è possibile. Le ho ripetuto il numero due volte, ho controllato personalmente.»

Ventuno.

«Perché non mi sono fatto dare il numero di telefono della sua *suite*? Che stupido! Ero troppo sicuro, troppo fiducioso: ho fatto male. E adesso? Anche se scendessi alla *reception*, non potrebbero mai rivelare il numero della stanza di una cliente, per motivi di *privacy*! Per di più, non conosco le sue generalità: so solo che si chiama Hellen ed è tedesca. Capirai!»

Camminando nervosamente avanti ed indietro per la stanza, Angelo rimuginava, osservando prima l'orologio e poi il telefono appoggiato sul comò.

Nove e quindici.

«E se mi avesse preso in giro? Ma allora, perché chiedermi il numero? Soprattutto, perché *flirtare*, perdendo tempo con me, senza concludere nulla?»

Nove e trenta.

«Il mio stomaco protesta. Io vado. Se almeno le avessi detto il nome del ristorante... Sono stato uno sprovveduto, un adolescente avventato. Dovevo essere più lucido, e pensare dopo alle sue curve!»

Si fece chiamare un taxi e si avviò al ristorante. Una volta seduto al tavolo, continuò per tutta la serata a guardarsi intorno, sperando di vedere Hellen, chissà, magari, se il caso avesse voluto...

Non c'era neanche la possibilità di trovare un'altra donna da conquistare: il ristorante, infatti, era per lo più riservato a coppie in vena di romanticherie, pegno da pagare per gli uomini prima di una notte di passione.

Terminò il pasto ed uscì all'aria aperta. Controllò il telefono, sperando di essere chiamato dalla *reception*, perché una certa signora tedesca lo stava aspettando. Ma non successe nulla. Ricevette solo i soliti messaggi da sua moglie, dai figli, da qualche amico e collega, che si informava sulla sua situazione, oltre alla solita chiamata di Megan.

Era quasi mezzanotte, quando rientrò in *hotel*.

"Ci sono messaggi per me?" chiese alla *reception*.

L'addetto guardò con aria professionale sul *computer* dinanzi a lui, e scosse la testa:

"No, signore. Nessun messaggio."

"*Ok*, grazie. Buonanotte."

Non aveva sonno, anche se si sentiva stanco. Pensò anche di andare a prendere Elizabeth all'aeroporto, ma non era dell'umore adatto. Sua figlia, per certi versi, assomigliava alla madre, e riusciva a capire con un'occhiata se c'era qualcosa che non andava. Se fosse andato da lei, quando invece erano d'accordo per vedersi il giorno dopo, gli avrebbe rivolto mille domande. Quindi, era meglio evitare spiegazioni inutili ed infilarsi nel morbido divano-letto.

«Peccato, Hellen era una gran bella donna!» pensò prima di crollare, sfinito.

Fu svegliato da un leggero bussare alla porta. Si voltò e, con gli occhi ancora semichiusi, riuscì a vedere che erano passate da poco le otto.

"Chi è?" chiese con la voce impastata dal sonno.

Nessuna risposta.

Stava quasi per rimettersi a dormire, quando il pensiero di Elizabeth lo fece svegliare del tutto. Dalla camera accanto al salottino, in cui era sistemato, non proveniva nessun rumore: probabilmente, sua figlia era ancora in braccio a Morfeo. Si alzò e si avviò verso la porta. L'aprì, ma non c'era nessuno. Stava per chiudere ed andare a prendere il telefono, quando lo sguardo cadde sul pavimento, dove c'era una busta con le insegne dell'*hotel*.

«E adesso che cosa vogliono? Cercano di incolparmi anche qui di qualche altro crimine?» pensò preoccupato.

Forse erano le solite comunicazioni dello *staff* alberghiero, relative ai servizi offerti, alle tariffe, alle promozioni, e così via...

Aprì la busta, inquieto. Ormai si era abituato ad aspettarsi sempre il peggio.

Invece fu sorpreso di scoprire che si trattava di una lettera scritta a mano, come quelle di un tempo, che non si usano più. La grafia era morbida, ma decisa.

"Caro Angelo,
ti ho telefonato per quasi un'ora ieri sera, ma tu non hai risposto. Non capisco cosa sia successo.
Spero non ti sia capitato nulla di grave, così come spero che tu non abbia cambiato idea.
Devi sapere che a me sarebbe piaciuto veramente uscire con te e trascorrere la serata insieme. Non sono abituata a fingere o a prendermi gioco delle persone, e, se ti ho detto che mi piaci, vuol dire che mi piaci davvero.
Mi auguro di poter avere la possibilità di incontrarti di nuovo. Ci tengo molto, credimi.
Ti scrivo qui sotto il mio numero di cellulare in Germania, anche se, di solito, non lascio il mio numero personale a nessuno.
Ti prego di chiamarmi appena ti è possibile.
Un abbraccio
Hellen"

Angelo rimase immobile a rileggere quella lettera più volte. Era confuso, non capiva cosa la donna intendesse comunicargli.

"Ma che cosa dice? Sono stato per quasi due ore accanto al telefono ad aspettare che squillasse! Ma mi vuole prendere in giro?"

Però, se avesse voluto divertirsi con lui, perché gli avrebbe fatto recapitare quella lettera?

Un dubbio si fece strada nella sua mente. Si diresse verso il tavolinetto accanto al letto e alzò il ricevitore: nessun segnale, nessun suono, niente di niente. Prese il filo e lo seguì nel suo percorso...

"Merda! Il telefono è staccato!" esclamò quando vide che la spina giaceva pigramente a terra, completamente sganciata dalla presa.

Non si era accorto che il telefono non funzionava perché non era allacciato, ma, quello che era peggio, non aveva minimamente pensato a questa possibilità. Si era lasciato scappare la splendida Hellen per una banale distrazione, o meglio, pensare ad Hellen era stata una distrazione talmente forte da impedirgli di ragionare.

«Non mi era mai successo prima. Forse sto invecchiando, o forse tutta questa storia mi fa perdere colpi...» pensò amareggiato e sinceramente dispiaciuto per l'accaduto. Ormai non poteva fare più nulla: a quell'ora la donna era già in volo per la Germania. Si ripromise di chiamarla al più presto, almeno per darle una spiegazione.

20. FINALMENTE, GRACE

"Ciao papino. Ti aspetto alle nove per fare colazione xxx."

All'una di notte, come previsto, era arrivata Elizabeth, che, appena sveglia, aveva subito mandato un *sms* a suo padre. La dolce Elizabeth. Non mancava mai di mandargli baci, abbracci, faccine e quelle tre *x*, per ricordargli ogni volta quanto gli voleva bene. Lei era completamente diversa da sua madre, o meglio, aveva preso solo la parte espansiva di sua madre, lasciando ad Anne quella spigolosa, che tanto detestava perché tanto lo faceva soffrire.

Lasciò scorrere l'acqua della doccia sulla pelle, mentre il profumo di sandalo delle essenze servì a farlo rilassare, almeno un po'.

Si vestì con cura, scese nella sala e si sedette ad un tavolo, in attesa della figlia. Non passò comunque molto tempo e, prima che potesse rendersene conto, si ritrovò abbracciato ad Elizabeth. In quel momento, il suo cuore assaporò di nuovo il gusto della felicità.

"Quanto mi sei mancato, papà! Come stai?" chiese, staccandosi da lui solo quanto bastava per osservarlo e controllare che fosse tutto intero.

"Bene, amore, non ti preoccupare! Sono qui con te e sono vivo: non potrei sperare di meglio!" rispose Angelo, accarezzandole il viso.

"E invece sei un po' dimagrito. Sei sciupato!" obiettò Elizabeth fissando gli occhi nei suoi.

"Cammino tanto, per stancarmi, così non penso. Però mangio parecchio..."

Ci fu un istante di silenzio, mentre si dirigevano verso il tavolo del *buffet*.

"Allora, come stanno a casa?" chiese Angelo, prendendo un *croissant* ed un *muffin*.

"Non bene, come puoi immaginare..." rispose sinceramente Elizabeth con un sospiro, mentre si faceva servire del caffè senza zucchero.

"La mamma, da quando è tornata dall'Inghilterra, è ancora più nervosa ed intrattabile. L'ho sentita piangere in camera sua, un paio di volte. Sta sempre incollata al telefono, per chiamare amici e conoscenti che siano in grado di aiutarti. E' molto preoccupata per te."

Il pensiero di Grace in lacrime per causa sua gli strinse lo stomaco in una morsa, tanto che non riuscì neanche a toccare il *muffin* sul piatto.

"Anne non parla spesso, si è chiusa ancora più del solito. Però telefona ogni giorno alla mamma e chiede se ci sono novità. Per lei questo è molto!"

"Chiama anche me, e quando non può, manda una *mail* o un messaggio," aggiunse Angelo con un nodo sempre più stretto in gola.

"Ieri sono stata con Matt all'incontro con un senatore. Dice che è amico tuo, perché hai impartito lezioni di volo a suo figlio..."

"Sì, l'onorevole Bellini. L'avevo chiamato un paio di settimane fa e si era dichiarato disponibile ad incontrare qualcuno della mia famiglia. Gli avevo dato il numero di Matt, visto che lui abita più spesso a Roma..."

Elizabeth fece un cenno d'assenso con la testa, addentando un pezzo di torta al cioccolato.

"Comunque, il senatore ha promesso che si interesserà presso il Ministero degli Esteri, e poi ci farà sapere. Non che ci conti molto..."

"Perché?" chiese Angelo, scrutando la figlia.

Elizabeth si strinse nelle spalle con aria scettica.

"Non mi fido dei politici. Promettere è il loro mestiere, ma poi non mantengono mai..."

"Beh, sono esseri umani anche loro, e anche loro hanno dei sentimenti..."

La ragazza smise di masticare ed osservò il padre con aria perplessa.

"Sei veramente amico di quest'uomo? Cioè, gli puoi far comodo, per cui ti deve tenere buono? Ha un debito nei tuoi confronti? Se sì, allora c'è una speranza, altrimenti..."

Angelo sorrise, scuotendo la testa. Era meglio cambiare argomento.

"Va beh, a parte le false speranze, a cui ormai sono abituato, i nonni come stanno?"

"Il nonno sta benissimo. In questi giorni è a Pisa per tenere una serie di lezioni... Sai com'è, no?" tagliò corto Elizabeth, sorseggiando il tè. "Anche se non lo dice, si preoccupa per te. La settimana scorsa l'ho sorpreso su *Internet* mentre cercava di consultare un sito in cui si spiegava il funzionamento del sistema giudiziario negli Emirati Arabi! Ovviamente, ho fatto finta di non aver visto, per non metterlo in imbarazzo, anche se mi sarebbe piaciuto sapere che giustificazione si sarebbe inventato!"

Suo padre che si interessava delle leggi arabe! Questa sì, che era una sorpresa!

«Probabilmente, lo sta facendo per tentare di scoprire un cavillo determinante, sfuggito agli altri, al solo scopo di dimostrare che sono stati tutti degli incapaci, e che se non ci fosse lui, bisognerebbe inventarlo!»

Si pentì di questo pensiero cattivo, e lo ricacciò indietro, vergognandosene, per focalizzare invece l'attenzione sul fatto che suo padre stava cercando di aiutarlo, a modo suo. E forse questa era la prima volta che succedeva. "*Un uomo deve sapersela cavare sempre da solo*," gli aveva insegnato. Adesso aveva sentito il grido di disperazione e di impotenza del figlio, e si stava comportando finalmente da padre.

"La nonna?" chiese, con un nodo in gola.

Elizabeth scosse la testa, muovendo i morbidi ricci biondi.

"La nonna non sa nulla, e neanche lo deve sapere. Ha la pressione alta, ed il dottore le ha raccomandato di riguardarsi e di stare tranquilla."

"Come le avete giustificato la mia assenza prolungata?" chiese Angelo con un pizzico di apprensione.

"A quello ci ha pensato il nonno, sai quanto sa essere convincente. Anche se sono ormai separati da anni, i loro rapporti sono sempre buoni e lui ha ancora un certo ascendente su di lei. Così, le ha detto che c'è tanto lavoro, che devi fare la spola fra Dubai e Hong Kong, ma che tornerai a casa per Natale."

"Ecco perché mi chiede sempre quanto lavoro abbiamo! Potevate dirmelo, almeno avrei saputo reggere meglio la parte. E poi, se non ce la faccio a tornare per Natale?"

Elizabeth fece un gesto vago con la mano.

"Vedrai che il nonno inventerà qualcos'altro per convincerla."

Fece una pausa per poi riprendere subito:

"Come fai a dire che per Natale non tornerai a casa?"

Angelo inspirò rumorosamente.

"Non lo so, Liz. Non sappiamo nulla. Passano i giorni e non è un buon segno..."

"Non puoi pensare che non hanno uno straccio di prova contro di te, perché sei una persona più che perbene, che alla fine saranno stufi di cercare prove inesistenti e ti lasceranno andare con tante scuse?"

La ragazza lo guardava come se avesse appena enunciato una verità lapalissiana, che il padre non poteva non avere neanche considerato.

"Non lo so, non lo so..." ripeté, giocherellando con le briciole del *croissant*. Tutti non facevano altro che ripetergli questa bella storia, ma quanto contava ai fini della risoluzione del caso?

Elizabeth guardò lo *Swatch* rosa fosforescente al polso e si alzò di scatto dalla sedia.

"Andiamo, dai! E' tardi! Azul ci aspetta!"

Angelo abbandonò volentieri i soliti pensieri e si alzò a sua volta, seguendo la figlia nella corsa verso l'uscita.

"*Ok*, papino. Stringi i denti e buttati. Ho bisogno di te, altrimenti da sola non ce la farò mai!"

"Smettila di farmi sentire importante, sciocchina! Non c'è bisogno che cerchi di tirarmi su il morale fino a questo punto!"

Elizabeth si voltò a guardare il padre con un sorriso di sfida. Poi estrasse una cartella trasparente dalla borsa e gliela mostrò. Era un *fax* di due giorni prima, in cui Azul dichiarava di essere profondamente indignato per il trattamento che gli era stato riservato da un'azienda aretina che produceva catene d'oro, e rispediva al mittente tutte le offerte che erano state avanzate in seguito per rabbonirlo e riconquistarlo. Neanche Emilio, con le sue battute scherzose, era riuscito a convincerlo. Alla fine, dopo una serie estenuante di proposte, aveva deciso di concedere un'ultima possibilità, *"a patto di discutere esclusivamente con Angelo Poggi, l'unica persona che ritengo degna della mia considerazione."*

"Allora, secondo te, sto cercando di tirarti su il morale, o ti sto dicendo la verità?" chiese Elizabeth fingendosi offesa.

Angelo sentì un vuoto familiare allo stomaco, un misto di soddisfazione ed orgoglio, che illuminò il volto teso con l'ombra di un sorriso

"Adesso, mentre andiamo da lui, mi spieghi cosa avete combinato per far incazzare Azul in questo modo!"

Finalmente aveva riacceso i motori ed era ripartito. In quel momento contava solo il lavoro, ed era vivo grazie a quello, e alla presenza di Elizabeth al suo fianco.

Tre giorni passarono in un lampo.

Angelo seguì la figlia negli abituali percorsi dai clienti, incontrò nuove persone ed ebbe nuovi contatti. Come sempre, c'erano ritmi da seguire, orari da rispettare, ed il tempo trascorreva rapido nella veloce sequenza di eventi programmati. Anche le serate erano all'insegna del lavoro, poiché, come vuole la proverbiale tradizione di ospitalità orientale, due dei più importanti clienti avevano organizzato delle cene lussuose nelle loro residenze da favola. Non c'era spazio per lo svago, ma, per fortuna, Angelo non aveva più l'opportunità di pensare ai suoi problemi, perché era continuamente distratto dagli impegni, e questo influiva in maniera positiva sul suo corpo e sulla sua mente. Riusciva a mangiare senza farsi andare il boccone di traverso e con un rinnovato appetito. Il lavoro e l'intensa attività lo avevano ritemprato, permettendogli di tenere allenati i riflessi e di ritrovare la lucidità perduta. A notte inoltrata, quando andava a dormire, esausto, anche se i volti e le voci di Assan e Jahir continuavano a tormentarlo nel buio, riusciva comunque a sentirsi rassicurato dalla sua posizione e dalla presenza di Elizabeth.

Lo aveva chiamato anche Grace, per confermare che sarebbe arrivata sabato sei dicembre. Il fatto che sua moglie si fosse finalmente decisa a venire da lui, per dargli tutto il suo appoggio, lo faceva sentire forte, pronto a combattere come mai prima di allora.

Eppure, quando arrivò il momento di salutare Elizabeth, fu più difficile di quanto avrebbe mai immaginato, e più doloroso della volta precedente.

Aveva insistito per accompagnarla all'aeroporto, nonostante la ragazza avesse cercato mille scuse per evitare l'addio. Quando furono davanti al cancello dell'imbarco, rimasero per lunghi istanti a guardarsi senza parlare. Fu Elizabeth a trovare il coraggio, e a rompere il silenzio per prima.

"Ok, papà, mi raccomando, fai le telefonate e vai dai clienti che ti ho detto. La lista degli appuntamenti ce l'hai. Mi prometti di non dimenticarti niente e nessuno?"

Angelo annuì, cercando di essere convincente.

"Sono un professionista, ricordalo, e se tu sei qui adesso è perché ti ho insegnato io!"

Risero entrambi. Elizabeth si gettò fra le sue braccia, affondando il viso nel petto del padre e ritrovando il profumo familiare, inconfondibile. Per un attimo, si sentì protetta e al sicuro, come quando era piccola. Lentamente, senza che le potesse controllare, le lacrime cominciarono a scendere, silenziose ma prepotenti. Più cercava di fermarle, più le premevano sugli occhi. Non voleva farsi vedere: che razza di incoraggiamento avrebbe dato a suo padre?

Inevitabilmente, dovette staccarsi da lui, per l'ultima chiamata del volo. Vedere la figlia in lacrime, per Angelo, fu come ricevere un colpo in pieno stomaco, così forte da fargli mancare il respiro. Trattenne il dolore a fatica, alzò una mano per accarezzare la guancia di Elizabeth ed asciugarle le lacrime.

"Non piangere, piccola. Vedrai che me la caverò, in qualche modo..." sussurrò con un filo di voce.

Era la prima volta che riusciva ad augurarsi ad alta voce un esito positivo. Non sapeva se ne era veramente convinto, o se doveva farsi coraggio per sua figlia e per la sua famiglia.

"Ti voglio tanto bene, papà!" mormorò Elizabeth con la voce rotta dal pianto, mentre gli stringeva la mano.

"Anch'io, tesoro! Vai, adesso, o perderai l'aereo!"

Lasciò andare la mano ed Elizabeth corse via, senza più trattenere i singhiozzi. Angelo restò a guardare il *tunnel* vuoto che si chiudeva, ben consapevole che quell'immagine della figlia sarebbe rimasta per sempre impressa nel suo cuore. Ancora una volta, non riuscì a sfogarsi, ed il pianto gli restò strozzato in gola.

Si avviò verso l'uscita, mentre tirava fuori la lista degli appuntamenti preparata da Elizabeth. Senza più guardare indietro, si rimise in marcia. C'erano tante cose da fare per distrarsi fino all'arrivo di Grace.

Sua moglie, infatti, sarebbe giunta a breve e bisognava trovare una sistemazione adeguata. In proposito, Elizabeth aveva suggerito al padre di contattare alcuni clienti per avere qualche indicazione utile. Karim, un gioielliere di origine armena, fece molto di più: gli offrì direttamente uno dei suoi numerosi alloggi. Nonostante le proteste di Angelo, che non voleva approfittare della sua generosità, Karim, uomo d'affari molto determinato, gli fece consegnare le chiavi dell'appartamento, e non volle sentire ragioni. Stimava moltissimo l'italiano, per il carattere e per l'onestà, tanto che si era interessato fin dall'inizio al suo caso, ma la pratica secretata, al solito, aveva impedito anche a lui qualsiasi mossa.

"Visto che non sono in grado di fare altro, permettimi almeno di aiutarti, per quanto mi è possibile!" aveva dichiarato Karim per convincerlo ad accettare.

L'appartamento era situato in un *residence* nel quartiere Al Garoud, una zona molto elegante, non lontano dall'aeroporto. Il sabato mattina, poco prima dell'arrivo di Grace, Karim aveva mandato il suo autista a prendere Angelo per accompagnarlo. Il complesso residenziale era degno della città in cui si trovava e lo lasciò a bocca aperta. L'ingresso era completamente invisibile dall'esterno. Si entrava attraverso una sbarra, che si apriva solo digitando una *password*, conosciuta esclusivamente dal portiere. All'interno, c'era un supermercato, una lavanderia, un piccolo centro commerciale, una piscina, un campo da tennis, tutto inserito in un complesso di giardini ricoperti di prati all'inglese e da aiuole fiorite, palme, cactus e piante grasse, in un gioco di forme e colori studiato ad arte nei minimi particolari.

L'autista lo accompagnò per un sopralluogo nell'appartamento, situato al quinto piano:

dall'immensa veranda, ricca di piante e fiori curatissimi, si dominava parte della città. C'erano quattro camere molto ampie, un salone enorme, una cucina delle stesse dimensioni, un salotto, due stanze per gli ospiti. Era arredata con gusto orientale, con tutti i *comfort*, e ovunque rilucevano arazzi e tappeti preziosi, vasi e mobili antichi, intere pareti erano coperte di specchi dorati, sui divani cuscini di seta morbida...

L'autista spiegò ad Angelo come funzionavano i servizi e si premurò di dargli le indicazioni principali, anche se sarebbe rimasto a disposizione per eventuali domande o problemi.

Dopo averlo congedato, Angelo decise di uscire per andare a comprare ciò che riteneva essenziale. Entrò nel supermercato insieme a composte governanti e serie donne delle pulizie. Acquistò delle lenzuola colorate, degli asciugamani, sapone e oli profumati per il bagno, caffè italiano, tè, acqua, dei dolcetti, una bottiglia di vino e una di *champagne*, qualche altro genere alimentare in scatola e surgelato, oltre ad alcuni prodotti che ritenne necessari per sé e per Grace. Per finire, non mancò di prendere delle candele profumate.

Ritornò nell'appartamento deserto, e poté esplorare con tranquillità le singole stanze. Sistemò il letto con le lenzuola nuove, e poi il bagno con gli asciugamani e le essenze. In cucina, dette un'occhiata agli utensili a disposizione e sistemò quello che aveva comprato, parte in frigorifero, parte in un angolo del grande bancone, vicino ai fornelli. Una volta che ebbe finito, si fece una lunga doccia rinfrescante, si sistemò la barba, che da troppo tempo era stata abbandonata a se stessa, indossò la polo bianca *Lacoste*, i *jeans denim*, i fedeli mocassini di cuoio *Tods'* e mise una goccia del profumo, che gli aveva regalato la moglie per il suo compleanno.

Per finire, collocò le candele lungo il corridoio, fino in cucina, in bagno ed in camera. Erano ancora le otto. Mancavano poche ore, ma il tempo, perfido come sempre, sembrava essersi fermato.

Per ingannare l'attesa, decise di uscire e andare a mangiare qualcosa. Si fermò appena fuori dalle imponenti mura del *residence*, in un locale indiano con il servizio di *take-away*. Ormai si era talmente abituato alla cucina indiana, che non riusciva quasi a farne a meno.

Nonostante però si fosse dilungato con il cibo, si fosse intrattenuto con altri avventori e avesse fatto una passeggiata nei dintorni, si accorse con disappunto che erano solo le nove e trenta.

Siccome non riusciva più ad aspettare, decise comunque di avviarsi verso l'aeroporto e prese un taxi.

Appena entrato, nel caos di arrivi e partenze, nel viavai ininterrotto di persone di ogni genere, razza, colore, lingua, si levarono delle grida più alte del solito, mentre la gente accorreva nella direzione da cui provenivano. Doveva trattarsi di qualche personaggio famoso, visto l'entusiasmo, le risate e la premura nel cercare carta e penna per un autografo.

"Scusi, chi sta arrivando?" chiese ad una signora bionda che stava correndo, trascinandosi dietro faticosamente un *trolley* gigante.

"Non lo so, sto andando a vedere! Speriamo che sia qualcuno abbastanza importante, così l'autografo varrà di più, su *eBay*!" rispose con il respiro mozzato dalla fatica.

Angelo rise e cercò di starle dietro, ma pareva che la folla attorno al *V.I.P.* misterioso si stesse spostando velocemente dalla parte opposta alla loro. La signora proseguì imperterrita, ma Angelo decise di lasciar perdere. Ne aveva visti tanti, di personaggi più o meno famosi, in aereo, in *hotel*, nei locali, ma non aveva mai pensato di avvicinarli per farsi fare un autografo da rivendere su *eBay*! Non era certo un'idea da scartare e

292

si ripromise di farlo, se avesse avuto ancora l'occasione di incontrarne uno.

«Ammesso che non mi rinchiudano in prigione a vita!» rifletté, ritornando con i piedi per terra.

Oltre a non riuscire quasi mai a distogliere i pensieri dai suoi problemi, si era aggiunto anche un altro tormento. Da tre notti, infatti, dopo una fase di sonno relativamente tranquillo, si svegliava terrorizzato dallo stesso incubo, che gli impediva di continuare a dormire, e gli lasciava appiccicata addosso una sgradevole sensazione, un triste presagio. Mentre era in viaggio per lavoro, si vedeva all'improvviso catapultato da una forza misteriosa dentro la prigione che aveva visto nel deserto. Le mura diventavano alte fino al cielo, di cui vedeva solo un piccolo quadrato. Il caldo era soffocante. Ai piedi e alle mani aveva pesanti catene, che a stento gli permettevano di muoversi. Era sporco, sudato, i vestiti laceri, scalzo. Intorno a lui, un odore terribile di marcio e di zolfo. Per terra, chiazze oleose e nere come pece. Dal silenzio, cominciavano ad emergere dei mormorii, delle voci, come dei sussurri. Sentiva che qualcuno si avvicinava a lui, avvertiva la sua presenza, ma non riusciva a vederlo.

"Chi siete?" gridava impaurito. Ma nessuno rispondeva.

Poi si sentiva afferrare per un braccio, come in una morsa. Si voltava di scatto, e vedeva una creatura mostruosa, dalla pelle squamosa e dalle unghie retrattili, la testa ed il corpo coperti da *thawb* e *keffiyeh* candidi come la neve, tanto che il riflesso pareva accecarlo, in contrasto con l'oscurità della figura.

"Che cosa volete da me? Dove mi portate?" urlava disperato, mentre si sentiva trascinare via con violenza, senza potersi difendere.

A quel punto, si svegliava urlando, in un bagno di sudore, con il cuore che sembrava uscirgli dal petto. Per alcuni lunghi, interminabili istanti si guardava intorno, terrorizzato, incapace di muoversi. Quando finalmente capiva che era stato solo un incubo, continuava ugualmente a fissare la stanza, smarrito, per assicurarsi che non ci fosse nulla di vero.

Adesso, mentre ripensava alle brutte sensazioni delle notti passate, un brivido gli attraversò la schiena. Dette la colpa all'aria condizionata troppo potente, e si spostò verso il cancello degli arrivi.

Erano le ventitré e trenta, e l'aereo stava atterrando in perfetto orario. Calcolò mentalmente il tempo che si impiega per scendere, per attraversare la pista, per ritirare i bagagli, per arrivare al *tunnel*... Il cuore martellava per l'impazienza, mentre le lancette dell'orologio si muovevano lente e pigre.

Iniziò a camminare nervosamente avanti e indietro. Avrebbe voluto fumare una sigaretta, stringere il filtro fra i denti fino a distruggerlo per sentire l'aroma amaro del tabacco. Non c'era tempo per andare in bagno, così cercò uno specchio, una vetrata, per esaminare il suo aspetto, affinché fosse tutto in ordine e a posto, come piaceva a sua moglie. Si lisciò la maglia, controllando attentamente che non ci fossero macchie o grinze. Si passò una mano tra i capelli e sulla barba. Lo stomaco aveva dei vuoti d'aria così forti, come se fosse a chissà quanti chilometri di altezza con un paracadute.

Si voltò non appena si accorse che le *hostess* si stavano muovendo e si udiva sempre più vicino lo scalpiccio dei primi passeggeri scesi. Si mise accanto alla gente in attesa come lui, in un angolo da cui poteva vedere tutte le persone che arrivavano. Ogni passo, ogni movimento, ogni faccia provocava un tuffo al cuore. Passarono diversi minuti, e Angelo non riusciva più a sopportare quella tensione.

«Non è che magari ha perso l'aereo e non ha fatto in tempo ad avvisarmi? Forse ha preso il volo successivo!» ipotizzò in preda all'agitazione.

Estrasse il *BlackBerry*, con l'occhio sempre attento al corridoio, e controllò il *display*: nessuna chiamata persa, nessun messaggio, nessuna *mail*.

«Forse dovrei chiamare Elizabeth, magari lei lo sa se...»

Stava per premere il tasto di chiamata, visto che la folla dei passeggeri era già scemata, quando un'ombra familiare si fece avanti verso di lui.

Nonostante avesse pensato migliaia di volte a quel momento, e se lo fosse immaginato in altrettanti modi diversi, l'emozione lo colse così alla sprovvista e con così tanta veemenza, da impedirgli di muoversi e di parlare. Il cuore ebbe un tuffo, l'adrenalina schizzò come in una discesa in picchiata con un monoposto.

I lunghi capelli lisci, biondi come l'oro, si muovevano leggeri mentre camminava con il suo inconfondibile passo sinuoso. Gli occhi azzurri illuminavano il viso dalla carnagione chiara e dai lineamenti gentili. Il corpo slanciato era fasciato in dei *jeans* aderenti, il seno formoso modellato da un *push-up* e da una maglietta rosa con lo scollo a V. Con una mano teneva la borsa di *Louis Vuitton*, che le aveva regalato lo scorso Natale. Con l'altra, trascinava il *trolley* della stessa tinta. Non appena lo vide, dal suo volto trasparve un'ondata di emozioni che sfociò in un sorriso di gioia.

Angelo aveva sempre trovato buffa l'espressione "*sentire le farfalle nello stomaco*", a proposito dell'innamoramento. Ma in quel momento fu sicuro che, qualsiasi cosa si intendesse, doveva essere molto simile a quello che provava in quell'istante.

Appena Grace fu vicina, Angelo sentì il suo profumo, l'aroma di casa, della sua famiglia, della sua donna. Si guardarono per un lungo istante in silenzio, poi si gettarono l'uno nelle braccia dell'altra, in una stretta forte, che voleva rinsaldare un legame altrettanto forte e duraturo.

Si erano sposati dopo una lunga convivenza. La loro vita insieme era stata molto difficile, c'erano stati alti e bassi, ma l'amore aveva sempre avuto la meglio, e con il dialogo erano riusciti a superare le crisi. Angelo adorava Grace. Fin dal primo istante in cui l'aveva vista era stato sicuro che lei fosse la donna della sua vita, la moglie ideale che si incontra solo una volta, e solo se si ha fortuna. Era la madre meravigliosa dei loro tre figli, una consorte premurosa, un'ottima amica ed un'amante perfetta. Se non fosse stato per il suo carattere insicuro, a tratti spigoloso, scontroso ed irritante. Doveva riconoscere che anche lui non era un santo: non era facile per lei stare dietro ai continui viaggi del marito, alla sua passione per il volo, ai numerosi impegni, alla sua continua voglia di libertà. Grace era gelosa, al punto da diventare ossessiva, possessiva ed insopportabile. Angelo ricordava ancora quella volta quando l'aveva seguito di nascosto fino a Londra, allo scopo di coglierlo in flagrante, perché era convinta che non fosse partito per un appuntamento di lavoro, ma per incontrare un'altra donna.

Quello che più gli faceva male era il fatto che lei non gli credesse, quando lui le confessava che esisteva solo lei, che l'amava più di se stesso e non aveva bisogno di altro, tanto meno di altre donne. Era vero, e lui era sincero. All'inizio del loro rapporto, aveva rinunciato a tante occasioni di conquista, anzi, le aveva evitate, proprio perché Grace era tutto per lui, e non gli faceva mancare nulla. Poi, dopo una serie ininterrotta di litigi, ripicche, gelosie, dispetti, musi e minacce, alla fine, senza neanche accorgersene, aveva cercato un po' di tranquillità tra le braccia di qualcun'altra, capace in quel momento di dargli ciò che voleva, senza chiedere nulla in cambio, senza pretendere niente, senza parole crudeli, gesti cattivi, ricatti, discorsi assurdi tirati in ballo tanto per attaccare briga, voglia di ferire e fare del male. Era costretto a cercare altrove ciò che Grace gli faceva mancare, per tentare di scacciare le umiliazioni che sua moglie gli infliggeva, affogando la frustrazione e la delusione nella nuova conquista. Infatti, doveva rimuovere dalla mente e dal cuore le brutte sensazioni evocate dalle discussioni con Grace, le accuse, le offese, il malessere dettato da un disagio profondo, dall'impossibilità di amare senza freni, senza limiti... Voleva solo trovare un po' di pace, per stare bene con se stesso. Per questo, ogni volta si era imposto di non andare oltre un unico appuntamento. E per questo non avrebbe mai pagato una donna per andare a letto con lui: anche se solo per una notte, aveva bisogno che una femmina lo trovasse attraente per quello che era – non per i soldi o per il potere - che apprezzasse il suo fisico curato, il suo aspetto mediterraneo, ma che andasse anche oltre, scandagliando il suo cuore, per scoprire quanto amore e quanta dolcezza era capace di dispensare. Non era solo sesso, ma uno scambio reciproco di attenzioni, premure, gentilezze, un gioco di sguardi, di tocchi leggeri, di parole gentili, di attenzioni... Se solo Grace non lo avesse fatto sentire così solo ed inutile!

Tra le braccia di un'altra sognava che ogni volta ci fosse una specie di *reset*, un nuovo inizio, l'anno zero da cui ricominciare insieme, forti degli sbagli commessi. Sperava che, una volta tornato a casa, potesse essere come quando erano appena sposati, quando tutto il suo mondo era lei, che lo accoglieva con un abbraccio, un sorriso, lo sguardo di una donna innamorata, in mezzo ai bambini festanti, la tavola apparecchiata con i suoi piatti preferiti, quando arrivava durante il giorno, oppure il letto caldo e profumato in cui rimaneva sveglia ad aspettarlo, con i completi di pizzo e lo sguardo ammaliatore, quando arrivava di notte.

Invece, ultimamente, le pause negative erano sempre più lunghe e questa orribile vicenda, in cui Angelo si era trovato invischiato e che durava da oltre sette mesi, non aveva certo contribuito a migliorare le cose. Anzi, le fantasie contorte di Grace erano state alimentate da dubbi, voci maligne, supposizioni errate, deduzioni illogiche dettate dalla cieca gelosia, dalla mancanza di fiducia, dall'eccesso di orgoglio, da una sorta di complesso meccanismo di rivincita personale o di vendetta, insieme ad una forte insicurezza nelle proprie doti e nelle proprie capacità. Probabilmente, non si era integrata molto bene in Italia, dove ci sono ritmi diversi, gente diversa, lavori diversi rispetto all'Inghilterra. Forse lui non era stato in grado di aiutarla, forse non le era stato abbastanza vicino, non le aveva fatto sentire la sua presenza. Eppure l'aveva sempre rassicurata sulla sua bellezza, sulle sue doti di donna, di lavoratrice, moglie, madre, amante... Ma tutto questo non era bastato a metterla a suo agio.

L'ultimo gesto eclatante era stato quello di prendersi una pausa, andando in Inghilterra dai parenti, proprio nel momento più drammatico della vita di Angelo. Subito dopo però gli aveva confessato il proprio rimorso, e la consapevolezza di non poter vivere senza di lui, di amarlo con tutta se stessa, nonostante tutto. Il cuore aveva messo a tacere la ragione, proprio quando suo marito ne aveva più bisogno. Forse questa era la volta buona, l'occasione per accantonare definitivamente i problemi del passato, dare una svolta al loro rapporto ed andare avanti senza più inciampi, in perfetta tranquillità, felici. Per questo, era ancora più importante.

Quel momento fu indimenticabile, perfetto. Fu uno di quei rari attimi in cui non ci si rende conto se si sta sognando o se si è svegli, un istante che sarebbe rimasto impresso per sempre nella mente e nel cuore.

A malincuore, si sciolsero dall'abbraccio. Angelo appoggiò le labbra sulle sue e finalmente le trovò morbide, pronte a schiudersi. La sentì abbandonarsi senza più freni al suo amore, e la desiderò come non mai.

"Credo che siano andati tutti via..." mormorò Grace, ad occhi chiusi, completamente travolta dalle emozioni, cercando di recuperare un briciolo di lucidità.

Angelo sorrise, staccandosi appena da quelle labbra dolci come il miele.

"*Ok*, andiamo anche noi," rispose, senza accennare minimamente a muoversi.

Fu lei a riscuotersi, a riaprire gli occhi, accesi da una luce nuova, e ad incamminarsi. Prima, però, gli prese la mano e volle farsi guidare da lui.

Lentamente, uscirono nell'aria calda della sera. Un vento insolitamente umido ed appiccicoso li accolse nell'atmosfera sempre movimentata di Dubai.

"Era tanto che non tornavo qui!" esclamò Grace, guardandosi intorno con aria sognante.

"Io invece non mi sono perso niente. Ogni giorno ci sono delle novità. Nuove costruzioni, nuovi cantieri, nuovi progetti... So perfino quanti operai nuovi ci sono al porto!"

Grace rise, con quella sua risata limpida, argentina, spontanea, mentre gettava la testa all'indietro, divertita. Ecco, era questa la donna che aveva conosciuto e di cui si era innamorato, e che amava con tutta l'anima. Ed ora, finalmente, insieme a lei, Angelo riusciva a ridere delle proprie disgrazie! I muscoli del viso, abituati ad essere sempre tesi, si distesero a fatica, a prezzo di qualche crampo all'angolo degli zigomi.

Decisero di percorrere a piedi il tratto che li separava dal *residence*, mentre si godevano l'aria profumata di mare, le luci sfavillanti, il movimento caotico...

"E' quasi mezzanotte e mezzo, e ancora c'è traffico come all'ora di punta. Pensa che mortorio ci sarebbe ad Arezzo a quest'ora!" esclamò Grace.

Risero di gusto, e Angelo, per un breve istante, pensò che una donna intelligente e bella come lei, abituata ai ritmi anglosassoni, era davvero sacrificata in una piccola città di provincia come Arezzo. Forse erano giustificate le sue insoddisfazioni, le sue paturnie, le sue ossessioni...

La osservava mentre camminavano insieme, tenendosi per mano come due fidanzatini. Parlava, raccontando cosa era successo in Inghilterra, del tale parente che si era sposato, l'altro si era separato, i suoi genitori, i vecchi vicini... Sapeva che era felice, quando si lasciava andare alle chiacchiere frivole, quando gli occhi, prima della bocca, si illuminavano in un sorriso. Era felice anche lui, tanto come non credeva di poterlo più essere. Aveva dimenticato facilmente tutto il resto: i giorni passati, le ansie, la disperazione, l'attesa... Tutto il suo mondo adesso era lì, accanto a lui.

Quando arrivarono al *residence,* il vento si era fatto impetuoso, e scuoteva le palme, le piante, i fiori, creando ombre bizzarre sugli edifici e sull'erba.

Appena entrarono nell'appartamento, Grace rimase a bocca aperta. Angelo accese le candele e subito si diffusero nell'aria i profumi orientali. Alla luce fioca, l'ambiente appariva ancora più da sogno, e non ci fu bisogno di altro.

Il *trolley* e la borsa caddero dalle braccia di Grace, insieme ai suoi vestiti, fino alla camera da letto.

Quella notte fu come riandare indietro negli anni, ed entrambi furono convinti che fosse davvero il loro nuovo inizio. Si amarono con dolcezza infinita, sentendosi finalmente un tutt'uno, in perfetta sintonia, senza più gelosie, senza più dubbi, lasciando comandare solo il cuore. Da tempo ormai non accadeva più qualcosa di così travolgente tra loro, e Angelo aveva temuto di averlo perduto per sempre.

Alle prime luci dell'alba, dopo un breve sonno, rimase per lunghi minuti a guardarla, ancora incredulo che fosse lì con lui, per lui. Osservò la pelle liscia, le forme morbide, i capelli di velluto, le mani dalle dita lunghe ed affusolate, su cui brillava la fede con il diamante, il viso come di una dea...

Si alzò piano per non svegliarla. Dopo essere andato in bagno, si propose di farle trovare la colazione pronta, con un ottimo tè inglese, che aveva trovato in dispensa, ed i suoi dolcetti preferiti. Per l'occasione, si permise di cogliere una rosa rossa tra le aiuole sulla terrazza. Uscendo all'aperto, però, nonostante fosse completamente concentrato sulle sue manovre, notò qualcosa di insolito. Il cielo era grigio e, fatto incredibile, stava piovendo a dirotto!

Restò per qualche istante a guardare quell'evento raro, per una città strappata alla distesa del deserto. Un sorriso gli increspò le labbra: pensò che questo era un segno, e che anche Dio voleva permettergli di ricominciare da capo. Forse tutta questa brutta avventura era servita da catarsi, da espiazione di tutte le sue colpe, per ritrovare la strada giusta, dritta verso il cuore.

"Non riesci a dormire?"

La voce assonnata di Grace lo colse alla sprovvista, mentre le sue braccia lo cingevano da dietro in un abbraccio.

Le strinse le mani, annodate sul suo petto, e restarono in silenzio ad ascoltare il ticchettio regolare della pioggia che cadeva. L'odore acre di terra bagnata si mescolava all'umidità che veniva dal mare e ai profumi dei fiori, creando un aroma soave.

"Non piove quasi mai a Dubai. Arrivi tu, e compi il miracolo!" mormorò Angelo, voltando leggermente la testa per incontrare il viso di Grace, appoggiato sulla sua spalla.

Lei sorrise.

"Sarà un miracolo, o sarà la solita sfiga, che mi perseguita?"

Entrambi scoppiarono a ridere.

Una fitta foschia grigia delineava lo *skyline* della città, rendendo le sagome degli edifici quasi spettrali.

Le porse la rosa che aveva ancora in mano, e lei si riempì le narici del suo profumo.

Angelo si voltò per guardarla.

"Vieni, ti ho preparato la colazione!" la esortò, baciandole i capelli sensualmente scompigliati.

Si era buttata addosso la sua *Lacoste* bianca, ed era incredibilmente *sexy*. Sentì il desiderio prendere di nuovo il sopravvento.

Si trattenne soltanto per offrirle lo spettacolo della tavola che aveva apparecchiato per lei. Grace riconobbe la marca pregiata del tè ed i suoi dolcetti preferiti, ammirò le porcellane pregiate, e sorrise quando vide l'immancabile tazza di caffè di Angelo.

"Non puoi fare a meno della tua *moka*, vero?" chiese con un guizzo malizioso.

Angelo non aspettava altro.

"No, non riesco a farne a meno..." sussurrò con la voce rotta dall'eccitazione.

In un istante si ritrovarono di nuovo l'uno tra le braccia dell'altra. Lui la trascinò nel bagno, dove, nel frattempo, aveva preparato una vasca piena di acqua profumata di sali ed essenze.

Non si stancava di fare l'amore con lei, di possederla con il corpo, con la mente, con il cuore. E sentiva che anche lei provava lo stesso coinvolgimento, lo stesso trasporto, la stessa passione. Avevano l'entusiasmo di due giovani fidanzati o di due sposini novelli.

Dopo un tempo, che parve troppo breve, fecero colazione con la televisione accesa su un canale musicale. Ma il sottofondo più romantico fu il ticchettare della pioggia, che sembrava imprigionare la città in una cappa di nuvole grigie e scure. Dubai appariva insolitamente spenta, come se, senza il sole, non riuscisse a brillare di luce propria.

Angelo e Grace approfittarono del clima autunnale per concedersi un'intera giornata a letto, fra uno spuntino, una coccola, una chiacchiera ed ancora amore.

Solo verso sera decisero di cambiarsi ed uscire, almeno per prendere un po' d'aria.

"Dai, rimaniamo! Ordiniamo qualcosa e ce lo facciamo portare!" implorò Angelo, che non riusciva a saziarsi di baci e carezze.

Grace si alzò dal letto, rivestendosi in fretta.

"Avanti, pigrone! Andiamo a sgranchirci le gambe!" obiettò, gettandogli un cuscino.

Angelo schivò il colpo e si alzò di scatto.

"Io conosco un sistema per sgranchirsi le gambe..." propose con aria maliziosa.

Ma Grace era già scappata, fasciata in un abitino aderente di *jersey* a fantasia.

"Ho voglia di cibo cinese, ed un amico mi ha indicato un ristorante!"

"Un amico? Chi è questo amico?"

Grace scoppiò a ridere.

"Me l'hai detto tu, sciocco, che mi avresti portato in questo nuovo locale! Quando l'hanno aperto, mi hai telefonato e mi hai promesso che ci saremmo andati insieme!"

Angelo, seppur di malavoglia, si vestì, ed in breve furono pronti per uscire.

Pioveva ancora a dirotto ed il problema era trovare un ombrello. Nella città in cui c'è sempre il sole, la pioggia è un evento insolito, specialmente quando dura un'intera giornata, come in quel caso. Invece, tenendo fede alla fama di città all'avanguardia, organizzata e perfettamente efficiente, rimasero sorpresi quando il portiere, prima di uscire, offrì loro dei grandi ombrelli colorati.

"Incredibile! Qui funziona tutto alla perfezione!" esclamò Grace, stupita, non appena furono a bordo del taxi.

"Dove ci sono tanti soldi, funziona sempre tutto alla perfezione!" commentò Angelo, con un sorriso.

La serata scivolò via, piacevole e romantica, ma anche divertente. Risero, scherzarono, *flirtarono* e si fecero reciproche dichiarazioni di amore.

Quando ritornarono al *residence*, la pioggia era diventata una nebbiolina appiccicosa e calda.

"Non ti sembra meraviglioso?" chiese Angelo ad un tratto, mentre chiudeva la porta di casa, stringendo Grace tra le braccia e guardandola negli occhi.

"Perché?" chiese lei a sua volta, con lo sguardo ardente di passione.

"Perché tu sei così bella, così perfetta, così dolce! Perché ci intendiamo con un'occhiata, non litighiamo... ci vogliamo bene e basta..."

All'improvviso, senza che potesse controllarla, la nuvola nera carica dei suoi problemi si era addensata nuovamente nella sua anima, pronta a spazzare via, con la forza di un uragano, quella inaspettata felicità, che gli aveva fatto dimenticare tutto il resto.

"E' tutto così bello, che non mi sembra vero. Dopo quello che ho passato, non credevo di riuscire ad avere un po' di pace."

Fece una pausa.

La moglie si strinse forte a lui.

"Ho paura, Grace, ho paura di non uscire vivo da questa brutta storia! Ho paura che mi condanneranno, anche se non hanno le prove. Stanno facendo di tutto per incastrarmi, e ormai è passato troppo tempo per sperare in un esito positivo. Dovevi vederlo, quel pubblico ministero, come mi guardava con odio! Dovevi vederli tutti, come mi hanno trattato, calpestando i miei diritti e la mia dignità! No! Sono condannato! Non mi lasceranno andare! Mi sbatteranno in quell'orrenda prigione nel deserto, mi chiuderanno dentro e getteranno la chiave nella sabbia!"

La disperazione aveva ripreso il sopravvento, alimentata dalla paura di perdere il bene più prezioso, l'amore di sua moglie, che aveva appena riconquistato.

La strinse forte, come se quel contatto servisse a tenerlo legato a lei per sempre, senza che niente e nessuno potessero separarli.

E alla fine, dopo aver trattenuto più volte il pianto, dopo aver ricacciato indietro le lacrime, ma anche dopo che quelle stesse lacrime si erano spesso rifiutate di uscire, adesso trovarono libero sfogo tra le braccia di Grace. Pianse come un bambino, affondando il viso tra i capelli profumati di sua moglie, scosso dai singhiozzi ed in preda alla peggiore ondata di sconforto mai avuta fino ad allora.

Qualcuno, una volta, gli aveva insegnato che ci si accorge del valore di ciò che si possiede solo quando si rischia di perderlo. Angelo invece conosceva il valore di chi e che cosa gli apparteneva, ma era ugualmente impotente di fronte all'ineluttabilità di un destino beffardo, che lo aveva scelto come vittima sacrificale di chissà quale misterioso piano.

Grace lo fece sedere sul divano, accanto a lei, e lo lasciò sfogare. Calde lacrime silenziose andarono ad aggiungersi a quelle di Angelo. Anche se erano rimasti lontani a lungo, aveva sempre avuto nel cuore il peso che suo marito era costretto a sopportare, come succede alle persone che si amano.

Non appena Angelo riuscì a riprendere il controllo dei propri nervi, si asciugò le lacrime e si sforzò di darsi un contegno.

"Mi dispiace, Grace, io..."

La moglie gli premette l'indice sulla bocca e lo invitò a non aggiungere nulla. Ma lui sentiva il bisogno di spiegare, di giustificare il suo comportamento.

"Non ce la faccio più a rimanere così, in sospeso, in attesa di una notizia, di un evento, di qualsiasi cosa possa sbloccare questo terribile *impasse*. Gironzolare come un vagabondo, non lavorare, non frequentare i soliti ambienti, stare lontano da casa, dalla famiglia, da te, dai ragazzi, non essere libero di andare e fare quello che voglio, ma soprattutto, avere come unico documento di riconoscimento un foglio infamante, che mi definisce un criminale in attesa di giudizio: ecco com'è cambiata la mia vita, negli ultimi tempi! Mi hanno trattato come un delinquente, mi hanno sbattuto in prigione, non mi hanno permesso di difendermi a dovere, mi hanno trattato con ostilità, hanno secretato la pratica che mi riguarda, impedendomi di conoscere i dettagli... E' dal diciassette novembre, il giorno dell'interrogatorio con Assan, che aspetto un verdetto che non arriva. Ho bussato a tutte le porte; ho chiesto aiuto a chi conoscevo e anche a chi non conoscevo; ho perfino pensato di accettare dei compromessi con dei tipi poco raccomandabili; ho provato ad ammazzarmi, ma non ne ho avuto il coraggio; e alla fine, con il mio amico Piero, ho solo escogitato un piano per fuggire, a gennaio... Forse sono io che non ho la forza, forse sono vittima degli eventi, del destino, di chissà che... Sfido chiunque a sopportare una pressione psicologica del genere! Non sono più io, non sono più padrone di me stesso, della mia vita, di nulla! Come faccio a sopravvivere all'ombra di un io che non esiste più, perché altri lo hanno cancellato, senza darmi l'opportunità di oppormi, di difendermi?"

Era disperato. Il respiro, nella foga, era diventato affannoso. Teneva lo sguardo basso, perché, in qualche modo, si vergognava a mostrarsi così fragile davanti a sua moglie. *del canto mio - from her perspective*

Grace, dal canto suo, sentiva il cuore lacerarsi per la sua impotenza. Accarezzò con dolcezza il viso di Angelo e lo costrinse a guardarla.

"Tua figlia Katia ci ha detto che forse un suo amico ti può aiutare..."

Angelo scosse la testa con fermezza.

"Sapessi quante volte ho sperato, per essere poi subito disilluso! Anche se Katia ci crede, io non credo più a nulla, non ripongo fiducia in nessuno, perché non c'è più niente da fare, credimi!"

Il suo sguardo era deciso e sicuro. La moglie gli strinse la mano, mentre una lacrima sfuggiva al controllo che si era imposta. Deglutì a fatica, e dichiarò con altrettanta fermezza:

"C'è un ultimo tentativo da fare... Domani mattina andremo all'Ambasciata Inglese e chiederemo un appuntamento con il Console. Io sono inglese, e le Autorità che rappresentano il mio Paese devono tutelare me e la mia famiglia all'estero, non credi?"

Angelo rimase sorpreso e spiazzato da questa proposta inaspettata. Rivide nella sua mente la faccia apatica del Console Italiano, Carlo Baldi, la sua burocratica formalità, tesa solo a difendere la facciata e la propria poltrona. Senza volerlo, fece una smorfia che lasciava trasparire tutto il suo scetticismo, ma un briciolo di fiducia nel *self-control* tipicamente anglosassone permise alla speranza di riaffacciarsi nel suo cuore, ancora una volta.

Strinse forte la mano di Grace e poi l'attirò a sé in un abbraccio:

"*Ok*, va bene, ma solo se lo vuoi e se te la senti!" sussurrò al suo orecchio, prima di baciarla con disperata passione.

21. L'AMBASCIATA INGLESE

L'otto dicembre, in seguito ad insistenti telefonate, frequenti visite - anche due volte al giorno - suppliche e pressioni, Grace riuscì a fissare un appuntamento con il Segretario Generale dell'Ambasciata Inglese. Quanto al Console, furono informati per telefono che al momento non era in grado di riceverli, ma non venne specificato il motivo. Non seppero, quindi, se non voleva incontrarli per evitare di affrontare la spinosa vicenda che riguardava Angelo, o se era effettivamente impegnato in faccende più urgenti.

Comunque, non posero tempo in mezzo. Accantonarono eventuali polemiche e corsero a prendere un taxi per arrivare all'appuntamento in anticipo.

I giorni dopo la pioggia erano terribilmente caldi ed afosi. Quel pomeriggio, in particolare, il sole picchiava forte, avvolto in una cappa di afa così opprimente, da togliere quasi il respiro.

Per di più, il taxista si dovette fermare ad oltre cento metri dall'ingresso principale, perché il passaggio alle auto era vietato per motivi di sicurezza. Il caldo insopportabile insieme all'ansia, le aspettative, le speranze, mescolate insieme creavano un *cocktail* micidiale. Grace procedeva più spedita, forte della sua determinazione e della fiducia nelle istituzioni del suo Paese. Angelo, invece, reduce da una serie interminabile di delusioni, di porte sbattute, di spalle voltate, di indifferenza, di gelo, di solitudine, arrancava con il fiato corto, asciugandosi di tanto in tanto il sudore con un fazzoletto, cercando di mantenere la calma, nonostante il cuore fosse sotto sforzo.

Ad aumentare la tensione contribuì non poco tutta una serie di controlli a cui dovettero sottoporsi. Grace, ogni volta, esibiva insieme ai documenti il suo miglior sorriso, accompagnato da uno sguardo fermo e gelido.

Angelo sapeva quanto poteva essere cocciuta sua moglie, quando voleva ottenere qualcosa.

Alla fine, passarono sotto degli sbarramenti simili a quelli degli aeroporti. Angelo riconobbe, sulle porte blindate, le insegne dell'azienda aretina che le fabbricava, a livello mondiale, e di cui era dirigente un suo caro amico, appassionato di volo.

Al termine della lunga trafila, li perquisirono e li invitarono a lasciare occhiali, telefoni, chiavi, portafogli, borselli e documenti, persino la borsa di Grace. Infine, fecero riempire loro un questionario, con i dati personali.

Poi, vennero accompagnati attraverso una serie di intricati corridoi, e, finalmente, furono ricevuti dal Segretario Generale, il signor Blake, così come recitava la targa dorata attaccata alla porta.

L'uomo, un tipo alto e magro, sulla quarantina, con pochi capelli biondi e piccoli occhi azzurri dietro le lenti rotonde, li accolse con una stretta di mano formale, li invitò ad accomodarsi e chiese loro se gradivano qualcosa da bere. Angelo e Grace accettarono volentieri un tè freddo, dato che per arrivare lì avevano quasi rischiato la disidratazione.

La stanza era piccola, ed ingombra di scartoffie. Le finestre erano coperte da pesanti tendaggi color ocra, per impedire al sole di entrare, e la luce proveniva da neon asettici. Nonostante l'aria condizionata, l'aria era opprimente: Angelo si sentiva come in trappola in quello spazio angusto e buio. Il cuore martellava e gli mancava il respiro, mentre una strana agitazione si impossessava di lui, tanto che sentiva l'istinto animalesco di scappare via. Cercò di calmarsi sorseggiando la bibita fresca, e riuscì a trattenersi solo guardando sua moglie, che invece appariva calma, decisa e determinata.

"Allora," esordì Blake con voce nasale. "In che cosa posso esservi utile?"

Grace appoggiò con grazia il bicchiere sul tavolo di fronte a lei, e, con mosse studiate, piantò i suoi occhi in quelli del burocrate, per assicurarsi di avere tutta la sua attenzione.

"Signore, come sa, mi chiamo Grace Stewart, e sono una cittadina britannica, anche se vivo in Italia da quasi quindici anni. Sono venuta qui da lei perché ho bisogno dell'intervento della burocrazia del mio Paese. Ritengo infatti che mio marito sia vittima di una macchinazione!"

L'uomo la osservava impassibile, seduto di fronte a lei, e, nonostante Grace mantenesse il contatto visivo, non sembrava affatto colpito né dal suo sguardo, né dalle sue parole.

"Cosa le fa credere che sia così?" chiese senza reale curiosità.

Grace si accalorò, agitandosi sulla sedia.

"Deve sapere che mio marito è italiano, ed è un procacciatore di affari per conto di aziende orafe del suo Paese. Il primo maggio scorso ha ricevuto una telefonata dall'*Hotel Desert Storm* di Dubai. Lo accusavano di aver pagato il conto della settimana precedente con banconote false."

Per l'ennesima volta, Angelo era costretto a rivangare il passato, ma, adesso che ascoltava la propria storia dalla voce di Grace, si accorse che aveva un sapore ancora più amaro e appariva più terribile che mai. Si sentiva intrappolato in una specie di incubo, in un *tunnel* senza tempo né spazio, e non si rendeva conto del suo stato: non sapeva se era sveglio o addormentato, se era vivo o morto e questo era solo un passaggio transitorio.

Un sudore gelido gli imperlava la fronte, ma non riusciva a muoversi. Le parole di Grace gli giungevano alle orecchie come attraverso un filtro, indistinte e confuse. La vedeva muovere la bocca, gesticolare, e poi agitarsi sulla sedia, accavallare le gambe... L'uomo davanti a lei aveva assunto invece la forma di un *gargoyle*, orribile e minaccioso, nella sua immobilità.

Ebbe paura, e cercò di uscire da quell'incertezza dando un forte colpo di tosse. Grace si interruppe, e sia lei che il Segretario si misero a fissarlo con aria interrogativa, nel silenzio sceso all'improvviso nella stanza.

"Scusate," mormorò, abbozzando un sorriso e, finalmente, muovendosi sulla sedia.

Lo sguardo di Grace tornò sul suo interlocutore, con la premura di chi ha interesse a portare avanti la conversazione.

"Mio marito è una persona perbene, è stato un pilota dell'aeronautica, frequenta ambienti in cui si deve essere per forza integerrimi, dentro e fuori. Si rende conto, signore, a quali pene sta andando incontro in questi giorni? Si rende conto che è quasi passato un mese, e ancora il giudice non ha emesso un verdetto? Non sappiamo nulla, la pratica è secretata, e perfino all'avvocato viene impedito l'accesso a qualsiasi informazione e documento. Se, come hanno detto, non ci sono le prove, che cosa aspettano a lasciarlo in pace? Senza passaporto, con quel documento infamante che lo bolla come un delinquente, senza poter lavorare, senza poter avere una vita sociale, senza la famiglia e senza la libertà! Come è possibile che una città all'avanguardia come Dubai permetta certi soprusi, certi atteggiamenti ottusi e medievali?"

Grace era un fiume in piena, ed il Segretario la osservava, annuendo con la testa.

"Comprendo che il suo stato d'animo e quello di suo marito inducano ad essere facile preda di scoraggiamento e disperazione. Vede, il sistema giudiziario di Dubai si basa su leggi antiche, valide ancora oggi. E' un apparato efficiente, e quelle che a lei appaiono come lungaggini burocratiche servono per accertare che la colpa sia effettivamente dimostrata da prove inconfutabili..."

"Lei non può tessere le lodi di un sistema giudiziario, quando questo impedisce la difesa, negando l'accesso a tutti i documenti che riguardano l'accusato; quando sequestra il passaporto e lascia tutto in sospeso, riservandosi di decidere secondo il proprio arbitrio!"

"Capisco il suo disappunto, ma è proprio perché si vogliono evitare errori che le Autorità si dilungano in accertamenti. La segretezza viene ritenuta essenziale, per impedire infiltrazioni nelle indagini. Il sistema giudiziario di Dubai viene spesso portato come esempio per la meticolosità e l'efficienza."

"Ma voi dovete fare qualcosa! Sono una cittadina britannica all'estero, e voi dell'Ambasciata siete tenuti ad aiutarmi!"

Blake si sistemò le lenti sul naso, senza dare segni di nervosismo. Era la perfetta incarnazione del *self-control* anglosassone, con l'accento standardizzato tipicamente aristocratico. La sua voce cadenzata si alternava a quella che all'esterno recitava la preghiera della sera dagli altoparlanti sparsi in città.

"Signora Stewart, noi siamo a disposizione dei nostri connazionali, per supportarli in situazioni di estrema difficoltà e di comprovata gravità. Siamo pronti ad intervenire consultando le Autorità locali, qualora si verifichino episodi drammatici per l'incolumità dei cittadini britannici. Lei si rende conto che la questione riguardante suo marito, nonostante sia incresciosa, non può definirsi rischiosa. Si tratta solo di una verifica, che a sua volta richiede dei controlli, ma nulla di più. D'altronde, come lei stessa ha dichiarato, fino ad ora non sono state rinvenute delle prove di colpevolezza nei suoi confronti. Per cui, vi consiglio di avere ancora un po' di pazienza e di aspettare la sentenza del giudice."

Grace scattò in piedi, rossa per la rabbia.

"Ma si rende conto che appena arrivato a Dubai, senza un avvocato, senza un processo, violando i diritti internazionali di qualsiasi essere umano, mio marito è stato sbattuto in prigione, come un criminale? E sul documento, che sostituisce il suo passaporto, c'è scritto che ha commesso un crimine! Lei non crede che ciò sia abbastanza grave?"

Blake, per nulla turbato, si mosse appena, spostando leggermente le braccia sopra la scrivania. Il suo sguardo rimaneva fermo ed impassibile.

"Signora Stewart, quella è una normale procedura. Quando suo marito è arrivato a Dubai, in seguito alla denuncia sporta nei suoi confronti, le Autorità sono intervenute per procedere ai dovuti controlli..."

"Va bene, signor Blake, va bene così. E' stato molto chiaro!" intervenne Angelo, che si era finalmente destato dal torpore, mosso dall'ira per tutti quei giri di parole inutili, per tutta quella forbita eleganza che serviva a mascherare sapientemente la vera sostanza, che era del tipo: «*Il vostro è un caso qualsiasi, niente di importante, quindi l'Ambasciata Inglese non si può esporre per così poco, scomodando le Autorità di Dubai ed il governo dell'Emiro* ».

Grace guardò il marito con aria interrogativa, il volto ancora alterato dalla concitazione. Angelo la prese dolcemente per il braccio e le scoccò un'occhiata d'intesa.

Blake non si mosse. Si limitò ad osservarli, senza mutare espressione.

"Capisco che per voi questo non possa essere considerato un problema degno di nota. D'altronde, anche se mia moglie è inglese, io sono italiano, e sarebbe troppo complicato per voi tessere una serie di relazioni tra l'Italia, la Gran Bretagna e l'Emirato di Dubai. Inoltre, anche se gli italiani perbene sono la maggioranza, il nostro Paese viene associato sempre alla mafia e alla delinquenza!"

"Signor Poggi, non è opportuno adesso..."

313

"Mi faccia finire, signor Blake, per favore. Lei può addurre tutte le ragioni che vuole, per giustificare la volontà di non interferire nella mia vicenda da parte della vostra Ambasciata. Ma non mi venga a dire che la mia è una questione di poco conto! Secondo le leggi vigenti qui nell'Emirato, il reato di spaccio di banconote false prevede come pena il carcere a vita. Se per lei questo è poco..."

Stavolta Blake si alzò in piedi ed una ruga apparve a solcargli la fronte.

"Signor Poggi, le leggi della diplomazia internazionale sono molto complesse e non seguono semplicemente la logica personale. Il nostro lavoro richiede un attento esame, un'accurata valutazione di ogni singolo caso, perché, come lei si può rendere conto, basta poco a scatenare un incidente o un equivoco, che potrebbe avere conseguenze ben peggiori del carcere per un singolo individuo. L'equilibrio e la pace nel mondo dipendono anche dalle nostre competenze!"

«Brutto stronzo! Questa è la conferma che non volete rischiare il culo per un italiano qualsiasi! Che vada pure in prigione l'italiano, anche se è innocente, basta che sia salva la facciata, che i rapporti tra Inghilterra e Dubai siano ottimi, che gli affari siano prosperi!» pensò Angelo, dinanzi a tanto sfoggio di presunta professionalità e millantato eroismo.

"Va bene così, signor Blake, ci abbiamo provato. La ringraziamo per aver accettato di riceverci..."

Angelo tese la mano all'uomo, che ora parve dimostrarsi più umano ed affabile. Forse era solo sollevato di potersi togliere di torno quei due piantagrane.

"La prego di tenermi informato sugli sviluppi della vicenda, qualsiasi cosa accada, e, ovviamente, anche sulla sentenza, quando arriverà."

"Sarà fatto, signor Blake," rispose Angelo senza convinzione.

"Ma, nel caso ci fossero novità significative, possiamo sperare nel vostro aiuto?" insistette Grace, in tono quasi supplichevole.

"Valuteremo, signora Stewart, valuteremo..."

Eccola, l'ennesima delusione, forse la più cocente, visto che stavolta era stata Grace a prendere l'iniziativa, nel tentativo di sfondare una porta apparentemente facile da aprire. Era meglio quando rimaneva da solo, a leccarsi le ferite in un angolo, senza dover condividere, oltre al peso della situazione, anche l'umiliazione, la frustrazione, la disperazione di quei momenti in cui la fiamma della speranza veniva spenta da una ventata gelida e lasciava il cuore al freddo e al buio. Era stato inutile cercare di non illudersi, convincendosi che non c'era da aspettarsi niente, che era solo un tentativo come un altro... Inutile, perché comunque si ripone sempre un minimo di fiducia in ciò che facciamo, altrimenti non lo faremmo. E Angelo, a dispetto di ciò che gli aveva suggerito la ragione, in cuor suo aveva sperato che sua moglie potesse riuscire laddove lui aveva fallito, e che magari le Autorità anglosassoni si mostrassero sensibili ai problemi dei loro connazionali. In realtà, ebbe modo di constatare che tutto il mondo è paese, come recita il proverbio. Quando non si è nessuno e non si conosce nessuno, tutto diventa difficile.

Uscirono nell'aria calda della sera, in silenzio. Grace aveva ancora il viso in fiamme, e teneva gli occhi bassi, nascosti dietro le lenti scure degli occhiali da sole. Angelo la seguiva come un cagnolino, l'aria abbattuta di chi non ha più la forza di reagire. Ancora gli echeggiavano nelle orecchie tutti i sofismi e gli aristocratici giri di parole di Blake: tanta ostentazione di cultura, filantropismo e buoni propositi solo per togliersi di torno con eleganza due scocciatori!

Erano appena le cinque e mezza, ma Salim, l'immobiliarista libanese, suo amico, li stava aspettando nella spiaggia privata del suo *residence*.

315

Salim voleva presentare loro Kelly, la fidanzata neozelandese appena arrivata, una splendida modella che pareva la copia esatta di una Barbie. Il clima era disteso, la spiaggia dotata di ogni *comfort*, così fu piacevole fare un bagno e rilassarsi con una nuotata. Il problema era che il colloquio all'Ambasciata Inglese aveva distrutto psicologicamente Angelo, e aveva abbattuto Grace. Per quanto si sforzassero entrambi di andare avanti, di non pensarci, di non lasciarsi influenzare dall'accaduto, almeno per non apparire maleducati dinanzi alla gentile ospitalità di Salim, non riuscivano ad essere una buona compagnia.

Angelo si scusò con l'amico, e come risposta ricevette ulteriori attestazioni di stima, esortazioni ad avere pazienza – ma ne aveva ancora? – e fede.

Si ritrovarono per cena nel loro ristorante libanese preferito, ma solo dopo aver bevuto qualche bicchiere di un liquido misterioso, e aver fumato il *narghilè* da una *shisha* particolarmente elaborata ed odorosa, riuscirono ad abbandonarsi a qualche risata. Anzi, Angelo tornò momentaneamente se stesso e cominciò a fantasticare su come potesse essere a letto Kelly, tanto era *sexy*, fasciata in un abito lungo aderente, che metteva in evidenza le forme perfette. Ma c'era Grace al suo fianco, e quel pensiero svanì in un lampo, così come era apparso. Aveva la *sua* Grace, la donna della sua vita, che quel pomeriggio si era battuta per lui come un leone, dimostrandogli ancora una volta quanto lo amava. Sarebbe stata una giornata perfetta, perché erano nei luoghi migliori di Dubai, perché Salim era un ottimo amico, perché era insieme a sua moglie, perché si stava divertendo in amabile compagnia, se non fosse stato per quel colloquio, per la fredda indifferenza di Blake, per le speranze mal riposte, stavolta più che mai. E nonostante l'atmosfera fosse trascinante, non riusciva a goderne appieno, come avrebbe dovuto.

Quando varcarono il cancello del *residence*, era passata mezzanotte da un pezzo. Le folate di vento umido fecero rabbrividire Grace, che, d'istinto, si strinse ad Angelo. La ghiaia del vialetto scricchiolava sotto i loro passi, rimbombando nel silenzio ovattato della zona, alla luce opaca dei lampioni, davanti ai quali giocavano le chiome delle piante scompigliate dal vento.

"Mi dispiace... Non ce l'ho fatta! Io ci contavo, ed invece..."

La voce soffocata di Grace, bruscamente interrotta dal pianto, lo colpì come se dei banditi lo avessero assalito alle spalle all'improvviso.

La accolse tra le sue braccia e la strinse forte, mentre sentiva i loro cuori battere all'unisono.

"Non lo dire neanche per scherzo, amore mio!" sussurrò, mentre le accarezzava dolcemente i morbidi capelli biondi, che profumavano di sale e di mare.

Scossa dai singhiozzi, Grace si abbandonava alla disperazione solo ora, quando il peso dei giorni trascorsi senza di lui, nel dubbio, nell'incertezza, nell'attesa costante di notizie che non erano mai arrivate, si faceva sentire in tutta la sua potenza; solo ora, dopo aver sbattuto violentemente contro quel muro di ostilità ed indifferenza che aveva già distrutto i nervi di Angelo.

"No, no! Non ti ho detto nulla all'arrivo, ma ti ho visto, sai, come sei sciupato! E ti ho sentito tante volte al telefono, che cercavi di sminuire la gravità della situazione, ma io lo sapevo, e tutti me lo dicevano, quelli che ti avevano incontrato... anche Liz, poverina! Abbiamo passato notti intere, insonni, a tentare di trovare una via d'uscita. Non mi sembra possibile, Angelo, non è possibile che una persona perbene debba subire un trattamento del genere!"

"Lo so, amore, lo so, ma vedrai che prima o poi se ne accorgeranno! Non devi preoccuparti per me... io...

317

accidenti, chissà che cosa non darei per evitare a te e ai ragazzi questa tortura!"

Sentiva un groppo in gola, mentre cercava di convincere sua moglie ad entrare in casa.

Appena furono arrivati, a fatica, si sciolsero appena dall'abbraccio, sostenendosi a vicenda in quel momento difficile per entrambi. Ciò che era accaduto quel giorno era servito a delimitare il confine tra realtà e illusione, tra speranza e delusione, tra dolore e follia. Si guardarono un istante, immobili, l'uno di fronte all'altra, senza parlare. I begli occhi azzurri di Grace erano rossi e gonfi per il pianto, spenti, parevano solo implorare aiuto, perché non erano più capaci di sopportare altre lacrime. Quelli di Angelo erano diventati ancora più scuri, cupi, colmi di paura e di un dolore senza fine. Non sapevano se la sofferenza maggiore era quella che provavano per se stessi o per coloro che amavano.

La disperazione fa brutti scherzi, e Angelo, ad un certo punto, quando sentì che stava per superare la fatidica soglia del dolore, ebbe inspiegabilmente voglia di ridere, di un riso isterico, diabolico, folle. E contagioso. Infatti, anche Grace cominciò a ridere e piangere insieme, mentre si teneva la fronte e si gettava sull'immenso divano del salone. Come succedeva sempre in questi casi, la mente di Angelo si offuscò, per una specie di meccanismo di autodifesa, che bloccava l'entrata di altra disperazione. E allora desiderò solo sua moglie, che rideva, semidistesa sul divano, in una posa plastica degna di una diva *hollywoodiana*. La possedette con dolcezza e rabbia insieme, e, per la prima volta da anni, mentre raggiungevano il piacere, le sussurrò che l'amava. Grace affogò in un mare immenso di gioia.

Il telefono squillava insistente da qualche parte.

La notte era stata lunga, e si erano addormentati da poco, quando il *BlackBerry* di Angelo aveva iniziato il suo concerto, che durava ormai da diversi minuti, in maniera quasi incessante. Il giorno prima erano rimasti ad oziare in spiaggia per tutto il tempo, tentando di ammortizzare il colpo e di rassegnarsi dopo la *"disfatta inglese"*, come la chiamava Angelo. La sera erano stati invitati a cena da alcuni amici in un nuovo locale. Non si erano abbandonati molto alle effusioni, però, e ricominciavano a serpeggiare dei segnali di nervosismo tra loro.

"Pronto?" riuscì a rispondere Angelo, sporgendosi pericolosamente dal letto con il busto per raggiungere il telefono, che era rimasto dentro la tasca della giacca.

"Scusa, papà, ti ho svegliato?"

Era Katia.

Angelo si tirò di scatto, ed il cuore cominciò a battere forte. Aveva atteso tanto quella telefonata.

"No, non ti preoccupare! Come stai?" chiese subito, senza riuscire a mascherare l'ansia.

"Tutto bene. Ho delle novità dai russi..." aggiunse subito Katia, anche lei impaziente di parlare.

Angelo rimase in silenzio, ma era un silenzio così carico di speranze da sembrare più assordante di una deflagrazione.

"Papà, i russi sono grandiosi! Sono riusciti ad entrare nel sistema informatico del Tribunale di Dubai, e a vedere la pratica secretata! Indovina? Non c'è assolutamente NIENTE, niente contro di te, neanche uno straccio di prova! Quindi, presto sarai rilasciato, è questione di giorni, per la solita burocrazia, credo. Ma quello che conta è che a breve sarà tutto finito! Ti rendi conto? Yeaaaah!"

Katia stava urlando, euforica e trionfante, senza neanche provare a trattenere la gioia immensa che le dava non solo la notizia in sé, ma anche il fatto di essere lei la prima a comunicarla a suo padre.

Angelo era rimasto impietrito, incredulo.

"Papà, ci sei? Mi hai sentito? Papà?"

Katia stava cominciando a preoccuparsi, visto che si aspettava almeno un commento da parte del padre. Ma Angelo non riusciva a crederci. Si scosse soltanto quando si accorse che Katia si stava allarmando, e Grace, al suo fianco, lo osservava turbata.

"Ci sono, tesoro, scusami. Quello che mi stai dicendo è... è incredibile! Io... ho sperato così tante volte di sentire queste parole, e non è mai successo. Ora che accade davvero, non riesco a crederci. Non so se è l'ennesima fregatura, non mi sembra vero..."

"Papà, è vero, fidati. La fonte è più che attendibile!" lo rassicurò Katia.

"Ma come hanno fatto questi russi? Boh, io non so se..."

"Guarda che per questi affari di spionaggio sono imbattibili! Non sono fatti che accadono solo nei film! Secondo me, gli occidentali hanno inventato *James Bond* al cinema per esorcizzare la paura reale della grande potenza russa!"

"Io non so cosa dirti... Grazie, piccola, grazie per quello che hai fatto per il tuo disgraziato babbo! Non ti sarò mai abbastanza riconoscente. Ringrazia anche i tuoi amici e quelli di Simone: sono in debito con loro..."

"Ringrazierò gli altri per te, ma non devi sentirti obbligato, specialmente nei miei confronti: sei il mio papino, e tu ci sei sempre stato, quando io e Carolina ne avevamo bisogno, dopo che la mamma... Beh, quindi questo fa parte del pacchetto babbo-figlia! Ti voglio tanto bene, papà!"

Angelo non riuscì più a trattenere lacrime di commozione.

"Anch'io ti voglio tanto bene, tesoro mio, e mi manchi tanto!"

"Allora ci vediamo a casa, in Italia, per Natale, come sempre. D'accordo?" chiese Katia con la voce rotta dall'emozione.

Angelo chiuse gli occhi e pregò con tutto se stesso che potesse essere vero.

"D'accordo. Ci proverò! A presto..." promise dal profondo del cuore.

Ancora con il telefono in mano, Angelo affondò il viso tra i capelli di Grace.

"I russi dicono che è tutto finito, che presto sarò libero!" sussurrò all'orecchio della moglie.

Grace non riuscì a trattenere un urlo di gioia, mentre lacrime di sollievo le velarono gli occhi.

"Chiamiamo, avvisiamo tutti, dai!" propose euforica, dopo averlo riempito di baci, di carezze, di abbracci.

"No, no, aspettiamo che sia tutto ufficiale. Dopo iniziano a fare domande, e diventa snervante, per noi e per loro!" la frenò subito Angelo.

Grace si fermò ad osservarlo con aria seria.

"Non ci credi ancora, vero? Pensi che non sia possibile?"

Angelo scosse la testa ed evitò il suo sguardo. Sua moglie lo conosceva troppo bene, sapeva interpretare ogni suo gesto, ogni espressione, ogni parola. Anche ora, gli aveva letto nel cuore e nella mente.

"No, non è questo. Il fatto è che..." rispose, provando a dissimulare i dubbi.

"Stronzate! Tu non ci credi!" lo interruppe Grace decisa.

Angelo dovette arrendersi all'evidenza.

"*Ok*, hai ragione. Non riesco a crederci, mi sembra impossibile, dopo tutto quello che ho passato, dopo quello che mi hanno fatto, come mi hanno trattato... Tu non li hai visti in faccia, non hai visto come mi guardavano con odio e diffidenza. Non hai sentito le loro voci aspre e minacciose. Non hai assistito impotente al loro abuso di potere nei miei confronti. Tutto questo complesso meccanismo è servito solo ad incastrarmi, ed è passato troppo tempo. Se, come è vero, non hanno prove, perché continuano a tenermi prigioniero qui, bollato con il marchio del criminale?

321

Secondo me, ciò si spiega solo con il fatto che hanno comunque intenzione di sbattermi in galera, e tergiversare serve loro per trovare anche un unico piccolo pretesto per mettere in atto quello che è un piano già stabilito!"

Ecco, aveva vuotato il sacco. E aveva dimostrato a Grace, ma soprattutto a se stesso, che ormai si era rassegnato alla sua condanna.

"Smettila di fare la vittima e combatti! Cerca di avere fiducia nelle persone che ti vogliono bene, accidenti!" sbottò Grace irritata.

Angelo si ricordò che anche suo padre aveva usato parole simili nei suoi confronti, e questo gli provocò l'ennesima delusione. Era dispiaciuto di non essere all'altezza delle aspettative dei suoi cari. Sapeva che non era facile sopportare e comprendere la sua situazione, ma avrebbe voluto vedere loro, al posto suo! Anche il grande uomo militare, che era suo padre, sarebbe rimasto tutto d'un pezzo se si fosse trovato nella sua posizione? In fondo, aveva mai fatto la vittima? No, non aveva mai smesso di lottare, di prendere contatti, di cercare notizie, di arrangiarsi in ogni modo. La disperazione se l'era lasciata per i momenti di solitudine, dispensando gli altri dalle sue paturnie, dai suoi dubbi, dalla sua voglia di urlare, dalla sua disperazione. Quindi, non gli pareva giusto che anche Grace ora lo accusasse di indolenza. Per questo, si scostò bruscamente da lei e si alzò.

"Non mi sono mai pianto addosso! Ti dico soltanto quello che penso basandomi su quello che ho realmente vissuto, senza fare la lagna!"

Grace fece un gesto vago con la mano.

"Non intendevo dire questo. Io voglio solo che tu sia ottimista. Non ci sono prove della tua colpevolezza. Sei una persona onesta, conosciuta, rispettabile: anche se, per qualche motivo, i giudici volessero montare delle prove fasulle contro di te, sarebbe difficile incastrare date, persone, luoghi, fatti. Tutti quelli che conosci sarebbero pronti a smentire le bugie. Ed ora che Katia ti assicura che è tutto a posto e che presto sarà finita, è giusto che ci credi, perché non potrebbe essere altrimenti!"

Il discorso di Grace non faceva una piega. Angelo pensò che la verità viene sempre a galla, prima o poi, e quello era il suo momento. Per un istante, i dubbi vennero cancellati, e provò una sensazione incredibile di sollievo, di liberazione, di gioia, di voglia di vivere, di recuperare il tempo perduto. Sarebbe stato bello abbandonarsi a quelle emozioni, se solo la paura non fosse tornata ad incombere, oscurando il suo cuore, come una nuvola nera in un cielo sereno.

"Proverò ad essere fiducioso, come ho sempre fatto, ma non potrò essere certo, finché non sarà tutto ufficiale, ed io potrò riprendere il mio passaporto e la mia vita. Non potete pretendere di più, da me, mi dispiace!" replicò Angelo con amarezza.

"Lo pretendiamo solo perché ti vogliamo bene, e non sopportiamo che tu soffra ancora," mormorò Grace, avvicinandosi e appoggiandogli la testa sul petto.

"E' tutto a posto. Oggi è dieci dicembre, e potrebbe essere una data importante, decisiva. Non ci resta che aspettare, ancora una volta."

22. L'ATTESA

I giorni passavano lenti, mentre il caldo si faceva sentire, appiccicando addosso la sensazione di ansia e aspettativa.

Angelo era molto teso, a tratti nervoso, e neanche la presenza di Grace riusciva a tranquillizzarlo. Di quanto tempo c'era bisogno per emettere quella maledetta sentenza? Era rimasto in contatto con tutti coloro che, a Dubai e in Italia, gli avevano garantito il loro aiuto. Ma non c'era niente da fare. Mancava il verdetto del pubblico ministero.

Se il giorno era penoso, la notte era affollata da pensieri ancora più tormentati del solito.

«Sarà vero ciò che hanno visto i russi? Oppure, magari, la pratica che hanno visto loro era messa lì apposta, perché i giudici sapevano che qualche *hacker* poteva spiare? Ma non avrebbe senso! Io non sono un capo di Stato o un personaggio tanto importante da dover organizzare dei depistaggi! Eppure, avranno visto giusto? O magari, essendo amici di Simone, gli dicono così per farlo contento? Oh, accidenti, è inutile fare ipotesi, finché i giudici non mi fanno vedere i documenti e non dichiarano apertamente che cosa hanno deciso!»

Si girava e rigirava nel letto, con gli occhi spalancati, a volte si alzava e usciva nella veranda per fumare una sigaretta, o per prendersi da bere. Una notte si scolò tre bottiglie di birra, e, sentendosi felicemente ubriaco, svegliò Grace per fare l'amore con lei. Fu l'unica parentesi spensierata nelle giornate sempre uguali, trascorse con lo stomaco chiuso in una morsa, lo sguardo attento ad ogni minimo segnale, i nervi a fior di pelle. Perfino parlare al telefono con i figli e con i genitori era diventato un problema, visto che un nodo gli serrava la gola e riusciva a stento a parlare.

324

Questo comprometteva in qualche modo anche il rapporto con Grace, che aveva ripreso ad essere altalenante. Infatti, Angelo non era dell'umore adatto a sopportare le provocazioni della moglie. Grace sapeva essere dolce, comprensiva ed amabile, ma anche capricciosa, instabile e patetica. Le fasi del loro umore si alternavano sempre più spesso in modo da non trovarli mai sintonizzati sulla stessa lunghezza d'onda. Soprattutto, ciò che Angelo non sopportava, in questo momento così delicato per il suo fragile equilibrio psicologico, era l'incredibile abilità di sua moglie a tirare fuori vecchie storie, rivangando il passato e insistendo su ciò che, secondo lei, giustificava la sua gelosia e le sue lamentele, riguardo alla mancanza di attenzioni da parte del marito. Una sera, dopo essere rientrati da una rilassante giornata al mare, dove avevano fatto anche un giro sul panfilo di un cliente di Angelo, il *BlackBerry* si mise a squillare. Era Megan che, da quando aveva saputo dell'arrivo di Grace, aveva telefonato solo una volta, per evitare di creare ulteriori problemi all'amico italiano. Fu un colloquio normale, quasi formale, ma tanto bastò a Grace per cambiare bruscamente registro. L'atmosfera, già elettrica, si fece subito tesa. Angelo era stanco per la giornata al mare, stressato per lo stato in cui si trovava, e non aveva né la forza, né la voglia di iniziare una discussione. Il silenzio che seguì al termine della telefonata, insieme ad un'occhiata di rimprovero da parte di Grace, gli fecero intuire che stava per tirare una brutta aria. Cercò di far finta di nulla e si affrettò ad uscire per andare al ristorante, sperando che, una volta all'aperto, sua moglie avrebbe messo da parte il malumore.

Invece, la donna rimase in silenzio, imbronciata, in attesa che Angelo, prima o poi, le rivolgesse la parola, così da trovare un pretesto per dare sfogo alle sue lamentele. E, nonostante le segrete preghiere del marito, Grace esplose, in un crescendo esasperante.

"Che dici? Andiamo al ristorante cinese o all'indiano?"

"Fai tu..." rispose in tono aspro.

Angelo non raccolse la provocazione e proseguì, camminando tranquillamente al suo fianco.

Il *BlackBerry* avvisò con un segnale acustico l'arrivo di un *sms*.

"Non lo spegni mai, quell'affare?" chiese quasi ringhiando.

Angelo la guardò e si sforzò di sorridere, poi cercò di attirarla a sé in un abbraccio, ma lei si divincolò, allontanandosi.

Lui si fermò in mezzo alla strada, indeciso se reagire o meno.

"Toglimi le mani di dosso!" sibilò Grace stizzita.

Provò di nuovo ad avvicinarsi, e fu respinto. Ma non le volle ancora chiedere cosa c'era che non andava. Doveva essere lei a dare inizio alle ostilità, non poteva offrirle una scusa tanto facilmente.

Si fermarono al ristorante cinese, si accomodarono ad un tavolo, in disparte, tra i pochi rimasti liberi, e Angelo le prese la mano, appoggiata sul tavolo. Grace si sottrasse al contatto, costringendosi a non guardarlo, la mascella serrata dalla rabbia. Lui non capiva perché sua moglie volesse farsi del male ed infliggerlo anche a chi le stava accanto, solo per dare retta ai suoi pensieri peggiori.

"Senti, amore, perché non..." provò a chiederle con dolcezza.

"Vallo a dire alle tue puttane '*amore*'!" sibilò, mentre le guance si tingevano di rosso per la collera.

"Grace, ti prego di non ricominciare con le tue scenate. Non qui e non stasera..."

"Sei con me, ma pensi di essere con lei, vero?" chiese ormai fuori di sé.

"Con lei chi?"

Angelo cominciava ad alterarsi, anche se si sforzava di mantenere la calma, specie adesso che si trovavano in un luogo pubblico molto affollato.

"Con quell'avvocato francese, quella con le tette grosse ed il culo piatto! Forse perché lei è più brava di me per fare certi lavoretti..."

"Non essere volgare! Ti stai comportando come una ragazzina di quindici anni, Grace! Datti un contegno e comportati da donna, come ti conosco..."

Più Angelo cercava di calmarla, più sua moglie andava su tutte le furie.

"Io mi devo comportare da donna? E tu quando ti comporterai da uomo e la smetterai di svolazzare da un fiore all'altro come un adolescente o, peggio, come un vecchio idiota?"

Angelo sospirò e aprì bocca per parlare, ma le parole gli morirono in gola. Avrebbe voluto dirle che era solo colpa delle sue esasperanti litanie se cercava di sentirsi uomo con altre donne. Ma sapeva che le avrebbe fatto troppo male, e non voleva infliggere dolore alla persona che amava di più al mondo, anche se lei lo faceva spesso, seppure in maniera involontaria ed incontrollabile.

"Ti stai facendo accecare dalla tua gelosia, senza neanche valutare adeguatamente il mio stato d'animo. Pensi che mi interessi qualcos'altro, oltre a recuperare la mia libertà e la mia vita? Sai perché Megan mi chiama ogni giorno? Per cercare di aiutarmi, per starmi vicino e sorreggermi a livello psicologico, perché, come avvocato e come amica, sa quanto sia importante, ma altrettanto difficile, mantenere i nervi saldi in una situazione come la mia. Perché ti ostini a non capire? Perché ci dobbiamo fare del male, invece di sostenerci a vicenda? Non vedevo l'ora di incontrarti di nuovo, di starti accanto come avrei voluto, ma me lo hai impedito. Eppure, preferivo che fossi lontana, perché in questo modo i miei problemi non ti avrebbero condizionato, o, per lo meno, ne avresti subito meno le conseguenze. Ciononostante, se tutta questa sofferenza deve servire a farci stare insieme, allora ben venga, accetto anche una condanna a vita, basta che tu mi ami incondizionatamente!"

Grace lo guardò, visibilmente colpita dalle sue parole. Era una delle dichiarazioni d'amore più appassionate che avesse mai udito. Ma il suo orgoglio non le dette tregua, e lei lo assecondò.

"Senti, te l'ho già chiesto, ma ora voglio la verità," insisté con voce forzatamente neutra. "Ti sei cacciato in questo guaio per colpa di una donna?"

Angelo si sentì sprofondare nella disperazione e nella rabbia. Come poteva una moglie essere tanto insensibile ed ottusa? Avrebbe voluto risponderle in malo modo ed andarsene, lasciandola sola con i suoi ragionamenti senza senso. Era più importante questo, per lei, di tutto il resto? Quindi, se lui si fosse ficcato in quel pasticcio a causa di una donna, lei lo avrebbe abbandonato al suo destino?

Fece appello a tutte le sue forze e si impose di restare calmo, mentre cambiava completamente tattica.

"Senti tu, Grace. Vediamo cosa si prova a stare dall'altra parte della barricata. Dimmi anche tu la verità. Ti sei scopata qualcuno quando io non c'ero?"

Sapeva di essere stato crudele e fin troppo esplicito, ma era stufo degli interrogatori minatori di sua moglie. Era giunto il momento di renderle pan per focaccia, nella speranza che smettesse di torturarlo psicologicamente.

Grace, infatti, presa alla sprovvista, rimase a bocca aperta, incredula.

"Ma come ti permetti... ?" riuscì a mormorare dopo qualche istante di smarrimento.

"Ho il tuo stesso diritto di chiedere, per togliermi il dubbio!" replicò Angelo con aria tranquilla ma ferma.

Grace boccheggiò, sconcertata, scandalizzata dal tono e dalle insinuazioni del marito.

"No, non puoi credere che io..." provò a protestare.

Lui sorrise in modo beffardo.

"E perché no?" chiese con aria di sfida.

La donna, indispettita, fece la mossa di alzarsi, ma Angelo fu più veloce e la rimise al proprio posto con un'occhiata severa.

"Adesso finiamo di mangiare e poi ne parliamo, *ok*?" mormorò a denti stretti, con un sorriso forzato.

Grace non ebbe il coraggio di replicare. Terminarono la cena in silenzio, e, quando uscirono di nuovo nell'aria calda della sera, Angelo fece finta di nulla. La moglie, forse perché anche lei era esausta, forse perché era stata convinta dai modi decisi del marito, forse perché aveva finalmente sperimentato cosa si prova ad essere accusati ingiustamente, o forse perché si sentiva un po' in colpa e si rendeva conto dell'assurdità delle sue elucubrazioni, si comportò come se niente fosse. Anzi, si dimostrò più dolce e comprensiva del solito.

Angelo non poteva permettersi anche le scenate di Grace. L'inizio di ogni nuovo giorno, infatti, era per lui una tortura, senza bisogno di altre complicazioni. Se durante la notte era tormentato dai pensieri più cupi e dai dubbi che lo assalivano, la mattina, appena apriva gli occhi e faceva mente locale, rammentandosi della sua condizione, si alzava di scatto e si infilava sotto la doccia, per restare da solo con la sua disperazione. La sera portava con sé la rassegnazione, poiché una giornata era passata e non c'era altro da fare. La mattina, invece, era piena di aspettative, di programmi, per non lasciare nulla di intentato, per escogitare nuove strategie, per non restare con le mani in mano. C'era la premura di dover fare qualcosa ad ogni costo, senza sapere cosa, nel terribile timore di commettere errori, o di non essere capace di trovare la strada giusta.

Appena uscito dal bagno, si sedeva nella veranda ad attendere Grace, intanto che fumava una sigaretta.

Poi, facevano colazione insieme, ed uscivano per trascorrere il resto della giornata in spiaggia e in qualche centro commerciale. Ma prima di tutto, la tappa obbligata, ogni mattina, dopo la visita allo studio dell'avvocato, era il grande salone d'entrata del Tribunale di Dubai, sempre affollatissimo di gente di ogni razza, colore e ceto sociale. Sperava sempre di raccogliere notizie, chiedendo agli uscieri, a qualche impiegato che ormai conosceva di vista, leggendo gli avvisi affissi alle bacheche, alla ricerca di un indizio, un segnale, qualcosa, qualsiasi cosa lo facesse uscire da quel blocco. Era come se la sua vita si fosse inceppata in un punto e non riuscisse a ripartire. Gli pareva di essere finito dentro al film *Ricomincio da capo*, con Bill Murray, che lo aveva sempre divertito tanto: tutte le mattine il protagonista, vittima di un incantesimo, si svegliava nello stesso giorno, il *Giorno della Marmotta*, e gli eventi della giornata si ripetevano puntualmente, inesorabilmente tutti uguali, nonostante cercasse di cambiarli. Così anche lui, ogni giorno, si sforzava di comportarsi diversamente per tentare di modificare qualcosa, per poter mandare avanti la sua vita e superare la fase di stallo. Invece, ogni mattina era sempre la stessa, sempre uguale, e la mattina dopo si ricominciava da capo... Ecco, la fantasia cinematografica era diventata il suo incubo reale. I giorni erano uno solo, che si ripeteva all'infinito, gettandolo nella disperazione ad ogni risveglio.

Vagava per i corridoi oramai familiari del Tribunale, per il salone, per gli uffici, sbattendo addosso alle persone, cercando con gli occhi qualcosa o qualcuno, senza neanche sapere chi o che cosa di preciso. In cuor suo, sperava di incontrare il pubblico ministero responsabile del caso, il terribile Assan, dallo sguardo truce. Oppure, il collaboratore che aveva condotto l'interrogatorio con baldanza. Oppure, qualche altra faccia nota, magari anche l'ispettore Barihin, quel

330

traditore che gli aveva assicurato l'appoggio prima di partire, per poi mollarlo all'arrivo.

Il desiderio più forte era comunque quello di incontrare Assan: avrebbe voluto guardarlo in faccia e fargli capire, da uomo a uomo, che era lui a commettere un crimine, trattenendo ed incolpando ingiustamente un innocente.

Qualche volta era salito al secondo piano dell'edificio, e si era fermato davanti alla porta che aveva varcato per sottoporsi all'interrogatorio. Era rimasto là davanti per interminabili minuti, ed un paio di volte aveva visto entrare ed uscire degli imputati. Uno era un signore distinto, accompagnato da un avvocato altrettanto distinto. L'altro, invece, era un poveraccio, con i vestiti logori e l'aria smunta. Si chiese come doveva essere apparso lui, agli occhi dei suoi accusatori.

Quando scendeva di nuovo nel salone, senza aver ottenuto alcun risultato, non solo si sentiva più vuoto di prima, ma, incontrando lo sguardo desolato di Grace, provava un forte senso di impotenza. Non riusciva ad essere un uomo per lei, il suo uomo, nonostante gli sforzi e la volontà.

Aveva pregato l'avvocato di accompagnarlo, in più di un'occasione, ma Kaleb era sempre impegnato. Solo un giorno si dichiarò disponibile e, insieme a lui, Angelo si sentì un po' più forte: forse, grazie alla sua autorità di legale, avrebbero potuto accedere ad uffici altrimenti interdetti alle persone comuni. Infatti, Kaleb fu ricevuto da alcuni impiegati, che lavoravano negli studi adiacenti a quelli dei pubblici ministeri e dei giudici. Così venne a sapere che Assan aveva preso una decisione sul caso di Angelo - anche se nessuno conosceva quale fosse - ma, siccome era in vacanza, ancora per qualche giorno, bisognava attendere il suo rientro.

A quella notizia, l'agitazione, l'impazienza e l'ansia diventarono insopportabili. Come poteva aspettare

331

ancora, sapendo che il suo destino era già segnato, deciso da quell'uomo dall'aspetto così crudele?. Che decisione poteva aver preso? Non aveva mai aperto bocca durante l'interrogatorio, si era limitato a fissarlo con occhi pieni di odio. E quando gli aveva telefonato in albergo per rammentargli l'appuntamento con Jahir, il direttore dell'*Hotel Desert Storm*, la sua unica preoccupazione era stata quella di far accettare ad Angelo la proposta dello stesso Jahir: consegnare i soldi e firmare il documento in cui, più o meno esplicitamente, avrebbe ammesso la colpa. Certo, in quel modo sarebbe stato più facile per tutti loro, perché avrebbero avuto un colpevole, reo confesso, così qualcuno nell'*hotel* non avrebbe rischiato più nulla. La storia si sarebbe chiusa senza tanti interrogatori, pratiche secretate, indagini, sequestri di passaporti, e così via. Chi aveva veramente commesso il crimine, e chi aveva accettato quelle banconote, per errore o no, sarebbe stato salvo. La colpa sarebbe ricaduta su un italiano qualsiasi, che, a causa del suo lavoro ben si prestava ad essere identificato come un criminale, anche solo per il pregiudizio che associa in genere l'Italia alle truffe e alla mafia. A chi sarebbe importato?

I giorni passavano lenti e strazianti. L'avvocato non era riuscito ad avere ulteriori informazioni sulla data prevista del rientro di Assan. Angelo era disperato. Andava allo studio o chiamava al telefono Kaleb per sentirsi al sicuro, per trovare delle certezze, e invece, puntualmente, il legale dichiarava di non sapere nulla. Angelo cominciava a pensare che, la maggior parte delle volte, andare da lui era una perdita di tempo, visto che non sapeva nulla, non poteva fare nulla, e, spesso, non diceva nulla. Non riusciva a capacitarsi: che razza di individuo era costui? Un avvocato di secondo ordine? Eppure faceva parte di uno studio prestigioso e gli era stato raccomandato da uno dei suoi clienti più importanti. Forse era così per carattere, ma questo non avrebbe dovuto influenzare il suo lavoro. Angelo aveva la sensazione che Kaleb non gradisse troppo la difesa del suo caso, e che avesse accettato solo per l'intercessione di Pamir. Ad ogni modo, doveva saper fare l'avvocato, non c'erano scuse.

Invece, nulla. Solo vuoto e sospensione. Tutto dipendeva dalle ferie di un uomo. Assan se ne stava tranquillamente in vacanza, del tutto indifferente al destino di Angelo, alle sue speranze, alla sua vita, e alle sorti delle altre persone sottoposte al suo insindacabile giudizio. Era il suo mestiere, certo, e non doveva farsi condizionare da esso. Ma come poteva andare a dormire sereno, godersi gli agi della bella vita, nella consapevole certezza che un uomo innocente aveva perduto il lavoro, gli affetti, la dignità, perché marchiato col bollo infamante di criminale?

Il nervosismo cominciava a prendere il sopravvento, e questo non giovava al rapporto con Grace. Se infatti lo seguiva docile, incitandolo a chiedere ed ad informarsi ogni giorno al Tribunale, bastava poi un banale pretesto in una normale discussione per rinnovare la tensione e scatenare la sua furibonda, egoistica gelosia.

Un giorno, appena furono usciti dagli uffici senza novità, con il morale sotto i piedi, ebbe il coraggio di attaccare briga per un nonnulla, rievocando storie vecchie, che già erano state più volte motivo di litigio.

Avevano preso un autobus per andare in un centro commerciale, dove Grace intendeva comperarsi un nuovo costume da bagno. Quando arrivarono, Angelo incontrò la figlia di un suo cliente e si misero a parlare a lungo. La ragazza era giovane e attraente, occasionalmente faceva anche la modella. Avevano sempre avuto un ottimo rapporto, e Angelo la conosceva fin da quando era piccola, avrebbe potuto essere sua figlia. La confidenza e la complicità tra loro, dettata dall'amicizia e dal lavoro in comune,

333

infastidirono Grace, che, senza dire nulla, se ne andò per conto suo, lasciandoli soli. Quando Angelo se ne accorse, la chiamò al telefono e, una volta che l'ebbe ritrovata, iniziò a spiegarle che cosa gli aveva riferito la ragazza a proposito di certi clienti, di un tentativo di rapina, di una truffa, del fallimento di un'azienda, della chiusura dei rapporti con un'altra... Insomma, era stato piacevole tornare a parlare di lavoro, di affari, scoprire novità e ricevere conferme. Per quei pochi minuti almeno aveva smesso di stare male pensando a se stesso, e si era distratto con quella che rappresentava una delle sue passioni: il suo lavoro.

Ma Grace, al solito, vedeva le cose in maniera diametralmente opposta alla sua. Quindi, per lei l'entusiasmo del marito era giustificato solo dalle curve mozzafiato di una delle tante donne che gli giravano abitualmente intorno.

"Hai finito di *flirtare*?" gli chiese, quando lui ebbe terminato di raccontare.

Credendo si riferisse a lei, e non alla ragazza, Angelo rispose con un sorriso:

"Lo sai che non smetterei mai di *flirtare* con te, e non solo quello..."

"Smettila di adularmi e non far finta di non capire!" replicò lei in tono acido.

"Guarda che quella è la figlia di uno dei grossisti più importanti di Dubai..."

"Sì, come no! Eravate disgustosi, con tutte quelle risatine, moine, gesti d'intesa..."

"E te ne sei andata per questo? Io credevo che le nostre chiacchiere ti avessero annoiato, e che tu avessi fatto bene ad andare avanti!"

"Vi parlavate con gli occhi e con il corpo! Lei si scuoteva tutta!"

Angelo non poté trattenere una risata.

"Ma dai! Ma come fai a dire queste stupidaggini?"

Grace se n'ebbe a male e si mise sul piede di guerra, mentre stavano attraversando un corridoio affollatissimo, che separava due file di negozi.

"Aveva ragione Franca! Sei solo un porco!" sbottò con livore.

Angelo sentì la rabbia salire subito come la lava nel cono di un vulcano.

"Che cazzo ti ha detto Franca? Che vuole da te?" sibilò minaccioso, trattenendola per un braccio.

Grace lo fulminò con lo sguardo.

Franca era una vicina di casa ad Arezzo, una signora cinquantenne benestante, impiegata alle Poste, separata dal marito – lui l'aveva lasciata per una donna più giovane – che ce l'aveva con tutti gli uomini, dal momento che odiava profondamente l'unico che aveva amato e che l'aveva tradita. Grace, che non aveva un carattere molto estroverso e non si era abituata molto al modo di vivere italiano, aveva trovato invece in lei una gradita confidente ed una cara amica. Con gran disappunto di Angelo, che l'aveva sempre ritenuta una pettegola becera, gelosa e maldicente, che se la prendeva con tutti per il solo motivo di essersi scelta il marito sbagliato. O meglio, aveva sempre pensato che l'uomo fosse stato talmente esasperato dall'esuberanza e dalla sicumera della moglie, da avere tutto il diritto di riprendersi la propria libertà, alla fine!

"Una sua collega ti conosce. Suo marito è del tuo ambiente!"

Angelo sentì che i nervi stavano per saltare. Questi pettegolezzi da vecchiette maligne lo avevano sempre messo di pessimo umore.

"E chi sarebbe?" chiese lui, cercando di trattenersi.

"Giannini."

Angelo scoppiò a ridere. Giannini era un ometto basso e grasso, quasi calvo, con la faccia rubiconda, gli occhietti furbi dietro gli occhiali spessi, i modi affettati. Faceva parte del *clan* di aretini che, quando erano all'estero per lavoro, dovevano dimostrare la loro virilità al resto del gruppo, sborsando cifre esorbitanti per trascorrere notti di fuoco con *escort* di lusso. Si era sempre chiesto come facesse un mostriciattolo del genere ad andare avanti per tutta una notte con quelle pantere. Forse si imbottiva di *Viagra*, o, magari, le pagava solo perché spargessero in giro la voce che era un amante favoloso.

E ora saltava fuori che Giannini, parlando con la moglie, faceva la morale a lui! C'era veramente da sbellicarsi dalle risate.

"Guarda che non c'è niente da ridere, sciocco! Giannini ha detto che l'anno scorso ti sei scopato una *hostess*!"

Angelo non riusciva a smettere di ridere. Se solo Giannini avesse saputo quante donne si era veramente 'scopato' - per dirla alla sua maniera - e senza mai pagare un centesimo, gli sarebbe passata la voglia di fare lo sbruffone. Tutta invidia, la sua. Angelo era un bell'uomo, colto, elegante, raffinato, affascinante. Inevitabilmente attraeva lo sguardo delle donne, e non solo quello. E lui, invece, se non pagava - a parte la moglie - non era certo un *sex-symbol*!

"Guarda che sto parlando sul serio!" insisté Grace stizzita.

Angelo, con le lacrime agli occhi, non riusciva a smettere di immaginarsi Giannini nudo davanti ad una di quelle donne statuarie. A fatica, si asciugò gli occhi e cercò di ricomporsi. Poi guardò Grace, sforzandosi di darsi un contegno.

"Ne abbiamo già parlato un sacco di volte, da quando quella pettegola di Franca ti ha messo le idee sbagliate in testa. Lo sai che quella *hostess* aveva fatto solo il suo lavoro, aiutandomi a recuperare il bagaglio, che un tale aveva scambiato per errore con il mio, al ritorno da Las Vegas. Per favore, Grace, non voglio discutere con te! E mi farebbe piacere che tu la smettessi di dar retta a quella chiacchierona! Ricordati che io non ho mai pagato una puttana per divertirmi, a differenza di certi puritani..."

"Si tratta sempre di un tradimento, che si paghi o no! Non cercare di minimizzare! E Franca, sarà anche pettegola come dici tu, ma mi vuole bene e cerca di mettermi in guardia, per evitare che io faccia la sua stessa fine!"

Angelo avrebbe voluto replicare, ma se lo avesse fatto, sapeva che avrebbe dovuto dire cose sgradevoli, così che avrebbero litigato sul serio. E lui non voleva. Stava già troppo male per infierire ancora con se stesso.

"*Ok*, va bene, lasciamo stare Franca e torniamo a noi. Ti voglio portare in un posto."

"Non ci vengo. Voglio tornare a casa," protestò lei con il broncio. Ma Angelo la conosceva troppo bene: stava cercando di sostenere la parte dell'offesa, anche se non era convinta neanche lei e stava lentamente cedendo.

Come nei giorni scorsi, quando aveva rivangato la presunta storia con una fotografa americana, con una modella australiana, una cantante russa, una ballerina indiana... Angelo si chiedeva come fosse possibile che la fantasia di sua moglie fosse così sfrenata nel creare situazioni assurde ed inverosimili, quando non avrebbe neanche potuto immaginare quale fosse la realtà dei fatti. E, soprattutto, nonostante le avesse spiegato chiaramente che era il suo atteggiamento ostile, con le sue accuse immotivate, ad allontanarlo da lei, tuttavia continuava imperterrita ad aggrapparsi agli specchi, esasperando Angelo ogni volta con le solite storie. A furia di litigi, era davvero esaurito, ma quella sera non aveva voglia di battibecchi, musi lunghi, ripicche ed urla.

Fermò un taxi, e al taxista scrisse la destinazione sul *display* del *BlackBerry*, perché Grace non sentisse.

"Deve essere una sorpresa!" le sussurrò all'orecchio, strizzando l'occhio, in segno d'intesa.

Nonostante volesse mostrarsi ancora adirata, un lieve sorriso le increspò le labbra, e Angelo si fregò le mani, soddisfatto.

Dopo un lungo tragitto in mezzo al traffico della sera, il taxi si fermò a circa un isolato dal *Burj al Arab*, di cui si distingueva la sagoma netta ed inconfondibile, che si stagliava nel cielo denso di foschia della sera.

Si diressero verso la spiaggia di *Jumeira Beach* e, dopo essersi tolti le scarpe, iniziarono a camminare in direzione di uno degli *hotel* più famosi al mondo. Il sole stava tramontando, in un'esplosione di tinteggiature, ma le luci colorate, che si alternano ad illuminare la celebre *Vela*, erano già visibili. Grace contemplava quel paesaggio mozzafiato, stringendosi al suo uomo.

"Mi dispiace, Angelo, io... divento paranoica, lo so! Ma ti amo così tanto!"

"E' difficile, Grace, specialmente ora. Ma vedrai che ce la faremo, se solo riusciamo ad uscire da questo *tunnel*!"

La strinse a sé e la baciò con trasporto.

Quelli erano i momenti per cui valeva la pena vivere, e vivere insieme a lei.

Si avvinghiarono come due fidanzati, mentre il desiderio irrompeva impetuoso nei loro cuori e nei loro corpi.

"Se facciamo l'amore qui, davanti a tutti, stavolta finiamo in galera tutti e due, anche senza pubblico ministero!" mormorò Grace, che non riusciva a staccarsi dalle labbra di Angelo.

Risero entrambi, cercando di riprendere il controllo.

Lo splendido panorama, la ritrovata armonia... non mancava nulla, se non fosse stato per la sentenza, da cui dipendeva il loro futuro. Ma ormai non c'era più nulla da fare. Assan aveva deciso. Non restava altro che aspettare il suo ritorno.

Il *Burj al Arab* si era tinto di rosa, diventando un tutt'uno con il cielo ed il mare, distribuendo delle pennellate di colore nel buio che iniziava ad avvolgere la città alle loro spalle. Angelo sperò che questo fosse il colore del suo domani. Aveva riposto la sua ultima, striminzita speranza nelle parole degli amici russi di sua figlia. Chiuse gli occhi e pregò che quel momento potesse durare per sempre.

23. IL VERDETTO

"Pochi giorni?! E' passata una settimana e ancora Assan è in ferie! Ma che cazzo dice, avvocato? Ma che razza di fonti ha lei?"

Angelo era fuori di sé per la collera. Ormai non riusciva più a reggere la tensione, e perfino Grace aveva trascorso le ultime due notti insonni con lui.

"Stia calmo, signor Poggi. Eppure lei è abituato al mondo degli affari e sa che occorrono tempo e pazienza..."

L'avvocato si era scrollato di dosso la solita impassibile indifferenza di fronte al viso rosso di Angelo e al pugno teso minacciosamente vicino al suo naso. Per la prima volta, il suo colorito era cambiato e si era fatto pallido. Gli occhi si erano dilatati per la paura, le mani tremavano leggermente.

"Stronzate, avvocato, stronzate! Qui non si tratta di affari, ma della mia cazzo di vita, della mia cazzo di libertà! Un giorno in più o in meno fa la differenza, eccome! Prenda lei il mio posto, e poi vediamo se continuerà a pensarla allo stesso modo!"

Grace cercò di afferrare il braccio del marito per allontanarlo dalla faccia di Kaleb, ma senza risultato.

"Eppure ha sentito anche lei, era con me quando l'impiegata dell'ufficio di Assan ci ha confermato che sarebbe rientrato entro pochi giorni. Cosa pretende che io possa fare? Non ho la facoltà di richiamarlo dalle ferie!"

Kaleb aveva raccolto tutto il suo coraggio – e Angelo dovette riconoscere che ne aveva, nonostante avesse sempre pensato il contrario – per tirare fuori la voce e l'orgoglio.

Angelo rimase immobile davanti a lui a fissarlo. Poi si spostò, si girò bruscamente e se ne andò, senza neanche salutare.

"Lo scusi, sa, è molto provato..." lo giustificò Grace, prima di seguirlo.

"Sì, sì, capisco, capisco..." rispose l'avvocato infastidito, ma anche sollevato per lo scampato pericolo.

Era il diciotto dicembre, un giovedì come tanti. Fuori il sole splendeva, circondato da nuvole minacciose, anche se c'erano quasi trenta gradi. Angelo pensò solo ora che mancavano pochi giorni a Natale. Non ci aveva badato, perché non poteva essere Natale, se non era a casa sua, con la sua famiglia. E non poteva sopportare che il tempo trascorresse inesorabile, allontanandolo da tutto ciò che gli era sempre appartenuto.

Con passo quasi marziale, seguito da Grace, che arrancava per stargli dietro, si infilò per l'ennesima volta nell'enorme salone d'entrata del Tribunale, si guardò intorno, per cercare di individuare eventuali facce note, e poi, con aria sconsolata, si diresse nel solito angolo, nel solito posto, nella solita panca, gettandosi a sedere come un peso morto. Rimasero lì in silenzio, per qualche minuto, poi Grace, non riuscendo ad accettare che suo marito fosse così abbattuto, provò a stimolarlo.

"Perché non facciamo un giro ai piani superiori?" chiese con voce gentile, accarezzandogli una mano.

Angelo fece un cenno di assenso con la testa e si alzò, lasciandosi guidare da sua moglie attraverso la folla.

Salirono al primo piano, provarono a chiedere notizie, ma tutti erano indaffarati e di corsa: i più non rispondevano, altri, senza neanche fermarsi e senza guardarli, consigliavano loro di chiedere a questo o quello. Infine, si sedettero su una panca, per riposarsi ed intanto tenere d'occhio chi passava da lì.

"La solita giornata di merda, ad aspettare il nulla! Ma perché non mi sbattono dentro una volta per tutte, così la facciamo finita? Mi sembra di essere nel *braccio della morte*!" sbottò Angelo, ormai rassegnato.

"Ma smettila, per favore, non esagerare! Nessuno ti vuole mettere sulla sedia elettrica! E' snervante, questo è vero, ma ormai abbiamo aspettato tanto..." provò a ribattere Grace.

"Ti ci metti anche tu, ora? Non bastano i discorsi di quell'incapace di Kaleb? Non sarò condannato alla sedia elettrica, ma all'ergastolo sì, cazzo! E ti sembra poco?"

Angelo stava alzando la voce, attirando l'attenzione delle persone che transitavano nel corridoio.

"Amore, ti prego... Non vorrai farti arrestare per disturbo della quiete pubblica, ammesso che qui esista come reato?! Vuoi offrire loro una prova contro di te, proprio ora che Assan ha già deciso?"

Angelo rise con sarcasmo.

"Se ha emesso un verdetto di condanna, forse ci guadagno a farmi arrestare per una pena minore!"

"O forse ti mettono davvero sulla sedia elettrica!" ribatté Grace, cercando di scherzarci sopra.

"Se mai mi lasciano arrostire nel deserto, così risparmiano la corrente! Ah, ah!"

Entrambi si misero a ridere, più per scaricare la tensione, che per puro divertimento. Ad un tratto, però, uno dei tanti personaggi importanti vestiti di *thawb* bianco, *keffiyeh* dello stesso colore, e *agal* nero, si fermò a guardarli, ed entrambi si immobilizzarono. Fu solo un attimo, poi l'uomo, dall'aspetto autorevole, alto e magro, con una folta barba, gli occhi neri come petrolio, l'aria assorta, tornò sui suoi passi e proseguì per la sua strada.

Angelo ebbe un tuffo al cuore. Aveva avuto paura. Paura che quell'uomo, sicuramente un personaggio molto importante, avesse creduto che stessero ridendo di lui. Un caldo insopportabile lo strinse in una morsa, nonostante l'aria condizionata. Era sul punto di alzarsi per prendere qualcosa da bere al distributore automatico, in fondo al corridoio, quando vide con orrore che lo stesso uomo stava ritornando verso di loro, il suo sguardo puntato su di lui, come un'arma. Passò oltre, ma, fatti pochi passi, si voltò di nuovo e tornò indietro, fermandosi proprio davanti a lui.

Furono attimi interminabili. Angelo si sentiva formicolare gambe e braccia, il cuore gli martellava in gola, rimbombando nelle orecchie, mentre un sudore gelido gli scorreva sulla fronte. Pensò di morire. Era questo il momento tanto atteso? O era solo un'altra fregatura? O magari adesso lo accusavano di qualcos'altro, perché davvero quel tizio aveva pensato che ridessero di lui?

La mano di Grace, che stringeva forte la sua, gli fece sentire che era ancora vivo, che non era solo, e che amava la vita, sua moglie e tutto ciò che da sempre gli era appartenuto. Lacrime di paura, ansia, disperazione, tensione premevano sugli occhi, ma il suo volto era diventato una maschera di pietra, il suo corpo una statua di marmo.

"Lei è l'italiano, vero?" esordì l'uomo, abbassandosi leggermente per rivolgersi direttamente a lui.

Angelo annuì.

"Sì, sono Angelo Poggi," riuscì a mormorare quando Grace gli strinse più forte la mano per esortarlo a reagire.

L'uomo sorrise in maniera cordiale.

"*Ok*, allora venga al piano di sopra, nel mio ufficio! L'aspetto!"

Riprese subito il cammino, mescolandosi tra la folla che premeva nelle diverse direzioni, per poi salire la rampa di scale che si trovava proprio di fronte alla panchina su cui Angelo e Grace erano rimasti seduti, ammutoliti ed increduli.

Aveva sorriso davvero o era stata una suggestione, un'allucinazione provocata dalla prolungata permanenza in quei corridoi?

Ci volle qualche istante prima che Angelo riprendesse il controllo e ricominciasse a sentire il sangue scorrere regolarmente nelle vene.

"Ma chi è quello? Stava sorridendo, Angelo! E' un buon segno!" mormorò Grace, che non riusciva a trattenere l'entusiasmo.

"Non so chi è! Ma è la prima volta che qualcuno mi sorride con modi garbati, da quando sono arrivato qui!" rispose lui, ancora turbato.

"Dai, andiamo, non facciamolo aspettare!" lo esortò Grace, con entusiasmo.

Angelo rimase seduto sulla panca, esitante.

"Cosa c'è?" gli chiese con apprensione.

Lui fece un grosso sospiro, e puntò gli occhi in quelli di sua moglie, che ne fu spaventata. Il suo sguardo era pieno di paura e di angoscia. Appariva più vecchio, fragile, il viso era stravolto dalla tensione, un nodo gli serrava la gola. Grace si chinò a baciarlo dolcemente sulla fronte. Poi lo prese per mano, come si fa con i bambini, e stavolta fu lei a fargli coraggio.

"Ho aspettato tanto questo momento, e adesso che è arrivato, non ho la forza necessaria per affrontarlo. Io... non ce la faccio, Grace! Non riuscirei a sopportare una condanna! Io sono innocente, te lo giuro su tutto quello che ho di più caro al mondo. E non sono finito in questo casino per colpa di una donna, come tu hai sempre pensato! Sono un professionista e non mescolo mai il lavoro con la vita privata. So che l'ho ripetuto fino alla nausea, ma nessuno vuole credermi! Non sarei mai così stupido da commettere una simile sciocchezza. Io ci sono finito per caso, in questa specie di *roulette* russa. Per questo non potrei sopportare una condanna..."

Grace lo strinse forte in un abbraccio, e quando si scostò da lui, i suoi grandi occhi azzurri erano gonfi di lacrime.

"L'ho sempre saputo che sei un professionista e che non ti metteresti mai nei guai per colpa di una donna. E' solo che a volte mi sento trascurata, quando tu non ci sei. La gelosia, la voglia di farti soffrire e sentire in colpa per la tua assenza, il desiderio di vendetta, affinché tu possa provare come ci si sente a stare da soli, senza nessuno... tutto questo mi spinge a parlare e ad agire in maniera avventata. Mi faccio del male e ti faccio del male, ingiustamente, perché ti amo come solo una donna perdutamente innamorata – fino quasi alla follia - può amare, e mi faccio accecare dall'egoismo, pretendendo che tu sia tutto per me... Non riesco sempre a controllarmi, specialmente quando mi manchi tanto..."

Angelo sorrise.

"Io sono con te, anche quando sono in viaggio. Io sono dentro di te, e ci resterò per sempre, che tu lo voglia o no!"

La sincera dichiarazione d'amore di sua moglie era servita a risollevarlo e a dargli la forza per affrontare quell'ultimo, fondamentale passaggio.

Si alzò con rinnovato vigore, strinse la mano di Grace. Si guardarono per lunghi istanti e si incamminarono insieme verso la scala.

"Mi scusi, ma chi è quel signore che è appena salito?" chiese Angelo ad un tipo insignificante, seduto dietro ad una specie di scrivania, situata nei pressi delle scale.

"Ne sono passati decine. A chi si riferisce?" replicò l'uomo in tono seccato.

Angelo aveva notato che il suo interlocutore lo aveva guardato con curiosità ed interesse, quando il personaggio importante si era interessato a lui.

"L'uomo che si è fermato a parlare con me, quello alto, con la barba...?"

Angelo cercava di mimare l'aspetto del tipo misterioso, per farsi capire meglio.

"Quello è Al Shaktoum, il capo di tutti i pubblici ministeri. Il suo ufficio è in cima alle scale, terza porta a destra," rispose l'uomo in tono educato.

Angelo sentì il cuore che ricominciava a battere in maniera irregolare.

Ringraziarono e salirono in fretta le scale che conducevano al piano di sopra, quelle stesse scale che avevano percorso tante volte, colmi di speranze e di delusioni.

Arrivati in cima, seguirono le indicazioni dell'usciere dirigendosi verso la stanza dell'uomo che avrebbe finalmente svelato il mistero del verdetto.

Quando furono davanti alla porta, su cui era posta la targhetta di ottone con il nome di Al Shaktoum, Angelo fece un altro grosso sospiro e bussò.

"Avanti," rispose la voce di prima.

Entrarono in una stanza non tanto grande, ma con un'ampia veduta sulla città, che appariva oscurata da nuvole nere come carbone. La scrivania di mogano pregiato era ingombra di scartoffie, distribuite però con rigore ed ordine, insieme ad una lampada, un telefono, un portapenne ed una foto con dei bambini ed una donna dal sorriso smagliante. L'aria profumava gradevolmente di sandalo.

Quando entrarono, Mohammed Al Shaktoum era seduto dietro la sua scrivania, intento a firmare dei documenti. Alzò la testa e, non appena li riconobbe, lasciò cadere la penna sui fogli, si alzò e li salutò con lo stesso sorriso cordiale.

"Oh, siete voi! Prego, accomodatevi!" li invitò con gentilezza.

"Signore, vorrei presentarle mia moglie, Grace..." mormorò Angelo, in evidente imbarazzo, abbozzando un sorriso.

"Molto lieto, signora!" le disse con un cenno leggero del capo.

"E' un piacere, signore!" rispose Grace, rossa per l'emozione.

Al Shaktoum la osservò un istante, socchiuse gli occhi e poi chiese con aria complice:

"Mi scusi se mi permetto, signora, ma dal suo accento lei sembra inglese..."

Grace sorrise, avvampando.

"Sì, sono inglese, di Oxford!"

"Davvero? Io ho studiato due anni a Oxford, e poi mi sono trasferito a Cambridge! Ho iniziato a lavorare là, e ci sono rimasto per quindici anni. Anche mia moglie è inglese! Ma tu guarda, che piacevoli coincidenze!" esclamò Al Shaktoum con l'entusiasmo di chi si trova all'estero ed incontra per caso un connazionale, con cui può condividere le proprie esperienze.

"Oh, ma allora, si può dire che siamo entrambi inglesi!" aggiunse Grace, approfittando del clima disteso che si era creato. Angelo, intanto, cominciava a sentirsi rassicurato, e la tensione, lentamente, si scioglieva, anche se l'argomento pareva allontanarsi parecchio da ciò che gli premeva.

"Lei in che anno è venuto ad Oxford?" chiese Grace, con gli occhi che scintillavano. Parlare della 'sua' Inghilterra la rendeva sempre felice.

"Oh, nel lontano millenovecentoottanta. Mi sembra passato un secolo! Andiamo dai genitori di Kate almeno un paio di volte all'anno, ma è sempre troppo poco: non si può non innamorarsi di quei posti, non si può stare lontano!"

Angelo tentava di mostrare interesse, quando invece avrebbe voluto urlare di farla finita, di lasciare da parte i convenevoli, ed arrivare finalmente al dunque. Nonostante l'agitazione, si impose, per l'ennesima volta, di restare calmo.

"Lei è proprio di Oxford?" insisté Al Shaktoum, rivolto a Grace.

"Sì, anche se mia madre è nata a Bristol. Mia sorella invece vive a Cambridge, sta studiando filosofia!"

"Anche mia cognata, la sorella di Kate, sta studiando là, lettere moderne. Magari si conoscono, o frequentano dei corsi insieme!"

"Davvero! Dovremmo chiederlo a loro. Ma ha saputo delle novità nei corsi?"

"No, anche se c'era qualcosa nell'aria da tempo!"

Angelo li ascoltava cercando di seguire la conversazione, anche se ne era inevitabilmente escluso. Si limitava ad annuire, dispensando sorrisi cordiali, che nascondevano una tensione insopportabile. Ad un certo punto, cominciò a vederli muovere le labbra senza poter udire altro che dei suoni indistinti, come se parlassero un'altra lingua. Il tempo sembrava essersi fermato nell'ennesima, lacerante sospensione. Avrebbe retto ancora il suo povero cuore, provato così a lungo da tanta ansia? Sentiva il sudore scivolare dalla fronte, ma non voleva muoversi, perché temeva di interrompere quella specie di fluido benevolo che pareva scorrere tra sua moglie e Al Shaktoum.

"Dunque, lei è il signor Poggi, l'italiano!?"

L'uomo si rivolse direttamente a lui, cogliendolo di sorpresa e facendolo sussultare. Non voleva dargli l'impressione di non essere stato attento alla conversazione, così prese il fazzoletto dalla tasca e si asciugò in fretta il sudore, che gli premeva sugli occhi, per dissimulare l'imbarazzo del momento.

"Già, sono io!" rispose con un sorriso.

Chissà perché, aveva la sensazione di essere diventato famoso, nell'ambiente. Forse per l'ostinazione con cui ogni giorno si presentava a chiedere notizie, o forse perché tutti sapevano che sarebbe stato condannato e lo consideravano uno sciocco illuso.

Al Shaktoum sorrise, con aria rilassata.

"Conosco tutta la sua storia, Angelo. Davvero un bel caso!"

Stava giocando al gatto col topo? Lo stava prendendo in giro? Lo stava torturando prima di sbatterlo in prigione e gettare la chiave? Oppure stava cercando di indorargli la pillola? Oppure...? La mente di Angelo lavorava in maniera frenetica, come un animale preso in gabbia, che cerca disperatamente una via d'uscita.

"Per me, non tanto!" rispose con sincerità.

L'uomo sorrise ancora e annuì.

"Ha ragione. Intendevo dire che è un bel caso, perché l'accusa era molto grave e c'è voluto tanto tempo per compiere le dovute verifiche. Lei ha una vita movimentata, non è vero?" spiegò Al Shaktoum, con un'espressione indecifrabile.

"Sì, è il mio lavoro. E poi amo il rischio, sono un pilota, mi piace avere diversi interessi ed attività, adoro viaggiare e non stare mai fermo... Ma non avrei mai creduto che questo potesse costituire un reato!" ribatté Angelo con una punta di sarcasmo.

"Ma neanche per sogno, anzi! Se mai, gli inquirenti hanno dovuto lavorare di più per controllare tutto!" rise l'uomo.

Anche Angelo rise, più per il nervosismo che per la battuta.

"Dunque, lei lavora per delle ditte orafe italiane e viaggia in tutto il mondo, giusto?" chiese Al Shaktoum, dando un'occhiata di sfuggita a certi documenti alla sua destra.

"Proprio così..." rispose Angelo esitante.

"Da quanto tempo frequenta il nostro Paese?" insisté l'altro.

"Da circa vent'anni, ormai..."

Angelo stava per esplodere. Non riusciva a capire dove quell'uomo volesse andare a parare. Aveva una sentenza definitiva davanti agli occhi: perché non si limitava a comunicargliela senza farla tanto lunga? Perché continuare quella sceneggiata?

"Venti anni sono tanti..." replicò Al Shaktoum perplesso, lisciandosi la barba.

Angelo, senza rendersene conto, stava trattenendo il fiato, in attesa del seguito, ammesso che sarebbe mai arrivato un esito finale. La tensione era palpabile, e perfino le guance di Grace erano diventate rosse per l'emozione. Era come l'attimo che precede un salto nel vuoto: si fa un respiro, si chiudono gli occhi, si conta fino a tre, e ci si butta...

"*Ok*! Allora, visto che lei da venti anni viene qui da noi, intanto le daremo il passaporto di Dubai, che ne pensa?" chiese Al Shaktoum con un sorriso felino ed un guizzo di compiacimento negli occhi.

Angelo rimase confuso per un attimo.

"No, grazie. Io voglio solo indietro il mio passaporto italiano, se possibile..." rispose esitante.

Se questo era una specie di risarcimento o un palliativo, non voleva saperne. Temeva soltanto che fosse l'ennesima fregatura.

"*Ok*, se questo le può bastare..." replicò l'uomo con aria affabile.

Angelo non fu sicuro di aver capito bene. Pensò che la sua mente, continuamente stressata dalle terribili vicende di quei mesi, non fosse più lucida, come avrebbe dovuto. Per questo rimase immobile, con lo sguardo puntato su Al Shaktoum, quasi senza respirare. Non riusciva ad aprire bocca per rompere quel silenzio carico di aspettativa. E non aveva nemmeno il coraggio di chiedergli di ripetere quello che aveva appena detto. Le parole pronunciate dall'uomo di legge erano rimaste come sospese in aria, mentre la loro eco rimbalzava nelle orecchie di Angelo, senza che la ragione riuscisse ad afferrarne il senso.

Al Shaktoum, dal canto suo, se ne stava comodamente seduto, con le mani giunte appoggiate sul ventre, ed un sorriso sincero stampato in faccia.

D'istinto, Angelo si voltò con aria interrogativa verso Grace, per chiedere a lei la muta conferma: lei era inglese e non poteva fraintendere il significato di ciò che era stato detto.

Si guardarono per un lungo istante, mentre gli occhi azzurri della donna cominciavano ad illuminarsi, e la bocca voleva ad ogni costo piegarsi in un sorriso.

Fu proprio lei la prima a riprendersi dallo *shock*.

"Vuole... vuole dire che è... tutto finito?" chiese in un soffio.

Un'espressione di soddisfazione si dipinse sul volto di Al Shaktoum.

"Esatto, Grace," rispose.

Poi aggiunse rivolto ad Angelo:

"Non ci sono prove contro di lei, Angelo, quindi l'accusa di spaccio di banconote false decade. Lei è di nuovo libero e può riavere il suo passaporto e la sua vita."

Al Shaktoum scandì bene le parole, per rassicurare Angelo della loro veridicità, mostrando soddisfazione per l'efficienza e la perizia del sistema giuridico, di cui era un emerito rappresentante.

Angelo stavolta fu sicuro di aver udito bene, ed un ulteriore sguardo a sua moglie gli dette la conferma che era tutto vero.

Era tutto finito.

Eppure ancora non riusciva a crederci.

Sentì salire un groppo in gola, mentre il cuore si apriva ad una gioia mai provata prima. Avrebbe voluto saltare, urlare, ballare, prendere Grace tra le braccia, chiamare i suoi figli, gli amici, suo padre, sua madre... Dio, quanto gli mancavano tutti quanti!

Con il corpo scosso dai brividi e dal riso, si prese la testa fra le mani, afflosciandosi sulla sedia, mentre i muscoli, provati da tanta tensione, ritrovavano la loro posizione naturale.

"Ci dispiace molto per i disagi che le abbiamo procurato, per i problemi con il lavoro, con la famiglia e con le sue attività, a causa dei tempi lunghi che le abbiamo imposto," proseguì Al Shaktoum con calma, come per permettergli di prendere coscienza del verdetto. "Il nostro sistema prevede dei controlli minuziosi, con tecniche sofisticate, sulla persona indagata, per evitare errori e condannare, sulla base di prove inconfutabili, solo chi è veramente colpevole, assolvendo gli innocenti come lei. D'altronde, il lavoro che lei svolge la mette in contatto ogni giorno con molte persone, in tutto il mondo: per questo ci sono volute numerose ed approfondite verifiche."

Angelo sentiva parlare Al Shaktoum come se fosse ad un chilometro di distanza. Ormai aveva in mente solo una parola, quella che contava più di tutte: FINE. Era tutto finito. Non voleva sentire altro, non gli interessavano le spiegazioni, le motivazioni che avevano portato Assan, o chi per lui, a quel verdetto. Era come giocare i numeri al Lotto: o si vince o si perde, non importa come e perché. L'importante era che avesse vinto, e che potesse ricominciare a vivere.

"Nel nostro sistema, vengono tutelate tutte le parti in causa, senza distinzione di sesso, razza, religione o stato sociale. Il principio di base è che ogni individuo debba essere considerato innocente, finché non venga dimostrata da prove inoppugnabili la sua colpevolezza. Tutto questo nella massima trasparenza e chiarezza, con il preciso intento di proteggere la libertà ed i diritti civili di ciascun membro della comunità."

Al Shaktoum continuava a parlare, ma le sue parole erano solo vuota formalità, cortese burocrazia. Angelo voleva uscire da lì, stavolta per sempre, subito. Cominciò ad agitarsi sulla sedia, mentre una smania improvvisa si impossessava di lui, senza che riuscisse a controllarla. Quelle mura lo soffocavano. Perfino la faccia cordiale del gran capo dei pubblici ministeri gli pareva una maschera dietro la quale si celava un orribile mostro, un temibile tranello. Aveva paura che fosse uno scherzo, che l'uomo potesse cambiare idea, che lo volesse ingannare, che le sue parole avessero il significato opposto... Per qualche motivo, la sua mente, condizionata da mesi di angherie, torture psicologiche e misteri, si era convinta che non potesse esistere altro che la condanna per lui, perché qualcuno aveva deciso di incastrarlo e non poteva finire altrimenti. Ripensava alle accuse di Azir, e alla proposta di Jahir, dell'*Hotel Desert Storm*. Ricordava le promesse fasulle dell'ispettore Barihin, il trattamento al suo arrivo all'aeroporto, la prigione, il sequestro del passaporto, l'interrogatorio... Ritornavano a galla i dubbi, le supposizioni, i presunti motivi di tale accanimento contro di lui: un errore, un equivoco, una vendetta, forse una rivalsa, a causa della storia di Jessica, di tre anni prima, o chissà...

La voce poderosa di Al Shaktoum lo riscosse da questi pensieri turbolenti.

"L'importante è che lei adesso sia libero, così potrà tornare tranquillamente nel nostro Paese ogni qual volta ne abbia necessità o desiderio. La sua onorabilità ne è uscita intatta, signor Poggi, e questo è motivo di orgoglio per lei e per noi!"

«Non c'era bisogno di tenermi inchiodato qui per quasi quaranta giorni per dimostrare la mia onorabilità, caro signore... Ma, ora come ora, dei vostri meriti non me ne frega un cazzo. Ora mi interessa andare via... Avanti, dimmi di andare, e allora crederò che è tutto vero! Su...» pensava Angelo, mentre, sudato ma scosso dai brividi, stava pronto a schizzare dalla sedia come un centometrista prima della partenza.

Al Shaktoum continuò ad intrattenersi amabilmente con Grace, che si lasciò andare, finalmente distesa e felice. Mentre stringeva forte la mano del marito pareva una ragazzina, con gli occhi ridenti, l'espressione allegra, la voce alta e stridula, fuori dagli schemi della sua abituale rigida compostezza.

"Allora, Angelo, questo è il documento che deve consegnare agli impiegati negli uffici al piano terra. Troverà facilmente la strada, ormai lei è pratico di questo edificio, non è vero?"

Al Shaktoum era una persona affabile. Peccato averlo conosciuto in quell'ambiente ed in quel frangente! O forse, pensò cinicamente Angelo, si mostrava gentile per evitare che l'italiano spiattellasse ai quattro venti quale trattamento veniva riservato alle persone oneste dalle Autorità di Dubai. Oppure, semplicemente, per tenere a freno la collera di una persona trattenuta ingiustamente.

«Il solito *modus operandi* dei burocrati e dei pezzi grossi! Non si inimicano mai il prossimo, all'apparenza sono sempre gentili, disponibili ed accomodanti. A questo punto, se mi lascia andare, non me ne frega nulla delle sue belle maniere: mi può anche mandare a quel paese, e ne sarò lieto!» pensava Angelo, osservando Al Shaktoum che era intento a riempire alcuni spazi bianchi su un foglio prestampato.

"Ecco qua," disse alla fine, sventolandogli davanti il documento, dopo aver finito di scrivere con uno svolazzo plateale della penna.

Angelo lo prese, gli dette un'occhiata distratta, ringraziò e fu lieto che Al Shaktoum si accingesse a salutarli, con una vigorosa stretta di mano.

"Arrivederci, signor Poggi, e buon ritorno in Italia..."

"Grazie, signore. Arrivederci!"

«A mai più rivederci,» pensò Angelo in cuor suo.

I pochi passi per uscire dalla stanza gli sembrarono infiniti. La porta si chiuse con un tonfo leggero alle sue spalle, e, finalmente, cominciò a rendersi conto di quanto fosse diverso il mondo adesso rispetto ad un'ora prima.

Grace lo trascinò quasi per le scale.

"Svelto, dai, c'è sempre un sacco di gente. Sbrighiamoci! Non sia mai che abbiano a ripensarci!"

"Allora anche tu non riesci a crederci, vero? Oddio, ho sognato giorno e notte questo momento, ed ora non mi sembra possibile. Mi sono talmente abituato ad aspettare, a sperare inutilmente, che adesso la tensione non riesce ad allentarsi. Non mi molla, accidenti!"

"Non credi che dovremmo chiamare l'avvocato Kaleb, per comunicarglielo?"

"Sì, adesso lo chiamo. Ma prima chiamo Katia: i russi sono stati grandiosi, avevano ragione!"

"Aspetta. Sbrighiamo questa pratica, e poi, quando usciamo, telefoniamo a tutti, che ne dici?"

Angelo si dovette rassegnare ad attendere ancora, prima di ottenere la libertà, perché negli uffici regnava un gran caos. Avrebbero dovuto affrontare almeno un paio di file chilometriche. Ogni persona, infatti, impiegava un tempo lunghissimo per portare a termine le proprie incombenze, quindi occorreva armarsi di nuovo di tanta pazienza. A questo punto, però, ne valeva la pena, anche se ora sembrava più difficile mantenersi calmi e non avere fretta.

La confusione, il caldo, l'aria resa irrespirabile dalla ressa, l'agitazione e la premura, prolungarono l'attesa fino all'inverosimile. Dopo essere passati in quattro uffici, in ciascuno dei quali venne rilasciata una diversa certificazione, un impiegato fece loro notare che Al Shaktoum non aveva firmato il documento in una delle diverse parti, e che, pertanto, la richiesta di restituzione del passaporto non poteva essere inoltrata. Grace e Angelo dovettero risalire da Al Shaktoum, che si scusò per la negligenza.

«Sarà stata una dimenticanza, dovuta alle chiacchiere che lo hanno distratto, oppure, in cuor suo, avrebbe voluto sbattermi in gattabuia?» si chiese Angelo, con un residuo di autolesionismo che non lo abbandonava.

Dopo oltre due ore di trafila burocratica, finalmente uscirono con il documento da presentare alla prigione di Naif Road. Angelo se lo teneva stretto sul petto, dentro la giacca, senza lasciarlo un secondo.

Per l'ennesima volta, fuori pioveva a dirotto, il cielo era plumbeo, l'aria umida ed afosa. Ovviamente, non riuscivano a trovare un taxi libero. Ci volle una manciata di minuti ed una buona dose di faccia tosta, per soffiarne uno ad un distinto signore giapponese, che inveì contro di loro finché non scomparvero dalla vista.

355

Angelo si voltò a guardare il grande palazzo che ospitava il Tribunale di Dubai, quel palazzo che era stata la sua sola meta per molto tempo, in cui era entrato ogni giorno pieno di speranze, per uscirne ogni volta disilluso e disperato. Anche se ancora faceva fatica a crederci, non avrebbe dovuto tornarci mai più. Non avrebbe più sentito il chiacchiericcio rimbombare nell'enorme atrio, né avrebbe visto persone di ogni razza e lingua girovagare, a volte con passo sicuro, più spesso con timore, né avrebbe cercato facce note o informazioni, non avrebbe guardato con avidità ed invidia coloro che uscivano con il sorriso della libertà stampato in faccia... Sentì le lacrime premere gli occhi, ma si impose di non lasciarsi andare ai sentimentalismi, perché ancora non era finita.

Tornare in Naif Road fu sconvolgente. La prima volta aveva varcato quella soglia in manette, per essere spedito dritto in prigione. Gli parve di sentire di nuovo le urla minacciose, il tanfo della cella puzzolente ed inospitale in cui aveva trascorso quella lunga notte d'inferno... Era passato poco più di un mese, da quel dieci novembre, ma gli pareva un secolo, anche se le sensazioni ed i ricordi ritornavano tutti a galla, più vividi che mai.

Dopo aver mostrato il documento del Tribunale alla portineria, gli indicarono una serie di corridoi da seguire per andare a riprendere il passaporto. Anche ora, come la volta precedente, il percorso sembrava un labirinto, e l'ansia annebbiava la poca lucidità rimasta. Tuttavia, con qualche richiesta aggiuntiva di informazioni, riuscirono a raggiungere l'obiettivo. Era fatta.

Prima di uscire dagli uffici, Angelo dovette presentare il passaporto ad un poliziotto, per l'ultimo controllo. Costui, un arabo robusto, con barba e baffi, spostò più volte lo sguardo dal documento a lui, riportando l'agitazione nel cuore di Angelo.

"Hai finito di scontare la tua condanna, amico, eh?" gli chiese in tono compassionevole, abbozzando un sorriso che voleva essere di complicità. Di certo aveva creduto che l'italiano fosse stato in prigione come detenuto, e che fosse stato appena rilasciato.

Angelo stava per rispondere che no, non era stato detenuto, e per questo non poteva essere stato rilasciato... Ma era una storia lunga da spiegare, e forse neanche gli avrebbe creduto. Non ci aveva mai creduto neanche lui, che l'aveva vissuta in prima persona! Valeva la pena mettersi a discutere con un semplice poliziotto per dargli spiegazioni? Ciò che contava adesso era la libertà, e non importava che un estraneo potesse pensare che era stato in prigione. Andava bene tutto, ora, anche questo, pur di uscire da lì alla svelta.

"Sì, ho finito di scontare la mia condanna..." rispose, guardandolo dritto negli occhi con un sorriso beffardo.

Il poliziotto gli restituì il passaporto con aria paterna.

"Tieni, amico, e che Allah ti protegga!"

"Grazie, signore!"

Grace non smetteva di ridere, un po' per l'euforia, un po' per quella buffa scenetta.

"Non ridere! Non me ne frega niente se un poliziotto crede che sia un detenuto, quando per più di un mese ho dovuto girare con un documento infamante che mi bollava come un criminale agli occhi del mondo!"

"Lo so, perdonami, hai ragione, tesoro! Ma non mi sembra vero, e quell'uomo, grande e grosso, che ti guardava con compassione, ora come ora, mi faceva ridere!"

"Già, ora ti fa ridere! Ora ci fa ridere tutto! Ora è tutto diverso!"

La strinse a sé mentre uscivano per sempre dalla prigione di Naif Road sotto una pioggia leggera ed uggiosa.

Si infilarono in un taxi per andare di corsa presso gli uffici della *Emirates Airlines*, nel *Freight Works Building* della Cinquantaquattresima Strada, per prenotare il volo di ritorno per l'Italia. Con l'abituale professionalità e gentile disponibilità, l'impiegata di turno, con il più radioso dei sorrisi, non mancò di trovare due posti in classe *economy* per il volo delle sette della mattina dopo.

A questo punto, non restava che fare le valigie, aspettare e rilassarsi, godendosi quella mezza giornata di ritrovata libertà. Ovviamente, non ci fu molto tempo per il riposo, visto che la notizia si sparse alla svelta a Dubai, ma anche in Italia, ed il *BlackBerry* di Angelo non smetteva di squillare. I figli, gli amici... perfino suo padre aveva la voce incrinata dall'emozione! E poi, Falhed, Pamir, i grossisti, i fornitori, i clienti... Karim, il gioielliere che aveva prestato loro la casa, aveva chiamato non appena era venuto a conoscenza del verdetto, anticipando la telefonata di Angelo. Oltre a manifestare la sua gioia per il felice epilogo, tenne a ribadire che il *residence* sarebbe rimasto comunque a loro completa disposizione, senza limiti di tempo. La celebre ospitalità orientale non era solo un modo di dire: Angelo lo poteva testimoniare.

Per la sera Basel, un caro amico siriano, un grossista di gioielli di alto livello, aveva organizzato una cena in suo onore nella sua splendida villa, situata nei pressi dell'aeroporto.

La tavola - apparecchiata nel vasto giardino, vicino alla piscina, circondata da palme, piante ornamentali, cactus, e aiuole fiorite, disposte in ordine perfettamente geometrico - era lunghissima e piena di commensali. Angelo fu accolto con un'ovazione da *star hollywoodiana*. Molti erano suoi conoscenti, che vollero stringergli la mano ed abbracciarlo, per essere partecipi della sua gioia. Gli altri si congratularono per la felice risoluzione della sua terribile vicenda.

Fra volti noti e sconosciuti, nella confusione e nell'euforia generale, sballottato da una parte all'altra, Angelo riconobbe la magnifica creatura che aveva incontrato quando era stato invitato a cena da Pamir. La misteriosa donna in nero, con gli occhi incredibilmente profondi e suadenti, quella che aveva eccitato le sue fantasie e quelle della collega, Cristina, adesso era di nuovo davanti a lui. Angelo sentì un vuoto allo stomaco, ed il cuore accelerò involontariamente i battiti. Per cercare di dissimulare la sorpresa ed il piacere di rivederla, si voltò dalla parte opposta, e vide sua moglie. Grace era bellissima, in un abito lungo blu, che le scendeva morbido lungo i fianchi, coprendole le gambe snelle ed esaltando le forme sinuose. I capelli biondi ondulati ricadevano sulle spalle leggermente scoperte, alla foggia delle antiche donne greche. Ad illuminarle il viso, una *parure* con brillanti e acquamarina, dello stesso colore degli occhi. Era raggiante, per questo appariva ancora più attraente. Angelo gli andò incontro e la strinse a sé in un abbraccio, orgoglioso che quella donna bella, colta, intelligente e raffinata fosse sua moglie.

Nell'angolo in disparte, come la volta precedente, la signora in nero, con i suoi occhi profondi ed ipnotici, non perdeva di vista Angelo, che, di tanto in tanto, non poteva fare a meno di osservarne il fascino magnetico.

Quando tutti si furono sistemati a tavola, quasi senza volerlo, la cercò con gli occhi, e la trovò, seduta in maniera composta ed elegante, accanto al marito. Stava prendendo da bere, quando alzò lo sguardo su di lui. Per un lungo istante rimase immobile, con il braccio sollevato ed il bicchiere sospeso a mezz'aria. Una scarica di adrenalina attraversò il corpo di Angelo. Un desiderio irrefrenabile si impossessò di lui, fino a fargli mancare il respiro. Udiva le voci, le risate, le conversazioni come in lontananza. Tutto pareva essersi fermato, insieme ai loro sguardi. Sentì salire un languore alla bocca dello stomaco, e si morse il labbro

359

per trattenere un gemito. La donna chiuse gli occhi all'improvviso, mentre sul suo volto si dipingeva un'espressione di gioia e piacere. Angelo si agitò sulla sedia, per cercare di ricomporsi, intanto che si guardava attorno per accertarsi che nessuno si fosse accorto di nulla. Fortunatamente, l'atmosfera trascinante della festa, l'ambientazione suggestiva, la musica, il cibo e l'allegra confusione riuscivano a distrarre tutti, così che perfino Grace – abituata dalla sua gelosia a stare sempre all'erta, per tenere il marito sotto stretto controllo – era tranquillamente seduta accanto a lui, intenta a conversare con la moglie di un gioielliere algerino.

Non appena si sentì rassicurato, lo sguardo fu di nuovo attratto come una calamita dalla donna in nero. Adesso i suoi occhi erano luminosi e l'espressione sul suo viso esprimeva soddisfazione. Anche le guance parevano leggermente arrossate. D'altronde, era riuscito a trattenersi a stento, lui stesso, tanta era la carica erotica delle loro occhiate. Gli regalò un sorriso enigmatico, quasi come quello della celebre *Gioconda* di Leonardo, che Angelo colse sulle sue labbra di sfuggita. Era fiera della sua tacita conquista.

Fu soltanto più tardi, quando, al termine della cena, gli ospiti si furono sparsi per il giardino, che poté avvicinarsi. Fece in modo di essere davanti a lei: li separava solo un tavolo pieno di bevande. Si guardarono ancora, e stavolta sorrisero in maniera complice. Angelo alzò un bicchiere nell'atto di brindare alla sua salute, e stava per avvicinare la mano alla sua, quando qualcuno la chiamò facendola voltare di scatto, prima di scappare via. Jasmine: era questo il nome della donna dagli occhi talmente profondi che gli avevano rapito l'anima.

24. LA FINE

La festa a casa di Basel si era protratta fino alle tre di notte, quando, ormai esausti, Angelo e Grace erano saliti su un taxi per ritornare al *residence*.

Alle cinque di mattina il suono della sveglia irruppe nella stanza con l'effetto devastante di un ordigno. Si erano coricati da appena due ore, dopo una giornata estenuante, colma di emozioni e di pratiche da sbrigare. La cena luculliana, innaffiata da tanti tipi diversi di vini, *champagne* e liquori, aveva dato il colpo di grazia alla loro lucidità e alle loro forze. Erano crollati sul letto, accanto alle valigie già pronte, sistemate nel corridoio, con la consapevolezza che l'indomani sarebbero stati a casa, ad Arezzo. Anche se pareva incredibile, Angelo era finalmente libero di andare in qualunque posto avesse voluto.

La sveglia suonava senza che nessuno dei due riuscisse ad alzare un dito per metterla a tacere. Fu Grace che, irritata, alla fine fece uno sforzo e zittì l'aggeggio infernale. Erano già le cinque e un quarto. Saltarono giù dal letto, ancora assonnati, ma spronati dalla paura di essere in ritardo. Si fecero velocemente la doccia, presero qualcosa da mangiare, e corsero immediatamente in cerca di un taxi.

La città si stava svegliando sotto una cappa grigiastra, ma per fortuna aveva smesso di piovere. L'aria era umida ed appiccicaticcia, la temperatura stava salendo velocemente.

Quando arrivarono all'aeroporto, sbrigarono le formalità e Angelo poté finalmente esibire il passaporto, senza dover mostrare quel documento infamante che lo definiva un criminale. Al primo dei numerosi controlli, quando l'impiegato verificò i dati sul *monitor*, ebbe un brivido. Ricordò cosa era successo all'arrivo, la striscia rossa sotto il suo nome, gli sguardi, i poliziotti che lo avevano afferrato e

361

sbattuto in cella, senza neanche prendersi la briga di fornirgli spiegazioni.

Ora, allungò il collo per cercare di sbirciare, ma non fece in tempo. L'impiegato gli restituì il passaporto con un sorriso formale, e l'augurio di fare buon viaggio. Il cuore, rimasto in sospeso per un attimo interminabile, riprese a battere regolarmente, e Angelo si sentì più leggero.

Dopo aver preso un caffè al volo nell'area *Lounge*, si diressero in fretta verso l'imbarco.

"Non abbiamo comprato neanche un regalo di Natale!" si rammaricò Grace, mentre passavano davanti ad una serie di negozi *Duty Free*.

"Ci mancherebbe altro che, per fare i regali, perdessimo l'aereo!" borbottò Angelo, camminando a passo svelto davanti alla moglie.

In quel momento, si ricordò di Diego, l'amico funzionario della Dogana di Roma, che gli aveva chiesto il nuovo disco dei *Coldplay* per la figlia in coma. Cercò nel borsetto a tracolla, e lo trovò, in mezzo ai documenti e agli effetti personali. L'aveva comprato prima dell'arrivo di Grace, perché almeno lei sarebbe stata in grado di portarlo a Diego, se lui non avesse potuto...

Una volta saliti in aereo, la tensione si sciolse come per incanto. Si misero comodamente seduti nei posti che vennero loro indicati da una delle *hostess* della *Emirates Airlines*, e tutta la stanchezza esplose all'improvviso. Gli occhi si fecero pesanti, le membra indolenzite, la mente vuota, finalmente sgombra da qualsiasi pensiero.

"Non voglio dormire prima di decollare. Ascolterò un po' di musica!" disse Grace digitando vari tasti nel *display* che aveva di fronte, mentre cercava le cuffie.

"Fai pure, amore. Per quanto mi riguarda, non farò altro che rilassarmi. Dopo una notte in bianco, quaranta giorni da incubo e sette mesi d'inferno non intendo alzare un dito!" rispose Angelo, con gli occhi semichiusi dietro le lenti scure dei *Ray-Ban*.

Grace si voltò per appoggiare con dolcezza le labbra su quelle del marito.

"Non provare a risvegliarmi con mezzi sleali!" protestò lui con un sorriso malizioso.

Grace lo abbracciò e gli appoggiò la testa sul petto.

"Ti amo, Angelo!" sussurrò.

"Anch'io ti amo, tesoro. Grazie per essere stata con me, per l'aiuto che mi hai dato..."

Grace gli mise l'indice davanti alla bocca.

"Non dirlo nemmeno. E' a questo che servono le mogli, no? *'Nella gioia e nel dolore'*: non recita forse così la promessa di matrimonio?"

Angelo le accarezzò i capelli e la tenne stretta a sé, inebriandosi del suo profumo.

"Ho lasciato l'orologio in valigia. Quanto manca alla partenza?" chiese con impazienza, avvertendo una strana sensazione di disagio, come un cattivo presentimento.

Grace alzò il braccio per fargli vedere l'ora sul *Rolex*. Mancavano ancora venti minuti.

Ma perché si sentiva così inquieto? Si agitò sul sedile e provò a sistemare meglio la schiena.

"Stai tranquillo! Ormai siamo a bordo, hai passato tutti i controlli: sei in regola, non c'è nulla da temere!" lo rassicurò Grace.

"Boh, non saprei. E' solo che, finché non siamo partiti, non ci credo, non mi sento ancora al sicuro. So che è stupido, ma..."

Furono interrotti da una voce sensuale che, dall'altoparlante, annunciò:

"Il signor Angelo Poggi è desiderato all'ingresso dell'aereo. Il signor Angelo Poggi è desiderato all'ingresso dell'aereo."

Si sentì invadere da un caldo insopportabile, mentre un sudore freddo gli imperlava la fronte, ed i brividi lo scuotevano da capo a piedi. Tanti puntini neri cominciarono a roteargli davanti agli occhi, le orecchie ronzavano, la saliva pareva evaporata dalla bocca. Pensò di svenire, o meglio, di morire lì, all'istante.

Si voltò verso Grace, che era diventata pallida, gli occhi pieni di paura.

"Ho sentito bene?" le chiese con un filo di voce.

La donna si limitò ad annuire. Anche lei riusciva a stento a muoversi. Eppure, strinse i denti e si sforzò di tranquillizzare il marito.

"Non capisco. Deve esserci un errore... Forse c'è qualche problema con i bagagli, come era successo a mia cugina Linda, ti ricordi?"

Per quanto si sforzasse di essere convincente, non poteva evitare di far trasparire il panico che l'aveva assalita.

Il cuore di Angelo pareva sul punto di esplodere dal petto. Tremava, e a stento riuscì a sollevarsi per alzarsi in piedi. Un po' per la stanchezza e lo stress, un po' per il terrore – perché di terrore si trattava – si diresse barcollando verso l'ingresso. Una signora abbronzata si voltò a guardarlo con ribrezzo, probabilmente credendo che fosse ubriaco.

Il percorso pareva non finire più. Furono una manciata di minuti interminabili, in cui l'ansia raggiunse un livello che non avrebbe mai creduto possibile. Non era sicuro di riuscire a sopportare ulteriori torture psicologiche. I puntini neri apparvero di nuovo a confondergli la vista, le forze vennero meno, e dovette sorreggersi ai lati del corridoio per evitare di crollare. Quando sentì che stava per svenire, si fermò, appoggiando le spalle alla parete, chiuse gli occhi e cercò di controllare la respirazione, inspirando ed espirando ad intervalli regolari.

«*Ok*, devo restare calmo», pensò tra sé, nel tentativo di rassicurarsi, in qualche modo, o, per lo meno, rassegnarsi. «Di sicuro mi rivogliono indietro, si sono accorti di aver commesso un errore, oppure si stanno divertendo a giocare al gatto col topo. Adesso mi troverò davanti la polizia, che mi riporterà nella prigione di Naif Road, o in quella in mezzo al deserto...Lo sapevo che era una fregatura, e che non mi avrebbero lasciato andare!»

Mille pensieri si affollavano nella sua mente, turbinando impetuosi e sconvolgendogli corpo e anima.

Fece un gran respiro e aprì gli occhi.

«A questo punto, di qualsiasi cosa si tratti, non posso fare nulla, come non ho potuto fare nulla in questi mesi. Lo devo accettare, perché non dipende da me. Come recita la *Legge di Murphy*: "*Se qualcosa può andar male, lo farà*"....»

Si scostò dalla parete con un sospiro, e percorse il resto del corridoio più in fretta che poté.

Quando arrivò all'ingresso, con suo grande sollievo, non vide poliziotti, né altri ufficiali, ma solo due *hostess* molto carine che lo aspettavano con il sorriso sulle labbra.

Continuava a guardarsi intorno per verificare che effettivamente non ci fosse nessun altro ad attenderlo, e fu colto di sorpresa quando una delle due ragazze gli rivolse la parola.

"Mi scusi, lei è il signor Angelo Poggi?" chiese la più alta, con i capelli neri fluenti, gli occhi verdi ed un viso gentile.

Lo osservava con aria interrogativa, anche se continuava a sorridere in maniera affabile.

Angelo la fissò per un istante, come se fosse un'aliena, con espressione smarrita ed impaurita. Infine, riuscì ad annuire.

"Che piacere, signor Poggi!" esclamò la collega, con i capelli biondi ricci, gli occhi scuri ed un sorriso contagioso. Gli tese la mano per salutarlo. Angelo, a fatica, alzò la sua e se la lasciò stringere.

"Lei è un *frequent flyer* della *Emirates Airlines*, signore, cioè un nostro passeggero abituale. Il comandante, per premiare la sua fedeltà alla nostra compagnia, ha deciso di offrirle un passaggio nella classe *business*, nei posti riservati ai clienti di riguardo, ovviamente senza nessun onere aggiunto da parte sua."

Ci volle un po' di tempo perché Angelo riuscisse a prendere coscienza di quello che gli era appena stato comunicato, e a rimuovere tutti i terribili pensieri, le supposizioni, le paure che lo avevano assalito.

"Naturalmente, se viaggia con qualcuno, può portare con sé il suo accompagnatore..." aggiunse la *hostess* mora.

Angelo si accorse solo ora che Grace l'aveva raggiunto ed era dietro di lui. Gli prese la mano e gliela strinse, mentre esplodeva in una risata liberatoria. Anche lui cominciò a ridere, intanto che la vista si annebbiava e finalmente poteva permettersi di perdere i sensi, libero e felice, tra le braccia di sua moglie.

EPILOGO

La vicenda si è così conclusa con il tanto sospirato ritorno a casa di Angelo.

In seguito, non si sono mai conosciuti i particolari della storia, tanto misteriosa, quanto inquietante, ma, soprattutto, terribile per chi l'ha vissuta in prima persona.

Angelo non ha mai cercato di saperne di più, di andare oltre le ipotesi e le supposizioni. Si è accontentato di aver riconquistato la libertà, la dignità, l'onorabilità e la rispettabilità per sé, per la sua famiglia e per la sua attività.

A tutt'oggi, lavora ancora come procacciatore di affari per le aziende orafe italiane, è ancora sposato con Grace - con gli alti e bassi che caratterizzano da sempre il loro rapporto – ha conservato la passione per l'aeronautica, viaggia in tutto il mondo, compresa la città di Dubai. Qui non ha più avuto problemi di nessun genere, è stato ben accolto, come se non fosse mai accaduto nulla – in effetti, era stato rilasciato perché non erano mai state trovate prove di nessun tipo di reato a suo carico. L'accusa si era mossa solo da una supposizione, che le verifiche delle indagini avevano dimostrato essere infondata.

Angelo va spesso a Dubai, ma non è più ritornato all'*Hotel Desert Storm*, per due motivi.

Primo, per timore di eventuali ritorsioni nei suoi confronti. Se, infatti, l'intento era quello di accusarlo al posto di qualcun altro, ma non erano riusciti ad incastrarlo come capro espiatorio, potrebbero riprovarci, anche solo per vendicarsi.

Secondo, perché ritiene giusto evitare chi lo ha già colpito alle spalle una volta e gli ha riservato un trattamento del genere, aprendogli le porte dell'inferno.

Comunque, in qualsiasi albergo del mondo si trovi ad alloggiare, preferisce saldare il conto con la carta di credito, evitando, se possibile, i contanti...

RINGRAZIAMENTI

Innanzi tutto, vorrei ringraziare il vero protagonista di questa storia, che ha riposto fiducia in me, affidandomi una parte della sua esistenza per tradurla in un romanzo.

Grazie alla mia inossidabile squadra: Antonella Cedro e Alessandro Bianchini. Senza di loro, sarei perduta!

Un doveroso grazie a chi mi dà consigli, mi incita e mi sprona ad andare avanti, anche nei momenti difficili.

Infine, grazie a tutti i lettori: siete voi la mia forza!

INDICE